PIPPA WRIGHT

Das Schwagermonster

Roman

Aus dem Englischen
von Carolin Müller

blanvalet

Die Originalausgabe erschien 2013
unter dem Titel »The Foster Husband« bei Pan Macmillan,
a division of Macmillan Publishers Limited, London.

MIX
Papier aus verantwortungsvollen Quellen
FSC® C014496

Verlagsgruppe Random House FSC® N001967
Das für dieses Buch verwendete FSC®-zertifizierte Papier
Holmen Book Cream liefert Holmen Paper, Hallstavik, Schweden.

1. Auflage
Deutsche Erstausgabe März 2015 bei Blanvalet Verlag,
einem Unternehmen der
Verlagsgruppe Random House GmbH, München

Umschlaggestaltung und -motiv: www.buerosued.de
Zitat Seite 6: Abdruck mit freundlicher Genehmigung
© Aufbau Verlag GmbH & Co. KG, Berlin 2011
Redaktion: Judith Weißschnur
ue · Herstellung: sam
Satz: Uhl + Massopust, Aalen
ISBN: 978-3-442-38328-3

Besuchen Sie uns auch auf www.facebook.com/blanvalet
und www.twitter.com/BlanvaletVerlag.
www.blanvalet.de

Für Pin und Alaine
Mit Liebe und U-Booten

»Manchmal wünschte ich, wir könnten all unsere Fehler auslöschen und noch einmal ganz von vorne anfangen«, erklärte ich. »Und dann wieder denke ich, dass unsere Fehler vielleicht das Einzige sind, das uns ausmacht.«

Madame Hemingway von Paula McLaine

Ich weiß, dass sie dir alles erzählt hat. Ich erwarte nicht, dass du mir verzeihst – ich bin mir nicht mal sicher, ob ich es mir selbst verzeihen kann.

Ich will das, was ich getan habe, nicht entschuldigen, aber vielleicht musste etwas passieren, damit wir endlich aufhören, uns gegenseitig so unglücklich zu machen. Ich schätze, das war's dann wohl.

Es tut mir leid.

1

Nur ein Trottel würde nach Lyme Regis kommen, um vor der Vergangenheit zu fliehen.

Lyme Regis *ist* die Vergangenheit; es ist davon durchdrungen. Hier, mehr als an irgendeinem anderen mir bekannten Ort, ist es unmöglich, der schweren Last der vergangenen Zeit zu entkommen. Und damit meine ich nicht die Tatsache, dass ich ständig zufällig irgendwelchen Leuten über den Weg laufe, mit denen ich zur Schule gegangen bin, oder Freunden meiner Eltern, obwohl das natürlich so ist. Es betrifft nicht bloß die persönliche Lebensgeschichte. Ich meine damit, dass man hier praktisch hinter jeder Ecke auf eine Jane-Austen-Szene stößt, in der irgendeine Louisa Musgrove von der berühmten Hafenmauer »The Cobb« in die Arme eines Captain Wentworth stürzt, oder auf rucksackbepackte Schulkinder auf dem Weg zum East Beach, die voller Begeisterung, aber noch etwas ungeschickt, Fossilienhämmer in den Händen halten.

Natürlich ist kein Ort frei von seiner Vergangenheit, aber ich frage mich, ob man irgendwo sonst so beharrlich daran erinnert wird.

Lyme präsentiert die vergangenen Jahrhunderte wie ein Teppichhändler, der seine Ware übereinandergestapelt auslegt. Jurazeit, Madam? Nein? Kreidezeit vielleicht? Oder zieht Madam eine spätere Ära vor? Regency? Spätviktorianisches Zeitalter? Postmoderne der Mittsiebziger? Schicht um Schicht versteinerte Geschichte, über Jahrtausende verdichtet, darin gefangen hilflose Kreaturen, für immer erstarrt in einem Moment, den sie nicht selbst gewählt haben.

Ich bin so ein Trottel. Ich bin eine von diesen hilflosen Kreaturen. Aber es war auch nicht so, als hätte ich eine große Wahl gehabt.

Wenigstens hat es mich im Herbst hierher verschlagen, wenn die Stadt sich von den Sommermonaten erholt. Zu dieser Jahreszeit ist es immerhin möglich, die komplette Broad Street entlangzulaufen, ohne in eine der unzähligen Touristenführungen zu geraten (von denen bestimmt die Hälfte von meinen Eltern veranstaltet wird). Und ich habe auch noch keinen einzigen Reisebus gesehen, der versucht, die vertrackt enge Straßenbiegung unten beim Museum zu passieren. Doch die Läden stellen noch immer hoffnungsvoll ihre Schilder hinaus, die für Cream Tea oder andere unverzichtbare Touristenattraktionen werben: Fudge, Cath-Kidston-Topfhandschuhe und fossile Briefbeschwerer. Als bestünde heute noch große Nachfrage nach Briefbeschwerern. Und doch ist es mir heute Morgen gelungen, den gesamten Weg über »The Cobb« zu laufen, während der Wind meine Haare zerzauste und ich mich fragte, ob ich dabei wohl auch ein bisschen tragisch und faszinierend à la *Die Geliebte des französischen Leutnants* wirke, ohne dass meine trübsinnigen Träumereien von Hunderten von Tagesausflüglern gestört wurden. Obwohl es, um ehrlich zu sein, nicht immer leicht ist, die Pose der geheimnisvollen Frau mit gebrochenem Herzen aufrechtzuerhalten, wenn man von einem nervösen jungen Hund begleitet wird, der am anderen Ende der Leine herumtollt und versucht, sich bei der erfolglosen Jagd von Möwen die Hafenmauer hinunterzustürzen.

Und doch leide ich unter einem gebrochenen Herzen; da brauche ich gar nicht zu schauspielern. Genau aus diesem Grund bin ich überhaupt hier. Auch wenn ich gedacht hatte, ich könne der Vergangenheit entfliehen, hätte ich es eigentlich besser wissen müssen. Nicht in Lyme Regis; nirgendwo. Man kann nicht vor sich selbst weglaufen.

Nachdem sie sich ausreichend verausgabt hat, zerre ich Minnie, meine kleine Hündin, von den Möwen weg und zur *Town Mill Bakery*, um mir mit ihr ein warmes, buttriges Croissant zu teilen, während die Verkäuferin so tut, als bemerke sie es nicht. Es gibt zwar ein Schild, auf dem steht, dass Hunde keinen Zutritt haben, aber wir tun beide so, als hätten wir es nicht gesehen. Außerdem geht die Touristensaison dem Ende zu, und es ist niemand da, der sich darüber beschweren könnte – abgesehen von zwei älteren Damen, die am Tisch hinter mir sitzen.

Als Minnie gerade die letzten Krümel von meinen Fingern schleckt, höre ich, dass die beiden Frauen in einen verräterisch zischenden Flüsterton wechseln, der auf Klatsch und Tratsch hindeutet. Natürlich lehne ich mich ein wenig zurück, um besser lauschen zu können. Wer würde das nicht? Ich liebe es, Gespräche zu belauschen, und irgendwie ist es noch faszinierender, wenn es dabei um völlig Fremde geht. Wie viele Nachmittage habe ich schon verbracht, den Dramen fremder Leute in den Cafés von Belsize Park zu lauschen; irgendwie fühle ich mich dann selbst besser. Ich schnappe das Wort »Geschiedene« auf und spitze die Ohren noch etwas mehr. Ein Wort, das Bilder heraufbeschwört. Ich muss an Elizabeth Taylor denken, die sich, dunkle Schatten unter den Augen und Turban auf dem Kopf, mit einem diamantenbesetzten Taschentuch die Post-Richard-Burton-Tränen abtupft.

Die beiden älteren Damen sind offenbar schwerhörig genug, dass sie nicht einmal merken, wie laut sie eigentlich sprechen.

»Anscheinend«, zischt die Frau, die weiter von mir entfernt sitzt, durch das gesamte leere Café, »hat sich ihr Mann – du weißt schon – auswärts vergnügt.«

Offensichtlich war ich auf eine Goldader gestoßen.

»Neeeiin?!« Ihre Begleiterin klingt empört. »Aber sie ist doch so reizend, beide Schwestern sind ganz entzückend. Natürlich! Ganz ihre Mutter. Und er schien mir auch immer so ein feiner junger Mann zu sein. Warum sollte er so etwas bloß tun?«

»Na, du weißt doch, wie das in *diesem London* eben so ist«, sagt die Tratschtante. Ihre Stimme nimmt plötzlich einen leicht gepressten Ton an, und obwohl ich sie nicht sehe, kann ich mir nur zu gut vorstellen, dass sie die Lippen geschürzt hat.

Interessant. Ich frage mich, von wem die beiden wohl sprechen. Ich habe den Provinzstaub von Lyme Regis so gründlich von meinen Schuhen abgetreten, seit ich nach London gezogen bin, dass ich keine Ahnung habe, wer mir sonst noch dahin gefolgt sein könnte.

»Und auch noch in dieser Welt«, sagt die andere. »Nichts als Prominente und Partys und«, sie senkt die Stimme, als wage sie kaum, das Wort auszusprechen, »*Drogen*, da muss man sich nicht wundern.«

»Du sagst es«, bekräftigt die Plaudertasche nachdrücklich. Jetzt bin ich noch hellhöriger. Das klingt doch ganz nach jemandem, den ich kennen könnte. Nicht dass ich drogensüchtig wäre oder prominent – komplett daneben –, aber mein Arbeitsleben bestand oftmals aus nichts anderem als Prominenten, Partys und Drogen. So ist das im Musikbusiness eben.

»Tja, sie hat die Ehe einfach hingeschmissen, heißt es. Hat alles aufgegeben und ist in Barbaras alten Bungalow eingezogen mit nichts als einem Koffer und diesem Hund da.«

Ich schaue auf Minnie unter dem Tisch.

»Ich dachte, sie haben das Haus nach ihrem Tod verkauft?«

»Das wollten sie natürlich, aber es gab keine Interessenten. Es ist eine miserable Zeit, um zu verkaufen. Die Kreditklemme, weißt du. Ich schätze, sie ist jetzt froh darüber, wo hätte sie denn sonst hingehen können?«

»Schrecklich«, raunt ihre Gefährtin, »plötzlich mit nichts dazustehen.«

Das Croissant liegt mir auf einmal bleischwer im Magen. Ich blicke erneut zu Minnie hinunter. *Du bist nicht nichts*, denke ich. *Wir sind nicht nichts. Hör gar nicht hin*. Ich versuche zu schlucken, aber meine Kehle ist trocken.

»Schrecklich traurig«, pflichtet ihr ihre Freundin bei. »Sandy und David sagen, sie ist am Boden zerstört. Anscheinend ruft er ständig bei ihnen an, aber sie ruft nie zurück.«

Natürlich kann ich ihn nicht zurückrufen. Ich habe seit der Nachricht nicht mehr mit ihm gesprochen – was hätten wir uns auch noch zu sagen? Was auch immer er mir mitteilen möchte, ich will es nicht hören. Was würde es schon ändern, darüber zu reden. Es ist vorbei. Ich stehe das nur durch, wenn ich die Schotten vollkommen dicht mache. Unzugänglich, abgeriegelt. Wenn ich ihn auch nur einen Millimeter hineinließe, würden wir wieder da landen, wo wir vorher waren. Und das könnte ich nicht ertragen. Nicht noch einmal.

»Wen wundert's, dass sie nicht mit ihm sprechen will«, sagt die Begleiterin missbilligend. »So ein Benehmen sollte keiner tolerieren müssen. Widerwärtig. Nimmt denn heutzutage die Ehe keiner mehr ernst?«

Ich habe das Gefühl, mir wird schlecht. Ich muss hier raus. Ich drehe mich auf der Holzbank um und will schon die Beine darüber schwingen, da höre ich ein scharfes »Psst«, als sie meine Bewegung bemerken.

Als ich aufstehe, ziehen die beiden Damen die Köpfe ein, wie Schildkröten, die sich in ihren Panzer verkriechen, als würde ich mir plötzlich ein Baguette von der Theke schnappen und sie aus Wut damit verprügeln. Aber das habe ich nicht vor. Ich bin nicht wütend, bloß bestürzt. Ich habe gehofft, hier, versteckt in Dorset, allem entfliehen zu können, mein echtes Leben in London hinter mir zu lassen, aber dem ist offenbar nicht so. Jedenfalls geschieht es mir ganz recht, wenn ich ihre Gespräche belausche. War ich nicht selbst neugierig und fasziniert, bis ich festgestellt habe, dass sie über mich reden?

Außerdem *bin* ich am Boden zerstört. Es *ist* schrecklich traurig. Aber die beiden kennen nicht die ganze Geschichte. Sie schätzen alles ganz falsch ein. Ich bin nicht mit leeren Händen gegangen, nein, das, was ich zurückgelassen habe, war nichts als Leere. Das war ja das Problem.

2

Eine Ehe zu beenden entpuppt sich als ziemlich leicht, sobald man an den Punkt gekommen ist, an dem einem klar wird, dass es kein Zurück mehr gibt. Ich habe die Nachricht auf dem Küchentisch immer wieder gelesen, bis ich sie auswendig konnte, fast wie ein Gedicht in der Schule; ich glaube, ich könnte sie selbst in zehn Jahren noch fehlerfrei aufsagen. Ich habe mein Handy ausgeschaltet und es auf meinem Laptop platziert, fest zugeklappt wie eine Muschel, damit Matt wusste, dass er mich nicht erreichen konnte. Ganz obendrauf habe ich noch meinen Ehering gelegt. Und dann bin ich gegangen.

In den Monaten bevor ich ihn verlassen habe, malte ich mir die Trennung ständig aus. Ich steigerte mich in diese Vorstellung mit derselben Leidenschaft hinein, mit der ich mich damals in die Vorbereitungen unserer Hochzeit gestürzt hatte. Genauso wie ich vor nicht einmal zwei Jahren gedacht hatte, dass die Auswahl des Blumenschmucks ein klares Symbol dafür wäre, wer wir sind und wie unsere Ehe sein würde (prächtig, exotisch, teuer, von weit her eingeflogen). Nun hatte ich das Gefühl, dass die Art und Weise, wie ich unsere Ehe hinter mir ließ, all das zusammenfasste, was zwischen uns schiefgelaufen war. Ich stellte mir heftigste Auseinandersetzungen vor, Krach darüber, wem was gehörte, unverschämte Forderungen. Wenigstens im Streiten waren Matt und ich immer gut gewesen. Ich ging davon aus, dass ich es sein würde, die ihn hinauswarf – schließlich war es sein unzumutbares Verhalten, das uns hierhin gebracht hatte –, wohingegen ich mich im Haus verschanzen und seinen Kram hinaus auf den Gehweg schmeißen würde. Ich malte mir aus, seine Anzüge zu zerschneiden, seine bescheuerten Cricket-Erinnerungsstücke zu verbrennen und unsere gemeinsamen Ersparnisse verschwinden zu lassen. Ich hatte genügend Filme gesehen, um zu wissen, wie so etwas lief. Mithilfe eines gewieften Anwalts (ich hatte mir zwar noch nicht wirklich überlegt, wie ich den bezahlen sollte, angesichts der Tatsache, dass ich seit fast einem Jahr nicht mehr gearbeitet hatte, aber das war doch sicher bloß eine reine Formalität?) würde ich Matt bis auf den letzten Penny verklagen. Hatte ich nicht alles für ihn aufgegeben? Das war er mir schuldig. Und wenn er schon nicht emotional darunter litt, dann würde ich ihn wenigstens finanziell ruinieren.

Was ich damit sagen will, ist, dass die Auseinandersetzungen, die in meinen wütenden Vorstellungen zum Ende einer Ehe führten, immer schlimmer und dramatischer wurden, bis sie schließlich in einem Riesenkrach gipfelten, mit dem dann alles aus wäre. Womit ich jedoch nicht gerechnet hatte, ist, dass sie immer nichtiger und kleiner wurden. Als wollte keiner von uns die Energie verschwenden, die wir womöglich noch für unsere Flucht benötigen würden.

Als ich schließlich ging, fühlte ich bloß noch Leere. Ich wusste, dass es später noch wehtun würde, aber in dem Moment, als ich die Nachricht las, verspürte ich eher so etwas wie dankbare Akzeptanz – da war er endlich, mein Ausweg. Es war wie ein Sicherheitsnetz, das unerwartet unter jemandem auftaucht, der in einem brennenden Haus eingeschlossen ist. Und wie jemand, der sich springend vor den Flammen rettet, kam ich überhaupt nicht auf die Idee irgendetwas mitzunehmen; zu dem Zeitpunkt war alles schon zu ramponiert. Die Verbitterung der letzten Monate hatte sich schon überall abgesetzt.

Ein paar Klamotten nahm ich jedoch mit, schließlich wollte ich ja nicht noch wegen Erregung öffentlichen Ärgernisses verhaftet werden. Die Leute würden sich so schon genug das Maul über mich zerreißen, ohne dass ich auch noch durch exhibitionistische Handlungen auffiel. Allerdings machte ich mir damals keine großen Gedanken darüber, was ich anhatte; meine Arbeitsklamotten hingen seit Monaten unangetastet im Schrank, und dort blieben sie auch.

Natürlich nahm ich Minnie mit. Ich wusste, dass Matt wegen Minnie traurig wäre. Manchmal dachte ich, dass er mir nur deshalb einen Welpen gekauft hatte, damit ihn wenigstens einer im Haus mit unbändiger Begeisterung empfing, wenn er abends von der Arbeit nach Hause kam – denn ich schaffte das weiß Gott nicht immer. Doch ich hätte Minnie niemals zurückgelassen, und er war sowieso nie zu Hause. Wer also hätte sich um sie gekümmert, wenn er mal wieder auf Geschäftsreise war? Und selbst wenn er nicht unterwegs wäre, wäre sie den ganzen Tag allein zu Hause viel zu einsam gewesen. Das kannte ich nur allzu gut.

Wenn ich ein bisschen mehr darüber nachgedacht hätte, wohin ich floh, anstatt nur darüber, wovor ich weglief, hätte ich womöglich ein bisschen mehr mitgenommen. Vielleicht wäre es besser gewesen, doch nicht mit leeren Händen zu gehen; ich hatte nicht mal darum gekämpft.

»Entschuldigen Sie, ist alles in Ordnung mit Ihnen?«, fragt eine Stimme. Ich merke, dass ich die Stirn an die Hauswand der Bäckerei gelehnt habe, als würde ich meinen Kopf durch die Holzmaserung pressen. Ich habe es nur ein paar Schritte vom Ladeneingang weggeschafft. Zu meinen Füßen winselt Minnie, ganz irritiert von meiner Erstarrung. Ich bin nicht sicher, wie lange ich bereits so dort verharre.

»Danke, alles klar«, sage ich, stelle mich gerade hin und streiche mir die Haare aus dem Gesicht. »Mir ist bloß ein bisschen schwindlig, tut mir leid.«

»Geht es Ihnen jetzt besser?«, erkundigt sich die Frau mit besorgtem Gesicht. Ich sehe, dass sie eine Schürze umhat, und plötzlich erkenne ich in ihr die Frau, die mir vorhin in der Bäckerei den Kaffee gebracht hat. Es ist mir unglaublich peinlich, dass sie mich so gesehen hat.

»Ja, alles klar, danke, gut«, wiederhole ich bestimmt. Mitleid kann ich im Moment überhaupt nicht ertragen, schon gar nicht von Fremden. Es macht alles nur noch schlimmer, als wären mir all meine Probleme mitten im Gesicht geschrieben, damit alle sie sehen können, selbst irgendwelche Leute, die mir gerade über den Weg laufen. Ich hole meine Sonnenbrille aus der Manteltasche und setze sie auf. Ich habe das schlimme Gefühl, ich könnte jeden Moment zu heulen anfangen, und kann den Gedanken nicht ertragen, sie könnte gleich Zeugin meines Zusammenbruchs werden.

»Das ist ja ein süßer kleiner Labradoodlewelpe, den Sie da haben«, sagt sie. Ich bin dankbar für ihren Versuch, das Thema zu wechseln, aber ich wünschte, sie würde mich einfach in Ruhe lassen. Die gestrichenen Holzleisten der Bäckereiaußenmauer hatten sich an meiner Stirn angenehm kalt und stabil angefühlt. Irgendwie tröstlich. Ich hätte mich noch eine Weile dort anlehnen können.

»Sie ist ein Irish Water Spaniel«, sage ich automatisch. Ich weiß auch nicht, warum ich immer alle korrigieren muss – als ob es Minnie interessieren würde, für welche Rasse man sie hält. Matt würde jetzt sagen, das liege daran, dass ich immer recht behalten müsse. Vielleicht ist das so.

»Die ist ja echt niedlich«, sagt die Frau und bückt sich, um sie zu streicheln. Minnie räkelt sich vor Freude über die Aufmerksamkeit. Sie rollt sich auf den Rücken und präsentiert ihren dicken, runden Bauch. »Wie alt ist sie denn?«

»Fünf Monate«, antworte ich. Bevor sie noch mal ihren Mund aufmachen kann, weiß ich schon, was ihre nächsten Worte sein werden: Wie heißt sie denn? Ach, was für riesige Pfoten sie hat! Wird sie noch viel größer?

In London hat es Tage gegeben, an denen ich genau dieses Gespräch fünf- oder sechsmal geführt habe. Und ich bin dankbar dafür gewesen, denn das war alles, was ich den ganzen Tag sagte, bis Matt nach Hause kam. Und wenn er nicht nach Hause kam? Tja, dann sprach ich stattdessen nur mit Minnie. Armer Hund. Manchmal habe ich mich auch gefragt, ob sie hinter dem begeisterten Hundegesicht nicht so etwas dachte wie: »Kann die auch irgendwann mal die Klappe halten?«

Aber die Frau wechselt urplötzlich wieder das Thema.

»Sind sie nicht die Schwester von Prue?«, fragt sie und sieht zu mir hoch.

»Ja, ich bin Kate«, räume ich leicht hochmütig ein. Prue ist acht Jahre jünger als ich. Ich ziehe es vor, sie als meine Schwester zu betrachten, statt mich als ihre. Vielleicht ist das bloß ein kleiner Unterschied, aber einer von denen, die unter Geschwistern eine ziemlich große Rolle spielen.

»Hab ich's mir doch gedacht«, sagt die Frau lächelnd. »Sie sehen genauso aus wie sie. Ich bin übrigens Cathy. Eine Freundin Ihrer Mutter. Ihr sehen Sie auch sehr ähnlich.«

Es ist schon komisch, dass mich die Leute in London an meinem ungewöhnlich weißblonden Haar erkennen, das mir bis zur Mitte des Rückens geht und noch nie mit Haarfärbemittel in Berührung gekommen ist. Meine Haare sind die eine Sache, die mich aus der Menge hervorstechen lassen, was hilfreich ist, wenn man bloß knapp eins sechzig groß ist. Aber hier sind sie bloß einfach das Merkmal dafür, dass alle mich als eines der Bailey-Mädchen erkennen können. Da gibt es kein Entkommen; es ist fast so, als würde ich ein Schild mit meinem Namen, Alter und meiner Familiengeschichte durch die Gegend tragen.

Als Teenager konnte ich keinen Fuß in einen örtlichen Pub setzen, ohne dass man mich nicht sofort als Sandys minderjährige Tochter identifizierte und mich übereifrig nach draußen beförderte. Und obwohl ich mittlerweile alt genug bin, um offiziell trinken zu dürfen, könnte ich es sicher nicht tun, ohne dass sich jemand zu meinen familiären Wurzeln äußern würde.

»Ach ja, richtig«, sage ich. »Natürlich. Wie schön, Sie zu sehen, Cathy.«

Sie hört auf, Minnie zu streicheln, und steht auf. Dann stemmt sie die Hände in die Hüften und betrachtet mich von oben bis unten. »Sandy sagt, Sie kommen so gut wie nie nach Lyme. Sind sie hier auf Urlaub?«

»Sozusagen«, antworte ich steif. Ich hoffe, sie versteht den Wink und lässt mich zufrieden. Muss sich denn jeder in Lyme für mein Privatleben interessieren? »Ich nehm bloß eine kleine Auszeit, Sie wissen ja sicher, wie das ist.«

Plötzlich gerät ihr Lächeln ins Wanken. Offensichtlich ist ihr wieder eingefallen, was mich wirklich nach Hause geführt hat. Wissen etwa alle Bescheid? Hat es vielleicht eine Art öffentliche Bekanntmachung in der Lokalzeitung gegeben? »Kate Martell, geborene Bailey, die sich vor Jahren in ein glamouröses Leben in ›dieses London‹ geflüchtet hat, ist in Unehren wieder nach Lyme zurückgeschlichen gekommen, nachdem ihre Ehe und ihre Karriere gescheitert sind.«

»Tja, ich geh dann besser mal wieder rein«, sagt Cathy und wirft einen raschen Blick auf ihre Uhr. Sie startet noch mal den Versuch eines strahlenden Lächelns, als würde es das besser machen. »Ich wollte bloß sichergehen, dass Sie hier draußen in Ordnung sind.«

Ich lächle höflich; darin bin ich gut. Den Anschein wahren, dass alles super ist.

»Danke«, sage ich.

»Ganz herzliche Grüße an Ihre Mutter und Prue«, ruft sie noch, als sie sich umdreht und in die Bäckerei zurückstürmt. Ich hoffe, dass sie dort heißen Tee über diese tratschenden alten Schachteln verschüttet, die hinter mir gesessen haben.

»Mmm«, murmle ich unverbindlich, auch wenn sie schon zu weit weg ist, um meine Antwort zu hören.

Um Prue die herzlichen Grüße auszurichten, müsste ich erst mal mit ihr reden, und bisher scheine ich nicht dazu in der Lage zu sein, ohne mich mit ihr zu streiten. Ich frage mich, ob ich schon so verbittert geworden bin, dass ich mit keinem mehr sprechen kann, ohne dass es in einem Streit endet. Andererseits waren wir schon immer so; ich sollte also nicht erwarten, dass es jetzt plötzlich anders wäre, auch wenn fünfzehn Jahre vergangen sind, seit wir in derselben Stadt gewohnt haben.

Dies hier ist Lyme. Veränderungen finden hier in geologischem Tempo statt; für das menschliche Auge nicht erkennbar. Alles ist genau so, wie es immer war, und das ist für mich auch genau das Problem.

3

Minnie zerrt mich weiter in Richtung Strand, in die entgegengesetzte Richtung zum Bungalow. Ich kann es ihr nicht verübeln, dass sie nicht wieder nach drinnen will, aber wir können nicht den ganzen Tag ziellos in der Stadt herumlungern. Um ehrlich zu sein, haben wir schon seit wir hier sind absolut kein Ziel. Daher ist es umso wichtiger, den Leuten aus dem Weg zu gehen, die das sofort meiner Familie stecken würden. Also zerre ich Minnie zurück zu dem Weg entlang des Flusses.

Irgendwie schäme ich mich für mein Leben, das so offensichtlich aus reinem Müßiggang besteht. In London war es noch nicht so schlimm gewesen, denn da war niemand, der sich darüber das Maul zerreißen konnte, was ich den ganzen Tag so allein trieb. Zwar fragte mich der türkische Ladenbesitzer manchmal demonstrativ »Na, stressiger Tag?«, wenn ich mir die Zeitungsschlagzeilen durchlas, ohne etwas zu kaufen, aber es fiel mir nicht schwer, ihn zu ignorieren. Außerdem wurde er netter, seit ich Minnie hatte – ab diesem Moment konnte ich die Zeitschriften je nach Lust und Laune durchblättern, solange sie auf seinem Schoß saß und sich mit Pitabrot füttern ließ. Doch gestern bemerkte meine Mutter behutsam, dass ihre Freundin – Cathy, wie mir nun bewusst wird – mich fast jeden

Vormittag in der *Town Mill Bakery* gesehen hätte. Definitiv eine offene Kritik an meinem Verhalten!

Ich weiß, dass frühstücken in einer Bäckerei in den Augen meiner Mutter eine ebenso sinnlose Verschwendung darstellt wie das Verschlingen eines mit Butter und Marmelade bestrichenen Fünfdollarscheins. Außerdem symbolisiert es den Untergang des Familienverbundes. Und das, wo doch alle ihre Mahlzeiten gemeinsam und in glücklicher Harmonie einzunehmen haben. Doch da für mich und Minnie sowieso kein Platz unter ihrem Dach ist, sehe ich keine Beeinträchtigung des Sozialgefüges von Lyme Regis, ob ich nun allein in Grannys Bungalow oder allein in einem Café frühstücke. Auch wenn nicht von der Hand zu weisen ist, dass meine Ersparnisse mit jedem teuren Croissant schwinden.

Trotz meiner miesen Stimmung muss ich zugeben, dass es ein herrlich milder Vormittag ist. Ein weiches Licht liegt auf den sich verfärbenden Blättern, die über dem Wasser hängen. Eine Entenfamilie drängt sich, quakend und mit den Schwänzchen wackelnd, auf einer engen steinigen Sandbank in der Mitte des Flusses zusammen. Ich hätte etwas von dem Croissant aufheben sollen, um es ihnen hinzuwerfen; morgen werde ich daran denken. Lyme ist schön an einem Morgen wie diesem. Es ist etwas kühl, sodass ich mich in meinen Parka kuschle, aber warm genug, dass ich herumtrödeln und in die Gärten spähen kann, die an den Wassergraben Richtung Mühle angrenzen. Im Gras liegen heruntergefallene Äpfel, die nur darauf warten, aufgesammelt zu werden, und schwere Hagebutten ziehen die dornigen Triebe nach unten. Ich fühle mich ein bisschen wie D.H. Lawrence, während ich diese ganze Fruchtbarkeit und die üppige Reife der Früchte bewundere.

Ich sollte all dies genießen. Ich könnte genauso gut im Büro oder einem Meeting festsitzen. Das ist Freiheit. Also sollte ich mich glücklich schätzen, hier zu sein, anstatt mich wie im Exil zu fühlen, als hätte man mich aus dem Leben, das ich zurückgelassen habe, vertrieben. Vielleicht bin ich dazu verurteilt, für immer allein durch die Straßen zu laufen, während tratschende Einheimische düstere Bemerkungen über meine Vergangenheit machen. Ich könnte selbst zu einer Touristenattraktion werden. »Die Geliebte des Marketingleiters« oder so. Klingt doch nach einem griffigen Titel, oder nicht? Aber »Die in Trennung lebende, bald von ihm geschiedene Ehefrau des Marketingleiters« klingt jetzt nicht so, als könne sie der Geliebten des französischen Leutnants von John Fowles groß Konkurrenz machen. Auch wenn es schon immer mein Traum war, in einen raschelnden Umhang gehüllt herumzulaufen.

Wir haben das Ende des Uferwegs am Fluss erreicht. Er mündet in eine Brücke, die uns zwei Möglichkeiten bietet: In der einen Richtung gelangen wir zurück in die Stadt, die andere führt den Hügel hinauf in Richtung Granny Gilberts Bungalow. Minnie schaut mich an, unsicher, welchen Weg sie einschlagen soll. Da haben wir beide etwas gemeinsam, denke ich. Doch dann entscheiden wir uns für den Weg, den wir meistens nehmen; den, der zum Bungalow zurückführt. Den Weg, der keine bösen Überraschungen bereithält.

Es hat seine Gründe, warum sich die Touristen nicht die Mühe machen, den Hügel zu erklimmen. Dort, wo Granny Gilberts Sechzigerjahre-Bungalow auf die ebenso reizlosen Nachbarhäuser mit ihren öde gepflasterten, pflegeleichten, rollstuhlgerechten Vorgärten trifft. Vor den kastenförmigen verglasten Veranden posiert niemand für Familienfotos;

keiner hält an, um den dürftigen, langsam verwelkenden Farn in Grannys Wohnzimmerfenster direkt neben dem Aufkleber der *Neighbourhood Watch* zu bewundern. Niemand schlendert durch diese Straßen von Lyme Regis und träumt davon, seinem Hamsterrad zu entkommen und ein neues Leben in dieser trostlosen Sackgasse zu beginnen. Das wird auch der Grund sein, warum Granny Gilberts Haus bereits seit über einem Jahr zum Verkauf steht, ohne dass auch nur ein Angebot eingegangen ist. Das Schild des Immobilienmaklers verleiht dem Bungalow einen noch trostloseren Anschein – wie das Plakat eines Zirkus, der die Stadt schon längst verlassen hat.

Es ist die Art von Haus, für das man sich nicht aus Optimismus, Begeisterung oder weil man die Wahl hat entscheidet, sondern aus einem Kompromiss heraus. Hierher zieht man, weil die Familie sich Sorgen macht, dass man auf der Treppe stürzen könnte und weil man den vielen Platz ganz allein sowieso nicht mehr braucht. Oder eben weil man sich von seinem Mann getrennt hat und nicht weiß, wohin man sonst gehen soll. Eigentlich sollte ich dankbar für diesen Unterschlupf sein. Bin ich auch. Immerhin ist es ein Ort, an dem ich kostenlos wohnen kann. Aber es fällt mir schwer, diesen Umzug als den von mir geplanten Neustart zu betrachten. Ich fühle mich ziemlich weit entfernt von der glamourösen Geschiedenen à la Liz Taylor. Stattdessen komme ich mir eher wie die alternde Liz Taylor vor, die an den Rollstuhl gefesselt und mit Michael Jackson befreundet ist.

Die Eingangstür öffnet sich mit einem Schmatzen des Isoliergummis; Granny Gilbert legte Wert darauf, dass ihr Haus gegen jeden noch so kleinen Zug hermetisch versiegelt ist. Ich würde sogar behaupten, sie war eine frühe Umweltschützerin, wenn sich da in ihrem Schrank unter der Spüle nicht der weltgrößte Vorrat an Sprühdosen befände, mit denen jede erdenkliche Oberfläche zum Glänzen gebracht werden konnte. Obwohl ich seit meiner Ankunft jeden Tag großzügig gelüftet habe, riecht das Haus noch immer nach Chemikalien. Minnie und ich müssen jedes Mal niesen, wenn wir den Hausflur betreten.

Ich eile gleich zur Hintertür und reiße sie weit auf. Granny Gilberts Garten ist nichts Besonderes. Er besteht bloß aus einer quadratischen Terrasse, umgeben von ein paar kümmerlichen Rosenbüschen, die Mum bis auf den Stumpf zurückgeschnitten hat. Trotzdem erstaunt mich der Ausblick jedes Mal aufs Neue – wie wenn man durch den Kleiderschrank nach Narnia kommt. Getäuscht durch das trostlose Innere des Bungalows, erwartet man einfach nicht, einen Anblick zu bekommen, der direkt aus einem Landschaftsaquarell zu stammen scheint. Der Hügel, der zur Stadt hin sanft abfällt, die Straßen, die sich so klar abzeichnen wie auf einer Landkarte, und dahinter erstreckt sich bis zum Horizont das flache graue Meer, das leuchtet und glitzert, wenn die Sonne durch die Wolken bricht. Rechts versperren einige Häuser weiter oben am Hügel den Blick auf das berühmte, durch Erdrutsche entstandene Undercliff von West Dorset. Doch linker Hand folgt der Blick der Erhebung des Kliffs, vorbei an Black Ven und Stonebarrow bis zum Golden Cap, dem höchsten Punkt an der Südküste Englands, dessen sandige Spitze sich gelblich leuchtend gegen den dunklen Himmel abzeichnet.

Ich spüre, wie mein Herz einen Sprung macht; es ist schon seltsam, was so ein Ausblick alles in einem auslösen kann. Vielleicht ist das eines der Dinge, die passieren, wenn man älter wird. Ich kann mich nicht erinnern, dass ich auch schon diese Ehrfurcht vor der Landschaft empfunden hätte, als ich Granny Gilbert als Kind hier besuchte – damals interessierte mich hauptsächlich der Schrank mit den Keksen–, aber jedes Mal, wenn ich jetzt in den Garten hinaustrete, verstehe ich, warum jemand freiwillig in einen dieser reizlosen, hässlichen Bungalows ziehen kann. Wenn man erst einmal drin ist, muss man ihn schließlich nicht mehr sehen, und vom Garten aus hat man das Gefühl, als schwebe man über der Stadt.

»Sandy, Liebes? Bist du das?«

Minnie zuckt, als eine Stimme durch die Rosensträucher dringt. Sie kommt angefetzt und versteckt sich hinter meinen Beinen.

»Hallo?«, sage ich zu dem Gebüsch. »Ich bin nicht Sandy, sondern ihre Tochter Kate.« Ich habe noch keinen einzigen Nachbarn getroffen, um ehrlich zu sein, ist mir das ganz recht. Ich wollte Augenkontakt vermeiden, um zu verhindern, in ein Gespräch verwickelt zu werden. Ich möchte lieber nicht allen in Lyme meine persönliche Situation erläutern müssen.

Ich höre das schroffe, schabende Geräusch von etwas Metallischem, das über Pflastersteine gezogen wird, und dann ein dumpfes Ächzen. Zwei knorrige Hände mit feuerroten Fingernägeln ergreifen entschlossen die obere Kante des Zauns. Hinter ihnen taucht, wie die Sonne am Horizont, eine orange Badekappe mit einer üppigen Verzierung aus Gummiblättern auf. Und schließlich ein Gesicht, so faltig und gebräunt, dass es an die Konsistenz von Trockenfleisch erinnert, in dem zwei dunkle Augen funkeln.

»Also, du bist Kate! Wie schön! Und wie ähnlich du deiner Mutter siehst! Ich hätte dich *überall* erkannt.«

»Hallo«, sage ich und will mich gerade nach ihrem

Namen erkundigen, als ein klapperndes Geräusch zu vernehmen ist und die Schwimmkappe wieder aus meinem Blickfeld verschwindet. Einen Moment lang klammern sich die Finger noch oben an den Zaun, sodass die Knöchel vor Anstrengung weiß hervortreten, und dann verschwinden auch sie. Ich höre ein beunruhigendes dumpfes Geräusch, von etwas Weichem, das auf etwas Hartem landet.

»Sind Sie okay?«, rufe ich über den Zaun, aber es kommt keine Antwort. »Scheiße«, zische ich leise. »Du bleibst hier, Minnie«, sage ich und haste zurück durchs Haus und hinaus auf die menschenleere Wohnstraße. Keine Gardine bewegt sich. Niemand, den man um Hilfe bitten könnte.

Ein hohes Holztor versperrt den Zugang zum Garten nebenan, und es ist abgesperrt. Ich versuche, durch die Latten zu spähen, aber sie sind zu eng beieinander, als dass man irgendetwas sehen könnte. Mir schlägt bloß der Geruch von Teeröl ins Gesicht. Aus Granny Gilberts Garten kann ich Minnies spitzes, ängstliches Bellen hören.

Ich rüttle an dem Metallriegel und rufe noch einmal: »Hallo? Hallo, sind Sie in Ordnung?«

Dann höre ich ein leises Ächzen hinter dem Tor – was wenn die alte Dame mit aufgeschlagenem Kopf auf dem Pflaster liegt? Weiß Gott, was *Neighbourhood Watch* davon halten würde, aber ich kann sie da ja nicht einfach liegen lassen. Ich gehe ein paar Schritte zurück und nehme Anlauf, um über das Tor zu springen, das eindeutig zu dem Zweck entworfen wurde, genau das zu verhindern. Anstatt es zu überwinden, hänge ich mit den Fingerspitzen an seiner oberen Kante, meine Füße treten auf der Suche nach Halt gegen das Holz, jedoch ohne Erfolg. Wenn das so weitergeht, liegen bald zwei von uns bewusstlos vor diesem Bungalow herum.

Aber, warte, ist das da hinten am Ende der Einfahrt eine Recyclingbox? Die sind doch ziemlich stabil, oder? Ich zerre sie zum Tor und versichere mich, dass der Deckel festsitzt, bevor ich mich draufstelle. Sie ist gerade hoch genug, um mich auf das Tor zu stemmen und ein Bein drüberzuschwingen, sodass ich oben auf dem Tor zum Sitzen komme. Von diesem neuen Aussichtspunkt aus kann ich in den Nachbarsgarten sehen. Eine umgekippte Trittleiter liegt auf den Pflastersteinen, aber die alte Dame ist nirgends zu sehen. Sie scheint außerhalb meines Blickfelds hinter dem Haus zu liegen; sie muss ziemlich schwer verletzt sein, wenn die kippende Leiter sie so weit geschleudert hat.

Als ich gerade das andere Bein nachziehen und in den Garten springen will, beginnt das Tor bedenklich zu wackeln, als würde es gleich nachgeben. Noch bevor ich mich auf die andere Seite schwingen kann, packt mich eine Hand am Bein, und eine Männerstimme fragt: »Hätten Sie vielleicht die Güte, mir zu erklären, warum Sie in das Haus meiner Großmutter einbrechen?«

Ich muss mich so drauf konzentrieren, nicht vom Tor zu fallen, dass ich nicht mal richtig nachsehen kann, wer mich da am Bein festhält. »Ich will ja gar nicht… ich wollte nicht… ich glaube, sie ist im Garten gestürzt. Die Leiter – die Leiter«, stammle ich wirr.

»Was geht hier vor?«, fragt eine mürrische Stimme.

Die Schwimmkappe ist weg und hat einen feuchten, dünnen Haarschopf zum Vorschein gebracht, der an den Flaum eines frisch geschlüpften Kükens erinnert. Und jetzt sehe ich auch, dass nicht nur ihr Gesicht gebräunt ist. Die alte Dame hat die Farbe von poliertem, dunklem Mahagoni, eine Siebzigerjahre-Farbe, die man in der heutigen Zeit von Lichtschutzfaktoren und Hautkrebs-Risikowarnungen kaum noch sieht. Ich frage mich, ob die Bräune echt sein kann, aber sie wirkt viel zu robust, um sich mit Selbstbräuner oder Sonnenbänken abzugeben.

»Sind Sie in Ordnung?«, frage ich sie. »Es klang, als seien Sie… ich dachte, sie wären gestürzt, ich wollte bloß nachsehen…«

Die alte Dame klingt verärgert, ihre Augen blitzen mich an. »Im Garten, gerade eben?«, fragt sie. »Ich bin bloß abgerutscht. Kein Grund zur Sorge, das kann ich dir versichern.«

»Oh, es war nur, weil Sie so plötzlich weg waren«, sage ich und klammere mich noch immer mit den Knien am Tor fest. »Als wir uns unterhalten haben. Ich hab mir Sorgen gemacht, als Ihre Badekappe so plötzlich hinter dem Zaun verschwunden ist.«

»Badekappe?«, fragt der Mann stirnrunzelnd.

»Ich hatte keine Badekappe auf!«, widerspricht die alte Dame energisch. Sie wirft mir einen eindringlichen Blick zu.

»Sag bloß, du warst heute Morgen wieder schwimmen?«, hakt der Mann nach. Dabei stemmt er die Hände in die Hüften und blickt sie vorwurfsvoll an. »Ich dachte, wir hätten uns darauf geeinigt, dass du nur gehst, wenn ich dich begleite.«

»Also wirklich, ich bin doch keine hilflose, kleine alte Frau«, protestiert die kleine alte Frau und macht eine wegwerfende Handbewegung in unsere Richtung. »So viel Lärm um *nichts*.«

Jetzt, wo der Mann mein Bein losgelassen hat, sehe ich meine Chance gekommen herunterzuklettern. Es gibt keine elegante Art, sich rückwärts von einem ein Meter achtzig hohen Tor hinunterzuwuchten, so viel kann ich sagen. Ich kann bloß froh sein, dass ich eine Jeans anhabe und keinen

Rock, auch wenn ich mir jetzt wünschte, es wäre keine so enge; mein Hintern muss riesig aussehen, während ich so über dem Tor hänge und meine Füße auf halber Höhe nach der Recyclingbox unter mir tasten.

Plötzlich verstummen die Stimmen hinter mir. Ich spüre Hände an meiner Taille und werde auf den Boden gehoben.

»Danke«, nuschle ich spröde in dem Versuch, meine Würde zurückzugewinnen.

Bei der ganzen Kraftanstrengung sind meine Haare ganz durcheinandergeraten. Ich streiche sie mir aus dem Gesicht, um nicht wie eine Einbrecherin, die Senioren ausraubt, auszusehen.

»Nee, oder?«, sagt da der Mann, während sich langsam ein Lächeln in seinem Gesicht breitmacht. Er steht viel zu nah vor mir.

»Kate Bailey, ich *fass* es nicht!« Ich wurde seit zwei Jahren nicht mehr Kate Bailey genannt und will ihn schon korrigieren – immerhin heiße ich jetzt Kate Martell –, aber ich verkneife es mir, als mir klar wird, dass ich im Moment keine Ahnung habe, wie ich mich nennen soll. Vielleicht nehme ich ja meinen Mädchennamen wieder an, aber das weiß ich noch nicht so genau.

»Tut mir leid, ich erinnere mich nicht …«, fange ich an.

»Oh, ja klar.« Er lacht und hakt sich bei seiner Großmutter unter. Sie zupft an ihren trocknenden Strähnen herum und versucht, ihre Frisur wieder in Form zu bringen. »Die berühmte Kate Bailey hat alles aus Lyme vergessen, was?«

Ich sehe ihn mir genauer an. Ich bin mir sicher, ich würde mich erinnern, wenn ich diesen Mann kennen würde, er sieht nicht aus wie jemand, den man leicht vergisst. Er überragt seine Großmutter, sein dunkles Haar ist kurz geschnitten, und er hat eine markante Nase, die im Gesicht einer Frau die reinste Katastrophe wäre, aber seinem Gesicht Charakter verleiht. Sein Profil ist derart eindrucksvoll, wie das auf einer antiken Münze. Lachfältchen legen sich unter meinem prüfenden Blick um seine Augen. »Na, hat's immer noch nicht Klick gemacht?«, fragt er großmäulig, doch ich merke, wie sein scheinbares Selbstvertrauen einen Moment ins Wanken gerät. Für einen Augenblick wirkt er viel jünger, und plötzlich weiß ich genau, wer er ist.

»Eddy Curtis? Dready Eddy?«

Plötzlich sehe ich ihn vor mir, wie er damals vor vielen Jahren aussah, als seine dunklen Haare noch zu dicken, verfilzten, nach Patschuli riechenden Dreadlocks gezwirbelt waren, die Seitenpartien abrasiert.

»Ich wusste, dass du am Ende noch draufkommst.« Er grinst und zieht dabei scheu den Kopf ein.

»Wahnsinn«, sage ich lachend, »du siehst total anders aus. *Mann*. Du hattest diese ganzen Haare …«

»Pfui, diese *Haare*«, rief seine Großmutter erschaudernd und verzieht bei der Erinnerung daran das Gesicht. »Absolut *abscheulich*.«

Er streicht sich reuevoll über den Kopf. »Sind nicht mehr so viele.« Mir fällt auf, dass sein Kurzhaarschnitt seine Geheimratsecken kaschiert. Aber wer hätte gedacht, dass Eddy hinter diesen schrecklichen Dreadlocks ein echter Hingucker ist. In meiner Erinnerung war er nicht mehr als ein schlaksiges, Joints drehendes Haarknäuel, das in einer Sommernacht, kurz bevor ich Lyme für immer verließ, eine Riesenparty schmiss.

»Die kurzen Haare stehen dir«, sage ich. Er fährt sich wieder über den Kopf, sichtlich verlegen. Ich merke, wie ich aus Mitgefühl leicht erröte, als hätte ich ihm hier auf der

Einfahrt seiner Großmutter gerade ein eindeutiges Angebot gemacht, anstatt bloß einen laschen Kommentar über seine Frisur abzugeben.

Da meldet sich die alte Dame neben ihm zu Wort: »Kate, Liebes?«

Eddy und ich drehen uns beide zu ihr um und sehen sie an.

»Ich hoffe, du hältst mich nicht für unhöflich, weil ich nicht schon früher rübergekommen bin, um dir Guten Tag zu sagen. Aber ich hatte es ein bisschen mit der Lunge, weißt du.« Demonstrativ hustet sie ein Mal.

»Das kommt bloß von dieser Schwimmerei, Grandma«, sagt Eddy. »Ich hab dir gesagt, es wird Zeit, dass du damit aufhörst.« Sie wendet sich verärgert von ihm ab.

»Mach dich nicht lächerlich. Davon kann nicht die Rede sein. Das ist gut für den Kreislauf.«

»Bis sie dich wieder mit dem Krankenwagen abholen müssen ...«

»Das war doch bloß *ein* Mal«, schnaubt Mrs. Curtis wütend und steckt trotzig die Hände in die Taschen ihrer Strickjacke. »Ich bin noch nicht tot, weißt du.«

Eddys Gesichtsausdruck wird weicher, und er streckt den Arm nach ihr aus.

»Hmm«, macht Mrs. Curtis und lässt ihn sich wieder bei ihr einhaken. Eddy verdreht die Augen zum Himmel, sodass nur ich es sehen kann.

Dieser Wortwechsel erscheint mir wie aus einem Drehbuch, als hätten die beiden genau dieses Gespräch schon oft geführt. Inzwischen ist es aber nur noch eine Art Geplänkel, eine Floskel ohne tiefere Bedeutung und frei von der Erwartung, dass einer von beiden sein Verhalten ändern wird.

Mrs. Curtis richtet ihr wachsames Auge auf mich und neigt ihren flaumigen Kopf vogelartig zur Seite. »Jetzt, wo es mir wieder besser geht, kommst du doch mal zum Tee rüber, oder? Oder wir könnten sogar auf ein Tässchen ins Café gehen?«

»*Grandma*«, sagt Eddy warnend. Ich frage mich, was er dagegen haben könnte, dass wir zusammen Tee trinken.

»Was?«, fragt sie ungehalten.

O Gott, würde ich jetzt von der ganzen Nachbarschaft vereinnahmt werden? Der Gedanke ließ mich erschaudern. In London kannte ich meine Nachbarn kaum, abgesehen von einem knappen Nicken zur Begrüßung oder zweimal pro Jahr einer Bemerkung über das Wetter oder die Unzuverlässigkeit der Müllabfuhr. Doch Eddys Großmutter scheint so begeistert von ihrer Einladung, dass ich unmöglich ablehnen kann. Ich muss ja nur einmal hin, rede ich mir selbst zu.

»Liebend gern«, lüge ich also, und sie strahlt mich glücklich an.

»Kate Bailey«, sagt Eddy kopfschüttelnd. Ich bin mir nicht sicher, ob er mit mir spricht oder mit ihr. »Kate Bailey ist wieder in der Stadt…«

»Eddy, mein Liebling, hast du meine Pillen dabei?«, unterbricht Mrs. Curtis seine Gedanken.

Eddy bejaht, dass er alles, worum sie ihn gebeten hat, dabeihabe, und bugsiert sie langsam in Richtung Haustür. »Komm, Grandma«, sagt er. »Hast du nicht was von 'ner Tasse Tee gesagt?«

»Oh ja, Schatz, eine Tasse Tee. Was für eine reizende Idee. Wie aufmerksam von dir, Junge.«

»Tschüs, Eddy«, sage ich. Ich fange an zu winken, aber es fühlt sich irgendwie dämlich und kindisch an, also lasse ich meine Hände wieder in den Jeanstaschen verschwinden. »Schön, dich wiedergesehen zu haben.«

Er blickt auf, während er seiner Großmutter die Stufen zur Haustür hinaufhilft.

Sein Lächeln ist fahrig; mit den Gedanken ist er bereits im Haus. »Ja, schön, dass wir uns wiedergesehen haben, Kate. Ich bin froh, dass du mich nicht ganz vergessen hast.«

Er schließt die Tür, aber ich kann noch immer ihre Stimmen hören; ihre hoch und fragend, seine ruhig. Er war schon immer der Typ, auf den man sich verlassen konnte, selbst als wir noch zur Schule gingen. Er war derjenige, der nüchtern blieb, um die anderen von einer Partynacht in Exeter nach Hause zu fahren; der Typ, der Kim Dearborn beruhigt hatte, als sie bei einer Strandparty auf einem schlechten LSD-Trip war. Für uns war Verlässlichkeit damals nichts Besonderes – Teenager stehen nicht auf solche Dinge. Es ist etwas, das man erst zu schätzen lernt, wenn unzuverlässige Männer einem übers Herz getrampelt sind.

Ich habe Eddy Curtis nicht vergessen. Natürlich nicht. Natürlich habe ich es versucht. Ich habe versucht, ganz Lyme zu vergessen.

Aber jetzt bin ich hierher zurückgekehrt, um alles andere zu vergessen.

4

Lagos, Nigeria

Während meiner Zeit bei Hitz Music Television habe ich ein Konzert der Red Hot Chili Peppers unter dem Arc de Triomphe in Paris organisiert. Ein Gewitter tobte, bei dem die Gefahr bestand, dass alle auf der Bühne durch einen Stromschlag getötet werden. Ich habe mich durch die deutsche Bürokratie gekämpft, um das Berliner Stadtzentrum absperren zu lassen, damit U2 am Brandenburger Tor spielen konnte. Inklusive eines über eine Million Euro teuren Feuerwerks, das von einem irren, kryptisch sichuanesischen Dialekt sprechenden Pyromanen abgefackelt wurde, für den wir zwei Übersetzer brauchten, um überhaupt mit ihm kommunizieren zu können. Ich musste Bondi Beach in Sydney von zwanzigtausend mit Pillen zugedröhnten Ravern räumen lassen, nachdem ein australisches Dance Festival außer Kontrolle geraten war. Kurz gesagt, ich war es durchaus gewohnt, mit einem gewissen Maß an dramatischen Ereignissen umzugehen. Aber noch nie zuvor hatte ich eine Veranstaltung organisiert wie den *African Music Award*.

Nach zwei Wochen in Lagos hatte ich mich langsam an das nigerianische Verständnis von Zeit gewöhnt, gegen das selbst das spanische Konzept von *mañana* ein Beispiel für schonungslose Pünktlichkeit zu sein schien. Nichts geschah dann, wenn es vorgesehen war. Und das nicht bloß wegen des höllischen Verkehrs, der es praktisch unmöglich machte, eine verbindliche Aussage darüber zu treffen, wie lange es dauern würde, von A nach B zu kommen. Ein Anruf von Leuten, die einem mitteilten, sie seien unterwegs, bedeutete, dass man irgendwann in den nächsten sechs Stunden mit ihnen rechnen konnte. »Sie verlassen noch heute Morgen den Veranstaltungsort« bedeutete »Macht euch darauf gefasst, dass ihr eure Ausrüstung nicht vor Mitternacht ausladen könnt«. »Wir stellen euch backstage einen VIP-Bereich für die Künstler zur Verfügung« bedeutete »Wenn ihr ankommt, werdet ihr merken, dass die Garderoben erst halb fertig sind und offene Kabel über einer großen Wasserpfütze inmitten des Raums von der Decke hängen«.

Mein Team und ich hatten zwanzig Stunden am Tag gearbeitet, um den Veranstaltungsort einigermaßen auf Vordermann zu bringen, verteilten Bestechungsgelder in dicken Bündeln aus kunterbunten Banknoten, sorgten für Frieden zwischen dem mürrischen südafrikanischen Sicherheitspersonal und der örtlichen Crew, um nachts um zwei ins Bett zu fallen, nachdem wir aus medizinischen Gründen an der Hotelbar flaschenweise Star Beer in uns hineingeschüttet hatten.

Und nun war natürlich das Hitz-Management angereist, wie die Kavallerie in letzter Sekunde, um all den Ruhm abzusahnen, ohne sich auch nur im Geringsten an der ganzen Schufterei beteiligt zu haben.

»Ich habe einen Löffel in diesen braunen Fraß gesteckt, und alle haben mich mit ihren verdammten Glupschaugen angestarrt«, jammerte Dean, unser leitender Künstlerbetreuer, als er sich auf einen Stuhl im Konferenzraum niederließ.

»Abgefahren«, sagte seine Assistentin Leila anspornend.

»'n scheiß Fischkopfcurry, haben sie gesagt«, fuhr Dean, froh über das Publikum, fort. »Fischköpfe! Und nicht bloß Augen – Zähne! Ich kam mir vor wie Indiana Jones in *Der Tempel des Todes* oder so.«

Ich wagte es nicht, jemanden mir gegenüber am Tisch anzusehen, sonst hätte ich einen Lachanfall bekommen. Die Vorstellung, dass sich der korpulente Dean mit seiner Wampe, die fast die Hemdknöpfe sprengte, und den riesigen Schweißflecken unter den Armbeugen mit Harrison Ford verglich, konnte ich später noch in der Bar auskosten.

»Ja, Mann, aber ich glaube, *Der Tempel des Todes* spielt in Indien«, gab Dumpfbacke Leila zu bedenken, die bei uns allen auch als Fräulein Uferlos bekannt war, vor allem aufgrund ihrer verblüffenden Fähigkeit, sich auf das unwichtigste Detail eines jeden Gesprächs zu stürzen. »Und wir sind doch hier in Afrika, oder?«

Ihre großen Augen flackerten kurz, als wäre sie sich da plötzlich nicht mehr ganz so sicher – am Ende war das hier ja vielleicht gar nicht Afrika. Man munkelte, dass Dean sie bloß deshalb im Team behielt, weil sie überall auf der Welt Drogen auftreiben konnte … um dann die meisten davon selbst einzuwerfen. Ich nickte ihr zur Bestätigung zu – ja, du bist in Afrika –, und sie wirkte erleichtert.

»Das weiß ich, Leila, danke«, schnauzte Dean und zog sich sein Hemd über dem Bauch herunter. Meiner Meinung nach würde es ihm gar nicht schaden, eine oder zwei Mahlzeiten auszulassen.

»Kate«, bellte Richard, unser Boss, der soeben den Raum betreten hatte und sein Klemmbrett auf den Tisch knallte, sodass wir alle hochschreckten und in Habachtstellung auf unseren Stühlen saßen. »Fischköpfe. Regle das.«

Ich nickte und setzte es gedanklich auf meine stetig länger werdende Liste von Dingen, die ich noch zu regeln hatte, bevor die Show morgen losging. Ich hätte mich schon früher darum gekümmert, wenn ich es gewusst hätte. Allerdings hatte ich mich seit meiner Ankunft ausschließlich von Chips und Hotelsandwiches ernährt, daher waren mir die örtlichen Delikatessen bisher entgangen.

Richard hielt sein Klemmbrett ins Licht und kniff die Augen zusammen. »Zugangsstraßen gesperrt?«, blaffte er.

»Jap«, beteuerte ich. »Erledigt. Ich war heute Morgen beim Gouverneur.«

»Gut.« Überschwängliches Lob war nicht so Richards Ding. »Verluste?«

»Zehn VIP-Pässe, ein persönliches Treffen seiner Tochter mit Slender Dee. Und wir übernehmen die Rechnung für die Nachrüstung des Backstagebereichs.«

»Tja, Slender Dee macht aber keine Fantreffen«, meinte Dean mit unerfreulicher Genugtuung. Wenn es einen Stein gab, den man uns bei unserer Arbeit in den Weg legen konnte, dann durfte man sicher sein, dass er Deans Fingerabdrücke trug. Der Typ lebte dafür, es anderen schwer zu machen.

Richard sah ihn wütend an. »Wer zum Henker ist dieser Slender Dee überhaupt?«

Leila blickte auf. »Oh, der ist hier 'ne Riesennummer. Mega. So 'n DJ und Sänger, ja? Blind. Krebs.«

»Er hat Krebs?«, erkundigte sich meine Produktionsassistentin Sarah mit Sorge. Wir hatten die Risikoabschätzung schon mal neu machen müssen, damit auch die Tatsache, dass er blind war, berücksichtigt wurde. Und ich wusste, sie befürchtete nun, dass es die Versicherung bei einer Vorerkrankung nicht abdecken würde.

»Nein Mann, Krebs – das Schalentier!«, sagte Leila. »Das ist halt sein Sternzeichen. Scheut das Rampenlicht.«

Dean hob ratlos die Hände. »Ich kann ihn nicht zwingen, Richard.«

»Er ist blind, verdammte Scheiße«, schnauzte Richard zurück. »Er hat doch sowieso keinen blassen Schimmer, wo er sich befindet – sag ihm einfach, dass du ihn in ein Taxi setzt, führ ihn dem Gouverneur fünf Minuten vor und dann ab mit ihm zum Veranstaltungsort.«

Leila und Dean tauschten gequälte Blicke aus, ihre Standardreaktion auf alle Aufgaben, bei denen es um etwas anderes ging, als sich bei Promis einzuschleimen und enorme Spesenrechnungen einzureichen. Rechnungen über Ausgaben für »Früchte und Blumen«, der akzeptierte Code für Zahlungen, die an Leilas zwielichtige Geschäftspartner aus der Chemiebranche erfolgten.

»Tu's einfach«, sagte Richard warnend in einem Tonfall, der jede Diskussion beendete.

Das Meeting ging weiter, und meine To-do-Liste wuchs wie ein tropischer Pilz.

Der neue Marketingleiter hatte seinen Flug verpasst und steckte nun irgendwo auf dem Weg vom Flughafen im Verkehr fest. Darüber war ich ziemlich erleichtert, da ich bereits seit Tagen seine E-Mails ignoriert hatte. Seinen Vorgänger hatte ich perfekt abgerichtet, wie man mit der Produktionsabteilung umzugehen hatte (eine Mischung aus Bestechung, Schmeichelei und purem Betteln). Aber dieser neue Typ steckte noch voller unrealistischer Erwartungen und akzeptierte ein Nein nicht als Antwort.

Doch solange er nicht hier war, ließ sich seine junge und unerfahrene Stellvertreterin, Caroline, leicht in Schach halten. Selbst Leila stellte sich quer, was das Meet and Greet mit den Sponsoren betraf. Am Ende tat mir Caroline fast schon etwas leid, aber wenn Matt Martell nicht wusste, wie er das, was er wollte, aus seinen Kollegen herausholte und eine Nachwuchskraft vorschickte, um es einzufordern, bestand wenig Hoffnung für ihn.

Wenn man direkt sagt, was man will, gibt man seinem Gegenüber die Möglichkeit, Nein zu sagen. Da muss man schon geschickter vorgehen.

Es überraschte absolut niemanden, dass die Show mit zwei Stunden Verspätung losging. Unsere Rettung war bloß, dass es keine Live-Übertragung gab. Ich ging backstage gerade noch einmal die Auftrittsreihenfolge der Künstler durch und fragte mich, wie lange es wohl dauern würde, bis alle hier raus wären – der Abbau sollte bereits Minuten, nachdem der letzte Künstler die Bühne verlassen hatte, beginnen –, als der geheimnisvolle Marketingleiter seinen ersten Auftritt hatte. Ich bemerkte ihn erst gar nicht, aber bei der Tür wurde geflüstert, und das lenkte mich von meiner Zeitplanung ab, also blickte ich auf, um dem Störenfried, wer auch immer es war, zu sagen, er solle still sein.

In der Tür stand ein großer, aufgebracht wirkender Mann, der von einem der afrikanischen Sicherheitsleute daran gehindert wurde, den Raum zu betreten. Er trug einen Anzug, was ihn allein schon zwischen uns, der Backstage-Crew in Jeans und T-Shirts, hervorstechen ließ, doch das Umhängeband um seinen Hals, verriet mir, dass er zum Team gehörte. Seine Augenbrauen, die so dunkel waren wie das Haar, das ihm in die Stirn fiel, waren zusammengezogen, was ihm einen gehetzten, irritierten Ausdruck verlieh, der dem meinen nach zwei Wochen in diesem Irrenhaus Lagos schmerzlich ähnelte. Allein deshalb tat er mir fast schon leid. Bis er den Mund aufmachte.

»Kate Bailey?« Er machte sich aus dem Griff des Sicherheitsmannes los, und ich nickte Dirk zu, damit er wusste, dass er ihn durchlassen konnte.

Erwartungsvoll zog ich die Augenbrauen hoch, als er durch den Raum auf mich zukam.

»Sind *Sie* Kate Bailey?« Er wirkte etwas verunsichert.

»Ja«, sagte ich und schaute wieder auf meine Notizen, um ihn wissen zu lassen, dass ich beschäftigt war.

»Oh … Sie sind ja jünger, als ich gedacht hatte.«

»Ach was?« Ich seufzte und blickte wieder auf. Das passierte mir ständig; es war Segen und Fluch zugleich, jünger auszusehen, als ich tatsächlich war. Normalerweise spielte es mir in die Karten: Entweder unterschätzten mich die Leute vollkommen, oder die Tatsache, dass ich klein, blond und jung war, ließ eine bestimmte Sorte Mann mir gegenüber weich werden – und ich habe keinerlei Gewissensbisse, das voll auszunutzen.

»Na ja, Sie sehen, äh, nicht aus wie … äh, Nussknacker-Bailey; ich dachte bloß … Tut mir leid.«

Er hob beschwichtigend die Hände, als hätte ich von diesem Spitznamen noch nie gehört. Um ehrlich zu sein, hatte ich es sogar befördert. Ich habe festgestellt, dass sich mein Job durch den Ruf als harte Nuss schon zur Hälfte wie von selbst erledigte, weil es die Leute einschüchterte. Vorgewarnt, dass ich ganz schön Furcht einflößend sein konnte, lenkten die Leute ein, ohne dass ich auch nur die Stimme erheben musste.

»Jetzt ist gerade kein guter Zeitpunkt«, sagte ich und zeigte auf den Papierkram vor mir. »Ich versuche gerade festzustellen, wann wir hier genau fertig sind, damit ich die Leute vom Abbau briefen kann.«

»Dann ist es ein *Superzeitpunkt*«, entgegnete Matt, zog sich einen Stuhl heran und setzte sich unaufgefordert neben mich. »Denn genau darum geht es. Ich habe Eisskulpturen, die gerade vor sich hin schmelzen und einen Haufen wütender Sponsoren.«

»Und Sie sind?«, fragte ich fies. Natürlich wusste ich, wer er war, aber es nervte mich, dass er sich nicht einmal die Mühe gemacht hatte, sich vorzustellen, und gleich mit Beschwerden hereingeplatzt war.

»Scheiße, 'tschuldigung«, rief er und schlug sich mit der Hand vor die Stirn. Er wirkte viel jünger, wenn er lächelte. Die Furchen auf seiner Stirn glätteten sich, und um seine Augen legten sich kleine Lachfalten. »Matt Martell, Marketingleiter. Absender von haufenweise E-Mails. Fluch Ihres Lebens.«

Ich konnte mir nicht verkneifen zurückzulächeln, aber so leicht würde ich ihn nicht davonkommen lassen.

»Käufer von Eisskulpturen in den Subtropen«, fügte ich hämisch hinzu. »Ich weiß, Sie sind neu in dem Job, Matt Martell, aber wer, der auch nur halbwegs bei Trost ist, bestellt Eisskulpturen für eine Party, deren Startzeit im besten Fall als flexibel bezeichnet werden kann?«

»Das war nicht ich!«, beteuerte er. »Der Sponsor hat dafür bezahlt, und bis seine Gäste eintreffen, werden die Skulpturen aussehen wie Slush Puppies.«

»Na, dann bin ich ja froh, dass Sie gar nicht so dumm

sind, wie Sie aussehen«, erwiderte ich. Obwohl er überhaupt nicht dumm aussah, um ehrlich zu sein. Im Grunde sah er sogar ziemlich umwerfend aus. Er hatte diese Art von blauschwarzem Haar, das einen sofort an Elvis erinnerte, und Augen so dunkel, dass man ihre Farbe gar nicht erkennen konnte. Aber ist das nicht immer so? Die Dümmsten sind immer auch die Hübschesten.

»Ach, wirklich?«, sagte Matt und fuhr sich mit der Hand durchs Haar und lehnte sich auf seinem Stuhl zurück. Er stieß ein kurzes abruptes Lachen aus. »Ich dachte, Sie hätten bloß eine etwas ruppige Art zu e-mailen, aber jetzt glaube ich eher, es könnte sich um eine Borderline-Persönlichkeitsstörung handeln.«

»Sie meinen ›effizient und gut in meinem Job‹-Störung? Kompetente Diagnose, Doktor.«

»Ich dachte da eher an eine ›nicht konstruktive sich querstell‹-Störung.«

»Auch bekannt als ›nicht bereit seine Zeit mit dummen Fragen zu verschwenden‹-Krankheit. Schade, dass sie nicht ansteckend ist.«

Matt grinste. »Hören Sie. Genug der Beleidigungen, Nussknacker-Bailey. Ich muss Gäste auf diese Party bekommen, bevor alles zu einem kompletten Desaster wird. Die Hälfte der Leute ist schon da, aber die Mitarbeiter sagten mir, Sie hätten angeordnet, die Bar erst zu öffnen, wenn die Show vorbei ist.«

»Jap«, sagte ich. »Und?«

»Und wenn die nicht bald einen Drink bekommen, dann hauen sie mir ab, noch bevor die restlichen Gäste ankommen. Wann ist die Show überhaupt vorbei?«

»Das habe ich noch nicht präzise eruieren können«, erwiderte ich, »weil ich ständig *gestört* werde, aber ich schätze, es dauert noch mindestens eine Stunde, bis alles vorbei ist. Länger, wenn es Zugaben gibt.«

»Eine Stunde? Aber die Party sollte doch schon vor eineinhalb Stunden beginnen!«

Ich zuckte mit den Schultern. »Jap, die Veranstaltung sollte ja eigentlich auch schon vor drei Stunden begonnen haben. Und ich sollte mich jetzt schon lustig durch die Freigetränke an Ihrer Bar trinken. Viele Dinge sollten bereits über die Bühne gelaufen sein. Aber die Dinge sind eben wie sie sind; da kann ich nichts machen.«

»Aber Airtel werden platzen vor Wut, sie haben ein Vermögen für diese Party ausgegeben.«

»Das tut mir wirklich leid, Matt. Klingt nach einem echten Albtraum. Aber ich weiß nicht, was ich da tun könnte – das Publikum dreht durch, wenn ich ein paar der Acts rausnehme. *The Show must go on*, oder?«

»Sie müssen doch keine Acts rausnehmen«, rief Matt und beugte sich angespannt vor. »Alles, was Sie tun müssen« – sein Befehlston ärgerte mich – »ist, die Bar zu eröffnen und die Sponsoren aus dem Zuschauerbereich zu lassen, damit sie früher backstage kommen können.«

»Aber, Matt«, seufzte ich und sprach so langsam und deutlich wie ich nur konnte, damit meine Worte in seinen Dickschädel drangen. »Die Sponsoren und ihre Wettbewerbsgewinner nehmen die gesamten ersten sechs Zuschauerreihen ein. Wir zeichnen das hier auf – ich kann doch nicht das halbe Publikum rausmarschieren lassen, wenn die Show noch läuft. Die Künstler flippen aus, wenn sie vor einem Haufen leerer Sitze auftreten müssen.«

»Können Sie den Kameramann nicht einfach andere Teile des Publikums filmen lassen?«, hakte Matt nach.

»Nein, Matt, das kann ich nicht. Seit Wochen schlagen

wir uns hier alle mit diesen Verzögerungen rum – jetzt sind Sie dran. Also, finden Sie sich damit ab!«

»Aber die Künstler gehen schon alle«, erwiderte Matt. »Ich habe gesehen, wie sie in ihre Autos steigen, sobald sie von der Bühne kommen. Es wird keiner mehr da sein, um auf die Party zu gehen, wenn wir nicht bald anfangen.«

Da wurde ich hellhörig. »Welche Künstler sind schon gegangen? Doch nicht etwa Slender Dee?«

»Wer?«, Matt schaute verwirrt drein, obendrein schien er mit der Crème de la Crème der afrikanischen Musikbranche nicht so vertraut zu sein, wie ich es über die letzten zwei Wochen geworden war.

»Scheiße, was machen diese nutzlosen Idioten von der Künstlerbetreuung bloß die ganze Zeit? Die sollten eigentlich dafür sorgen, dass Slender Dee auf die Party kommt.«

Matt zog eine Grimasse. »Ich sage Ihnen, wo die Leute von der Künstlerbetreuung sind – sie sitzen auf meiner Party und sehen zu, wie meine Eisskulpturen schmelzen, und meckern rum, weil sie noch keine ordentlichen Drinks bekommen. Sie waren es auch, die mir gesagt haben, wo ich Sie finden kann.«

»Also gut«, schnauzte ich. Ich knallte meinen Stift hin und stand auf. »Folgen Sie mir.«

Matt verkniff sich ein Grinsen, aber mir war gar nicht nach Lachen zumute. Vor meinem Treffen mit dem Gouverneur wäre es mir so was von egal gewesen, wenn sich alle Künstler sofort nach ihrem Auftritt nach Timbuktu verkrümelt hätten, aber ich hatte versprochen, dass seine Tochter Slender Dee treffen würde, und ich stehe zu meinem Wort. Meistens.

Was die Party betraf, hatte Matt keine Scherze gemacht; es sah nach einer Totalkatastrophe aus. Die wenigen Leute, die noch nicht gegangen waren, standen in Grüppchen herum, nüchtern und gereizt. Leila saß an der Bar, ihr matter, großpupilliger Blick deutete darauf hin, dass für sie die Party bereits im Gange war und vermutlich auch schon fast zu Ende. Weit und breit war kein Kellner zu sehen; wahrscheinlich waren sie wie immer hinten, um zu rauchen. Die Eisskulpturen waren schon so weit geschmolzen, dass es unmöglich war zu sagen, was sie einmal dargestellt hatten – ihre unförmigen Überreste tropften in sich ausbreitenden Pfützen auf den Betonfußboden.

Der Einzige, der offenbar Spaß zu haben schien, war Dean, der mit seinem fetten Hintern auf einem billigen weißen Ledersofa hockte, mit einer Einheimischen zu seiner Rechten und einer weiteren auf seinem Schoß, deren Finger mit seinem Haar spielten. Meins wäre das ja nicht, aber wenn sie meinte. Ich war schon immer der Ansicht gewesen, dass Dean für einen Mann seines Alters viel zu viel Gel benutzte. Ich zog mein Handy aus der Tasche und schoss ein Foto, bevor er merkte, dass ich da war.

»Hi Dean«, sagte ich laut.

Als er meine Stimme hörte, schubste er seine Freundin hastig von seinem Schoß und sprang auf. Dann entfernte er sich so schnell er konnte von den beiden Frauen. Stilvoll.

»Kate, Süße, wie läuft's? Super Show, super Show.«

Ich wusste, er hatte keine Minute davon gesehen, auch wenn ihn das nicht davon abhalten würde, den Künstlern – falls nachher noch welche von ihnen auftauchen würden – zu sagen, wie *grooooßartig* sie doch gewesen wären.

»Danke. Also, jetzt hör mal, wir haben hier ein kleines Problem. Matt sagte mir, dass sich die ganzen Künstler schon zurück in ihre Hotels verpissen, obwohl wir sie hier auf der Party brauchen, damit sie die Sponsoren und die Tochter des Gouverneurs treffen.«

»Ooooh, die Tochter des Gouverneurs, sag bloß?«, säuselte Dean unausstehlich.

Ich starrte ihn an, ohne zu zwinkern.

»O Gott, du meinst das ernst? Hör zu, ich hab mein Bestes getan, aber was soll ich machen? Sie wollen einfach nicht noch eine Stunde in diesem miesen Backstagebereich rumhängen, und ich kann es ihnen nicht verübeln. Es ist echt ein Drecksloch. Und Matt meinte, du würdest die Bar erst eröffnen, wenn die Show vorbei ist.« Er zuckte mit den Schultern. »Ich bin ziemlich gut in meinem Job, aber ich kann auch keine Wunder vollbringen.«

Ich knipste mein Smartphone an und rief das Bild von Dean mit den zwei Frauen auf.

»Siehst du das, Dean? Das kann ich in einer Sekunde an Marie schicken.«

Er riss die Augen so weit auf, als würden sie jeden Moment in die Eisskulpturenpfütze neben ihm purzeln.

»Wann hat sie dir die letzte Verwarnung gegeben, Dean? Nach Glastonbury, oder? Wie lange musstest du doch gleich bei Richard bleiben, bevor du wieder nach Hause kommen durftest?«

»Kate, jetzt mal im Ernst, das würdest du nicht machen. Es war nichts, ich schwöre.« Schweißperlen bildeten sich auf seinen Schläfen, und er zupfte nervös an seinem Kragen herum.

»Auf dem Foto sieht das aber nicht so aus, was?«, sagte ich und wedelte mit meinem Smartphone vor seiner Nase herum.

»Okay, ich geh jetzt wieder backstage, und ich sorge dafür, dass alle Künstler zur Party erscheinen, ich versprech's.«

»Dean«, ich packte ihn am Arm, »Slender Dee. Der ist wichtig. Bring ihn auf die Party, und du kannst das Foto höchstpersönlich von meinem Handy löschen.«

»Bin schon dabei, Kate«, beteuerte Dean. Dann eilte er den Gang hinunter zu den Künstlergarderoben und warf mir immer wieder über die Schulter hasserfüllte Blicke zu, als hoffe er, ich würde dadurch in Flammen aufgehen.

Neben mir rieb sich Matt das Kinn und betrachtete mich mit einem Blick, der sich irgendwo zwischen Bewunderung und Entsetzen bewegte.

»Was?«, fuhr ich ihn an.

»Sie sind eine taffe Frau, Kate Bailey.« Er grinste.

»Sie meinen wohl, ich weiß, wie man den Job hier macht«, erwiderte ich. »Da ist nichts dabei. Das hätten Sie auch hinbekommen, wenn Sie Deans wunden Punkt gekannt hätten.«

»Autsch!« Er lachte. »Ich weiß ja nicht, ob ich mich damit wohlfühlen würde, die Ehe eines Mitarbeiters aufs Spiel zu setzen, nur um Ergebnisse zu bekommen.«

»Pah, ich hätte Marie dieses Bild niemals gezeigt, und selbst wenn ich es täte, wäre ihr das wahrscheinlich völlig schnuppe. Sie macht sich keinerlei Illusionen darüber, wen sie geheiratet hat. Sie hat selbst in der Produktion gearbeitet, bevor sie Kinder bekam. Sie weiß, wie das ist.«

»Sie sind ganz schön zynisch, was?«

»Zynisch?«

»Glauben Sie denn nicht an die wahre Liebe?«, fragte er und zog die Augenbraue hoch.

»Die wahre Liebe?«, sagte ich spottend. »Nicht zwischen Dean und Marie, nein.«

»Und wie ist das mit Ihnen?«

Ich sah ihn finster an.

»Hören Sie, Matt, ich habe echt keine Zeit für so was. Ich muss mich jetzt wieder um die Abfolge der Auftritte kümmern, nachdem ich Ihr kleines Problem geklärt habe.«

»Noch mal zur Eröffnung der Bar…«

»Matt Martell, wenn Sie mich das noch mal fragen, dann schicke ich *Ihrer* Freundin ein kompromittierendes Foto, und wenn ich es selbst mit Ihnen stellen muss.«

Ich machte auf dem Absatz kehrt und stürmte aus der Bar. Hinter mir hörte ich Matt noch rufen: »Ich habe gar keine Freundin.«

5

Wenn man einen Hund hat, braucht man keinen Wecker. Ich frage mich, ob ich einen Welpen-Wecker vertreiben könnte? Es ist unbestreitbar besser als das Schrillen eines Mobiltelefons dicht am Ohr. Auch wenn vielleicht nicht jeder von einer kalten, nassen Nase aus dem Schlaf gerissen werden will, die jedes Körperteil, das unter der Decke herausschaut, untersucht. Für meinen Plan spricht, dass Minnie die Zeit erstaunlich gut einhält; sie will, dass ich jeden Morgen um sieben wach bin, und sie tut ihren Wunsch lautstark kund. Jetzt, wo wir uns langsam bei Granny Gilbert eingelebt haben, ist es mir schon ein paarmal gelungen, sie in den Garten hinauszulassen, um noch mal für eine Weile zurück ins Bett zu schleichen. Aber diese Faulheit billigt Minnie eigentlich gar nicht und kommt immer beharrlich wie ein lebender Wecker mit Schlummerfunktion zurück, um sicherzustellen, dass ich auch wirklich aufstehe.

Heute Morgen lasse ich sie raus und versuche erst gar nicht, mich wieder hinzulegen. Minnie springt jeden Tag aufs Neue mit so ungeheurem Enthusiasmus in den kleinen Garten hinaus, als wäre es das allererste Mal, dass sie diesen unglaublich aufregenden Ort erkunden darf. Als wären die verrottenden Rosensträucher und die moosigen

Terrassenfliesen eine wundervolle Überraschung. Wahrscheinlich läge darin eine gute Lektion, wenn ich mich nur aufraffen könnte, sie zu lernen. Aber offen gestanden, brauche ich eine Tasse Kaffee, bevor ich anfange, die großen existenziellen Fragen des Lebens anzupacken. Während ich darauf warte, dass der Wasserkessel kocht, schalte ich das Radio ein: Granny Gilberts altes Neunzigerjahre-Subwoofer-Monster mit dem Doppelkassettendeck zum Aufnehmen von Mixtapes – obwohl ich mir ziemlich sicher bin, dass sie auf diese Idee niemals gekommen wäre.

Natürlich fehlt mir Granny Gilbert; ich bin früher jeden Tag nach der Schule hergekommen, solange meine Eltern noch im Büro waren. Sie hat sich auch um Prue gekümmert, als die noch ein Baby war. Aber sie war schon so lange krank, bevor sie starb, und so verwirrt, dass wir mit dem Trauern wohl schon begonnen haben, als sie noch lebte. Die letzten sechs Monate lebte sie nicht einmal mehr in ihrem Bungalow; sie musste in ein Heim nach Bridport, wo sie rund um die Uhr betreut werden konnte. Wenn Granny Gilbert noch mitbekommen hätte, was mit ihr geschah, hätte sie sehr darunter gelitten. Sie hätte über die Krankenschwestern geschimpft, sich geweigert, ihr Zuhause zu verlassen, und darauf bestanden, selbst zu essen. Vermutlich das einzig Gute an der ganzen Sache war, dass das, was von der Mutter meiner Mutter übrig war, zu diesem Zeitpunkt schon vollkommen von stiller Resignation erfüllt war. Daran erkannten wir auch, dass sie gar nicht mehr wirklich da war.

Der Immobilienmakler meinte, dass es für den Verkauf vielleicht den ausschlaggebenden Unterschied mache, wenn jemand das Haus bewohne. Nicht dass es seit meinem Einzug auch nur eine Besichtigung gegeben hätte, aber vielleicht wird das Haus doch noch verkauft, wenn man ihm ansieht, dass jemand darin wohnt und es nicht bloß als Mausoleum für Erinnerungen dient. Der Makler erkundigte sich auch ganz hoffnungsvoll, ob ich nicht einige Renovierungsarbeiten durchführen wolle, solange ich da bin. Als könnte ich so ganz nebenbei einen unattraktiven Bungalow in ein luxuriöses Designerhaus verwandeln. Dabei wäre es schon schwer, sich überhaupt zu entscheiden, wo man anfangen soll. Mit dem Badezimmer, das vollkommen in Blau gehalten war, von der Wanne über die Fliesen bis hin zu den farblich darauf abgestimmten Gästeseifen in Zellophan, die bereits auf dem Badregal lagen, als ich noch zur Schule ging? Mit den in Wickeltechnik getünchten Wänden der Küche – ein Farbeffekt, der, wie ich mir habe sagen lassen, der letzte Schrei war, als Mum Granny Gilbert 1986 dabei half.

Während ich noch so darüber nachdenke, was man mit dem Strukturputz der Wohnzimmerdecke anfangen könnte, merke ich, dass das seltsam schrille Geräusch, das ich zu ignorieren versuchte, wohl Granny Gilberts Telefon sein musste. Oder besser gesagt *mein* Telefon. Bis jetzt wusste ich nicht einmal, dass es angeschlossen ist. Das Haus stand so lange leer, dass ich bisher annahm, es sei längst abgestellt worden.

»Hallo?«, frage ich argwöhnisch, weil ich damit rechne, dass es sich bloß um Telefonmarketing handelt.

»Hallo selber«, sagt meine Schwester. »Störe ich dich an einem weiteren hektischen Tag? Stehen bei dir Meetings an, oder musst du Leute treffen?«

»Sehr witzig, Prue. Was willst du?«

»Warum sollte ich irgendwas wollen?«, fragt sie beleidigt. »Kann ich meine Schwester nicht einfach so anrufen und mich erkundigen, wie es bei ihr läuft? Wie die Dinge so stehen?«

Sofort bin ich in höchster Alarmbereitschaft.

»Ah, okay. Na, in dem Fall, bei mir ist alles gut, danke. Nett, dass du fragst.« Außerdem ausgesprochen untypisch für dich zu fragen, Prue, denke ich bei mir.

»Gut?«, fragt Prue. »Einfach nur gut? Bist du nicht vielleicht …« Ich höre, wie sie innehält und weiß, ohne dass ich auch nur ihr Gesicht sehe, dass das eine vielsagende Pause ist. Eine Pause mit einem vorerst noch nicht definierten Zweck. »Bist du nicht vielleicht ein bisschen einsam?«

»Nein«, erwidere ich schnell. Ich bin noch nicht sicher, worin die Falle besteht, aber ich weiß, dass es eine ist. Immerhin handelt es sich um Prue. Da gibt es immer eine Falle.

»Echt? Weil, wow, ich weiß ja nicht, wie ich mich fühlen würde, wenn ich ganz alleine in diesem traurigen alten Bungalow wohnen würde, ohne jemandem, mit dem ich mich mal unterhalten könnte.«

»Ich komm gut klar, Prue, wirklich«, beteuere ich. »Ich lebe gern allein. Ich erwarte nicht, dass du das verstehst, wo du ja selbst nie von zu Hause ausgezogen bist.«

»Nein.« Sie lacht, aber es ist ein gezwungenes Lachen. Sie wird nicht gern daran erinnert, dass sie noch nie woanders als bei Mum und Dad gewohnt hat. Auch wenn sie selbst darauf besteht, dass sie erst zu Hause ausziehen wird, wenn sie heiratet, passt es irgendwie nicht zu ihrem fortschrittlichen, ambitionierten Image einer jungen Geschäftsfrau. »Okay, du hast schon früher alleine gewohnt. Aber nicht für lang. Nicht seit du Matt kennengelernt hast.«

Ich beiße die Zähne zusammen, ringe mir aber dennoch eine nichtssagende Antwort ab: »Nein, schätze nicht.«

»Aber vielleicht gibt es ja nichts Einsameres, als mit jemandem zusammenzuleben, wenn die Liebe erst mal weg ist«, schlägt Prue vor.

»Verdammt, Prue, was soll das hier?«, schnauze ich sie an. »Ist das ein Anruf von der Klischee-Hotline? Gibt es eigentlich einen echten Grund, warum du mich in aller Herrgottsfrühe anrufst, oder wolltest du bloß dafür sorgen, dass ich mich noch schlechter fühle, als es sowieso schon der Fall ist?«

»Jetzt bleib mal auf dem Teppich«, sagt Prue gelassen. »Ich hab bloß angerufen, weil ich mir Sorgen um dich mache. Ich weiß, du denkst, mir sei das alles egal, aber das stimmt nicht.«

Ich habe einen Kloß im Hals. Auch wenn ich noch immer an ihren Motiven für diesen unerwarteten Anruf zweifle, treibt mir in letzter Zeit schon die flüchtigste Anteilnahme Tränen in die Augen. »Danke, Prue. Tut mir leid, dass ich so bissig bin. Ist einfach 'ne schwierige Phase.«

»Und eine einsame«, legt sie mir beharrlich nahe.

»Okay, vielleicht auch ein ganz klein bisschen einsam«, räume ich schließlich ein und gebe mich damit geschlagen.

»Wusst ich's doch. Gut, dass du es endlich zugibst. Also, warum kommst du einsames Herz heute Abend nicht zum Abendessen rüber? Ich koche.«

Es ist nicht die verlockendste Einladung, die ich je bekommen habe, aber machen wir uns nichts vor, es ist vermutlich die einzige Samstagabendeinladung, die ich in meiner selbst auferlegten Zurückgezogenheit bekommen werde. »Danke Prue, das klingt gut.«

»Gut. Sei um sieben da. Bring Wein mit – weißen, vier Flaschen. Ich habe Teresa aus dem Weinladen schon gesagt, welche sie zurücklegen soll, die kannst du später abholen.«

Gemerkt? Natürlich stand eine Absicht dahinter. Ich würde wetten, dass es die teuersten Weine sind, die ganz Lyme zu bieten hat.

»Übrigens«, fährt Prue beiläufig fort, »Ben kommt auch.«

»Wirklich?« Ich habe den neuen Freund meiner Schwester noch nicht kennengelernt, und plötzlich wird der bevorstehende Abend viel interessanter.

»Ja, wirklich. Aus irgendeinem unerfindlichen Grund will er dich kennenlernen«, sagt Prue.

»Er kommt extra aus Bristol her?«

»Ja, aus Bristol, wo soll er denn sonst herkommen?«

»Jetzt sei doch nicht gleich so zickig, Prue, klingt bloß ein bisschen weit für nur ein Abendessen. Übernachtet er hier?«

Granny Gilberts Telefon ist mit einem langen Spiralkabel an der Wand befestigt. Ich dehne es aufs Äußerste und halte den Teekessel unter den laufenden Wasserhahn, während Prue weiterredet.

»Natürlich nicht!«, ruft Prue und fügt stolz hinzu: »Er übernachtet im Alexandra; ich hab ihm ein Zimmer zum halben Preis besorgt, wegen seiner Verbindungen zu Baileys'.«

Prue redet von unserem Familienunternehmen, als wäre es ein riesiger Wirtschaftsgigant statt einer kleinen Firma, bestehend aus ihr und meinen Eltern, die Ferienhäuser vermietet und Veranstaltungen für Touristen in einem verschlafenen Nest von Dorset organisiert. Prue hatte ungeachtet des mangelnden Interesses unserer Eltern, das Geschäft zu vergrößern, schon immer hochtrabende Pläne für Baileys' und hat sich bei allen möglichen verrückten regionalen Wirtschaftsorganisationen registriert, um ihre Ambitionen noch zu beflügeln. Übrigens bin ich mir ziemlich sicher, dass sie Ben auf irgendeiner Veranstaltung der Jungunternehmervereinigung Südwest kennengelernt hat.

»Nicht schlecht«, sage ich und schalte den Teekessel ein. Das Alexandra ist das nobelste Hotel der Stadt, und Prue weiß, dass ich das weiß.

»*Die* verstehen, wie der Hase läuft«, meint Prue.

»Äh, was?«

»Jetzt, wo Ben sich an Baileys' beteiligen wird«, erklärt sie, »wissen sie, dass wir ihnen jede Menge Umsatz bringen werden. Also wollen sie sich uns warmhalten, das sag ich dir.«

»Klar«, stelle ich fest. Prues Pläne für die Vormachtstellung in der Lymer Küstenregion könnten mich nicht weniger interessieren. »Warum kann er denn nicht bei dir übernachten?«

Ich höre, wie Prue geräuschvoll einatmet, bevor sie antwortet. »Du weißt doch, wie ich zu dieser Sache stehe«, sagt sie spröde.

»Na ja, entschuldige, dass ich frage, ob dein *Freund* zufälligerweise bei dir übernachtet. Das liegt doch jetzt nicht völlig außerhalb des Bereichs des Möglichen, oder?«

»Kate, nicht jeder teilt deine Londoner Sitten«, ätzt sie zurück und klingt dabei wie fünfundsiebzig statt wie fünfundzwanzig. »Wir sehen uns um sieben.«

Und dann legt sie auf.

Einmal, nur ein einziges Mal würde ich gerne ein Gespräch mit Prue führen, das nicht auf diese Weise endet.

6

Lagos, Nigeria

»Da ist sie ja.«

»Holt mal einer Kate 'nen Drink, los!«

»Warum machst du das denn nicht selbst, Danny, du Trottel?«

»Jay, die Getränke an der Bar sind kostenlos, da kann jeder hingehen. Du kriegst keine extra Punkte für galantes Benehmen.«

Falls es jemanden interessiert, wie man eine Gruppe Kameramänner schon aus fünfzig Schritt Entfernung erkennen kann – auch wenn ich nicht wüsste, warum man das tun sollte, außer um sie zu meiden –, dann sollte man auf Folgendes achten: Erstens sind sie alle stets identisch gekleidet, auch wenn sie zutiefst beleidigt wären, wenn man sie damit konfrontieren würde. Als Freiberufler halten sie sich nämlich für total individuell, Freigeister eben, aber wenn man sie zusammen sieht, klingen ihre Individualitätsbekundungen wie die eines Schwarms Flamingos, die sich darüber beschweren, dass sie niemand auseinanderhalten kann: »Aber ich bin doch vollkommen *anders* pink, und meine Beine sind um *Meilen* länger als seine – also! Denkst du vielleicht *jeder* hätte so einen Schnabel?« Und beim Federkleid eines Kameramannes denkt man am besten einfach an ein dunkles T-Shirt, Armeehorts, für gewöhnlich mit Tarnmuster und vielen Reißverschlusstaschen für unnötiges Zeug, und an Turnschuhe.

Und was diese Kameramänner betrifft, hängen sie noch dazu ständig auf einem Haufen rum, machen Machosprüche und Insiderwitze, während sie versuchen, die Mädels aus dem Produktionsteam aufzureißen. Und, ich kann es nicht leugnen, häufig mit Erfolg. Sarah hatte in der jüngsten Vergangenheit mit mindestens zwei dieser Kameramänner ein Techtelmechtel, und offen gestanden habe auch ich nach einer Veranstaltung auf Ibiza im Sommer eine Nacht mit Chris verbracht. Aber nenn mir auch nur ein Produktionsmädel, das nicht zu irgendeinem Zeitpunkt ihrer Karriere einmal mit einem Kameramann geschlafen hätte, und ich nenne denjenigen einen Riesenlügner. Es ist praktisch Teil der Stellenbeschreibung.

»Schon okay«, sagte ich und drängte mich an den Kamerajungs vorbei in Richtung Bar. Der Raum wogte, jetzt wo die Show vorbei war, und Dean sich selbst übertroffen und wie versprochen die Künstler auf die Party gezerrt hatte. »Ich hol mir selber was. Sarah, was trinkst du?«

»'n Star«, rief sie, die wie zufällig ausgerechnet direkt neben Jay, einem ihrer Kameramann-Eroberungen, in der Menge hängen geblieben war. Er hatte sich mit seinen breiten Schultern so vor sie platziert, dass er seine Abziehbildfreunde abblockte. Sie schlug schamhaft die Augen nieder und blickte dann durch ihre langen Wimpern wieder zu ihm auf. Ich verdrehte die Augen, das sah nach Wiederholung aus.

Chris, der ganz offensichtlich dachte, dass ich womöglich auch scharf darauf wäre, die Vergangenheit wieder aufleben zu lassen, löste sich aus der Gruppe und stellte sich neben mich an die Bar. Ich reckte den Kopf über seine Schulter, um den VIP-Bereich zu überblicken, der aus nichts weiter als einer Ecke mit Ledersofas bestand, auf denen, wie ich erleichtert feststellte, Slender Dee Platz genommen hatte und die Ankunft des Gouverneurs erwartete.

»Hey, Kate«, sagte Chris und stupste mich an, um meine Aufmerksamkeit zu bekommen. Das klang jetzt nicht gerade wie eine große Liebeserklärung.

Ich fragte mich, ob mir Chris jetzt vielleicht deshalb viel weniger attraktiv vorkam als damals auf Ibiza, weil Matts Worte vorhin einen wunden Punkt bei mir getroffen hatten. Es hatte eine Zeit gegeben, als allein Chris' Anblick mit angespannten Muskeln auf seiner Kameratribüne, die schmutzig blonden Surferboy-Haarsträhnen im Gesicht, meinen Magen zum Überschlagen gebracht hatte. Jetzt spürte ich nichts als eine Art unwillige Langeweile über Chris' Annahme, dass wir einfach da weitermachen würden, wo wir aufgehört hatten.

Ich hatte mich schon oft gefragt, ob es an meinem Job lag, dass sich mein Liebesleben auf flüchtige Arbeitsflirts beschränkte – all das Herumgereise, die nächtlichen Überstunden und unberechenbaren Arbeitszeiten beflügelten das häusliche Glück wohl kaum –, oder ob ich den Job auch deshalb gewählt hatte, um zu vermeiden, dass ich irgendwie sesshaft wurde. Die Arbeit war immer meine Ausrede dafür, mich nicht auf irgendetwas Ernstes einlassen zu können. Ich hatte es immer vorgezogen, meine Beziehungen kurz und locker zu halten.

Aber man kann vom ewigen Produktionsringelpiez mit Anfassen ja auch mal müde werden. Und nicht nur wenn einem langsam die Optionen ausgehen und man sich mit dem Recyceln von verfügbaren Kameramännern begnügen muss. Vielleicht wurde ich auch einfach nur alt. Aber dreißig war nicht alt. Nicht, verglichen mit jemandem wie Dean, der noch immer mit den Roadies kokste und es hinter dem Rücken seiner Frau mit anderen trieb, obwohl er schon auf die fünfzig zuging. Also, das würde ich dann alt *und* armselig nennen.

»Hey«, sagte Chris noch mal. Mister Romantik. Ich erwartete ja nicht, dass er vor mir auf die Knie fiel, mir ein Gedicht schrieb oder mir zu Ehren ein Lied komponierte, aber ich hätte es schon gut gefunden, wenn er ein Mindestmaß an Einsatz an den Tag gelegt hätte. Neben mir zu stehen und so lange »Hey« zu sagen, bis ich besoffen genug wäre, um mit ihm zu knutschen, war nicht gerade verlockend, und ganz sicher war es nicht die große Liebe.

In einer Ecke regte sich etwas, und einen Moment lang bewegte sich die Gruppe von Kameramännern im Einklang wie ein Fischschwarm, sodass ich sehen konnte, wie der Gouverneur den Raum betrat, bekleidet mit einer beigen Uniform, die demonstrativ mit geflochtenen Goldornamenten verziert war. Er hatte seine Teenagertochter an der Hand, um deren dürren Körper ein gemustertes Kleid flatterte. Sie biss sich nervös auf die Lippe, weil sie es kaum erwarten konnte, endlich ihren großen Star zu treffen.

»Entschuldige mich«, sagte ich, schnappte mir zwei Flaschen Star von der Bar, von denen ich eine Sarah reichte, und ließ den verdutzten Chris einfach stehen.

Es war bloß eine Sache von zwei Minuten, den Gouverneur und seine Tochter Slender Dee vorzustellen, und dann überließ ich sie fröhlich plaudernd sich selbst im VIP-Bereich, der plötzlich eindrucksvoller wirkte, da er vom Sicherheitspersonal des Gouverneurs umstellt war. Dean nickte mir bang vom Büfett aus zu, wo er im Einsatz war, sprich, sich mit ein paar Künstlern besoff, und ich mimte das Löschen des Fotos von meinem Smartphone. Er lächelte nervös zurück, denn er traute mir nicht recht. Ich würde so etwas nie an Marie schicken, aber vielleicht war das auch gar nicht nötig – vielleicht reichte die Drohung allein, damit er heute Nacht einmal die Hosen anbehielt.

Jetzt konnte ich mich endlich lockermachen. Die Show war vorbei, der Abbau war im Gange, und in nur – ich warf einen Blick auf mein Handy – neun Stunden würde ich bereits im Flugzeug nach Hause sitzen. Und bis dahin musste ich noch jede Menge trinken. Die Kameramänner hatten sich an einem Tisch geparkt und wirkten so zufrieden, als wollten sie dort übernachten, zurückgelehnt auf ihren Plätzen und mit allerlei leeren, sich bereits vor ihnen auftürmenden Gläsern. Sarah hatte sich mit Jay in eine Ecke zurückgezogen. Ihre Knie berührten sich, während sie sich gegenübersaßen und sich angeregt unterhielten. Leila fläzte auf einem der weißen Ledersofas und grinste wohlwollend vor sich hin. Danny machte einer Sängerin aus Gabun schöne Augen, einer schönen Frau in einem grün gemusterten Kleid, die in eleganter Haltung auf einem hohen Hocker an der Bar saß. Ich fragte mich, wann Danny schnallen würde, dass sie wie Slender Dee blind war und nicht bloß einen auf schwer zu kriegen machte.

Matt arbeitete noch immer. Ich vermutete, dass die Leute, mit denen er sich unterhielt, seinem faszinierten Blick nach zu urteilen, wohl die VIPs von Airtel waren. Dabei war sicher auch seine Größe hilfreich – er musste gut über eins achtzig groß sein –, was bedeutete, dass er beim Zuhören meistens den Kopf neigen musste. Das gab jeder Unterhaltung eine vertrauensvolle Note, vermittelte ein Gefühl von echter Aufmerksamkeit, auch wenn er vermutlich in Wahrheit gelangweilt war und sich fragte, wann sie wohl endlich die Party, die sie bezahlt hatten, verlassen würden. Matt fing meinen Blick auf und zwinkerte mir über die Köpfe der Sponsoren hinweg zu. Ich lächelte zurück und wandte mich dann wieder der Bar zu.

Ich schob mich bereits auf halbem Weg durch den Raum, vorbei an der Schickeria von Lagos und den Nollywoodstars, komplett underdressed im Vergleich zu all den High Heels und hoch aufragenden Kopfbedeckungen, als ich spürte, dass mich jemand am Ärmel zupfte. Was war jetzt noch? Die Sponsoren dachten vielleicht, das sei ihre Party, aber was mich anging, war sie meine Belohnung für zwei Wochen harte Plackerei, und ich würde mich nicht in weitere Arbeitsbelange verwickeln lassen.

Ich drehte mich um und sah Matt hinter mir, den Kopf wieder auf diese vertrauensvolle Weise geneigt.

»Prost«, sagte er und stieß mit seiner Flasche Star gegen meine.

»Prost«, erwiderte ich und beäugte ihn argwöhnisch. Hinter ihm konnte ich die dicht gedrängten Reihen der Kameramänner sehen, die unser Gespräch aufmerksam verfolgten, allen voran Chris.

»Sie wollen wohl zurück zu Ihren Freunden«, sagte Matt und warf einen Blick über die Schulter zum Tisch der Kameramänner hinüber. »Ich wollte mich bloß noch einmal für Ihre Hilfe vorhin bedanken – und sorry, dass ich Sie genervt habe, ich weiß, das war eine ziemliche Albtraum-Show. Ich wollte es Ihnen nicht noch schwerer machen.«

»Schon okay«, meinte ich. »Das ist mein Job.« Aber ich konnte mir nicht verkneifen, ihn ein bisschen anzulächeln.

Er sah unglaublich gut aus. Jetzt, wo ich ihn aus der Nähe betrachtete, waren seine Augen von einem sehr dunklen Blau.

»Vielleicht sollte ich Ihnen einen Drink holen«, bot er an. »Als Dankeschön.«

»Äh, die Getränke sind kostenlos, Matt«, erwiderte ich lachend. »Und ich habe noch eine Flasche Star.«

»Vielleicht sollte ich Sie dann auf einen Drink einladen, wenn wir wieder zu Hause sind«, schlug Matt vor. »Ich bin sicher, ich kann ein paar Flaschen Star nach London schicken lassen, bei all den tollen neuen Freunden, die ich jetzt bei Airtel gewonnen habe.« Er winkte einem der Sponsoren zu, der grinsend zurückgrüßte. »Sehen Sie? Joseph da drüben ist mir sicher nur zu gerne behilflich.«

Matt gab Joseph ein Daumen-hoch-Zeichen, und dieser erwiderte es. Dabei sah er mich mit hochgezogener Augenbraue Beifall heischend an. »Star auf Lebenszeit. Wäre geregelt.«

»Matt, tut mir leid, dass ich Sie mit ihrer beeindruckenden Nigeria-Connection enttäuschen muss, aber ich wäre dankbar, wenn ich für den Rest meines Lebens keine einzige Flasche Star mehr zu Gesicht bekommen würde«, erklärte ich.

»Auch wenn es immer eine besondere Erinnerung daran sein wird, wie Sie und ich uns kennengelernt haben?«, zog Matt mich auf. »Bei einer Flasche Star, mit ein paar afrikanischen Superstars und einem Erpressungskomplott gegen den Chefkünstlerbetreuer?«

»Nicht mal deshalb«, sagte ich und zog eine Grimasse, als ich den Rest meines mittlerweile warmen Bieres wegkippte. Ich stellte überrascht fest, dass ich Spaß hatte. Ich hatte das Gefühl, Matt war es gewöhnt, Menschen aufzulockern. Er hatte eine Art von Charme, die sich, obwohl ich merkte, dass sie routiniert rüberkam, vollkommen natürlich anfühlte. Ich genoss es, mich zur Abwechslung mal umgarnen zu lassen, wo es sonst immer ich selbst war, die bei anderen für Schönwetter sorgen musste.

»Ah, na ja, ich schätze, dann wird es wohl nur mir etwas bedeuten«, seufzte Matt. »Es ist schwierig, Sie zum Lächeln zu bringen, Nussknacker-Bailey. Aber ich würde sagen, Sie sind hübsch genug, um das wettzumachen.«

Ich warf ihm mit zusammengekniffenen Augen unter meinem Pony hervor einen prüfenden Blick zu. »Was wollen Sie?«

Matt wirkte kurz erschrocken, bevor er in Lachen ausbrach. »Kann ein Kompliment nicht einfach nur ein Kompliment sein?«

»Das ist so selten der Fall«, sagte ich aalglatt. »Vor allem ohne Hintergedanken …«

»Na ja, vielleicht habe ich ja Hintergedanken«, erwiderte Matt.

Ich merkte plötzlich, dass ich in eine Ecke zurückgewichen war, die etwas abseits vom Rest der Bar war, weil er sich immer näher zu mir gebeugt hatte.

»Ach ja?«, meinte ich. Meine Stimme war fest, aber ich spürte, wie sich ein Anflug von Rot auf meinen Wangen ausbreitete. Flirtete Matt etwa mit mir, oder knallte er mir gleich eine weitere nervige Forderung seiner Sponsoren um die Ohren?

»Ja«, sagte Matt und kam noch näher. Ich trat wieder zurück und stieß mit dem Rücken gegen die Wand einer kleinen Mauernische. Mein Herz begann schneller zu schlagen, als säße ich in der Falle. Matt lächelte mich bloß lässig an und zog die Augenbrauen hoch.

»Ich brauche einen Drink«, platzte ich heraus und schwenkte meine leere Bierflasche vor meinem Gesicht.

»Okay«, meinte Matt mit unbeirrtem Grinsen. »Noch ein Star?«

»Nein«, sagte ich kokett herausfordernd. »Irgendwas anderes. Entscheiden Sie.«

Ich wandte mich um und stellte meine leere Bierflasche auf Kopfhöhe in der Nische ab. Als ich mich wieder umdrehte, beugte sich Matt ruckartig mit weit aufgerissenen Augen zu mir vor. Ich zuckte zurück – machte er jetzt wirklich den Versuch, mich zu küssen? Vor allen anderen? Doch stattdessen langte er an mir vorbei und fing die Bierflasche auf, bevor sie zu Boden fiel.

»Ninja-Reflexe!«, rief er, richtete sich wieder auf und strich sich die Haare aus dem Gesicht. Er war mir noch näher gekommen, um die herabfallende Flasche aufzufangen, doch er rückte nicht wieder von mir ab, jetzt wo er sie in der Hand hielt.

»Echt beeindruckend«, sagte ich, und mein Herz schlug schneller. »Kein Wunder, dass man Sie mit solchen Fähigkeiten zum Marketingleiter gemacht hat.«

»Oh, ich schreibe meine Ninja-Skills normalerweise nicht in meinen Lebenslauf«, witzelte Matt. »Ich zeige sie nur wenigen Auserwählten.«

»Dann darf ich mich ja geehrt fühlen.«

»Okay. Also, auf zur Bar. Kein Star. Soll das heißen, Sie sind bereit, zu Härterem überzugehen?«, fragte Matt mit hochgezogener Augenbraue. Nur ein Anflug von Belustigung in seinen Augen, der mir sagte, dass er all das nicht so ernst nahm, rettete ihn davor, schrecklich abgedroschen rüberzukommen.

Was er kann, konnte ich schon lange.

»Oh, absolut«, erwiderte ich und hielt seinem Blick stand. »Je härter, desto besser.«

»Warten Sie hier«, sagte Matt und marschierte los. Doch dann drehte er sich noch einmal um, hob mit den Fingern mein Kinn an und sagte: »Versprechen Sie, dass Sie warten werden?«

Sein verschwörerisches Grinsen war ansteckend. Ich fühlte mich wie in einen konspirativen Austausch hineingezogen. »Versprochen.«

»Gut«, sagte er, »denn wenn ich wiederkomme, werde ich dich küssen, Kate Bailey.«

Wenn ich rückblickend darüber nachdenke, war das der beste Spruch, den ich je gehört habe. Und natürlich war es ein Spruch. Er bekundete seine Absichten in dem Wissen, dass ich, wenn ich noch an der Bar stand, Lust darauf hatte, geküsst zu werden. Und wenn ich nicht mehr da wäre – tja, dann hätte er sich einen peinlichen Korb erspart.

Mir war ganz schwindlig, als hätte ich schon viel mehr als nur eine Flasche Bier getrunken. *Wollte* ich Matt Martell küssen? Noch heute Morgen war er nichts weiter als der nervige Neue gewesen, der mir zu viele E-Mails schickte. Aber jetzt … Er zwinkerte mir von der Bar aus zu.

»Hey, Kate«, Chris tauchte neben mir auf und packte mich am Oberarm. »Sorry, dass ich deine nette Unterhaltung störe, aber drüben an unserem Tisch steht ein Whisky, auf dem dein Name steht.«

»Oh«, ich wandte mich ihm zu. Ich war mir darüber im Klaren, dass ich das peinliche Grinsen im Gesicht nicht abstellen konnte. Ein Grinsen, das nichts mit Chris zu tun hatte. »Okay, danke. Matt holt mir gerade einen Drink.«

»Ja«, meinte Chris mit finsterem Gesicht, »Matt.«

»Was?«, fragte ich verärgert. Es war ein bisschen spät für

eine Eifersuchtsszene von Chris. Schließlich hatte er keine Anstalten gemacht, bevor er gesehen hatte, dass Matt mich anquatschte. Chris' Blick sprang erst hinüber zu Matt und dann zurück zu mir.

»Hör zu, Kate, nichts für ungut«, meinte er mit gesenkter Stimme, »aber dieser Matt Martell ist ein totaler Wichser. Er flirtet mit jeder, aber du weißt schon, dass er mit Ailsa Logan zusammen ist, oder?«

»Ailsa Logan?«, wiederholte ich. Das musste ein Irrtum sein.

»Ja«, meinte Danny, der hinter meiner anderen Schulter auftauchte. »Ailsa Logan von *Rise & Shine*, die scharfe Fernsehtussi.«

»Bist du sicher?«, fragte ich. »Er meinte, er hätte keine Freundin.«

Die beiden Kameramänner tauschten vielsagende Blicke aus.

»Na ja, das würde er wohl auch nicht sagen, oder?«, meinte Chris verächtlich. »Aber ich habe Fotos von den beiden zusammen bei den Brit Awards letzte Woche gesehen. Sie waren beim Hinflug in der Zeitung.«

Ich spürte, wie meine Wangen vor Ärger heiß wurden. Als Königin der Drehortflirts hätte ich einen Gleichgesinnten eigentlich erkennen müssen. Was am Drehort passiert, bleibt am Drehort, richtig? Aber eine Frau muss ein gewisses Niveau halten. Ich hatte noch niemals wissentlich mit jemandem geschlafen, der in einer Beziehung war, und ich hatte nicht vor, jetzt damit anzufangen.

Drüben an der Bar hatte Matt sich nach vorne durchgearbeitet, seine breiten Schultern verschafften ihm Platz in der Menge. Er wandte sich um und warf mir einen Blick zu. Als er sah, dass ich von zwei stattlichen Kameramännern flankiert wurde, wirkte er irritiert und hob die Hand zu einem zögerlichen Winken.

»Der hat Nerven«, meinte Danny und hakte sich bei mir unter.

»So ein Mistkerl«, zischte Chris und nahm mich am anderen Arm.

Dem konnte ich nichts entgegensetzen.

Also ließ ich mich von ihnen weg von Matt Martell und hin zu einem einladenden Fass voll mit grauenhaftem nigerianischem Whisky ziehen.

7

Ich kann nicht leugnen, dass ich neugierig bin, den geheimnisvollen Ben kennenzulernen. Auch wenn ich annehme, dass er wohl nur für mich geheimnisvoll ist, da meine Eltern ihn schon oft gesehen haben müssen. Es ist das erste Mal, dass einer von Prues Freunden Interesse am Geschäft zeigt, und da meine Eltern ihm erlaubt haben mitzumischen, müssen sie das Ganze für eine ernsthafte Beziehung halten. Sie betreiben die Firma seit Dad nach Prues Geburt seinen Job als Roadie aufgegeben hat. Ich glaube nicht, dass Prue bewusst ist, dass die beiden schon ein ereignisreiches Leben gelebt haben, bevor sie nach Lyme kamen. Ihr Bedürfnis nach Abenteuern wurde durch Jahre des Herumreisens und Herumhängens mit Rockstars gestillt. Nach Dorset sind sie dann gezogen, um ein ruhiges Leben zu führen. Ich schätze, ich habe noch ein bisschen was von den Reisen und dem Glamour abbekommen – ich war sechs, als wir herzogen und sie nach Schulen und Stabilität Ausschau hielten. Prue dagegen hat nie etwas anderes als das ruhige Leben kennengelernt, also kann sie nicht anders, als ständig zu versuchen, Baileys' ins Rampenlicht zu rücken.

Die Hintertür ist noch immer offen, und ich kann Geräusche aus dem Garten nebenan hören. Eddys Großmutter scheint auch wach zu sein. Ich hüte mich davor, ihr über den Gartenzaun etwas zuzurufen, da ich keine Lust darauf habe, sie wieder von der Leiter plumpsen zu sehen. Aber die Geräusche aus dem Garten klingen schrill, aufgeregt, nicht nach den leisen Selbstgesprächen einer alten Dame. Ich gebe heißes Wasser in die Espressokanne und lasse sie auf der Platte, während ich nach draußen gehe.

»Nein, *du* bist die böse Königin und *ich* die Prinzessin«, verkündet eine Stimme, die definitiv nicht zu Mrs. Curtis gehört.

»Ich will aber nicht die böse Königin sein. Ich bin lieber der Prinz, der die Prinzessin rettet«, hält jemand anders dagegen.

»Du kannst aber kein *Prinz* sein, du bist ein *Mädchen*.«

»Dann bin ich eben eine *Prinzessin*, die die Prinzessin rettet!«

»So geht das nicht, die Prinzessin muss von einem *Prinzen* gerettet werden.«

»Wer sagt das?«

»Das sagt jeder, und außerdem will ich nicht von dir gerettet werden – ich bin die Ältere.«

»Mädchen!«, ruft eine Stimme aus dem Nachbarhaus. Das muss Eddy sein.

»Daddy«, bettelt die jüngere Stimme. »Wir können doch beide Prinzessinnen sein, oder?«

Ich höre Eddy in den Garten kommen.

»Ihr seid beide meine Prinzessinnen, Grace, natürlich«, sagt er liebevoll, aber unbeteiligt, nicht ahnend, welcher Streit gerade zwischen den Schwestern entflammt ist.

Wie seltsam, dass Eddy Kinder hat. Kinder im Schulalter, keine kleinen schreienden Babys, wie sie einige meiner Freunde in letzter Zeit produziert haben, sondern kleine

Mädchen, die alt genug sind, sich zu streiten und eine Meinung zu haben. Eddy, der früher immer mit Kugelschreiber Bandnamen auf seine Schultasche gekrakelt hat, der einen verbeulten orangen VW Käfer mit einem zurechtgebogenen Drahtkleiderbügel als Radioantenne fuhr und dessen Partynummer darin bestand, mit einer Hand einen Joint zu drehen – das ist der Eddy Curtis, den ich kannte; und jetzt ist er Vater. Ein richtiger Erwachsener. Ich wusste nicht mal, dass er geheiratet hatte.

»Au, hör auf damit!«, kreischte eines der Mädchen, und Minnie begann erschrocken zu bellen.

»Ein Hund!«, ruft Eddys jüngere Tochter, Grace, glaube ich.

»Kate?«, ruft Eddy über den Zaun. »Kate, entschuldige, es ist echt noch früh, haben wir dich geweckt?«

»Hi Eddy«, rufe ich zurück. »Ihr habt mich nicht geweckt, ich war schon auf, ehrlich.«

»Halb neun an einem Samstag?« Eddy lacht. »Die Dinge scheinen sich ziemlich geändert zu haben seit damals.«

Ich weiß nicht, was ich darauf antworten soll. Es fühlt sich an, als wäre alles anders und dann auch wieder nicht. Hier bin ich also wieder zurück in Lyme und plaudere mit Eddy Curtis. Als Nächstes springen wir wahrscheinlich in sein Auto und fahren zu irgendeiner Party, von der wir Wind gekriegt haben, irgendwo außerhalb von Axminster.

»Papi«, flüstert eine Stimme eindringlich. »Hat sie einen Hund?«

»Noch besser«, rufe ich über den Zaun. »Ich habe einen Babyhund. Wollt ihr ihn sehen?«

Eddys Töchter stehen schneller bei mir im Garten, als dass mir einfällt, dass ich noch im Pyjama bin und mir noch nicht mal die Zähne geputzt habe. Nicht dass es ihnen auffallen würde, sie haben bloß Augen für Minnie, die begeistert auf ihnen herumhüpft; sie liebt Kinder. Aber Eddy wirkt verlegen, und ich weiß nicht recht, wie ich mich verhalten soll. Meine Londoner Umgangsformen fühlen sich hier fehl am Platze an, und ich kann ihn zur Begrüßung ja schlecht auf die Wange küssen, wenn ich mit ziemlicher Wahrscheinlichkeit schlechten Atem habe. So viel zu der glamourösen Kate, die er sich vorgestellt hat; ich muss ziemlich zerzaust aussehen.

»Sorry, dass wir dich so überfallen«, sagt er und vermeidet es, mich direkt anzusehen. »Wir holen meine Großmutter samstags immer vom Schwimmen ab – das ist für uns alle ein ziemlich früher Start in den Tag.«

»Gibt es jetzt ein Schwimmbad in Lyme?«, erkundige ich mich. Ich hätte von Zeit zu Zeit selbst nichts gegen eine Runde Schwimmen. Etwas zum Zeitvertreib.

Eddy grinst und kratzt sich mit den Fingerknöcheln am Kopf. »Nö. Für Grandma doch nicht. Für sie gibt es bloß das Meer oder gar nichts.«

»Das Meer?«, stoße ich hervor. »Aber es ist Oktober! Das ist doch bestimmt eiskalt.«

»Grandma meint ›erfrischend‹«, sagt Eddy mit einem ironischen Lachen. »Früher ist sie jeden Tag geschwommen. Jahrelang. Aber vor einer Weile ist sie in eine Strömung geraten – sie ist nicht mehr so kräftig, wie sie dachte –, und dann hat jemand die Küstenwache gerufen.«

»O mein Gott, war sie in Ordnung?«

»Sie war vollkommen okay, als die Küstenwache kam, bloß wütend über das ganze Theater. Besonders als sie sie auch noch im Krankenwagen mitnahmen, um sie durchzuchecken. Die Leute von der Küstenwache haben ihr einen

Rüffel verpasst, weil sie in ihrem Alter noch alleine schwimmen geht. Du kannst dir sicherlich vorstellen, wie gut sie das aufgenommen hat.«

»Aber sie geht trotzdem noch rein?«

»Wir haben eine Abmachung getroffen – sie schwimmt nur noch Samstagfrüh, und dann kommen die Mädchen und ich mit. Selbstverständlich nur als *Zuschauer*. Natürlich keineswegs um eine Achtzigjährige zu beaufsichtigen, die allein im Meer rumschwimmt.«

»Selbstverständlich.« Ich kann nicht umhin, Mrs. Curtis' rüstige Art zu bewundern, die so gar nicht mit ihrer schmächtigen Erscheinung übereinstimmt.

Eddy grinst. »Aber ich bin mir nicht ganz sicher, ob sie ihren Teil der Abmachung einhält, vor allem nach dem, was du neulich über ihre Schwimmkappe gesagt hast.«

»Außer sie hat bloß eine neue eingetragen«, schlage ich vor, weil mich plötzlich eine verspätete nachbarschaftliche Loyalität überkommt.

»Oh, ich verstehe«, meint Eddy mit hochgezogener Augenbraue. »Ich dachte, du wärst in dieser Sache meine Verbündete, und schon schlägst du dich auf ihre Seite.«

Eddy und ich beobachten die Mädchen, die sich kreischend von Minnie durch den Garten jagen lassen.

»Eddy Curtis, ein Vater«, sage ich. »Ich glaub's nicht.«

Er sieht mich fragend an. »So seltsam ist das gar nicht, weißt du. Ich bin vierunddreißig, nicht dreizehn.«

»Ich weiß«, sage ich lachend. »Ich schätze, ich sehe dich noch immer als Teenager. Du bist überhaupt nicht seltsam. Ich bin seltsam.«

»Warum bist du bitte seltsam?«, fragt er amüsiert.

Ich zucke mit den Schultern. »Ach, weißt du, es ist einfach seltsam. Ich meine, das Leben ist seltsam. Du bist

Vater. Dready Eddy ist Vater. Und ich bin, na ja, ich wohne im Bungalow meiner Großmutter.«

Eddy tritt auf den Pflastersteinen von einem Bein aufs andere. »Ja, tut mir leid, ich, äh, hab das von deinem Mann gehört.«

»Schon okay«, sage ich, froh darüber, dass er Manns genug ist, es direkt anzusprechen, anstatt es mit Plattitüden zu verklausulieren wie die meisten anderen Leute. »Nicht jede Ehe ist für die Ewigkeit gedacht.«

Er stößt ein kurzes bellendes Lachen aus, als würde es aus ihm rausgeprügelt. »Nein.«

Seine jüngste Tochter kommt auf uns zugerannt, außer Atem und voller Begeisterung.

»Daddy, können wir hier bei dem Hündchen bleiben? Bitte!«

Ihre Schwester, die nicht älter als acht sein kann, verdreht auf Teenagermanier die Augen.

»Grace, wir haben noch *alles Mögliche zu tun*. Oder, Daddy? Es kann nicht immer nur ums Vergnügen gehen.«

Ich unterdrücke ein Grinsen über ihre altkluge Haltung.

»Charlotte hat recht, Süße«, sagt Eddy und zieht Grace liebevoll an ihrem Zopf. »Ich muss euch um halb neun wieder bei Mommy abgeben, damit sie euch rechtzeitig ins Ballett bringen kann.«

»Aber ich will nicht ins Ballett«, jammert Grace, wobei sich ihre Augen mit Tränen füllen. »Ich will bei dir bleiben und bei dem Hündchen.«

Eddy neben mir wirkt etwas angespannt. Bei Mommy abgeben? Er wirft mir ein kleinlautes Lächeln zu.

»Ja«, sagt er. »Das Leben ist seltsam. Kommt, Kinder. Wir müssen der Uroma noch Auf Wiedersehen sagen, sonst kommen wir noch zu spät.«

»Können wir deinen Hund wieder besuchen kommen?«, fragt Grace, klammert sich an meine Hand und schaut mich flehend an. Charlotte versucht, reservierter zu wirken, so als sei es ihr egal, aber ich sehe ihr an, dass es ihr genauso geht. Mit ihrem coolen Gehabe macht sie mir nichts vor; das habe ich selbst zu sehr perfektioniert, als dass ich bei anderen Leuten drauf reinfallen würde.

»Natürlich könnt ihr das«, sage ich. »Wenn ihr das nächste Mal kommt, dann können wir mit ihr spazieren gehen, wenn ihr wollt.«

Eddy ist schon am Seitentor. »Jetzt hört mal auf, die arme Kate zu nerven, Kinder«, ruft er. »Los jetzt.«

Sie rennen winkend aus dem Tor, und ich muss Minnie am Halsband schnappen, damit sie ihnen nicht hinterherflitzt.

»Tut mir leid, Mins«, sage ich. »Du musst hier bei mir bleiben.«

Sie winselt, als ich das Tor zumache, und auch mir ist zum Heulen zumute. Ich würde lieber mit Eddy und den Kindern losziehen, so chaotisch und kompliziert das auch sein mag, als einen weiteren Tag hier allein mit mir totschlagen zu müssen. Ich frage mich, ob die Dinge anders gelaufen wären, wenn Matt und ich Kinder gehabt hätten. Uns hat nicht der Druck, der auf einer jungen Familie liegt, auseinandergerissen. Nein, diese Entschuldigung haben wir nicht. Wir können die Schuld am Scheitern unserer Ehe auf niemanden außer uns selbst schieben.

8

Als ich alle Kommunikationsmittel auf dem Küchentisch in London zurückließ, hatte es sich angefühlt wie eine spektakuläre Willensbekundung. Zum Teufel mit dir, Matt Martell, jetzt kannst du mich nie mehr erreichen! Aber wie bei den meisten spektakulären Aktionen fühlt es sich eine Woche später eher wie eine Wahnsinnsidee an. Natürlich hat es Matt von mir ferngehalten, aber es hat auch mich von allem anderen ferngehalten. Nicht dass ich erwarten würde, die E-Mails hätten sich aufgestaut, oder ich hätte wichtige geschäftliche Dinge zu erledigen – wenn ich ehrlich bin, sind die dringendsten E-Mails, die mich in letzter Zeit erreicht haben, diejenigen vom Online-Supermarkt –, aber ich hatte nicht daran gedacht, dass ich auch mein Bankkonto checken (wenn auch nur, um festzustellen, wie das Geld sich davon verabschiedet), Rechnungen bezahlen und mich ganz allgemein daran erinnern muss, dass ich erwachsen bin und nicht der Teenager aus Lyme Regis, der ich einmal war.

Ich habe Minnie heute Morgen zu Hause gelassen, während ich die Straßen von Lyme durchkämme, um ein Internetcafé zu suchen. Ja, ich weiß, das Internetcafé hat das gleiche Schicksal ereilt wie *AOL* und *Yahoo Answers*, aber wir sind hier in Lyme Regis, und ich hege die Hoffnung, dass es noch irgendwo ein aus dem letzten Jahrtausend herübergerettetes Internetcafé-Relikt geben könnte, auch wenn es sich womöglich im Altenservicezentrum befindet. Meine Mutter hat mir zwar angeboten, einen der Arbeitscomputer zu benutzen, doch als mir klar wurde, dass ich dafür ins Büro gehen muss, habe ich beschlossen, mein Glück lieber woanders zu versuchen. Wo ich vielleicht etwas Privatsphäre bekomme.

Es scheint keinen Mangel an Cafés zu geben, die eine WLAN-Verbindung anbieten, aber alle gehen heutzutage davon aus, dass man seinen eigenen Laptop mitbringt. Sogar hier. Schließlich gebe ich mich in einer kitschigen Teestube geschlagen und bestelle eine Tasse Tee, nur um die mürrische Kellnerin im Teenageralter zu beschwichtigen, die meine Fragen so widerwillig beantwortet hat. Außer mir gibt es hier keinen einzigen Gast, also ist es für mich nur schwer nachvollziehbar, von welchen wichtigen Aufgaben ich sie abgehalten haben könnte.

Ich habe mich an einen Platz am Fenster gesetzt, obwohl es so angelaufen ist, dass ich kaum hinaussehen kann. Ich ziehe den Ärmel meines Mantels über die Handfläche und wische ein kleines Bullauge frei, gerade groß genug, um mir die Sicht auf die Straße zu ermöglichen. Kaum habe ich die Hand zurückgezogen, erscheint auch schon ein zusammengekniffenes Augenpaar, das hereinspäht. Ich höre ein lautes, kurzes Klopfen, und schon sind die Augen wieder verschwunden.

Sekunden später geht die Tür des Cafés auf, und fröhlich winkend erscheint Mrs. Curtis.

»Juhuuu!«, ruft sie und kommt entschlossen auf mich zu. »Da sag ich noch, lass uns einen Tee trinken, und da bist du! So ein *Zufall*!«

Ich stehe auf, um einen Stuhl für sie herauszuziehen, doch sie kommt mir zuvor, macht es sich darauf bequem und arrangiert umständlich eine ganze Flotte Plastiktüten am Boden. Sie zieht ihren Mantel mit der schwungvollen Geste von jemandem aus, der sich vor einem Bewunderer entkleidet, doch ihre pinke Strickmütze behält sie auf.

»Hab meine Perücke zu Hause gelassen«, flüstert sie vertraulich. Dann zeigt sie auf die Tasse auf meinem Tisch. »Also, welchen Tee trinkst du?«

»Earl Grey«, sage ich etwas einsilbig unter dem Eindruck dieses unerwarteten, aktiven Wirbelwinds.

Sie verzieht das Gesicht. »Das Zeug kann ich nicht ausstehen. Emily! Emily!«

Die junge Kellnerin kommt angetrottet und holt ihren Bestellblock aus einer Tasche ihrer Schürze. Obwohl Mrs. Curtis sie ganz offensichtlich kennt, zeigt Emilys rotwangiges Gesicht keinen Anflug des Wiedererkennens.

»Hallo Emily. Eine Tasse Darjeeling bitte, Liebes. Drei Beutel – nicht zwei, *drei*. Ein Kännchen Vollmilch, nicht dieses scheußliche Magerzeug. Und, ich denke, ein Stück Biskuitkuchen, ja? Warte, da ist eine Fliege in der Zuckerdose, also bring uns bitte eine neue.«

Die Bedienung notiert alles ohne Eile und steckt den Block dann wieder in die Tasche, bevor sie mit einem tiefen Seufzer die Zuckerdose an sich nimmt.

»Hopphopp, Emily!«, trällert Mrs. Curtis und trommelt mit ihren roten Nägeln auf die Tischplatte. »Ich habe nicht den ganzen Tag Zeit.«

Als Emily sich trollt und der alten Dame über die Schulter noch einen finsteren Blick zuwirft, beugt sich Mrs. Curtis herüber und gesteht mir: »Natürlich habe ich den ganzen Tag Zeit, was? Aber Emilys Mutter meint, sie ist eine schreckliche Bummelliese, also komme ich hin und wieder hierher und gebe ihr einen kleinen Schubs.«

Emilys rebellische Schulterhaltung verrät mir, dass sie Mrs. Curtis am liebsten einen Schubs von der Klippe geben würde, aber sie scheint etwas in Fahrt zu kommen, vielleicht verbirgt sich hinter der Verrücktheit der alten Dame ja eine Methode.

»Also, Kate«, fährt Mrs. Curtis fort und tätschelt ihre Tüten, wie um sicherzugehen, dass sie sich nicht selbst umgruppiert haben. »Warum habe ich das Gefühl, dass du mir *aus dem Weg* gehst? Hm?«

»Oh! Das tue ich nicht«, erwidere ich schnell. »Das heißt, es tut mir leid, wenn es den Anschein erweckt. Ich bin bloß nicht besonders gesellig, seit ich hergezogen bin. Aber ich wollte nicht unhöflich wirken, Mrs. Curtis.«

Ich hätte wissen müssen, dass es in einer Kleinstadt wie Lyme eher noch die Aufmerksamkeit auf einen zieht, wenn man sich versteckt. Aber wäre ich überall herumgelaufen und hätte allen meine Probleme erzählt, dann wäre ich nur dafür kritisiert worden, dass ich so ein großes Trara daraus mache. Ich konnte es also gar nicht richtig machen.

Mrs. Curtis beugt sich hinunter, um ihre Handtasche aufzuheben und holt eine Packung Taschentücher heraus, die sie zwischen uns auf den Tisch legt. »Ich schätze, es ist wegen *diesem Mann*?«

Sie nickt demonstrativ zu den Taschentüchern, als müsste ich allein bei der Erwähnung meines Mannes schon zu heulen anfangen.

»Ich schätze, ja«, sage ich schwach.

»Unnötig zu erwähnen, dass ich alles darüber gehört habe, Liebes. Die Leute hier sind schreckliche Tratschtanten, weißt du. Aber warum solltest du dich verkriechen, wo es doch dieser Mann war, der all die Probleme verursacht hat?«

Zu Mrs. Curtis' offenkundiger Zufriedenheit nehme ich mir ein Taschentuch aus der Plastikverpackung, dabei tätschelt sie die Packung wohlwollend, als sei sie ein Haustier. Mir ist nicht wirklich zum Heulen zumute, aber so kann ich wenigstens etwas mit meinen Händen anfangen.

»Es war ja nicht nur seine Schuld«, sage ich und zupfe an dem Taschentuch herum.

»Natürlich, Liebes, ich weiß, es ist heutzutage sehr *modern* zu sagen, dass beide Schuld haben. Nicht wie früher, als es noch einen Schuldigen geben musste, damit man sich scheiden lassen konnte. Aber *ich* denke«, sie stützt sich mit den Ellenbogen am Tisch auf und beugt sich zu mir, »wenn jemand *untreu* war, dann ist es durchaus *seine* Schuld, und es hat keinen Sinn, es anders darzustellen.«

Der Tee kommt und Mrs. Curtis ist kurzfristig damit beschäftigt, eine Tasse zurückgehen zu lassen, weil sie behauptet, Lippenstiftreste daran zu erkennen. Gleichzeitig drängt sie mich, die Hälfte ihres Biskuitkuchens zu essen. Das gibt mir die Gelegenheit, das Thema zu wechseln, und es gelingt mir, sie in ein ziemlich langes Gespräch darüber zu verwickeln, wie Tee zubereitet werden sollte, ob loser Tee besser ist als Beutel, und ob die Milch vor dem Tee in die Tasse geschüttet werden sollte oder danach. Es überrascht mich nicht zu erfahren, dass Mrs. Curtis zu all diesen Themen eine dezidierte Meinung hat und auch nicht damit hinter dem Berg hält.

Aber schon bald wirft sie wieder ein scharfes Auge auf mich. »Ich nehme an, du hältst mich für schrecklich neugierig, nicht? Weil ich dich nach deinem Mann frage. Aber glaub mir, ich möchte dich nicht *traurig* machen. Einer der wenigen Vorteile daran, alt zu sein – ansonsten hält das Alter jede Menge Zumutungen für einen bereit, meine Liebe –, liegt darin, dass man plötzlich alles sagen darf, was man will. Denn man wird sowieso von allen für plemplem gehalten.«

Sie hält mir eine Gabel voll Kuchen vors Gesicht, und ich schüttle ablehnend den Kopf. Hinter ihr faltet Emily Servietten und legt sie mit deutlichem Unmut in ein Weidenkörbchen.

»Früher war ich da viel taktvoller, das kann ich dir versichern. Aber was hat man denn davon, meine Liebe? Wie dem auch sei, ich merke, du möchtest nicht darüber reden, und das ist auch in Ordnung für mich. Gott bewahre, ich bin ja schließlich nicht eine von diesen aufdringlichen Frauen, die den Wink mit dem Zaunpfahl nicht verstehen.«

»Überhaupt nicht«, wehre ich ab. Ich greife verlegen zu meiner Teetasse, stelle sie dann aber wieder ab, als ich merke, dass sie leer ist. Es klappert laut in der leeren Teestube. »Es ist alles bloß … noch so frisch. Ich bin nicht …«

»Schon verstanden!« Sie beugt sich wieder zu mir, fuchtelt gebieterisch mit ihrem rot lackierten Finger vor mir herum. »Die Zeit wird kommen, dass du darüber reden willst, meine Liebe. Ständig und mit jedem, der dir zuhört. Glaub mir, ich *weiß* es.«

Bevor ich zu diesem interessanten Aspekt nachhaken kann, schaut sie auf die Uhr an der Wand hinter mir und schnauft. »Meine Güte, hast du gesehen, wie *spät* es ist! Ich bin um vier zum Bridge verabredet!«

Sie ruft die arme Emily an den Tisch, um sie anzuweisen, wie sie die Teeblätter verpacken soll, damit Mrs. Curtis sie zu Hause noch zum Düngen ihrer Rosen verwenden kann. Sie rafft die Plastiktüten zusammen, knöpft ihren Mantel zu und lehnt jedes Angebot, ihr dabei behilflich zu sein, schroff zurück. Und dann ist sie auch schon verschwunden, bevor ich überhaupt merke, dass sie gar nicht bezahlt hat.

Zum ersten Mal wirkt Emily heiter, und ein schmallippiges Lächeln macht sich auf ihrem Gesicht breit, als sie zusieht, wie die Tür ins Schloss fällt.

»Dachte mir schon, dass Sie neu in der Stadt sind«, sagt sie. »Macht sie immer so. Ist sie berühmt für. Hab sie noch nie selbst für ihren Tee zahlen sehen.«

Sie überreicht mir ein rundes Silbertablett mit der Rechnung. Es ist das erste Mal, dass sie sich annähernd schnell bewegt.

»Bedienung ist nicht inbegriffen.«

Ich gebe Emily ein großzügiges Trinkgeld aus dem einzigen Grund, dass sie die erste Person hier in Lyme ist, mit der ich rede und die keinerlei Interesse an – oder Wissen von – meinem Privatleben zu haben scheint. Wenn ich es all den anderen bloß auch so leicht zurückzahlen könnte.

9

London

Bei der Hitz-Weihnachtsfeier war in diesem Jahr aus nicht näher angegebenen Gründen der Rotstift angesetzt worden. Man schien zu denken, die Belegschaft würde es gar nicht merken, dass sie in ein windiges Festzelt in London Fields verbannt worden war, anstatt im Festsaal des Dorchester Hotels zu feiern wie sonst immer. Oder dass wir anstatt mit einem richtigen Menü auch mit ein paar Sandwiches und Würstchen im Teigmantel zufrieden wären, so als wären wir auf einer Provinzhochzeit anstatt auf einer Feier, die von einem multinationalen Konzern veranstaltet wurde.

Manche behaupteten, es sei deshalb, weil Leila letztes Jahr wegen Drogenbesitzes verwarnt worden war, nachdem sie die Feier verlassen hatte. Das Ganze war in die Schlagzeilen geraten und hatte ein schlechtes Licht auf die gesamte Firma geworfen. Aber alle wussten, dass das Quatsch war, denn diese Sache ließ Hitz nach einer Rock-'n'-Roll-Firma aussehen, was in unserer Branche eine gute Sache war. Außerdem hatte die öffentliche Aufmerksamkeit Leila zu mehr Geschäften verholfen.

Andere meinten, es sei wegen unseres früheren Marketingleiters gewesen, der nach der Party letztes Jahr mit einem blauen Auge und einem fehlenden Zahn aufgewacht war und bei einem Meeting am nächsten Tag wie ein Penner aussah. Aber der war jetzt weg, also konnte das auch nicht der Grund sein.

Ich dachte, dass unser Finanzchef einfach nur die Anti-Spaß-Schere geschwungen hatte; keiner hatte dieses Jahr einen Bonus erhalten, und mir war auch nicht entgangen, dass die beiden Leute, die das Produktionsteam zuletzt verlassen hatten, nicht ersetzt worden waren.

Aber es gab eine Hitz-Weihnachtstradition, die nicht sterben würde, ganz gleich welche Sparmaßnahmen uns aufgezwungen wurden. Seit drei Jahren zogen Sarah und ich auf der Hitz-Weihnachtsfeier immer irgendetwas Verrücktes ab. Fraglich ist, ob wir unseren Auftritt vom letzten Jahr überhaupt noch toppen konnten, als wir uns bis auf unsere Leopardenmuster-Catsuits auszogen und mit der Tanzeinlage zu »Single Ladies« loslegten. Dafür waren wochenlange Proben nötig gewesen. Und durch Lagos hatten wir dieses Jahr einfach keine Zeit gehabt, etwas einzustudieren.

»Aber Sarah«, sagte ich und zupfte meinen Kleidersaum zurecht, der die ganze Zeit an meinen Oberschenkeln hochrutschte und nichts Gutes für den späteren Verlauf des Abends verhieß, wenn ich zwangsläufig weniger nüchtern und deshalb auch weniger aufmerksam wäre. »Wir könnten uns *verletzen*. Können wir dieses Jahr nicht einfach mal aussetzen?«

Sie blieb im Eingang zum Festzelt stehen, packte mich mit beiden Händen an den Schultern, und ihre Augen funkelten vor Entschlossenheit. Unsere diesjährige Showeinlage war ihre Idee gewesen, weshalb sie ihre Durchführung mit besonderer Leidenschaft verteidigte.

»Kate, unsere Überraschungseinlagen müssen weitergehen. Verstehst du – sie können uns unsere Party streichen, aber sie können nicht das streichen, was sie so großartig macht: dich und mich. Alle verlassen sich auf uns. Wir sind wie … der Weihnachtsmann … oder so. Wir sind es den anderen schuldig!«

Ich musste wenig überzeugt ausgesehen haben, denn sie schüttelte mich und sagte: »Willst du ihnen echt das wirkliche Weihnachtsfeiererlebnis verweigern? Willst du das?«

»Ich verweigere niemandem irgendwas …«, setzte ich an.

»Das hat Chris nach Lagos auch gesagt«, kicherte Sarah und ließ mich los.

»*Was* hat Chris nach Lagos gesagt?«, hakte ich nach.

»Ach, nichts«, sagte sie leichthin, drehte mir den Rücken zu und marschierte ins Festzelt.

»Was soll's«, schnaubte ich und versuchte, fröhlich zu klingen.

Ehrlich gesagt konnte ich mich kaum noch erinnern, was genau passiert war, nachdem ich auf der Airtel-Party eine Reihe Whiskys runtergekippt hatte. Ich hatte mich bloß dabei ertappt, wie ich mich am nächsten Morgen aus Chris' Hotelzimmer schlich, zu meinem Flieger wankte, und seitdem hatte ich mich sehr bemüht, nicht mehr daran zu denken. Ich bin der festen Überzeugung, dass dreistes Leugnen die beste Art ist, mit solchen Dingen umzugehen. Wer sitzt schon gerne rum und redet über die Dinge, für die er sich schämt? Da ist es doch wohl besser, so zu tun, als sei es nie passiert, und zu hoffen, dass alle anderen es genauso machen.

Sarah blieb im Eingangsbereich stehen und ließ den Raum auf sich wirken. Lächelnde Kellner begrüßten uns mit Tabletts voller Champagner und fragwürdig aussehenden hellblauen Cocktails. Selbstverständlich bestand mindestens die Hälfte des Personals aus aufstrebenden Musikern und Moderatoren, die versuchen würden, einem eine Demo-CD in die Hand zu drücken oder den Abend, sobald sich die Gelegenheit dazu bot, in ein Vorsprechen zu verwandeln. Also war es wichtig, sich auf kein Gespräch mit einem von ihnen einzulassen, sonst bekam man sie nie wieder los. Sarah und ich als Weihnachtsfeier-Veteraninnen griffen nach den Getränken, ohne auch nur Blickkontakt mit dem Kellner aufzunehmen.

Tische standen um eine riesige Tanzfläche herum, wo ein paar mutige – oder vorzeitig betrunkene – Kollegen bereits ihre Moves probten. Doch die meisten Leute ließen, wie wir, erst einmal die Atmosphäre auf sich wirken, bewunderten die Party-Outfits der anderen und bereiteten Flirts vor, von denen sie hofften, sie würden später im Chill-out-Bereich, besser bekannt als Knutschecke, enden. Drüben an einem Tisch in einer dunklen Ecke des Zeltes hatte Leila bereits ihre Apotheke aufgebaut; alle paar Minuten kam ein Kollege zu ihr und tätigte eine verstohlene Transaktion, bevor er auf den Toiletten verschwand.

Hinter dem DJ-Pult und dem Büfett stand, alles überragend, ein riesiger, imposanter Weihnachtsbaum, dessen höchste Äste sogar die Zeltdecke streiften.

Sarahs Blick hob sich zur Baumspitze, von wo aus ein Dekoengel mit weißen Flügeln huldvoll auf die Tanzfläche hinunterblickte. »Schau«, sagte sie. »Ich sag ja nur, dass du und ich hier einen Ruf zu verlieren haben. Und zwar einen üblen.«

»Okay«, räumte ich widerwillig ein. Drüben in einer der hinteren Ecken erweckte ein vertrauter Anblick meine Aufmerksamkeit.

»Oh, Kacke, die Kameramänner sind alle da«, murmelte ich Sarah zu. In einem Grüppchen und in ihren besten T-Shirts und Turnschuhen standen sie an der Bar beisammen. Nur Jay tanzte mit einem festlichen Pulli mit Schneeflockenmuster aus der Reihe. Dem Gelächter um ihn herum zufolge hatten seine Freunde auch nicht vor, ihn das vergessen zu lassen.

»Echt?«, fragte Sarah und riss ihre Augen dabei verdächtig weit auf. »Ich frage mich, wer die reingelassen hat.«

Ich starrte sie wütend an. »Sarah, niemand schaut so unschuldig drein, wenn er nicht sehr, sehr schuldig ist. Da steckst doch du dahinter, oder?«

»Nicht wirklich«, log sie und strahlte Jay an. Er wirkte erleichtert darüber, jemanden zu sehen, der ihn womöglich vor seinen ihn veräppelnden Freunden retten würde. »Aber es könnte sein, dass ich erwähnt habe, dass die Feier heute Abend stattfindet und dass die Türpolitik nicht sehr streng ist.«

»Hast du nicht gesagt, dass du Jay nach Lagos nicht mehr getroffen hast?«

»Ja, stimmt«, sagte sie, ohne mir in die Augen zu schauen. »Nur zu besonderen Anlässen. Partys und so.«

»Also an Wochenenden?«

»Und, äh, Wochentagen«, gab sie verlegen zu.

»Meine Güte, ich fass es nicht. Und das hast du die ganze Zeit für dich behalten?«

»Ich weiß gar nicht, warum du dich jetzt so aufregst. Bloß weil aus dir und Chris nie was geworden ist, heißt das doch nicht, dass Jay und ich es nicht miteinander versuchen können.«

»Ooh, jetzt ist es schon Jay und ich?«

»Du kannst dich lustig machen so viel du willst, Kate«,

meinte Sarah und winkte Jay kokett quer durchs Zelt zu. »Ich mag ihn wirklich. Und du machst ihn mir nicht madig, bloß weil du immer vor Beziehungen davonläufst.«

»Ich laufe davon? Wohl kaum. Das würdest du auch, wenn deine einzige Option Chris wäre, und das weißt du.«

Sarah zuckte mit den Schultern. »Na gut. Ich hab eh nie verstanden, was du an ihm findest; ich hab ihn noch nie mehr als fünf Wörter am Stück reden hören.«

Ich schnaubte. »Ich glaube, ich auch nicht, um ehrlich zu sein.«

Ich blickte hinüber zu Chris, der mich eifrig ignorierte, auf eine Weise, die wohl meine Aufmerksamkeit auf ihn ziehen sollte.

»Dann such dir ein höheres Ziel, okay?«, meinte Sarah. »Du hast was Besseres verdient als das. Du verdienst eine richtige Beziehung mit jemandem, der dich wirklich mag. Es wird Zeit, dass du einen netten Typen findest.«

Ich fing an zu lachen. »Himmel, Sarah, ist das wieder so ein Fall wie damals, als du meintest, dass du dir bloß ein Tattoo stechen lassen würdest, wenn ich mitmache? Muss ich jetzt etwa auch eine Beziehung haben, bloß weil du eine hast?«

»Du hast gesagt, dass du auch ein Tattoo willst!«, protestierte Sarah und boxte mir beleidigt gegen den Arm. »Ich will bloß, dass du glücklich bist.«

»Ich bin glücklich, du Geisteskranke. Aber ich werde noch glücklicher sein, wenn ich dich heute bei unserer großen Showeinlage schlage.«

»Abwarten«, sagte Sarah und sah mich herausfordernd an. »Wir werden ja sehen. Ich geh mal zu Jay rüber. Kommst du mit?«

Ich dachte kurz darüber nach, aber wenn man erst einmal

anfing, sich mit den Kameramännern zu unterhalten, dann kam man nur schwer wieder weg. Es war besser, nicht schon so früh bei ihnen hängen zu bleiben. Vor allem nicht, wenn so viele andere Leute da waren, mit denen man sich zuerst unterhalten konnte. Ich musste ein paar Worte mit unserem Chef Richard wechseln, für den solche Situationen – in denen er nicht vollständig das Sagen hatte – stressig waren. Und meine Assistentin Kirsty war noch so neu, dass ich sie einigen Leuten vorstellen musste. Ich hatte mittlerweile ein Alter erreicht, in dem es bei der jährlichen Weihnachtsfeier nicht mehr bloß darum ging, sich zuzuschütten und dann mit irgendjemandem rumzumachen. Die Zeiten bei Hitz waren hart, und ich wusste, dass ich mich auf den Arbeitsteil dieser Firmenfeier konzentrieren musste.

Als Sarah zu den Kameramännern stieß und zwischen ihren karierten Hemden verschwand, sah ich, wie Chris zu mir rüberblickte und dann schnell wieder wegschaute, indem er geschäftig sein Handy checkte, als hätte er jede Menge zu tun. Er schenkte mir nicht mal ein Lächeln.

Es gab eine Zeit, als ich Tiefgang hinter seiner schweigsamen Art vermutet hatte, aber ich glaubte mich zu erinnern, dass ich in Lagos am Ende vor allem deshalb mit ihm knutschte, weil er, wenn er zu reden anfing, enorm öde war.

Tja. Wenn ich Chris' letzte Option war, dann war er auch meine. Ich konnte an diesem Abend doch bestimmt viel mehr Spaß haben, als wieder auf meinen trägen Kameramann zurückzugreifen, oder? Und ich durfte unsere Mission nicht aus den Augen verlieren. Sie würde Taktik erfordern. Ich bahnte mir meinen Weg an einer Gruppe von Leuten vorbei, die gerade das Festzelt betraten, und fing an, mich zwischen den Tischen durchzufädeln, um den Raum zu erkunden. Für viele war es noch zu früh, um sich bereits an die Tische zu setzen, auch wenn es so gut wie sicher war, dass gegen Ende des Abends die Tische voll sein würden mit zusammengesunkenen Hitz-Angestellten, knutschenden Paaren und Betrunkenen mit glasigen Augen.

Eine Bewegung beim Weihnachtsbaum erweckte meine Aufmerksamkeit. Fast verborgen hinter den Zweigen stand ein schrankartiger Mann mit dem Rücken zur Außenwand des Festzeltes. Die Muskeln seines enormen Nackens zuckten beim Kaugummikauen, während er die Tanzfläche aus seiner halb versteckten Position heraus überblickte. Das verräterische Spiralkabel eines Headsets verschwand im Kragen seines weißen Hemds als Hinweis auf die verborgene Verstärkung in Reichweite. Sicherheitsdienst. Das machte die Sache noch komplizierter.

»Was hast du denn vor?«, sagte eine Stimme nahe an meinem Ohr. Ich drehte mich hastig um, und da stand Matt Martell, verdammt gut aussehend in einem dunkelblauen Anzug, der seine Augen verstörend blau erscheinen ließ.

»Hallo, Matt«, sagte ich frostig. »Wieso glaubst du, dass ich etwas vorhabe?«

»Ein kleiner Vogel hat mir gezwitschert, dass du bei der Hitz-Weihnachtsfeier sehr zur Unterhaltung beitragen kannst. Du und deine Freundin Sarah. Es war nicht zu übersehen, dass du die Sicherheitsvorkehrungen da drüben beobachtest. Planst du irgendeine Form von ungebührlichem Verhalten?«

»Abwarten und Tee trinken«, gab ich zurück und zog die Augenbraue hoch in der Hoffnung, es ließe mich geheimnisvoll und unergründlich wirken. Auch wenn ich keinerlei Hoffnung hegte, auch dann noch geheimnisvoll und unergründlich rüberzukommen, wenn ich meine Mission startete. Wahnsinnig träfe es wohl besser.

Er neigte vertraulich den Kopf und lächelte. Wie gelang es ihm bloß, dass es sich bei jedem Gespräch zwischen uns so anfühlte, als seien wir die beiden einzigen Menschen im Raum? Ich spürte, wie ich erneut darauf reinfiel. Am liebsten hätte ich mir selbst eine saftige Ohrfeige verpasst. Oder Matt. Reiß dich zusammen, Kate, dachte ich mir. Halt die Deckung oben.

»Komisch, dass wir uns seit Lagos überhaupt nicht gesehen haben«, meinte Matt. »Ich hab nach dir Ausschau gehalten.«

»Hast du das? Tja, Hitz ist ein Riesenladen, Matt, und ich bin immer sehr beschäftigt.«

»So riesig ist er auch wieder nicht«, erwiderte Matt. »Und niemand ist *so* beschäftigt. Ich habe das Gefühl, dass du mir aus dem Weg gehst, Nussknacker-Bailey.«

»Ich weiß nicht, wie du darauf kommst«, antwortete ich schnell. Denn natürlich war das genau das, was ich, seit wir zurück waren, getan hatte. Ich hatte Sarah zu Meetings geschickt, wenn ich wusste, dass er anwesend sein würde. Ich hatte den dritten Stock komplett gemieden. Ich war sogar so weit gegangen, einen ganzen Monat lang die Treppe zu nehmen anstatt den Aufzug, um sicherzustellen, dass ich ihm nicht zufällig über den Weg lief. Immerhin hatte es meine Oberschenkel gestrafft.

»Oh, ich weiß nicht«, meinte Matt. »Anscheinend ist es für dich ganz normal, mit einem Mann zu flirten und ihn glauben zu machen, dass er dich küssen wird. Und wenn er dir dann eine Minute den Rücken zukehrt, dann bist du mit einem anderen Mann verschwunden.«

»So war das *überhaupt* nicht, Matt Martell«, empörte ich mich.

»Wirklich?«, fragte er und wirkte dabei gar nicht mehr

amüsiert. »Denn ich war gerade dabei, dir einen Drink zu holen, und das Nächste, was ich von dir sehe, ist, wie du auf dem Schoß von diesem Kameramann sitzt und dir Kurze reinschüttest. Und es sah auch nicht so aus, als seist du allein nach Hause gegangen.«

Ich merkte, wie sich mein Mund vor Wut öffnete und wieder schloss, ohne dass ich ein Wort herausbrachte. Ich hatte nichts dagegen, als Mädchen zu gelten, das gerne feiert – das würde ich nie abstreiten –, aber dass Matt es jetzt auf diese Weise gegen mich verwendete, wenn er … wenn er …

»Was bildest du dir ein, meine moralischen Werte in Frage zu stellen, wenn *du* derjenige bist, der die ganze Zeit eine Freundin hatte!«

»Wenn ich *was* hatte?«

»Ach, dachtest du vielleicht, ich wüsste nichts von Ailsa Logan?«, fragte ich. »Tja, ich wusste es aber. Sobald Chris und Danny mir das von ihr erzählt haben, wusste ich genau, was für eine Sorte Mann zu bist. Es mag dich ja vielleicht überraschen, dass ich nicht die Sorte Frau bin, die mit einem Kerl rummacht, der in einer Beziehung ist, aber ich habe durchaus moralische Werte, ganz gleich, was du vielleicht denkst.«

Matt fasste sich mit einer Hand in den Nacken, hob den Kopf zur Decke des Festzelts und stieß einen langen, geräuschvollen Seufzer aus.

»Ah, Ailsa!«, sagte er. »Also, das war es.«

»Ja«, gab ich triumphierend zurück. Jetzt weißt du's, Matt Martell.

»Und wenn ich dir sage, dass ich mich schon von Ailsa getrennt hatte, bevor ich bei Hitz angefangen habe?«, meinte er und senkte den Kopf, um mir in die Augen zu blicken.

»Tja«, sagte ich, »da haben die anderen mir aber etwas ganz anderes erzählt.«

Matt lachte, machte eine Kopfbewegung zu den Kamerämännern, die wie immer als uniformierter Pulk an der Bar zusammenstanden. »Die Typen da drüben? Kate, ich kenn die nicht mal. Warum glaubst du, dass die wissen, was in meinem Privatleben los ist?«

»Also behauptest du, dass sie gelogen haben«, hakte ich herausfordernd nach.

Er seufzte wieder. »Ich sage bloß, dass sie es nicht wissen konnten. Ailsa und ich haben kein großes Aufhebens darum gemacht, dass wir uns getrennt haben – sie wollte schlechte Publicity vermeiden, weil sie gerade ihren Vertrag für *Rise & Shine* neu verhandelte.«

»Wenn das so ist, Matt«, sagte ich und fühlte mich wie der Ermittler in einem Kriminalroman, der im letzten Moment ein entscheidendes Beweisstück aus dem Hut zaubert, »dann kannst du mir vielleicht auch erklären, warum du bei den Brit Awards mit ihr gesehen wurdest und das bloß wenige Tage, bevor du nach Lagos kamst?«

Matt stieß einen Pfiff aus. »Du bist gründlich, was Nussknacker-Bailey? Das gefällt mir an dir. Du lässt nicht so schnell locker. Wenn du es unbedingt wissen willst, habe ich mich bereit erklärt, Ailsa nach unserer Trennung noch auf ein paar Veranstaltungen zu begleiten, damit die Leute ihr keine dummen Fragen stellen. Zwischen uns lief das alles ziemlich freundschaftlich ab, also war das keine große Sache. Wäre dein Verhör damit dann beendet?«

»Ich hab dich nicht verhört«, widersprach ich leise. Meine selbstgerechte Wut war plötzlich verflogen. Natürlich konnte das leicht auch bloß ein weiterer von Matts aalglatten Sprüchen sein; ich traute ihm noch nicht ganz über den Weg. Aber ich musste zugeben, dass seine Erklärung plausibel klang.

Matt zog ein Handy aus seiner Tasche. »Willst du Ailsa anrufen?«, fragte er und scrollte bereits durch das Telefonbuch auf seinem leuchtenden Display. Dann hielt er mir das Telefon hin und sagte: »Frag sie selbst.«

»Nein!«, rief ich und schob das Handy weg.

Er lachte und ließ es wieder in seiner Tasche verschwinden. »Dann komm mal ein bisschen aus der Deckung.« Er stupste mich mit dem Ellenbogen an. Ich stupste zurück. »Ich bin froh zu hören, dass du ein Mädchen bist, das moralische Werte hat«, meinte er dann. Seine Lippen zuckten amüsiert. »Die Vorstellung, dass ich ein Mädchen ohne Moral küssen wollte, gefällt mir nämlich überhaupt nicht.«

»Ach, halt die Klappe«, legte ich los, aber bevor ich noch etwas sagen konnte, kam hinter uns plötzlich Unruhe auf.

Eine Welle von Hitz-Angestellten stürmte plötzlich die Tanzfläche vor dem Weihnachtsbaum, der gefährlich schwankte, als fege ein starker Wind durchs Festzelt. Ich hörte Geschrei und Kreischen. Über den Köpfen der sich versammelten Menschenmenge griffen Hände mit rot lackierten Nägeln in die Äste. Sarah startete ihren Versuch, Ruhm zu erlangen – und die Feier war noch keine Stunde alt.

Matt fing an zu lachen. »O Gott«, stieß er hervor. »Ist das eure Mission? Auf den Weihnachtsbaum zu klettern?«

»Ich dachte nicht, dass sie es so früh versucht«, sagte ich atemlos. Der Baum bekam gefährliche Schieflage, und die Menge wich zurück, um den wild herumschwenkenden Ästen auszuweichen. Plötzlich wackelte der Baum doppelt so heftig, denn der Sicherheitsmann gesellte sich zu Sarah auf den Baum. Ich sah, wie er sie an den Händen packte und versuchte, ihren Griff zu lösen. Christbaumschmuck stürzte krachend zu Boden.

»Verdammte Axt«, sagte Matt. »Was hat sie sich nur dabei gedacht?«

»Das ist 'ne Mutprobe, Matt«, sagte ich verteidigend.

»Ich weiß das, aber der Sicherheitstyp nicht. Sie hätte erst ein Ablenkungsmanöver starten müssen. Sie hat die Sache nicht zu Ende gedacht.«

»Ich schätze, *du* hättest es natürlich viel besser geplant.«

»Natürlich hätte ich das.« Er beugte sich grinsend zu mir hinunter und flüsterte mir ins Ohr: »*Wir* hätten das. Deshalb wirst diesmal auch du gewinnen.«

Mittlerweile war Sarah vom Baum heruntergezerrt worden und rangelte am Boden mit dem Sicherheitsmann, der etwas in sein Headset brüllte. Die Kameramänner eilten ihr zu Hilfe, nur Jay wurde von Danny zurückgehalten. Nach ein paar weiteren Minuten des Tumults wurde Sarah hochgezerrt, wobei der Wachmann sie an den Armen festhielt.

»Okay, Kate«, zischte Matt, »das ist deine Chance. Ich geb dir Rückendeckung.« Er nahm meine Hand und zog mich hinter der Menge vorbei, die das Spektakel noch immer verfolgte. Niemand bemerkte uns, als wir vorbeihasteten; alle Blicke waren noch immer auf Sarah gerichtet, die lauthals ihre Unschuld beteuerte und behauptete, sie sei lediglich ausgerutscht und versehentlich auf den Baum gefallen.

Ich hatte kaum die Zeit zu bemerken, wie seltsam es doch war, mit einem Mann Händchen zu halten, dessen Gesellschaft ich bis zu diesem Abend aktiv vermieden hatte. Matt hatte recht, dies war meine Chance, den Baum zu erklimmen, ohne dass es jemand mitbekam. Der Sicherheitsmann führte Sarah soeben mit grimmigem Gesicht zur Tür, und Richard stellte sich ihm in den Weg, um zu ihren Gunsten einzuschreiten und die Wogen zu glätten.

Der Baum stand wieder gerade und aufrecht da, einladend unbeobachtet.

Ich schlich mich dahinter. Dass sie versucht hatte, den Baum von der Vorderseite zu erklimmen, war bestimmt Sarahs erster Fehler gewesen. Von seinem Fuße aus kam mir der Baum riesig vor. Er *war* auch riesig. Was hatte ich mir bloß dabei gedacht? Aber ich hatte schließlich einen Ruf zu verlieren. Außerdem sah mir Matt Martell zu. Ich hegte den leisen Verdacht, dass er mir nicht nur den Rücken deckte, sondern auch auf den Hintern glotzte, während ich den höchsten Ast packte, an den ich herankam, und mich daran hochzog. Ich hatte nicht daran gedacht, dass ich einen Baum erklimmen würde, als ich mir so ein kurzes Kleid für diesen Abend ausgesucht hatte. Der Baum schwankte hin und her, und ich warf Matt einen panischen Blick zu – er gab mir ein Daumen-hoch-Zeichen.

»Es kuckt keiner«, zischte er.

Warum hatte ich eigentlich nicht vorher die ausgesprochen schmerzhafte Stacheligkeit von so einem Weihnachtsbaum bedacht? Die fiesen Nadeln piekten sich in meine Handflächen, und der Baum wackelte gefährlich, als ich nach einem schmerzfreien Halt tastete. Als ich in den Ästen herumruderte, erwischte ich das Stahlseil, mit dem der Baum am Boden befestigt war, aber meine Hände rutschten ab, und der Draht brannte sich in meine Handfläche. *Autsch!* Ich klammerte mich mit den Beinen am Baumstamm fest und spürte, wie sich die Nadeln in meine Oberschenkel bohrten. Das Ganze war schwieriger, als es aussah. Schließlich fand ich mit einem Fuß Halt auf einem der niedrigeren Äste und konnte mich so hinaufschieben – viel einfacher als der Versuch, mich mit den Armen hochzuziehen. Nun dauerte es bloß noch Minuten – mit zusammengebissenen Zähnen, um den Schmerz zu ignorieren –, bis ich in Reichweite der Tannenspitze gelangte.

Sarah hatte vorgegeben, dass es nicht ausreichte, den Baum bloß zu erklimmen. Der Gewinner musste den silbrig weißen Engel herunterholen, der auf dem obersten Zweig befestigt war, sonst war der Versuch ungültig.

Ich sah zu Matt hinunter, der halb versteckt hinter dem Baum stand. Doch er sah nicht zu mir hoch. Seine Aufmerksamkeit galt etwas, das auf der Tanzfläche vor sich ging. So viel dazu, dass er auf mich aufpasst, dachte ich. Ich hätte wissen sollen, dass ich mich nicht auf ihn verlassen konnte.

Auf dem Ast balancierend, griff ich nach dem Engel. Er war verlockend nah. Ich streckte meine Finger danach aus und packte ihn am Saum seiner Kutte. Dann zog ich daran. Der Engel saß fest. Ich zerrte fester daran. Er rührte sich nicht. War er da oben etwa mit Sekundenkleber befestigt?

Der Baum fing wieder an zu schwanken, bog sich nach unten in Richtung der versammelten Menge. Ich blickte hinab und sah, dass sich jetzt keiner mehr für Sarah interessierte. Alle Augen waren auf mich gerichtet. Scheiße.

»Schnapp ihn dir, Bailey!«, rief eine Stimme. Dann stimmten andere Leute mit ein. »Los, Kate, hol dir den Engel!«

Ermutigt von den Rufen, streckte ich mich in einem gewagten Manöver noch einmal nach dem Engel aus. Die Tanzfläche verschwamm vor meinen Augen, als der Baum hin und her schaukelte. Ich konnte bloß verschwommene

Gesichter wahrnehmen; es war unmöglich, ein bestimmtes auszumachen, abgesehen von Matt, der etwas abseits stand. Jetzt sah er zu mir hoch.

»Los, Nussknacker!«, rief er. »Zeig uns, was du draufhast!«

Mit einer letzten Anstrengung packte ich den Engel an der Taille und riss ihn beherzt nach oben. Mit einem Ruck löste er sich von der Baumspitze, und ich schaukelte beängstigend zurück. Allein die Tatsache, dass ich meine Beine um den Stamm geschlungen hatte, rettete mich. Die Menge jubelte. Sobald ich realisierte, dass ich mir nicht den Kopf auf der Tanzfläche zerschmettert hatte, fühlte ich mich euphorisch. Der Sieg war mein! Triumphierend hielt ich den Engel hoch.

Die Menge flippte aus. Oder zumindest der Mann vom Sicherheitsdienst. Ich hatte gar nicht mitbekommen, dass er Sarah und Richard stehen gelassen hatte und nun zum Baum zurückgestürmt kam.

»Runter da, du blödes Miststück«, brüllte er und rüttelte heftig am Baumstamm.

»He, Vorsicht!« Matt ging auf ihn zu und packte ihn am Kragen. »Sie sorgen noch dafür, dass sie runterfällt.«

»Das hätte sie sich überlegen sollen, bevor sie da hochklettert, oder?«, fuhr ihn der Wachmann an. Ich wollte hinunterklettern, doch er rüttelte wie ein Irrer an dem Baum, weshalb ich mich nicht mehr traute, den Stamm loszulassen, um nicht runterzufallen.

»Kumpel«, sagte Matt und versuchte, den Mann vom Baum wegzuzerren.

»Nenn mich nicht Kumpel, du Mittelklasse-Wichser!«, brach es aus dem Sicherheitsmann heraus. Selbst von hier oben aus konnte ich sehen, dass sein Gesicht vor Wut lila anlief. Abrupt ließ er vom Baum ab und fuhr zu Matt herum. Matt schaute hoch, um zu sehen, ob mit mir alles in Ordnung war. Doch das bedeutete auch, dass er nicht mitbekam, wie der Wachmann mit der rechten Faust ausholte.

»Matt!«, schrie ich, aber es war zu spät. Der Sicherheitsmann, vollkommen aufgebracht über das haarsträubende Verhalten der Hitz-Belegschaft, ließ mit einem beeindruckenden Schwinger seine Wut am Marketingleiter der Firma aus.

Matt taumelte zurück und hielt sich das Kinn. Ich kletterte vom Baum und zerkratzte mir die Oberschenkel an den Zweigen. Als ich unten angekommen war, sah ich aus wie jemand, den man durch einen Schredder gejagt hatte.

Der Sicherheitsmann war umzingelt. Zunächst einmal von den Kameramännern, die eine Barriere um ihn gebildet hatten, und dann von dem gespannten Hitz-Personal. Er versuchte immer wieder, sich seinen Weg herauszubahnen, indem er auf schwache Punkte im Kreis losging wie ein aufgestachelter Stier.

»Mistkerl!«, kreischte Sarah ihn vom Rande der Menge aus an, wo Jay sie zurückhalten musste. Langsam fing der Securitymann an, mir leidzutun. Vermutlich war er davon ausgegangen, einen vergnüglichen Abend lang ein Auge auf Leute zu haben, die sich feierlich betrinken, aber nicht von so einem Chaos.

Matt war auf einen Stuhl gesunken und hielt sich noch immer das Kinn. Ich bahnte mir meinen Weg durch die Leute, die sich um ihn herumdrängten.

»Matt, bist du okay? Tut mir leid. Das ist alles meine Schuld.«

Er zuckte zusammen, doch sein Gesicht verzog sich zu

dem Anflug eines Lächelns. Hinter zusammengebissenen Zähnen zischte er: »Hast du den Engel?«

Ich hielt ihn hoch und umklammerte ihn noch immer wie eine Oscar-Statue. »Klar«, sagte ich stolz.

»Das ist mein Mädchen«, stieß er mit einem schiefen Grinsen hervor.

»Ich bin nicht dein Mädchen«, stellte ich klar.

»Wirst du aber«, sagte er.

10

London

»Zieh deine Strumpfhose aus.«

»Was?«

»Ich habe gesagt, zieh deine Strumpfhose aus«, wiederholte Matt, und sein Gesichtsausdruck war in der Dunkelheit auf dem Rücksitz des Taxis schwer zu erkennen.

Vielleicht war es ein Fehler gewesen, Matt Martell zu sagen, dass es mir gefallen hatte, wie er die Situation in die Hand genommen hatte. Ich war beeindruckt gewesen, als er mich eilig durch den Notausgang hinausgeschoben hatte, während die restlichen Hitz-Angestellten davon abgelenkt waren, dass die Polizei das Festzelt stürmte. Eine leichte Überreaktion des Sicherheitspersonals, aber es würde den Rock-'n'-Roll-Ruf von Hitz auf geniale Weise befeuern.

Draußen sank ich mit den Absätzen im Gras ein, aber Matt verlangsamte sein Tempo nicht, bis wir aus dem Park draußen waren und an der Hauptstraße standen.

»Aber… meine Tasche, mein Mantel!«, jammerte ich und rieb mir die kalten Arme.

Matt zog seine Jacke aus und legte sie mir um die Schultern. »Keine Sorge, Nussknacker. Kann dir Sarah die Sachen nicht mitbringen?«

»Was machen wir denn hier draußen?«

Matt zeigte auf den Engel, den ich noch immer umklammert hielt, als wäre er die olympische Fackel.

»Möchtest du dich wirklich dafür rechtfertigen?«

»Ich hätte ihn schon fallen lassen, bevor die Polizei ihn sieht«, beteuerte ich.

»Und deine Trophäe verlieren?«, fragte Matt mit einem verschmitzten Grinsen.

»Das konnte ich doch nicht zulassen. Warte.« Er hob den Arm, und wie aus dem Nichts erschien ein Taxi, das vor uns am Straßenrand anhielt.

Ich sah Matt ehrfürchtig an. Mitten in der Weihnachtsfeiersaison ein Taxi zu bekommen, war praktisch unmöglich. Ich fragte mich, ob er irgendeine magische Aura hatte, die ihm alles unglaublich leicht machte. Er erwartete einfach, dass sich die Welt nach seinen Vorstellungen fügte, und sie tat es. Kein Wunder, dass er immer so selbstbewusst und gelassen rüberkam.

Als das Taxi durch die Straßen brauste, wurde Matts Gesicht immer wieder kurz von dem flackernden orangen Licht der Straßenlaternen beleuchtet. Er schien das mit der Strumpfhose ernst zu meinen.

»Äh, ich zieh meine Strumpfhose nicht aus«, teilte ich ihm nervös mit.

»Beruhige dich, Nussknacker, ich hab keinen Angriff auf deine Tugend vor. Ich bin ein absolut sicherer Taxibegleiter, weißt du.«

»Ja, dann …«

»Schau dich doch mal an«, sagte er und zeigte auf meine Beine, die von seiner Jacke kaum verdeckt wurden.

Natürlich war meine Strumpfhose total zerrissen, aber ich hatte noch nicht bemerkt, dass auch noch überall Kiefernnadeln herausstachen, als hätte ich ein ernsthaftes Problem mit schlimmer grüner Beinbehaarung.

»Aber dann wird mir kalt«, hielt ich dagegen.

»Willst du mir ernsthaft sagen, dass dich das Ding da warmhält? Das ist doch mehr Löcher als Strumpfhose.«

Ich rutschte unbehaglich auf dem Sitz hin und her, was ich aber sofort bereute, als mir eine Kiefernnadel in den linken Oberschenkel pikste. Ich quiekte.

»Zieh. Sie. Aus.«

»Okay, aber dann musst du wegschauen«, gab ich mich geschlagen. Der Adrenalinschub, den ich durch unsere Flucht erhalten hatte, ließ nach, und erst jetzt fiel mir auf, wie unwohl ich mich in meiner kiefernadeligen Strumpfhose fühlte.

Matt lachte und sah aus dem Fenster. »Ich habe die Augen abgewandt, Miss Bailey. Ihre Ehre ist sicher.«

Ich war mir sicher, dass irgendwo in den Untiefen des Internets Strumpfhosenfetischisten lauerten, Leute, die den Anblick eines Zwickels oder Taillenbündchens erotisch finden. Aber es schien unwahrscheinlich, dass Matt dazuzählte. Es wäre nicht ganz so peinlich gewesen, wenn ich halterlose Strümpfe getragen hätte – zumindest hatte das Abstreifen eines einzelnen Strumpfs etwas vage Verführerisches –, aber in Strümpfen fühlte ich mich immer unsicher, weil sie ständig drohten, im unpassendsten Moment herunterzurutschen. Außerdem waren mir dezente Bauchweg-Strumpfhosen lieber als diese riesigen Bridget-Jones-Miederhosen. Zumindest kann man unter eine Strumpfhose annähernd reizvolle Wäsche anziehen, und es ist einfach, sie im Badezimmer oder irgendwo außer Sichtweite loszuwerden, wenn man damit rechnet, flachgelegt zu werden. Aber sich auf dem Rücksitz eines Taxis daraus zu befreien, während ein Mann, den man kaum kennt, einem ziemlich sicher durch die Spiegelung im Fenster dabei zusieht, ist eine ganz andere Sache.

Ich schob beide Hände unter meinen Rock und hakte meine Finger im Taillenbündchen ein. Hier galt es, ordentlich zuzupacken. Ich hoffte, die Strumpfhose in einer durchgängigen Bewegung abstreifen zu können, aber sie werden ja nicht umsonst figurfestigende Strumpfhosen genannt. Die Dinger wollten nicht so leicht nachgeben; sie saßen fest auf meinen Hüften wie ein verschweißter Keuschheitsgürtel.

»Brauchst du Hilfe?«, fragte Matt mit noch immer höflich abgewandtem Blick. Aber ich sah, dass seine Schultern zuckten, und ich hatte keinen Zweifel daran, dass er sich meiner Schwierigkeiten vollkommen bewusst war.

»Nicht schauen!« Die Angst, dass Matt sich vielleicht umdrehen und die Speckrolle an meinem Bauch sehen könnte, die der Bund jeden Moment freigeben würde, verlieh mir zusätzliche Kraft. Mit bloßer Verzweiflung hob ich die Hüfte etwas vom Sitz an und zog das verstärkte Ding bis zu den Knöcheln hinunter. Ich streifte meine Schuhe ab und knüllte die kaputte Strumpfhose zu einem Knäuel zusammen. Da ich nicht recht wusste, wohin damit, ließ ich sie in Matts Jackentasche verschwinden.

»Und, ist dir jetzt kalt?«, erkundigte sich Matt, als er sich wieder zu mir umdrehte.

»Nein«, antwortete ich und zog seine Jacke enger um meine Schultern.

»Mir schon«, sagte er.

Erschrocken spürte ich, wie seine kalten Finger am Sitz entlangwanderten und sich auf meinen nackten Oberschenkel legten, und sah zu, wie Matt seine Hand von der Außenseite meines Beines auf mein Knie schob. Ich ließ mein Haar ins Gesicht fallen, um meine Augen zu verdecken. Ich war mir nicht sicher, ob ich ihn direkt ansehen konnte, ohne knallrot anzulaufen. Er schob seine Hand sanft zwischen meine Schenkel, und ich presste sittsam meine Knie zusammen, damit sie nicht noch höher wandern konnte.

Ich spürte Matts Atem an meinem Ohr. Er flüsterte: »Langsam bekomme ich eine ziemlich gute Vorstellung davon, wie du es geschafft hast, dich auf diesem Baum zu halten, Nussknacker-Bailey. Beeindruckende Oberschenkeltechnik.«

Ich überschlug die Beine, sodass seine Hand noch weiter eingeklemmt wurde.

»Das gefällt dir, was?«

Plötzlich zog er seine Hand wieder zu sich, doch weil sie noch immer zwischen meinen Schenkeln klemmte, wurde ich mitgezogen. Bevor ich mich versah, lag ich auf ihm.

Ich hob den Blick und merkte, dass er mich mit unverhohlener Belustigung ansah.

»Hast du nicht gesagt, du wärst ein sicherer Taxibegleiter«, murmelte ich und versuchte, nicht loszulachen.

»Das war, bevor du mich zwischen deinen Schenkeln gefangen hast, Nussknacker-Bailey«, sagte Matt. »Ein Mann muss sich zu verteidigen wissen. Obwohl ich zugeben muss, dass es Schlimmeres gibt.«

Er berührte mit seinen Fingern den Saum meines Höschens. Angesichts der albernen Situation – unsere Beine ineinander verschlungen, seine Hand zwischen meine Schenkel gequetscht und das ganze Taxi voller Kiefernadeln – fing ich an zu kichern.

»Aber ich wette, dir wird schon wärmer«, sagte ich und presste meine Beine noch fester zusammen.

»Oh, auf jeden Fall«, antwortete er. Er umfasste mit seiner freien Hand meinen Hinterkopf und zog mich an sich. Seine Augen waren unergründlich und dunkel.

Einen Moment lang drückte er seine Lippen auf meine, doch dann löste er sich von mir und sah mich an. Ich hatte nicht erwartet, den selbstsicheren Matt Martell so zögernd zu sehen, so zaghaft. Ich hätte gedacht, er sei die Art von Mann, der mich leidenschaftlich packt, doch er blieb mit seinem Gesicht nur ganz nah vor meinem, und ein Lächeln machte sich langsam darauf breit, als könnte er nicht glauben, was er da gerade getan hatte. Ich hörte mein Herz klopfen und fragte mich, ob er es spüren konnte.

Der Moment zog sich hin, bis ich es nicht mehr aushalten konnte. Mit beiden Händen packte ich sein Gesicht und küsste ihn so stürmisch, dass wir mit den Zähnen zusammenstießen.

11

Ich weiß, dass ich zu spät bin, als ich bei meinen Eltern klingle; Mrs. Curtis hat mich aufbrechen sehen und darauf bestanden, dass ich den Abend mit einem Sherry bei ihr beginne. »Bloß ein kleines Schlückchen zum Vorglühen, meine Liebe.« Ich empfand es als unfreundlich abzulehnen, obwohl ich einen Schauder unterdrücken musste, als ich mir ihren klebrigen Likörwein hinunterzwang. Ich habe immer gedacht, Sherry sei ein Getränk für schmächtige alte Damen, also war ich überrascht, dass ich mich schon nach einem winzigen Gläschen eindeutig beschwipst fühlte.

Trotzdem bin ich bloß ungefähr eine halbe Stunde zu spät. In London geht das als pünktlich durch, aber ich hätte wissen müssen, dass Prue das anders sieht. Sie hat die Haustür kaum geöffnet, da geht sie schon zum Angriff über, mit leiser, zischender Stimme, damit man sie im Haus nicht hört.

»Ich wusste, du würdest einen Weg finden, dich wieder wichtig zu machen!«

»'tschuldige…«, sage ich, unsicher, ob ich mich erklären soll.

»Du brauchst immer einen großen Auftritt, was? Die tolle Kate kann natürlich nicht einfach dann auftauchen, wann ich sie darum gebeten habe. Sie muss uns alle warten lassen – und das ohne *Wein*!«

»Meine Güte, jetzt mach mal halblang«, erwidere ich und überreiche ihr die Tragetasche der Weinhandlung. »Ich dachte, Mum und Dad haben schon welchen da. Mir war nicht klar, dass ihr auf dem Trockenen sitzt.«

»Sie haben aber nicht den *richtigen* Wein«, schimpft Prue. »Wir haben auf den *richtigen* Wein gewartet. Den, der zu den Kanapees passt.«

»Okay, es tut mir leid, ich wurde bloß ...«

»Ach, verschon mich mit deinen Ausflüchten«, sagt Prue spöttisch. »Davon haben wir über die Jahre Gott weiß genug zu hören bekommen. Ich kann euch nicht mit Granny Gilbert helfen, weil ich beim Grand Prix in Singapur bin. Ich kann nicht zu Mums und Dads Hochzeitstag kommen, weil ich in Ibiza bin. Ich kann nicht zu deiner Geburtstagsfeier kommen, weil ich zu Beyoncé und Jay-Z nach Los Angeles muss ...«

»Prue! Das ist unfair! Das war meine Arbeit. Ich konnte nichts dafür, dass ich nicht da war. Du weißt, dass ich keine Familienfeier versäume, wenn ich es irgendwie einrichten kann.«

Und offen gesagt klingt »zu Beyoncé und Jay-Z nach L. A. müssen« viel aufregender, als es war. In Wahrheit ging es darum, wie viele Kilos von Beyoncés irrem Bühnenaufbau pro Quadratmeter auf der hastig errichteten Bühne erlaubt waren, und um einen Streit mit den Managern von Argentiniens größter Boyband über die Kinderarbeitsbestimmungen im Staat Kalifornien.

»Tja, in letzter Zeit arbeitest du doch nicht mal, oder? Und nach Lyme bist du doch sowieso nur gekommen, weil du keine andere Wahl hattest. Du musst es uns aber nicht auch noch so unter die Nase reiben, dass wir deine letzte Option sind.«

Ich gehe davon aus, dass ich noch ziemlich lange vor der Tür stehen werde, wenn ich versuche, mich zu verteidigen. Prue empfindet meine versehentliche Verspätung ganz offensichtlich als riesige Herabwürdigung, als Bekundung meines mangelnden Interesses an ihrem Leben, als mein Versagen als Schwester und Mitglied der Familie Bailey. In letzter Zeit scheine ich auf ziemlich vielen Ebenen zu versagen.

»Prue, es tut mir leid«, sage ich. »Wirklich sehr leid. Ich weiß, dieser Abend ist wichtig für dich. Lässt du mich noch rein?«

»Na gut«, meint sie und macht die Tür endlich richtig auf. »Dann komm. Es warten schon alle.«

Meine Eltern zeigen bei meinem Erscheinen eine Begeisterung, die auf ein gewisses Maß an Verzweiflung schließen lässt. Sie springen von dem abgewetzten, alten Sofa auf und umarmen mich, als hätten wir uns seit Wochen nicht gesehen. Dad zischt mir ins Ohr, dass ich hoffentlich den Wein dabeihabe. Sogar Mum fragt sofort, ob ich denn an der Weinhandlung vorbeigekommen sei, und das, obwohl sie bereits glaubt, sie sei dem Alkoholismus nah, wenn sie an Weihnachten eine zweite Portion Sherry Trifle isst. Ben erhebt sich aus dem Sessel am Kamin und streckt mir die Hand entgegen. Ich lasse mir zur Begrüßung von ihm die Finger quetschen und mustere ihn.

Er ist überhaupt nicht so, wie ich mir jemanden vorgestellt hatte, den Prue auf einer Konferenz für Jungunternehmer kennengelernt hat. Ich schätze, ich hatte mir einen Typ Geschäftsmann mit Handy vorgestellt – im Anzug und mit zu viel Gel in den Haaren. Stattdessen sieht Ben eher aus, als käme er direkt von einem Jungbauerntreffen. Er trägt eine knallrote Hose – vielleicht abgestimmt auf seine sehr roten Wangen? Aber fairerweise muss man sagen, dass wohl jeder so nah am Kamin solch eine gesunde Gesichtsfarbe bekommen würde. Sein kariertes Hemd ist am Hals offen – absichtlich, nehme ich an –, und am Bauch offenbart es – sicher unabsichtlich? – ein kleines Dreieck seines bleichen Bauchs unter dem Cordjackett. Er hat dichtes Haar, das in Kringellocken flach anliegt wie das Fell eines hellbraunen jungen Ochsen, und seine Wimpern sind lang und blond, was seine Ähnlichkeit mit einem Rind noch verstärkt. Er wirkt so ländlich rustikal, dass ich, als er mich ungestüm umarmt, erwarte, dass er nach Heu riecht. Doch stattdessen riecht er stark nach Aftershave.

»Kate, hallo, sehr schön dich kennenzulernen!«, sagt er und klopft mir herzlich auf den Rücken. »Prue hat mir schon so viel von dir erzählt.«

Ich kann mir nicht vorstellen, dass sie ein gutes Haar an mir gelassen hat, also kann ich bloß nervös lachen.

»Der Wein. Endlich«, vermeldet Prue kurz angebunden und stellt eine geöffnete Flasche auf den Wohnzimmertisch, auf dem bereits erwartungsvoll fünf Gläser stehen. »Die Kanapees sind in fünf Minuten fertig, also wenn ihr noch mal aufs Klo müsst, dann geht gleich, damit ihr dann bereit seid.«

Dad greift nach dem Wein und schenkt die Gläser ziemlich voll, ich nehme meines dankbar entgegen. Ben stößt nach dem ersten Schluck ein lautes »Aaaaah« aus, und Dad wirft ihm einen mordlustigen Blick zu. Da es Dad mit tadellosem Benehmen selbst nicht so genau nimmt und er dafür bekannt ist, dass er eine Bierdose an seinem Kopf zerdrücken kann, frage ich mich, was Ben wohl verbrochen hat, um Dads Wut zu entfachen.

»Ben hat uns gerade seine geschäftlichen Pläne für Baileys' erörtert«, flötet Mum, und ihr Blick wandert nervös von Dads Gesicht zu Bens. »Sie sind sehr … äh … interessant. Nicht wahr, David?«

»Ja«, nuschelt Dad in sein Weinglas, »sehr … interessant.« Er nimmt einen Schluck und stellt das Glas dann schwungvoll auf den Tisch, wobei er Ben herausfordernd ansieht.

»Wie schön«, sage ich und versuche zu verstehen, was hier alles unausgesprochen bleibt. Doch ich habe Angst, dass der Raum explodiert, wenn ich nachhake. Allein Ben scheint immun gegen die angespannte Stimmung zu sein und grinst Dad so leutselig an, dass die Vermutung naheliegt, er habe nicht viel in seinem Lockenkopf.

Prue kommt geschäftig aus der Küche mit einem Tablett voller ausgesprochen anspruchsvoller Kanapees herein.

»Mango, Jakobsmuschel, Thai-Basilikum-Spießchen?«, bietet sie an und hält Ben das Tablett unter die Nase. »Minipastetchen mit orientalischem Gemüse?«

Ben ruft »Lecker schmecker« wie ein kleiner Junge, als er sich eine Minipastete nimmt. Er reibt sich genussvoll den Bauch, macht aber ein langes Gesicht, als er merkt, dass sein Hemd offen ist. Während er versucht, es mit nur einer Hand zuzuknöpfen, rutscht ihm die winzige Pastete aus den Fingern und landet in zwei Teilen auf dem Teppich. Wenn Minnie da gewesen wäre, wäre er damit davongekommen. Ihre Staubsaugerfähigkeiten übersteigen die der Elektrogeräte bei Weitem.

»Ben!«, kreischt Prue und reißt Mum, die gerade nach einem Spießchen greifen will, das Tablett unter der Nase weg.

»Du meine Güte, tut mir leid, Prue.« Bens Gesicht wird noch röter, und er steht peinlich berührt da.

»Bitte machen Sie sich keine Gedanken«, winkt Mum ab, hebt das Kanapee auf und wirft es ins Feuer. »Auf diesem Teppich ist über die Jahre schon alles Mögliche gelandet, eine Mini …, was war es doch gleich, Prue-Liebling? – ein Mini-Dingsda macht da auch nichts mehr«, fügte sie noch hinzu.

»Es war ein *Pastetchen*, Mutter«, sagt Prue streng. »Und ich habe bloß drei von jedem gemacht, also kannst du jetzt nur noch zwei haben, Ben.«

Dad sieht mich, unbemerkt von Prue, mit alarmiert hochgezogenen Augenbrauen an. Wir haben alle ein bisschen Angst vor meiner Schwester, ganz besonders wenn sie die ungnädige Gastgeberin spielt.

»Mmh, Jakobsmuschel-Spießchen, lecker«, versuche ich Prue zu besänftigen und greife nach einem.

»Jetzt tu nicht so gönnerhaft!«, zischt Prue.

»Tu ich ja gar nicht – die sehen super aus«, wehre ich ab, und es stimmt.

»Na gut, dann nimm dir eins«, schnauzt sie, und ich greife zu. Sie stellt das Tablett auf dem wackeligen Holztischchen neben Bens Lehnstuhl ab und stolziert zurück in die Küche.

»Wow!«, sage ich. »Prue macht nie halbe Sachen, oder? Hat sie die Jakobsmuscheln auch selbst aus der Bucht getaucht, was meint ihr?«

»Ähm, nein«, meint Ben mit höflich-herablassendem Blick. »Prue ist keine Taucherin. Um ehrlich zu sein, hat sie die Muscheln gekauft. Beim Fischhändler unten an der Hafenmauer. Aber ich bin mir sicher, sie sind genauso frisch, als wäre sie selbst danach getaucht.«

»Ah«, sage ich, da ich nicht weiß, was ich darauf antworten soll.

Ben grinst Mum schief an. »Das mit dem Teppich tut mir schrecklich leid.«

»Wirklich«, beteuert Mum und senkt die Stimme, »es geht nicht um den Teppich. Prue ist bloß ein bisschen angespannt, weil sie den ganzen Nachmittag damit verbracht hat, Sushi zu rollen, und ich glaube nicht, dass es ihr besonders gut gelungen ist.«

»Sie hat selbst Sushi gemacht?«, hake ich nach. Ich staune. Nicht mal in meiner verrücktesten Phase als Haushaltsgöttin habe ich mich ans Sushimachen herangewagt.

Dad räuspert sich und sieht Ben noch immer missmutig an. »Ich wusste nicht, dass Reis so klebrig sein kann«, murmelt er.

»Oje«, sage ich. Ich muss mir auf die Lippen beißen, um nicht zu grinsen. Mir fällt auf, dass auch Mum es vermeidet, mich anzusehen.

Ich will nicht, dass der Eindruck entsteht, Prue sei eine Art Ungeheuer. Das ist sie ganz und gar nicht, obwohl ich einsehe, dass ich sie bisher so dargestellt habe. Vielleicht fühle ich mich besser, wenn ich sie schlimmer mache, als sie eigentlich ist. Ich meine, sie möchte ja nur ein Abendessen für ihre Familie und ihren Freund machen. Das ist kein Verbrechen. Sie scheint lediglich keinen Spaß daran zu haben, und deswegen ist es auch für alle anderen schwer, sich darüber zu freuen. Manchmal fühlt es sich an, als trennten uns mehr als bloß acht Jahre, manchmal habe ich das Gefühl, wir wären dazu verurteilt, uns immer fremd und grundsätzlich verschieden zu sein. Als lebten wir nebeneinander her, ohne jemals zusammenzukommen, wie die Felsen draußen bei den Klippen.

»Also, Ben«, wage ich mich vor, als die Atmosphäre so drückend geworden ist, dass man sie sich auf seine Minipastete löffeln könnte, »du hast mit meinen Eltern über deine Geschäftsideen gesprochen.«

Dads Gesichtausdruck verdüstert sich noch mehr.

Ben dagegen strahlt vor Begeisterung, als hätte er nur auf diese Frage gewartet. Seine bereits geröteten Wangen laufen nun puterrot an. »Na ja, Kate, darüber haben wir gerade gesprochen, als du kamst. Ich suche schon seit einer Weile nach Expansions-, Entwicklungs- und Wachstumsmöglichkeiten im Südwesten.«

Es klingt, als lese er eine Pressemitteilung vor.

»Ah, okay«, sage ich. Ich versteh es nicht wirklich, wenn Leute so »übers Geschäft« reden. Das passiert auch, wenn mir jemand erzählt, er arbeite als Systemmanager oder Analyst. Wenn ich einen dieser Begriffe höre, ist das für mich, ehrlich gesagt, wie wenn mir jemand sagt, er sei fundamentalistischer Christ. Ich gebe mein Bestes und versuche zuzuhören, aber im Grunde habe ich bereits auf Durchzug geschaltet.

»Ja«, sagt Ben und stützt sich mit den Ellbogen feierlich auf die Armlehnen wie ein Papst. Ich schätze, die Wirtschaft ist die neue Religion, auch wenn er nicht besonders päpstlich wirkt mit seinem Bauch, der immer noch raushängt.

»Habe eben mit deinen Eltern darüber gesprochen, wie man neue Einnahmequellen für Baileys' entwickeln könnte«, fährt er fort. »Alles ein bisschen umstrukturieren, weißt du?« Er klopft mit den Fingern einen stillvergnügten Rhythmus auf die Lehne.

Für mich hört sich das alles ziemlich langweilig an. Ich verstehe gar nicht, warum sein uninspiriertes Gefasel meine Eltern auf dem Sofa neben mir so zum Brodeln bringt. Ich kann ihre Wut geradezu spüren.

»Ja«, fährt Ben unbeirrt fort, »mein Ziel ist es, das Geschäft von einem etablierten, aber im Wesentlichen todgeweihten Unternehmen in etwas ziemlich Aufregendes zu verwandeln. Alle glauben, dass all die Action in London passiert, aber sie liegen komplett falsch.«

Dad verdreht die Augen, und neben ihm lächelt Mum verbissen vor sich hin. Ich nicke Ben aufmunternd zu, der weiterredet und gar nicht merkt, dass zwei Drittel seiner Zuhörer ihm bereits spinnefeind sind. Und dass wir alle drei seinen *nackten* Bauch bewundern können.

»Man muss sich nur mal Copella-Fruchtsäfte anschauen, ein altes Familienunternehmen, das in der Flaute steckte, bis es von einem, der Ahnung hatte, mal ordentlich auf Vordermann gebracht wurde. Und jetzt schaut sie euch an – Millionäre! Oder die Molkerei Yeo Valley. Der Südwesten steckt voller Möglichkeiten für Leute mit Visionen.«

»Wie Sie«, sagt Dad. Der Sarkasmus in seiner Stimme ist nicht zu überhören. Außer für Ben.

»Absolut, Mr. Bailey – oder kann ich dich Dad nennen?«

Dad ist zu überrascht, um etwas zu sagen.

»Deshalb steige ich bei euch ein, Dad. Und Mum. Um euch zu helfen. Um das Geschäft ein wenig anzuheizen.«

»Ich bin mir nicht sicher, ob mir das recht ist, Ben«, sagt Mum. Ich weiß nicht, ob sie Einspruch dagegen erhebt, dass er sie Mum nennt oder dass er dem verschlafenen Familienunternehmen einheizen will. Beides ist gut möglich.

»Nein, wirklich«, prescht Ben strahlend vor Begeisterung weiter vor. »Ich bestehe darauf. Wir sind doch eine Familie. So gut wie. Richtig, Dad?«

Mittlerweile steht Dads Bart ab wie das Fell eines Tiers, das sich für einen Kampf wappnet. Ich kann sehen, dass er gleich platzen wird, also setze ich zu einer weiteren Frage an, damit er gar nicht erst die Gelegenheit bekommt, etwas zu erwidern.

»Ben, du hast also schon angefangen für Baileys' zu arbeiten?«, erkundige ich mich. Ich habe gedacht, das stünde noch nicht fest, sondern würde noch besprochen.

»Jap«, sagt Ben und schlägt sich mit den Händen auf die Oberschenkel. »Alles offiziell. Wir waren gerade dabei, die Einzelheiten auszuarbeiten, als du kamst.«

»Jetzt hören Sie mir mal zu«, legt Dad los. Doch bevor er richtig vom Stapel lassen kann, erscheint Prue in der Tür, die Küche und Wohnzimmer verbindet.

»Und, amüsiert ihr euch gut?«, ruft sie mit einem so brüchigen Lächeln, dass man Angst hat, es könne ihr jeden Moment aus dem Gesicht fallen und am Boden in tausend Stücke zerspringen. »Das Abendessen steht auf dem Tisch.«

Ein Ratschlag von mir: Man sollte bloß nicht versuchen, zu Hause Sushi zu machen! Und schon gar nicht für die Eltern, ganz gleich wie kühn und abenteuerlustig sie auch sein mögen. Kalter Fisch, klebriger Reis und glitschige Meeresalgen sind nichts für ein gemütliches Familienessen. Insbesondere wenn Dad die ganze Zeit fragt: »*Soll* das so sein?« Denn wenn alle Angst haben, sich auf das Essen zu stürzen, dann ist wohl klar, dass sie sich stattdessen auf etwas anderes stürzen. Und zwar den Alkohol. Ich dachte, die vier Flaschen, die ich gekauft hatte, seien eher eine Geste – dass wir eine davon trinken und die anderen drei für eine andere Gelegenheit aufbewahrt würden. Aber wir haben die vierte Flasche schon halb leer getrunken, als sich Prue endlich geschlagen gibt und die halb aufgegessenen Reste vom Tisch abräumt. Bevor sie geht, schenkt sie mir noch mal nach – bilde ich mir das nur ein, oder sorgen sie und Ben dafür, dass ich an diesem Abend mehr trinke als alle anderen? Ach, was soll's, ich muss schließlich nicht mehr fahren, also schätze ich, es macht nichts.

Zumindest waren wir für eine Weile zu sehr damit beschäftigt, unsere Stäbchen-Techniken zu vergleichen und die California Rolls unfallfrei vom Teller zum Mund zu befördern (auch hier wäre Minnies Hilfe wieder höchst willkommen gewesen), als dass wir noch groß Bens Einstieg in die Firma meiner Eltern hätten diskutieren können.

Prue taucht wieder aus der Küche auf mit einem Tablett voller Auflaufförmchen, in denen sich ein verbrannter grüner Matsch befindet, den sie als Grüner-Tee-Crème-brulée bezeichnet. Ich höre, wie Dad stöhnt, als er erneut nach dem Wein greift.

»Sch, David«, flüstert Mum. »Ich mach dir später noch ein Sandwich.«

»Bevor ich das Dessert verteile«, verkündet Prue und greift nach Bens Hand, »möchten wir euch noch etwas mitteilen.« Sie nickt Ben zu, als gebe sie ihm das Stichwort.

Er steht auf und legt den Arm fest um Prue, und sie blickt mit einem solch hingebungsvollen Blick zu ihm auf, wie ich ihn noch nie an ihr gesehen habe. Als sei sie ausnahmsweise bereit, ihn für sie beide sprechen zu lassen. Aber sicher bloß, weil sie ihm im Vorfeld das Drehbuch dazu diktiert hat, denke ich spöttisch.

»Mum, Dad, Kate«, sagt er und nickt jedem von uns nacheinander zu. »Ich bin sehr, sehr glücklich darüber, euch mitzuteilen, dass Prue und ich heiraten werden.«

»Nein!«, platzt Dad mit erstickter Stimme heraus. Doch es gelingt ihm, sich schnell wieder zu fangen. »Nein! Was für eine wundervolle Überraschung!«

»Oh, Prue, Liebling«, sagt Mum, und ihre Augen füllen

sich mit Tränen. »Meine Kleine heiratet. Ich kann's nicht glauben.«

»Du bist doch nicht schwanger, oder?«, fragt Dad mit zusammengekniffenen Augen.

»Dad!«, ruft Prue empört. Ich bin mir nicht mal sicher, ob sie mit Ben überhaupt schon jemals im gleichen Bett geschlafen hat, auch wenn das durchaus wahrscheinlich ist. Schließlich waren sie bereits zusammen im Urlaub, so viel ist mir bekannt. Aber sie ist die prüdeste Mittzwanzigerin, die ich je erlebt habe, die evangelikalen Christen beim Jesus-Rock-Festival 2002 in Colorado mit eingeschlossen.

»War nur ein Witz!«, beteuert Dad, auch wenn die Erleichterung in seinem Gesicht verrät, dass das nicht ganz der Wahrheit entspricht.

»Prue, dass sind ja tolle Neuigkeiten, Glückwunsch«, sage ich. Erschrocken merke ich, dass mir eine Träne über die Wange läuft, als ich sie umarme. Das muss an dem ganzen Wein liegen, den ich getrunken habe. Es gelingt mir, mein Gesicht unauffällig an Bens Sakko abzuwischen, als ich auch ihn umarme. Das ist jetzt nicht der geeignete Zeitpunkt, mich gehen zu lassen. Das ist Prues Moment.

Angesichts dieser triumphalen Neuigkeit ist Prues Katastrophendinner vergessen. »Wir haben noch keinen Ring«, sagt sie strahlend vor Begeisterung. »Bens Großmutter will, dass ich ihren trage, aber er ist mir zu groß, also lassen wir ihn gerade ändern. Es ist ein Familienerbstück.«

Ben sieht seine zukünftige Frau bewundernd an. »Er ist eine schöne Stange Geld wert, das sag ich euch. Prue wird sehr gut darauf aufpassen müssen.«

»Klar«, erwidert sie mit gespielter Verärgerung. »Und weil Ben mir etwas Wichtiges und Wertvolles aus seiner Familie schenkt, ist es sehr wichtig für mich, dass er bei Baileys' einsteigt und mit uns allen zusammenarbeitet.«

Ich bin mir sicher, sie lässt es nicht absichtlich klingen wie einen Firmenzusammenschluss – teures Familienerbstück gegen Anteile an erfolgreichem Familienunternehmen –, aber ihre Bekanntmachung klingt eher wie aus dem Wirtschaftsteil einer Zeitung vorgelesen als die glückselige Schwärmerei einer zukünftigen Braut.

»Und«, fährt sie fort, »wir haben beschlossen, dass wir die Hochzeit als Gelegenheit nutzen, den Leuten zu beweisen, dass Baileys' mehr kann, als bloß Ferienhäuser zu vermitteln und Veranstaltungen für Touristen zu organisieren. Wir sollten neue Bereiche erschließen: Hochzeiten, Partys, Feiern, solche Dinge. Wir können die Hochzeit als Vorzeigeprojekt nutzen, um unsere guten Kontakte und Kompetenzen unter Beweis zu stellen. Und natürlich bekommen wir so auch Rabatte von allen Lieferanten, wenn wir ihnen versprechen, bei künftigen Festlichkeiten auf sie zurückzukommen.«

»Meine Güte, ihr scheint euch ja schon jede Menge Gedanken darüber gemacht zu haben«, sagt Mum einigermaßen verblüfft.

»Natürlich«, bestätigt Ben leutselig. »Was auch immer meine Prue möchte, bekommt sie. Wir denken, eine Hochzeit an Silvester sollte uns genug Zeit lassen, alles nach unseren Vorstellungen vorzubereiten.«

»Aber das ist ja schon in drei Monaten!«, ruft Dad entsetzt.

»Das ist jede Menge Zeit.« Prue wischt Dads Bedenken mit einer lässigen Handbewegung beiseite. »Je früher, desto besser, und wir haben ja im Winter sowieso nicht so viele Veranstaltungen. Versteht ihr nicht – wir könnten das Geschäft ganzjährig betreiben, dann sind wir auch nicht mehr so sehr von der Touristensaison und den Besucherzahlen abhängig.«

»Ich mag die ruhige Wintersaison«, hält Mum sachte dagegen.

»Die kannst du ja trotzdem haben, Mum«, sagt Ben. »Du gehst langsam auf den Ruhestand zu, da ist es klar, dass du in der Firma eine geringere Rolle spielen willst. Und du auch, Dad. Prue und ich verstehen das. Das ist die natürliche Ordnung der Dinge, dass ihr zurücktretet und Platz macht für eine neue Generation voller Energie.«

Dad macht Anstalten aufzuspringen, und ich sehe, wie Mum ihn am Zipfel seines ausgefransten Pullis zurückhält.

»Wir haben an alles gedacht«, fährt Prue fort.

»Offensichtlich habt ihr das«, stimmt Dad ihr verbittert zu.

»Aber Ben«, werfe ich ein, weil ich eine kleine Schwachstelle in ihrem Businessplan entdeckt habe, »du hast doch wohl nicht vor, noch bis zur Hochzeit im Hotel zu wohnen, oder? Und sicher kannst du auch nicht täglich von Bristol aus pendeln. Wirst du hier einziehen?«

»Nein!«, rufen Dad und Prue wie aus einem Mund.

Sie wirft Dad einen warnenden Blick zu, bevor sie antwortet. »Natürlich nicht! Du weißt doch, dass ich nichts davon halte, vor der Hochzeit zusammenzuleben.«

»Oh«, sage ich. Natürlich wusste ich das, aber ich dachte immer, es sei weniger eine moralische Position als ein Zeichen dafür, dass sie noch nicht den Richtigen getroffen hat, mit dem sie zusammenleben will.

»Na ja, Kate, ich meine«, erklärt Prue stirnrunzelnd, »bei dir hat das ja jetzt auch nicht so gut funktioniert.«

»Prue, Liebes«, rügt Mum sie, »das ist nicht nett.«

»Aber auch nicht falsch«, räume ich traurig ein. »Ich schätze, schon vor der Hochzeit zusammenzuziehen ist auch keine Garantie.«

»Genau«, bekräftigt Prue. »Deshalb wird Ben stattdessen auch bei dir einziehen.«

»Bei mir?«

»Ganz genau, Schwesterherz!«, ruft Ben grinsend, als gehe er davon aus, dass seine Anwesenheit ein Geschenk wäre, das mich sicher erfreuen wird. »Prue meint, du bist einsam so ganz allein in dem Bungalow, und ich brauche eine Bleibe, solange ich Baileys' auf Vordermann bringe. Also passt das alles wunderbar!«

»Einen Moment mal«, widerspreche ich mit erhobenen Händen, als könne ich Ben damit abwehren. »Wartet mal, ihr beiden. Ihr könnt doch nicht einfach allen eure Pläne aufdrücken, nur weil es euch in den Kram passt. Warum sollte ich *mein Haus* mit Ben teilen? Warum kann er nicht einfach hier einziehen?«

»Aber es ist doch gar nicht dein Haus, oder?«, blafft Prue mich an. »Granny Gilbert hat es uns beiden hinterlassen. Und hier gibt es kein Gästezimmer, bei Granny Gilbert aber schon. Du darfst nicht so selbstsüchtig sein, Kate. Versuch doch mal, die Bedürfnisse anderer zu berücksichtigen.«

»Mum!«, flehe ich und wende mich bittend an meine Eltern wie ein Teenager. Mein Kopf dreht sich vom Alkohol, und ich kann meine Gedanken nicht mehr in zusammenhängende Argumente fassen, um dagegenzuhalten. »Damit könnt ihr doch nicht einverstanden sein.« Sie starren mich beide an, sprachlos angesichts der Vehemenz, mit der meine Schwester auftritt.

Ben stupst mich freundschaftlich an. »Komm schon, Schwesterherz, das wird lustig. So lernen wir uns schon mal ein bisschen kennen, immerhin sind wir bald verwandt. Ich bin auch stubenrein, versprochen.«

»Ben, ich bin sicher, du bist ein wunderbarer Mitbewohner…«, setze ich zu meiner Verteidigung an.

»Dann sind wir uns ja einig!«, ruft er strahlend.

»Nein, hör mal, lass uns noch mal darüber reden«, protestiere ich.

»Was gibt es da noch zu bereden?«, fragt Prue. »Du hast gesagt, du seist einsam. Ich dachte, ich tue dir damit einen Gefallen.«

»Das Gespräch hast du mir doch aufgedrückt!«

»Kate, Kate«, sagt Prue und schüttelt besorgt den Kopf. »Wir wissen doch alle, dass es in letzter Zeit schwer für dich war. Aber du musst aufpassen, dass du nicht verbitterst. Alle meinen, dass du zu viel Zeit alleine verbringst. Mum und Dad machen sich auch Sorgen um dich, merkst du das nicht? Ben und ich versuchen doch bloß, dir zu helfen.«

Es ist typisch für Prue, dass sie das, was für sie von Vorteil ist, so darstellt, als sei sie die großmütige Gönnerin. Aber dass sie mir jetzt auch noch vorwirft, ich sei selbstsüchtig, weil ich mir ein wenig Privatsphäre wünsche, um über meine gescheiterte Ehe hinwegzukommen, ist wirklich zu viel. Ganz zu schweigen davon, dass Prue auch ständig da sein wird, wenn Ben bei mir im Bungalow wohnt. Von allen möglichen Welten ist das die schlimmste.

»Warte«, sage ich, und ein genialer Gedanke kämpft sich langsam in mein benebeltes Hirn vor. »Warte, ich habe da eine bessere Idee. Warum zieht ihr beide nicht einfach in den Bungalow, und ich wohne so lange bei Mum und Dad? Wäre das nicht besser? Es geht ja nur um ein paar Wochen, du kannst deine Prinzipien doch wohl sicher für ein paar Wochen vergessen, Prue?«

Sie lächelt ein verbissenes kleines Lächeln. »Meine Prinzipien vergessen? Ich hätte mir denken können, dass du so etwas vorschlagen würdest. Man kann seine Prinzipien doch nicht einfach an- und abstellen wie einen Wasserhahn, wenn es einem gerade passt, Kate. An Prinzipien hält man fest, ganz gleich, was kommt. Sie sind nicht verhandelbar. Man lässt sie nicht einfach außer Acht, weil sie einem gerade lästig sind. Das ist wie bei der Ehe: Entweder man nimmt sie ernst, oder man kann es gleich lassen.«

Zumindest hat sie den Anstand, für einen Moment so zu wirken, als täte ihr leid, was sie gerade gesagt hat.

»Ich habe meine Ehe ernst genommen«, sage ich leise. »Ich habe sie sehr ernst genommen, Prue.«

»Das reicht jetzt, Prue«, bestimmt Dad. »Es besteht kein Grund, die Probleme deiner Schwester in diese Diskussion hineinzuziehen.«

»So wie ich das sehe«, mischt sich Ben fröhlich in das Gespräch ein, als würden wir uns alle gut gelaunt unterhalten, anstatt vor Wut zu schäumen, »löst so jeder ein Problem des anderen. Oder, Schwesterherz? Stimmt's, Mitbewohnerin? Ich glaube, wir werden jede Menge Spaß haben.«

»Dann wäre das also geklärt«, sagt Prue.

12

Ibiza

In diesem Jahr war die Insel anders. Normalerweise teilte ich mir immer mit Sarah ein Appartement im Zentrum von San Antonio, denn wir hatten denselben Terminplan, so weckten wir uns nicht gegenseitig auf, weil wir zu unterschiedlichen Zeiten heimkamen. Wir verbrachten sowieso nicht viel Zeit dort, sondern hauten uns bloß ein paar Stunden aufs Ohr zwischen all den *Hitz-Does-Ibiza*-Veranstaltungen und unseren Abstechern auf die Tanzflächen der Insel, sobald wir unsere Verpflichtungen erfüllt hatten. Ich hatte schon zu viele Kollegen gesehen, die es so wild trieben, dass es ihre Arbeit beeinträchtigte. Sarah hatte ihren Job ergattert, nachdem ihr Vorgänger vor ein paar Jahren zu einer vierundzwanzigstündigen Sauftour verschwunden war. Aber nachts war so ziemlich alles erlaubt, solange man am nächsten Morgen in der Lage war aufzustehen. Und was auch immer geschah, ich stand morgens auf. So spät wie irgend möglich.

Matt hatte eine vollkommen andere Einstellung zu Ibiza und bestand darauf, dass sein Team in einer Villa außerhalb der Stadt untergebracht wurde, mit Veranden, Olivenbäumen, Pools und allem Drum und Dran. Zwar hatte ich noch immer mein Appartement im Stadtzentrum, aber bisher hatte ich jede Nacht in Matts Villa verbracht. Und nachdem der Rest seiner Abteilung die ganze Zeit unterwegs zu sein schien, war es fast so, als hätten wir das Haus ganz für uns allein.

»Nussknacker«, flüsterte er mir ins Ohr.

Ich rollte mich hinüber auf seine Bettseite. »Mmm«, machte ich und schmiegte meinen Kopf mit geschlossenen Augen neben seinen. Er legte den Arm um mich und zog mich näher an sich.

»Aufstehen.«

»Wie spät ist es?«, wollte ich wissen und machte ein Auge einen Spalt weit auf. Matt hatte mir in diesem nervigerwachsenen Ton eines leitenden Angestellten, der über alles etwas weiß, schon erklärt, dass die ibizenkische Architektur meist weiß ist, damit sie die Sonnenwärme besser reflektiert. Aber es war eine echt fiese Sache, morgens als Erstes einer so gleißenden Helligkeit ausgesetzt zu sein. Selbst das Innere unserer Villa bestand aus nichts als gnadenlos reflektierenden Oberflächen. Es war, als wache man unter der Behandlungslampe beim Zahnarzt auf.

»Sechs«, sagte Matt.

»Sechs! Äh, was weckst du mich denn bitte um sechs Uhr morgens auf, bist du wahnsinnig? Ich hab mich doch erst um zwei hingelegt.« Ich zog mir die Decke über den Kopf. Für sechs Uhr morgens interessiere ich mich nur, wenn ich bis dahin noch nicht ins Bett gekommen bin. Ansonsten will ich wirklich nicht wissen, dass so eine Tageszeit überhaupt existiert.

»Ich weiß«, nickte Matt. »Du hast mich aufgeweckt, um dich über irgendwelchen Ärger mit einer Moderatorin auszulassen.«

»Tut mir leid«, murmelte ich in meine Decke. Meine Erinnerung an den Vorabend war leicht verschwommen. Ich war mit Sarah, Kristy und der ganzen Mannschaft noch bis spätnachts in einer Bar gewesen, wo wir uns über die Allüren einer Schauspielerin aus der Fernsehserie *Hollyoaks* ausgelassen hatten. Ich hatte gedacht, ich hätte mich genug darüber ausgekotzt, bevor ich zu Matt kam. Offenbar nicht.

»Los, komm«, drängte Matt beharrlich und kitzelte mich an den Rippen. »Ich möchte dir was zeigen.«

Ich zog mir die Decke vom Gesicht und blinzelte Matt an, der schon schrecklich frisch und wach aussah und braun gebrannt auf dem weißen Bettzeug.

»Matt, wenn das, was du mir zeigen willst, dein Schwanz ist, dann will ich ihn frühestens um acht sehen. Oder fühlen. Kapiert?«

»Ob du's glaubst oder nicht«, gab Matt grinsend zurück, »es geht nicht immer nur ums Vögeln.«

Ich schnaubte verächtlich. Seit Matt und ich nach der Weihnachtsfeier zusammengekommen waren, hatte sich so ziemlich alles ums Vögeln gedreht. In meinem Waxingstudio hatte man mir bereits die goldene Treuekarte ausgehändigt, so häufig tauchte ich in letzter Zeit dort auf. Wir gingen kaum aus, wir unternahmen keine Pärchensachen, wir hielten nicht Händchen im Kino oder tauschten beim Abendessen Liebesgeflüster aus. Wir hatten bloß Sex. Jede Menge davon.

»Ich mein's ernst, Kate.« Matt ließ nicht locker und riss mir die Decke weg. »So unwiderstehlich du morgens auch bist, darum geht es diesmal nicht.«

Ich machte ein finsteres Gesicht. Ich hatte es nicht so mit Überraschungen, außer ich organisierte sie selbst. »Um was geht's dann?«

»Zieh dich an, wir treffen uns in zehn Minuten draußen«, sagte er.

Ich seufzte schwer. »Sarah holt mich um zehn ab«, gab ich zu bedenken.

»Wir sind rechtzeitig zurück«, versprach Matt. »Vertrau mir.« Und seltsamerweise vertraute ich ihm wirklich.

Also quälte ich mich, obwohl es erst sechs Uhr morgens war und ich nur schlafen wollte, aus dem Bett, schlüpfte in einen Jeansrock und ein Trägeroberteil. Ich strich mir die Haare aus dem Gesicht und versteckte meine müden Augen hinter einer Sonnenbrille.

Draußen saß Matt bereits auf einem Roller und ließ den Motor aufheulen.

»Weißt du überhaupt, wie man so ein Ding fährt?«, fragte ich nervös. Plötzlich kam mir mein Outfit, das eigentlich perfekt für so einen warmen Morgen war, vor wie der reinste Irrsinn. Als würde ich meine bloßen Arme und Beine dem spanischen Asphalt als Opfergabe darbieten.

»Nö.« Matt grinste. »Aber wie schwer kann das schon sein? Setz den hier auf.«

Er reichte mir einen Helm, den ich widerstrebend entgegennahm.

»Komm schon«, sagte er. »Ich verspreche, ich fahre vorsichtig. Ich will ja nicht, dass du verletzt wirst.«

»Oh, das sagen alle Männer«, zog ich ihn auf und bemühte mich um einen unbeschwerten Ton, um meine Ängste zu verscheuchen. Matt klopfte hinter sich auf den Sitz, und ich befahl mir, mich zusammenzunehmen.

Wenn mir zu Hause in London jemand gesagt hätte: »Warum steigst du mit jemandem auf ein Motorrad, der noch nie zuvor mit so was gefahren ist?«, hätte ich Nein gesagt, ohne darüber nachzudenken. Doch Matts jungenhafte Begeisterung war ansteckend, und der Morgen so schön: hell und klar und noch kühl genug, dass man eine leichte Gänsehaut an den Armen bekam. Ach, was soll's, dachte ich.

Ich hätte mir keine Sorgen machen müssen. Gott weiß, wo Matt den Roller geliehen hatte – für die Arbeit wurden wir alle in teuren, klimatisierten Wagen herumkutschiert, die uns die Kunden zur Verfügung stellten –, aber bald war klar, dass keinerlei Gefahr bestand, Schwierigkeiten wegen überhöhter Geschwindigkeit zu bekommen. Der Motor zuckte und stotterte, als Matt den Roller die leichte Anhöhe vom Villengelände hinauffuhr. Und als wir am Ende der langen, steinigen Auffahrt zur Hauptstraße angelangt waren, hatte ich mich schon so weit entspannt, dass ich mich nicht mehr wie ein verängstigter Babyaffe an Matts Taille klammern musste.

Anstatt den Weg nach San Antonio einzuschlagen, bog Matt in Richtung Santa Inés ab, zumindest stand es so auf dem Straßenschild. Ich war schon unzählige Male auf Ibiza gewesen, aber seltsamerweise war es für mich immer so sehr ein Ort, an den ich zum Arbeiten kam, dass ich noch nie auf die Idee gekommen war, die Insel zu erkunden. Ich weiß natürlich, dass es dieses wahnsinnig tolle, verborgene Ibiza jenseits der Megaclubs, Schaumpartys und sonnenverbrannten Pauschaltouristen gab, aber wenn ich mal in den Urlaub fuhr, dann brachten mich keine zehn Pferde zurück auf diese Insel. Am liebsten flog ich her, erledigte meine Arbeit, gab mir die Kante und zog wieder Leine. Ich hätte genauso gut in Blackpool oder Bognor Regis sein können, so wenig Beachtung schenkte ich der Umgebung.

Als wir jetzt aber in einem absurd lahmen Tempo die

Straße entlangzuckelten, tat sich die Insel plötzlich vor mir auf. Da es mir unmöglich war, mich beim Lärm des knatternden Motors mit Matt zu unterhalten, ließ ich meinen Blick und meinen Gedanken schweifen. Am Straßenrand knabberten – unbeeindruckt von unserer Anwesenheit – wilde Ziegen an verdorrten Zweigen. Eine sah ich sogar nachdenklich an einer Plastiktüte herumkauen. Ich fragte mich, wer wohl die abgelegenen Häuser in den Hügeln bewohnte – nicht die schicken, bewachten Villas für Feriengäste, sondern die weiß getünchten alten, mit den voll behangenen Wäscheleinen und den verrosteten Wassertanks daneben. Sie wirkten so abgeschieden und weit entfernt von allem, was wichtig war. Ich empfand die typische Abscheu eines früheren Landkindes vor einem Leben abseits eines urbanen Ballungsgebiets.

Ich ließ meinen Gedanken freien Lauf, während sich die Landschaft vor mir ausbreitete. Das hypnotische Brummen des Rollers übertönte all meine Ängste, und ich hatte vollkommen das Zeitgefühl verloren, als wir schließlich wieder bergab rollten, auf das erstaunlich türkise Wasser in einer kleinen Bucht zu. Das Meer war so klar, dass ich die Felsen und Korallen darin erkennen konnte und die Stränge von Seetang, die sanft mit den Wellen schaukelten. Zwei kleine Fischerboote waren an Bojen in der Bucht vertäut; die Farbe löste sich bereits von ihren hölzernen Rümpfen, und über den Seitenwänden hingen Netze zum Trocknen. Als Matt den Roller neben einer verwitterten alten Hütte anhielt, blickte ein Tisch voller Fischer von ihrem Frühstück auf und nickten uns zu.

»Hier ist es«, sagte er strahlend vor Stolz, als hätte er diese Postkartenidylle selbst erschaffen. »Wie findest du es?«

»Der Hammer«, seufzte ich und sog alles in mich auf.

Die felsige Küste erhob sich schroff um uns herum, sodass wir von der restlichen Insel abgeschottet waren, geschützt in dieser winzigen Bucht. Man konnte sich kaum vorstellen, dass sich ein paar Kilometer weiter die Hochhäuser von San Antonio erhoben. Von hier aus war alles, was man außer den Felsen in der Bucht sehen konnte, das Meer, das sich bis zum Horizont erstreckte, als reiche es bis in die Unendlichkeit.

Matt beugte sich zu mir und gab mir einen Kuss auf die Nasenspitze. »Weißt du, dass du sogar mit einem Motorradhelm süß aussiehst?«

»Ach, halt die Klappe«, erwiderte ich lachend und nahm ihn so schnell wie möglich ab. Niemand sah mit einem Motorradhelm süß aus, das wusste ich.

Matt nahm meine Hand und führte mich zu dem einzigen weiteren Tisch vor der Hütte, einem verrosteten Metallding mit beunruhigend wackeligen Beinen. Ich spähte mit zusammengekniffenen Augen in die Hütte, die dunkel und schummrig wirkte im Vergleich zu dem hellen Sonnenlicht hier draußen, und erkannte zwei weitere Tische und eine einfache Bar, an der noch ein paar Fischer standen und etwas tranken. Ihre gelben wasserdichten Hosen hingen hinter ihnen über Stühlen. Ihr Tagwerk war bereits getan und ihre enspannte Stimmung ansteckend. Ich hätte fast vergessen können, dass vor mir noch ein ganzer Arbeitstag lag – ich hatte das Gefühl, all das weit hinter mir gelassen zu haben. Ich streckte die Arme über den Kopf und gähnte laut im Sonnenschein.

»Schon gelangweilt?«, fragte Matt, und ein Lächeln machte sich auf seinem Gesicht breit, als er sah, dass ich mich sichtlich entspannte.

»Ja, schrecklich«, erwiderte ich grinsend. »Ich kann nicht glauben, dass du mich an so einen grässlichen Ort schleifst. Schau dir das hier an. Ich meine, die haben nicht mal 'nen DJ.«

Er lachte. »Ich wusste, dass es dir gefällt. Auf der Karte steht mehr oder weniger Fisch oder Fisch, mit einer Fischbeilage deiner Wahl. Aber sie machen hier einen Wahnsinnskaffee.«

»Kling gut«, sagte ich. Und obwohl ich zum Frühstück normalerweise kaum mehr aß als eine halbe Scheibe Toast, die ich auf dem Weg zur Bushaltestelle verschlang, spürte ich, wie mein Magen erwartungsfroh knurrte, als der Duft von gebratenem Fisch aus der Küche zu uns zog.

Der Wirt kam heraus und wischte sich seine kräftigen Hände an einer fleckigen Schürze ab. Sein dunkel gebräuntes Gesicht war von Sonne und Wind zerfurcht, und er blinzelte uns unter beeindruckend buschigen Augenbrauen an. Er machte keine Umstände mit so etwas wie einer Karte, sondern trottete nur an unseren Tisch und zog erwartungsvoll eine Braue hoch. »*Si?*«

Ich lächelte so gewinnend, wie ich konnte, in der Hoffnung, ein freundliches Auftreten könnte meine vollkommen mangelhaften Spanischkenntnisse wettmachen, doch er zog lediglich auch die andere Braue hoch.

Zu meinem Erstaunen fing Matt plötzlich an, in einer Sprache zu sprechen, die sich in meinen ungebildeten Ohren wie perfektes Spanisch anhörte. Er zeigte hinüber auf die Fischer, dann auf uns beide, und beantwortete sicher die schroffen Fragen des Wirtes. Ich starrte ihn mit offenem Mund an.

Plötzlich machte sich ein breites Grinsen auf dem Gesicht des Wirts breit, und ein Goldzahn kam zum Vorschein, der in der Sonne blitzte, wie eine glänzende Belohnung für Matts unerwartet fließende Sprachkenntnisse. Er klopfte Matt herzlich auf die Schultern und setzte zu einem Redeschwall an, von dem ich rein gar nichts verstand. Die Fischerleute am Nebentisch blickten auf, lachten, und einer von ihnen prostete uns zu.

»Seit wann sprichst du Spanisch?«, fragte ich, als sich der Wirt schmunzelnd wieder nach drinnen begeben hatte.

»Beeindruckt?«

»Aber hallo«, sagte ich. »Du bist ein Mann voller verborgener Talente, Matt Martell.«

»Ich freue mich, dass dir das langsam auffällt«, stellte er fest und beugte sich zu mir. Unsere Lippen berührten sich, und die Fischer fingen an zu pfeifen. Wir lösten uns schnell wieder voneinander und hielten stattdessen unter dem Tisch Händchen, wo sie es nicht sehen konnten.

»Also, was gab es gestern Abend wieder für ein großes Drama?«, erkundigte sich Matt und streichelte mit dem Daumen meine Handfläche.

Ich sah ihn gegen das Sonnenlicht blinzelnd an. »Ich dachte, du hast gesagt, ich hätte dir letzte Nacht schon alles erzählt.«

»Das hast du auch. Aber ich habe nicht gesagt, dass ich auch zugehört habe.«

»Ach, es gab nur mal wieder einen Haufen Ärger mit einer der Moderatorinnen«, erklärte ich, zog meine Hand weg und lehnte mich auf meinem Stuhl zurück. »Sie hatte irgendein Augenproblem – vermutlich hat sie bloß eine ihrer künstlichen Wimpern ins Auge bekommen, aber sie hat ein Riesentheater daraus gemacht. Hat sich geweigert, ohne Augentropfen auf die Bühne zu gehen, aber sie hatte keine. Und natürlich konnten wir ihr keine geben.«

»Warum nicht?«, wollte Matt wissen.

Ich starrte ihn an. Manchmal fragte ich mich, ob Matt und ich bei vollkommen unterschiedlichen Firmen arbeiteten – nie schien er die Vereinbarungen und taktischen Manöver nachvollziehen zu können, die mir bereits in Fleisch und Blut übergegangen waren.

»Gesundheits- und Sicherheitsvorschriften?«, sagte ich. »Weißt du, wie hoch wir verklagt werden können, wenn sie irgendeine allergische Reaktion auf die Augentropfen hat?«

»Was aber ziemlich unwahrscheinlich ist, oder?«, meinte Matt spöttisch.

»Tja, das sagst du, aber du musstest ja auch nicht all die Risikoabschätzungen machen. Das ist mehr als ich …« Ich unterbrach mich.

Matt warf den Kopf zurück und fing an zu lachen. »Mehr als du verdienst? Wolltest du das gerade sagen?«

»Ach, halt die Klappe«, sagte ich gespielt eingeschnappt. »Das verstehst du nicht.«

»Oh, ich bemühe mich sogar sehr, dich zu verstehen, Nussknacker-Bailey«, beteuerte er. »Also, erzähl, was ist dann passiert?«

»Na ja«, fuhr ich fort. »Ich habe eine der Praktikantinnen zur Apotheke geschickt, um alle Augentropfen zu kaufen, die sie dahatten.«

Matt nickte.

»Und dann habe ich sie ihr alle in die Garderobe gestellt, als sie gerade auf dem Klo war. Und als sie wiederkam, habe ich einfach gesagt: ›Sind das da drüben nicht Augentropfen?‹ Und sie hat sie genommen, und alles war gut.«

Matt schüttelte den Kopf. »Was für ein Aufstand für nichts und wieder nichts. Ich versteh nicht, warum du ihr die Augentropfen nicht ohne diese ganzen Tricks geben konntest. Ich meine, das ist eine Hitz-Veranstaltung und keine Mikrofilmübergabe im Kalten Krieg.«

»So funktioniert das nicht, Matt«, erwiderte ich gereizt. Ich war ziemlich stolz darauf, wie ich dieses Problem gelöst hatte. Und ich hatte erwartet, dass er von meiner Geistesgegenwart beeindruckt wäre, anstatt so abschätzig zu reagieren.

»Aber es könnte so funktionieren, wenn du nur wolltest«, meinte er. »Ich glaube, das ganze Drama gibt dir einen Kick.«

»Ach, Quatsch«, sagte ich verächtlich, »das stimmt doch gar nicht!«

Er verstand einfach nicht, dass man zu Promis nicht einfach Nein sagen konnte. Man musste einen Weg finden, damit sie das taten, was man wollte, und sie dabei glauben lassen, dass alles sowieso ihre Idee war.

Doch bevor wir uns wirklich in einen Streit verzetteln konnten, erschien der Wirt mit einer riesigen Platte voller kleiner, panierter Fische, die im Ganzen frittiert waren und die er uns mit lediglich einer Zitronenhälfte und zwei Stoffservietten vorsetzte.

Ich versuchte gestikulierend zu vermitteln, dass ich gerne Besteck dazu hätte, doch der Wirt lachte nur lauthals, klopfte mir auf den Rücken und marschierte gut gelaunt davon, als hätte ich einen besonders lustigen Witz gemacht.

Nachdem wir gegessen hatten, leckte ich mir noch die letzten zitronig-salzigen Reste von den Fingern. Mittlerweile saßen wir allein vor der Hütte. Die Fischer waren vor ein paar Minuten gegangen, allerdings nicht ohne uns, ihren neuen besten Freunden, noch zum Abschied die

Hände zu schütteln. Sie waren wieder in ihre Boote geklettert und mit lauten Abschiedsrufen aus der Bucht geknattert.

Ich starrte aufs Meer hinaus und beobachtete, wie die Wellen sich ans felsige Ufer wälzten. Das Geräusch der Steine, die vom zurückfließenden Wasser mitgerissen wurden, war entspannend und beruhigend. Das hektische Tempo von *Hitz Does Ibiza* schien zu einer ganz anderen Insel zu gehören.

Der Wirt, der gerade unsere Teller abräumte, rief jemandem hinter der Bar etwas zu, und kurze Zeit später wurden zwei kleine Gläschen vor uns auf den Tisch gestellt, die randvoll waren mit einer verdächtigen milchig-grünen Flüssigkeit.

»O Gott, nein, ich glaube wirklich nicht…«, protestierte ich, da ich noch immer unter den Nachwirkungen des Biers vom Vorabend litt.

»Komm schon, Kate«, rief Matt lachend. »Ich dachte, du seist so ein wildes Partymädchen? Jetzt blamier mich nicht vor meinen neuen Freunden.«

»Aber das ist ein *Frühstück*. Und du musst noch *fahren*.«

Matt zuckte mit den Schultern und nahm sein Glas. »Ist doch bloß einer, riskier mal was.«

Der Wirt schob mir mit seinem Finger, der sehr an eine pralle Bauernwurst erinnerte, das Glas hin.

»*Hierbas Ibicencas*. Mache selbst«, sagte er und tippte sich stolz an die Brust.

Matt streckte mir sein Glas entgegen, und ich nahm meines. Wir stießen im Sonnenschein miteinander an und schütteten die Drinks auf ex hinunter. Ich spürte, wie mir heißer Anisgeschmack die Kehle bis in den Magen hinunterbrannte, wo er sich weiter ausbreitete, bis ich ihn sogar, das schwöre ich, in meinen Zehen spüren konnte. Der Wirt sah uns erwartungsvoll an.

»*Gracias*«, hustete ich in meinem besten Spanisch und spürte, wie meine Wangen von dem plötzlichen Alkoholschub rot anliefen. »*Gracias*, das war, äh, *muy delicioso*.«

Er strahlte erfreut, rieb sich den Bauch und sagte irgendetwas, was ich nicht verstehen konnte. Aber die Kernaussage bestand wohl darin, dass mir meine Verdauung für diesen Kurzen am frühen Morgen dankbar sein würde. Doch meine Verdauung, noch von den Exzessen der letzten Nacht aufgewühlt, war da ganz anderer Meinung.

»Ich geh kurz rein«, sagte Matt, stand auf und zog sein Portemonnaie aus der Tasche seiner Hose. Es war lieb von ihm, dass er immer für alles bezahlte, ohne viel Aufhebens darum zu machen. Eine Weile hatte ich dagegen protestiert, aber er versicherte mir, dass er es gerne tat, also ließ ich es mittlerweile einfach. Ich sah ihm nach, als er in der kühlen Dunkelheit der Bar verschwand.

Der Wirt räumte mit seinen fleischigen Händen unsere Gläser ab. »*Una mas?*«, bot er an.

»Oh, nein, *gracias*«, sagte ich und schüttelte den Kopf.

»Dein Mann?«, fragte er und machte eine Kopfbewegung zur Hütte. »Noch eins für deine Mann?«

Ich sah ihn an und blinzelte hinter den Gläsern meiner Sonnenbrille. »Nein, *gracias*«, wiederholte ich. Ich zeigte auf den Roller, der neben der Hütte abgestellt war. Ich machte eine Geste, als würde ich ihn lenken. »Er fährt. Und, äh, er ist nicht *mein Mann*.«

Der Wirt runzelte die Stirn, und seine buschigen Augenbrauen senkten sich über seine Nase. »Nicht Freund?«

»Nein«, sagte ich verlegen. »Wir sind, äh, *amigos*? Bloß Kumpels.«

Der Wirt machte ein noch finstereres Gesicht, aber ich konnte nicht sagen, ob es an meinem Dementi lag oder daran, dass er nicht verstand. Ich war mir nicht sicher, warum ich es für nötig hielt, es ihm überhaupt zu erklären. Und ich ahnte, dass keiner von uns beiden über das nötige Vokabular verfügte, um zu besprechen, was genau zwischen Matt und mir lief. Wie sagt man schon Fickfreund auf Spanisch? Er zuckte mit den Schultern und stapelte die Teller aufeinander. Als er davonmarschierte, tauchte Matt hinter ihm auf, der von der massigen Statur des Wirts verdeckt gewesen war.

»Können wir los?« Ich lächelte und rückte mit meinem Stuhl vom Tisch weg. »Sarah holt mich bald ab, wir müssen zurück.«

Matt sah wütend aus.

»Was hast du da eben zu ihm gesagt?«, wollte er wissen.

»Äh, ich hab gesagt, dass der Schnaps gut war?«, antwortete ich zögernd und stand langsam auf. »Aber nur weil ich nicht weiß, was auf Spanisch ›schmeckt wie Abbeizmittel‹ heißt.«

»Nein, setz dich hin«, sagte Matt. »Du weißt, dass ich das nicht gemeint habe. Was hast du ihm über uns gesagt?«

Ich lachte nervös. »Uns? Ach komm, Matt, was meinst du mit *uns*?«

»Du hast gesagt – ich hab es gehört – du hast gesagt, dass wir bloß Kumpels sind. Denkst du das wirklich? Dass wir uns seit Weihnachten regelmäßig sehen, fast jedes Wochenende miteinander verbringen und bloß *Kumpels* sind?«

»Was soll denn das jetzt, Matt?«, fragte ich. »Wir hatten doch bis jetzt einen echt perfekten Morgen, warum machst du jetzt alles kaputt?«

»Ich mache alles kaputt? *Ich*?«, gab Matt zurück. »Kate,

ich habe schon die ganze Zeit versucht, mit dir über unsere Beziehung zu reden, und du hast mich jedes Mal abgewimmelt.«

»Beziehung?«, sagte ich abfällig. »Matt, alles, was wir haben, ist Sex. Das ist doch keine Beziehung.«

Matt schien kurz davor zu sein, in die Luft zu gehen. Seine Hände ballten sich zu Fäusten. »Ist das alles, was es für dich ist? Kate, ich habe immer wieder versucht, mit dir darüber zu reden, habe versucht, dich meinen Freunden vorzustellen, wollte, dass du meine Familie kennenlernst, und du hast dich die ganze Zeit dagegen gesträubt. Willst du nicht, dass daraus mehr wird als nur Sex? Willst du keine Beziehung? Oder willst du bloß keine mit mir?«

Ich zuckte mit den Schultern und starrte finster auf meine Füße. An meinem großen Zeh blätterte der orangerote Nagellack ab. Warum musste er alles vermasseln? Es war doch gut, so wie es war, oder? Ich fühlte mich in die Enge getrieben, eingekeilt. Die schroffen Felsen um uns herum erschienen mir plötzlich abweisend und düster.

Matts geballte Fäuste lockerten sich, und er machte einen Schritt auf mich zu. Das leichte Zittern in seiner Stimme verriet, wie sehr er sich bemühen musste, nicht die Beherrschung zu verlieren.

»Hör zu, ich weiß, du sagst immer, dass du für eine Beziehung nicht gemacht bist, und es tut mir leid, dass ich dir das sagen muss, aber du hast bereits eine. Mit mir. Ganz gleich, wie du es definieren willst – Freunde mit gewissen Vorzügen, was auch immer –, wir haben eine Beziehung! Werd erwachsen und komm damit klar.«

»Ich bin total erwachsen, Matt Martell«, empörte ich mich und stand auf, um ihm auf Augenhöhe zu begegnen. »Was bildest du dir eigentlich ein?«

»Das bist du überhaupt nicht«, widersprach er. »Du bist wie ein Teenager, der bloß seinen Spaß haben will und gar nicht daran denkt, wie es allen anderen damit geht. Was denkst du, wie ich mich fühle, wenn ich so von dir abgewiesen werde? Wenn ich mitbekomme, dass du einem vollkommen Fremden erzählst, dass wir bloß Kumpels sind?«

Ich spürte, wie ich zu zittern anfing. In der Arbeit halte ich Konfrontationen aus, ohne auch nur mit der Wimper zu zucken. Ich muss sogar zugeben, dass ich gerne auf Konfrontation gehe – besonders, wenn ich die Oberhand behalte, was meistens der Fall ist. Aber das hier war etwas ganz anderes, es war eine persönliche Sache, die voll auf mein Selbstverständnis gerichtet war. Ein ganz kleiner Teil von mir hatte Mitgefühl mit Matt, konnte sehen, dass seine Gefühle verletzt waren, aber ein größerer Teil von mir war vollkommen entrüstet über seine Anschuldigungen.

»Verdammt, Matt, wie kommst du denn plötzlich auf all das? Monatelang warst du vollkommen zufrieden, wie die Dinge laufen, und plötzlich führst du dich auf wie ein Mädchen und willst über Gefühle reden und so'n Scheiß.«

»Das ist kein Scheiß!«, sagte Matt. »Und vielleicht solltest du mal mehr Mädchen sein und ein paar Gefühle zulassen, anstatt mich bloß wie irgendeinen Fickfreund zu behandeln, mit dem du machen kannst, was du willst. Manchmal frage ich mich, ob du mich überhaupt magst.«

»Ich finde nicht, dass du bloß ein Fickfreund für mich bist«, erwiderte ich leise und spürte, wie mir die Tränen in die Augen schossen. Meine Stimme zitterte. »Ich mag dich schon.«

»Tja, dann hast du aber eine seltsame Art, das zu zeigen«, blaffte Matt mich an. Hinter ihm konnte ich sehen, wie der Wirt zu uns rübersah. Sicher fragte er sich, wie innerhalb von Minuten aus zwei glücklichen, Händchen haltenden Gästen ein paar wütend herumplärrende Irre werden konnten.

Ich brach in Tränen aus.

»Nein«, sagte Matt. »Das ist unfair, Kate, echt unfair.«

»Ich ka-han nichts machen«, heulte ich.

Matt raufte sich die Haare, als würde er sich ein Büschel herausreißen wollen. Schließlich kam er auf mich zu und legte mir den Arm um die Schultern.

»Nussknacker«, flüsterte er in meine Haare. Ich lehnte mich an ihn.

»Es tut mir leid«, schluchzte ich. »Ich weiß, dass ich dich auf Distanz gehalten habe. Entschuldige.«

»Ich versteh's bloß nicht«, sagte er. »Ich mag dich, du magst mich. Warum stößt du mich trotzdem immer wieder weg?«

»Ich weiß auch nicht. Ich bin einfach nicht gut in so was«, gestand ich. »Ich bekomm da irre Schiss.«

»Dass du ein bisschen irre bist, hab ich mir ja schon immer gedacht«, stimmte Matt mir ein bisschen zu schnell zu.

»Nein, *du* bist irre «, widersprach ich und musste lächeln.

»Nein, du.«

Ich spürte, wie Matts Brustkorb zuckte, als er leise lachte. Mit dem Handrücken wischte ich mir die Tränen aus dem Gesicht.

»Kate«, sagte Matt, nahm mich an den Schultern und schob mich ein bisschen von sich weg, sodass ich zu ihm aufsehen musste. »Lass uns das klarstellen. Ich bin dein Freund. Verstanden?«

Ich nickte mit zusammengepressten Lippen, damit mein Kinn aufhörte zu zittern.

»Nicht dein Fickfreund«, betonte er. »Keine Affäre. Nicht bloß *ein* Freund.«

»Ja«, nickte ich.

»Und du bist meine Freundin?«

»Ja-ha«, stimmte ich ihm zu und versuchte, mich nicht zu winden.

Dort, in der Frühmorgensonne, satt vom Fisch und trunken vor Sonnenschein und *Hierbas Ibicencas* und Hoffnung, fühlte es sich an wie ein Versprechen, das ich halten könnte. Eine echte Beziehung zu führen. Wie etwas, zu dem ich tatsächlich in der Lage wäre.

13

Als ich in die Küche komme, versteckt Ben schuldbewusst eine Hand hinter seinem Rücken. Zu spät. Es ist unüberhörbar, dass Minnie gerade ein Stück Toastrinde verschlingt. Sie leckt sich zufrieden die Lefzen und schaut ihn in der Hoffnung auf weitere Leckereien an.

»Ben!«, sage ich und versuche, einen Nörgelton zu vermeiden. Es ist nicht das erste Mal, dass ich ihn bitte, den Hund nicht zu füttern. Nicht dass ich ihr nicht selbst hin und wieder ein Stück Toastrinde zustecken würde, aber Ben hat so eine Art, sie als Mülleimer zu benutzen für alles, was er selbst nicht essen will. Und praktischerweise ist er jedes Mal nicht da, wenn Minnies Magen dagegen rebelliert, wie zum Beispiel nach der halben Dose Zuckermais, die gestern in besonders widerlicher Form wieder auf der Terrasse aufgetaucht ist.

»Ist doch bloß ein bisschen Brot«, murmelt er und senkt den Blick auf die Tischplatte.

Selbst auf dem wackeligen Küchenstuhl sitzt Ben am liebsten breitbeinig, als würden sich seine Knie magnetisch abstoßen. Das würde mich nicht kümmern, wenn er nicht auch noch seinen üblichen Morgenaufzug anhätte: ein T-Shirt und eine abgetragene Pyjamahose, die schon so fadenscheinig ist, als wäre sie bloß noch der Geist einer

Hose, die schon längst das Zeitliche gesegnet hat. Der Stoff ist bereits so dünn geworden – es ist, als würde er jeden Morgen einen Schleiertanz aufführen, bei dem er das zu enthüllen droht, was eigentlich verborgen bleiben sollte. Doch er scheint es nicht zu bemerken und kratzt sich zufrieden mit dem Selbstbewusstsein eines Tieres im Schritt.

»Ich weiß, dass es bloß Toast ist«, erwidere ich seufzend. »Aber sie ist fast noch ein Welpe, und sie hat einen etwas empfindlichen Magen. Das hab ich dir doch schon gesagt.«

Ben kann ein kleines Augenverdrehen nicht verbergen.

»Der Hund meiner Mutter kann alles essen«, sagt er und stützt die Hände in die Hüften, wodurch sich seine Pyjamahose besorgniserregend spannt. »Das ist vielleicht ein Prachtkerl. Im Ernst. Ich erinnere mich, dass Patch einmal sogar eine ganze Schafplazenta verputzt hat. Auf einen Rutsch.«

Ich bin nicht darauf gefasst, mir morgens als Erstes Geschichten von einem Plazenta fressenden Hund anzuhören. Mein Magen rebelliert.

»Du scheinst in solchen Dingen etwas zart besaitet zu sein«, meint Ben, als er bemerkt, wie ich mich an der Küchentheke festhalten muss. »Meine Mutter behauptet, dass Hunde manche Verhaltensweisen ihrer Besitzer übernehmen. Kann es sein, dass du deinen empfindlichen Magen auf den Hund projizierst? «

Es ist viel zu früh am Morgen für diese Unterhaltung. Überhaupt für jegliche Unterhaltung. Ich habe mich daran gewöhnt, morgens meine Ruhe zu haben. Und daran, dass die einzigen Stimmen die sind, die aus dem Radio kommen, das ich jederzeit abschalten kann.

»Tja«, sagt Ben, »ich will dich echt nicht nerven oder so,

aber Minnie hat jetzt jeden Tag meine Toastrinde gegessen, seit ich hier bin. Und es hat ihr nicht geschadet.«

»Okay«, gebe ich schwach zurück. Ich habe jetzt keine Lust auf einen Streit. Schließlich bin ich nach Lyme gekommen, um Streitereien aus dem Weg zu gehen. Das war der Sinn der ganzen Sache.

»Also Patch, der Hund, der die Plazenta verputzt hat… einmal hat meine Mutter ihn sogar dabei erwischt, wie er Rattengift fraß.« Ben strahlt, als müsse ich enorm beeindruckt von so einem eisernen Magen sein. »Und kein Wimmern von ihm. Also meine ich schon, dass dein Hund ein bisschen *Brot* überleben wird.«

»Ich schätze schon«, lenke ich ein. Konzentriere deine Kräfte auf die wichtigen Schlachten, war es nicht das, was ich im Zusammenleben mit Matt gelernt habe? »Aber bitte sei ein bisschen vorsichtig, sie ist noch so klein. Wahrscheinlich ist sie noch nicht ganz im Plazenta-Eisenmagen-Stadium.«

»Wie du meinst, Boss«, sagt Ben und salutiert scherzhaft vor mir. Er steht auf und stellt sein schmutziges Geschirr in die Spüle, wo sich bereits ein Stapel von Tellern und Tassen befindet. Er wischt sich das Gesicht am Geschirrtuch ab und verlässt laut rülpsend die Küche. Zwei Sekunden später steckt er noch mal den Kopf durch die Küchentür.

»Kann ich mir die Zeitschrift leihen?«, fragt er und zeigt auf eine alte Ausgabe der *Grazia*, die im Papiermüll liegt.

»Klar«, sage ich überrascht und zucke mit den Schultern. Ich hätte nicht erwartet, dass Ben ein *Grazia*-Leser ist. Er greift dankbar danach und verschwindet den Flur hinunter.

»Warte!«, rufe ich, als mir dämmert, was sein plötzliches Interesse an unpassendem Lesestoff bedeutet. »Warte, ich wollte gerade duschen.«

Aber es ist zu spät. Die Badezimmertür wird zugeknallt. Und ich weiß, dass Ben es nicht eilig haben wird, wieder aufzutauchen.

Ich hätte nie gedacht, dass ein Mann so viel Platz in einem Bungalow einnehmen kann.

Ich meine, es ist nicht das erste Mal, dass ich mit einer Herrenunterhose auf der Badezimmerheizung konfrontiert werde oder einer Sportsocke, die zusammengeknüllt hinter einem Sofakissen liegt. Ich habe lange genug mit Matt zusammengewohnt, dass mir männliche Haushaltsblindheit nicht vollkommen fremd ist. Oder der unerschütterliche Glaube, dass Schmutzwäsche, die man am Boden liegen lässt, aus eigener Kraft in die Waschmaschine wandert und dann wie von Zauberhand gewaschen und gebügelt wieder im Schrank auftaucht. Aber es ist nun mal nicht das Gleiche, ob man die eheliche Wohnung in Nordlondon mit dem Mann teilt, dem man Liebe und Treue (wenn auch nicht Gehorsam) geschworen hat, bis dass der Tod uns scheidet, oder den Bungalow der toten Großmutter mit dem zukünftigen Ehemann der eigenen Schwester. Ich will damit nicht sagen, dass es ein Akt der Liebe war, hinter Matt herzuräumen – eher ein Akt der Toleranz –, aber wenigstens hatte ich mich wissentlich dafür entschieden, in guten wie in schlechten Zeiten. Das ist etwas anderes, als mit einem Mann zusammenzuwohnen, der nicht nur ein völlig Fremder ist, sondern auch noch absolut unempfänglich für jegliche Andeutungen oder Anregungen, die den Haushalt betreffen.

Es überraschte mich nicht, als Ben widerwillig gestand, dass er, abgesehen von einer WG zu Studienzeiten, genau wie Prue, immer bei seinen Eltern gelebt hatte. Auch wenn er versuchte, es als sorgfältig geplante Vermögensstrategie darzustellen, um sich eine Anzahlung zusammenzusparen, um für sich und Prue ein Haus kaufen zu können, erschien es mir doch eher wie ein strategischer Schachzug, der ihm garantierte, dass Mutti weiter die ganze Drecksarbeit für ihn erledigte.

Minnie schnüffelt noch immer nach Krümeln unterm Küchentisch, auf dem Ben ein marmeladeverschmiertes Messer zurückgelassen hat …, das in der Butter steckt. Auf Granny Gilberts Wachstischtuch befindet sich eine Kaffeelache. Alle meine Instinkte befehlen mir, einen Lappen zu nehmen und sauber zu machen, aber ich widerstehe dem Impuls.

»Nein«, sage ich laut, wie um mich selbst zur Ordnung zu rufen. Minnie blickt zu mir hoch, halb schuldbewusst und bereit, sich wegzuducken für den Fall, dass ich sie meine.

»Nicht du, Minnie«, beschwichtige ich sie und kraule sie am Ohr.

Nein, ich werde das nicht aufräumen. Wenn ich aus dem Scheitern meiner Ehe etwas gelernt habe, dann, dass ich von Anfang an strenger mit Matt hätte sein müssen. Es fängt damit an, dass man denkt, hinter ihm herzuräumen sei keine große Sache. Dass es einem nicht wirklich etwas ausmacht, und außerdem geht es sowieso schneller, wenn man es einfach selbst erledigt, anstatt ein großes Ding draus zu machen. Bloß keinen Stress, denkt man naiv und vergisst dabei, dass es einem die Zukunft bloß sehr viel schwerer machen wird. Und ehe man sichs versieht, werden diese kleinen ärgerlichen Momente, die einem zwischen all dem Sex und dem Lachen und der Tatsache, dass man den anderen einfach großartig findet, gar nicht so auffallen, zu Tagen und Wochen voll schwelendem Groll. Dann, eines

Tages, fragt einen der Ehemann, warum er denn keine sauberen Socken mehr habe, und man merkt plötzlich, dass man bereits eine sehr klare Vorstellung davon hat, wie man ihn umbringen wird.

Also lasse ich Bens Geschirr, wo es ist, wie schon die letzten fünf Tage lang.

Ich würde nichts lieber tun, als mir Gummihandschuhe überzustreifen und das widerliche Chaos in der Küche zu beseitigen. Aber ich weiß, ich muss es mir verkneifen, wenn ich nicht, solange wir gezwungen sind zusammenzuwohnen, hinter ihm herräumen will. Ich habe bloß nicht damit gerechnet, dass Bens Schmutztoleranz so viel höher ist als meine. Fette Fliegen umkreisen den Lampenschirm und ausgequetschte Teebeutel liegen mitsamt Teelöffeln auf der Arbeitsfläche, die weiträumig mit Kristallzucker übersät ist. Die Anstoß erregende Zuckertüte steht neben dem Wasserkocher, und oben heraus ragt der Griff eines Suppenlöffels. Aus einem unerfindlichen Grund ärgert mich das mehr als alles andere – wer bitte benutzt einen Suppenlöffel, um Zucker in seinen Tee zu tun?

Ich bin nicht stolz drauf, aber ich gebe zu, dass ich ein paar saubere Tassen in meinem Zimmer verstecke, nur um sicherzustellen, dass ich mich nicht jedes Mal durch den gammeligen Haufen in der Spüle wühlen muss, wenn ich mir eine Tasse Tee machen möchte. Ich wasche sie immer heimlich im leeren Badezimmerbecken, damit Ben keinen Wind davon bekommt.

Ich weiß, wie das jetzt aussieht: dass ich meinen Ehefrust an Ben auslasse. Aber darum geht es überhaupt nicht. Die beiden Männer könnten gar nicht unterschiedlicher sein. Obwohl, wenn ich es mir recht überlege: Hätte irgendjemand Matt ein paar Lektionen erteilt, bevor wir zusammengezogen sind, dann wären die Dinge wohl sehr viel anders verlaufen. Und wenn ich mit Matt noch einmal von vorne anfangen könnte, dann würde auch ich mich ganz anders verhalten.

Ich höre ein klirrendes Geräusch aus dem Flur. Minnie spitzt die Ohren. Sie bellt wütend und flitzt aus der Küche, und ich höre das Klappern ihrer Krallen auf dem Parkettboden, als sie zur Haustür saust. Als ich in den Flur gehe, um nachzusehen, was ihre Aufmerksamkeit erregt hat, ist es nur die Post. Ein Werbeprospekt von *Coop* und etwas von der *Royal Mail* über den Zustellservice. Ich will sie schon in den Papiermüll werfen, als eine quadratische Karte herausrutscht und auf den Boden fällt.

Minnie stürzt sich darauf, aber ich bin schneller. Es ist eine Postkarte aus London. Es ist eine Postkarte von Matt.

Du beantwortest meine Mails nicht. Du rufst nicht zurück. Wenn ich dir einen Brief schreiben würde, glaube ich nicht, dass du ihn aufmachen würdest. Liest du wenigstens eine Postkarte? Kate, bitte. Du kannst mich nicht einfach so absägen.

Ich hasse ihn dafür, dass er mich ausgetrickst hat. Weil er wusste, dass ich nicht widerstehen könnte, die Postkarte ganz durchzulesen. Und das, obwohl ich so deutlich gemacht hatte, dass ich nichts von ihm hören will. Aber es kotzt mich noch mehr an, dass ein Scheißteil von mir vor Freude darüber, seine Handschrift zu sehen, in die Luft springt – bevor mir wieder einfällt, in welcher Situation wir uns befinden. Was glaubt er denn, was wir uns noch zu sagen haben? Denkt er wirklich, dass wir uns mit Reden aus dieser Misere befreien können? Uns in das Büro von irgendeinem Eheberater setzen und über unsere Gefühle sprechen werden? Als würde das etwas ändern.

Ich starre so lange reglos auf die Postkarte, dass Ben, als er aus dem Bad kommt, fragt, ob irgendetwas Schlimmes passiert sei. Ich verneine es vehement und stopfe die Postkarte zu den Prospekten, um sie zu verstecken.

Ich sage ihm nicht, dass das Schlimme schon passiert ist und dass eine Postkarte daran nichts mehr ändern kann.

14

Ich habe die Postkarte jetzt schon dreimal in den Papiermüll geworfen und wieder rausgeholt. Ich weiß, dass ich dazu verdammt bin, das ewig so weiterzumachen. Na ja, zumindest bis die Müllabfuhr kommt, es sei denn, ich reiße mich endlich am Riemen. Also stecke ich die Postkarte in die Hosentasche und beschließe, sie irgendwo in weiter Entfernung vom Bungalow zu entsorgen. Irgendwo in der Öffentlichkeit, wo ich aus Angst vor Zeugen nicht in Versuchung komme, sie wieder aus dem Mülleimer zu fischen.

Aber jetzt sitze ich in der *Town Mill Bakery*, nachdem ich an Mülleimer um Mülleimer vorbeigegangen bin, und halte die Postkarte noch immer in der Hand. Wie bei der Nachricht auf dem Küchentisch kann ich nicht aufhören, sie immer und immer wieder zu lesen. Sie jetzt noch wegzuwerfen, wäre eine rein symbolische Übung, jetzt, wo ich jedes Wort auswendig weiß.

»Kate, hi, was treibst du so?«

Eddy Curtis hält einen Kaffee-to-go-Becher in der Hand. Er muss hereingekommen und bedient worden sein, ohne dass ich es überhaupt bemerkt habe, so vertieft war ich in Matts Karte. Eddy zerrt an seinem zartgrauen Schal, den er zweimal um den Hals gewickelt hat. Obwohl er Jeans trägt, wirkt er formell gekleidet, als habe er Wichtiges vor und Kaffeeholen sei bloß sein erster Tagesordnungspunkt unter vielen, anstatt der Höhepunkt wie für mich.

»Oh, hi, Eddy«, stottere ich und stopfe die Postkarte schnell außer Sichtweite in meine Manteltasche. »Ach, nichts Besonderes, weißt du. Ich mach bloß, ähm, Zeug. Was hast du vor? Heute keine Arbeit?«

Ich sage das, als hätte ich eine Ahnung, was Eddy aktuell arbeitet. Als wir früher befreundet waren, bestand seine Arbeit noch darin, für die Geografieprüfung zu lernen.

»Bin auf dem Weg dorthin«, sagt er und bückt sich, um Minnie zu streicheln, die ihn begrüßt hat wie einen alten Freund. »Aber da mein Büro sich in meinem Gästezimmer befindet, gehe ich immer gerne kurz aus dem Haus, bevor ich zu arbeiten anfange. Muss mich daran erinnern, dass es noch mehr gibt als meine vier Wände.« Er lacht.

Ich lache auch, aber ich höre die leichte Verzweiflung heraus von jemandem, der zu viel Zeit allein zu Hause verbringt. Ich habe sie selbst empfunden, nachdem ich bei Hitz aufgehört hatte. Dieses Gefühl, dass die Welt sich ohne einen weiterdreht, während man selbst still in seinem Zimmer hockt. Das Bedürfnis, Menschen zu begegnen – auch wenn es vollkommen Fremde sind –, nur um sich in Erinnerung zu rufen, dass man noch existiert.

»Wem sagst du das«, sage ich mitfühlend. »Oder warum glaubst du, komme ich jeden Tag zum Frühstücken hierher?«

»Jeden Tag?«, fragt er, und sofort habe ich das Gefühl, mit meinem Londoner Schickimicki-Gehabe zu protzen. Die Latte kippende Medientussi, die vor ihren Freunden aus dem Heimatort angibt.

»Magst du dich kurz hersetzen?«, biete ich ihm den Platz

mir gegenüber an. Es ist mitten unter der Woche und noch früh genug, dass es in der Bäckerei ruhig zugeht.

Eddy sieht zögernd auf seine Uhr. Cathy ist damit beschäftigt, die Gerichte der Tageskarte auf eine Tafel zu schreiben. Ich weiß, dass ich bereits den beruhigenden Rhythmus ihres Arbeitstages übernommen habe, als wäre es mein eigener, indem ich mir selbst vormache, ich sei keine Kundin, sondern eine Art Kollegin.

»Nur 'ne Minute, komm schon«, dränge ich ihn. Ich sehne mich nach einer Unterhaltung mit jemandem – irgendjemandem –, der weder Minnie noch Ben oder meine Mutter ist.

»Okay«, sagt er und rutscht auf die Bank mir gegenüber. »Warum auch nicht? Was bringt es einem, selbstständig zu arbeiten, wenn man nicht auch mal später anfangen kann?«

»Was treibst du denn da so in deinem Gästezimmer, Eddy Curtis?«, frage ich und spüre sofort, wie ich rot werde. »Äh, ich meine nicht, das klingt irgendwie …«

Er prustet in seinen Kaffee und wischt sich mit dem Handrücken den Mund ab. »Also wirklich«, grinst er und nimmt sich eine Papierserviette vom Stapel auf dem Tisch, »du und deine schmutzigen Gedanken, Kate Bailey. Ich habe vor ein paar Jahren meine eigene Firma gegründet und helfe regionalen Betrieben dabei, auf nachhaltige Energie umzustellen.«

»Wow«, sage ich. »Das klingt ja beeindruckend.«

Eddy zuckt mit den Schultern und kratzt sich verlegen am Kopf. »Es war noch viel beeindruckender, als es jede Menge Fördergelder für solche Sachen gab. Aber in letzter Zeit wird es immer schwieriger, Aufträge an Land zu ziehen.« Er seufzt und fährt fort: »Die meisten Betriebe in dieser Gegend hoffen im Moment bloß, dass sie noch ein weiteres Jahr überstehen. Und die Leute haben nicht mehr viel Geld übrig, um in teure neue Technologien zu investieren.«

»Das tut mir leid«, sage ich. »Das muss schwer sein für dich, nachdem du so viel Zeit reingesteckt hast, um dein Geschäft aufzubauen.«

Eddy lächelt und zuckt wieder mit den Schultern, als sei das alles keine große Sache. »Ach, das ist schon in Ordnung, ich verdiene genug, um davon leben zu können und für meine Mädchen. Glücklicherweise war ich nie einer von denen, die auf eine Wahnsinnskarriere aus waren. Nicht so wie du.«

Ich lache schnaubend. »Wohl kaum«, meine ich. »Beim Fernsehen zu arbeiten ist einer von den Jobs, die die Leute nur deshalb beeindrucken, weil sie wenig darüber wissen. Wenn man erzählt, man käme gerade vom *African Music Award,* klingt dass exotisch und glamourös und weit entfernt von der Realität aus Dixieklos und Fischkopfcurrys.«

»Ach komm, Kate«, sagt Eddy, und es bilden sich kleine Falten um seine Augen, als er grinst. »Du hast es doch geschafft rauszukommen, das Goldmädchen, der Fernseh-Megastar.«

»Eddy«, erwidere ich ernst, »Ende der Neunziger mal zwei Monate lang nachts Musikvideos angesagt zu haben, hat noch aus niemandem einen Fernseh-Megastar gemacht.«

Eddy zieht eine Augenbraue hoch. »Im Vergleich zu allen anderen aus Lyme schon«, entgegnet er.

Ich setze die Kaffeetasse an die Lippen. »Okay, wenn du es so siehst. Aber das ist schon sehr lange her. Ich war schon seit Jahren nicht mehr im Fernsehen zu sehen. Eigentlich arbeite ich schon seit einer Weile gar nicht mehr.«

Eddy sieht überrascht aus. »Wirklich? Ich dachte, deine Mutter hätte gesagt, du seist jetzt eine Art Fernsehproduzentin?«

»Hm, schon länger nicht mehr«, erkläre ich und wische abwesend ein paar Krümel von der Tischplatte. Ich frage mich, ob Eddy erst kürzlich mit meiner Mutter gesprochen hat – hat sie etwa so getan, als hätte ich noch einen Job? War es ihr so unangenehm, dass sie den Leuten die Wahrheit verschwiegen hat?

»Hattest das exklusive Leben wohl satt, was?«, zieht er mich auf.

»So ungefähr«, antworte ich.

»Und jetzt bist du wieder in Lyme«, stellt Eddy fest. »Ich hätte nicht gedacht, dass du jemals zurückkommen würdest.«

Er sieht mich ein bisschen zu lang an, und mir läuft es eisig den Rücken hinunter, als hätte man mir einen kalten Stein in den Nacken geschoben.

»Ich auch nicht«, sage ich leise und halte seinem Blick stand.

Stille breitet sich zwischen uns aus. Ganz leise höre ich die Musik aus dem Küchenradio und die leisen Stimmen der Angestellten, die sich unterhalten. Ein Pärchen in Regenbekleidung und mit Rucksäcken betritt die Bäckerei, und Cathy geht auf sie zu, um sie willkommen zu heißen.

Eddy bricht als Erster das Schweigen.

»Du weißt, dass Tim nach Australien gezogen ist, oder?«, sagt er. »Und seine Eltern sind ihm dann vor ein paar Jahren dorthin gefolgt. Keiner von denen ist noch hier.«

»Ich weiß«, erwidere ich. Und es stimmt. Mum schrieb es mir damals wie beiläufig in einer E-Mail, zusammen mit anderen kleinen Anekdoten aus Lyme.

»Wäre es besser, wenn ich einfach so tun würde, als hätte ich es vergessen?«, fragt er.

»Nein«, antworte ich. »Ich hab es auch nicht vergessen.«

Unbeholfen legt Eddy seine Hand auf meine, als habe er Angst, ich könnte sie wegstoßen. Aber ich tue es nicht, ich lasse sie dort. Sie ist schwer und warm.

»Du hast das alles vor langer Zeit hinter dir gelassen«, meint er. »Sieh nur, was du alles erreicht hast. Du hättest nichts davon je gemacht, wenn du in Lyme geblieben wärst. Du bist gegangen und hast wirklich etwas aus dir gemacht. Du solltest stolz darauf sein.«

»Das ist wirklich nett von dir, Eddy.« Obwohl ich das ehrlich meine, hört sich meine Stimme ausdruckslos und seltsam an, als sei ich ein Roboter, der auf diesen Satz programmiert wurde.

Eddy runzelt die Stirn. »Ich sollte dann mal besser«, sagt er. »Tut mir leid – ich hätte es nicht ansprechen sollen. Es ist nur so, ich hatte das Gefühl, dass es nicht unausgesprochen bleiben sollte. Jetzt, wo du nach so langer Zeit wieder hier bist.«

Er steht auf und zupft wieder an dem Schal um seinen Hals. »Schön, dass du wieder da bist, Kate. Egal aus welchen Gründen. Und wenn du reden willst, ich bin da.«

»In deinem Gästezimmer.«

»In meinem Gästezimmer. Und zu jeder Zeit. Ich mein das ehrlich so. Du kannst auf mich zählen.«

Ich weiß aus gutem Grund, dass das stimmt.

»Danke, Eddy«, sage ich und meine es auch so.

15

Das Gespräch mit Eddy, so kurz nachdem Matts Postkarte ankam, hat mir Kopfschmerzen beschert. Ich bezahle meine Rechnung in der Bäckerei und drehe mit Minnie zu deren großer Freude eine Extrarunde zum Undercliff, um den Kopf wieder freizubekommen. Obwohl Ben mittlerweile schon in der Arbeit sein dürfte, will ich noch nicht wieder in den Bungalow zurückzukehren. Meine ganze Familie glaubt wohl, dass ich aus so abgedroschenen Gründen wie Selbstreflexion, oder um etwas zu verarbeiten, nach Lyme Regis zurückgekommen bin. Deshalb schwänzeln sie auch auf Zehenspitzen um mich herum und fragen nicht, wie ich in Zukunft mein Geld zu verdienen gedenke oder wie es zwischen mir und Matt weitergehen soll. Sie lassen mir taktvoll meinen Freiraum, als würde ich gerade meine Optionen überdenken und Pro- und Contra-Listen schreiben, damit ich die Lehre aus meinem kläglichen Scheitern als Ehefrau ziehen kann.

Aber die Wahrheit ist, ich habe keine Ahnung, warum ich hier bin. Ich bin nur davongelaufen. So wie ich vor Jahren auch aus Lyme weggelaufen bin. Und ich wäre nicht mal auf die Idee gekommen, die beiden Ereignisse zu verbinden, hätte Eddy es nicht wieder zur Sprache gebracht.

Als ich Lyme verließ, versuchte ich, alle Erinnerungen an

mein Leben dort zu verdrängen. Wieder hierher zurückgekehrt, bin ich ein vollkommen anderer Mensch. Nicht weil ich von hier weggegangen bin und einen Job beim Fernsehen ergattert habe, das hat damit überhaupt nichts zu tun. Ich *muss* mich ja verändert haben. Und doch hat mir Eddys Beharren darauf, dass die Vergangenheit vergessen ist, vor Augen geführt, dass es eigentlich überhaupt nicht so ist. Zumindest nicht für uns beide. Und ich hätte wissen müssen, dass in Lyme alles, was ich vergessen und begraben wollte, erhalten geblieben war und jederzeit wieder hervorbrechen konnte.

Tim Cooper. Ich weiß nicht, ob es besser ist, dass er nicht mehr hier in Lyme ist, oder schlechter. Vielleicht würde ihn so zu sehen, wie er heute ist, älter und erwachsener, die Erinnerung, die ich von ihm habe, auslöschen. Aber wäre ich überhaupt zurückgekommen, wenn ich gewusst hätte, dass er hier ist? Wahrscheinlich nicht. Allein die Idee, dass ich ihm unerwartet begegnen könnte, so unwahrscheinlich es auch ist, bereitet mir Herzrasen. Als könne er plötzlich aus dem Gestrüpp des Undercliffs auftauchen oder hinter einem Baum hervorspringen, weil er sich einen Tunnel aus Sydney oder Brisbane, oder wo auch immer er heute lebt, hierher gegraben hat. Australien passt zu ihm. Zumindest zu dem Tim von damals, dem muskulösen, kräftigen Surfer. Dem jeder Vorwand recht war, um sein T-Shirt auszuziehen und uns seinen durchtrainierten Oberkörper zu zeigen. Alle Mädchen aus Lyme standen auf ihn, sogar die aus der Klosterschule St. Mary's kannten seinen Namen und riefen ihm an der Bushaltestelle hinterher, an der wir immer auf den Schulbus warteten. Aber er winkte nie zurück. Nicht einmal dann, wenn sie kichernd ihre Schottenröcke an der Taille umgeschlagen hatten, um mehr Bein zu zeigen. Nein, Tim stand wartend an der Bushaltestelle und hatte den Arm um mich gelegt.

Tim Cooper war ein Sexgott. Das sagten alle. Wenn er den Schulflur entlangging, teilte sich die Menge wie das Meer vor Moses. Doch er schien es kaum zu bemerken. Er hatte diese faszinierende Art, über alledem zu stehen. Überlegen, ohne herablassend zu wirken, aber schon so, als würde er nur einfordern, was ihm sowieso zustand. Er bewegte sich auf einer höheren Ebene als der Rest von uns und hatte stets diesen verträumten Blick, als drehten sich seine Gedanken um Wichtigeres. Als würde er, im Gegensatz zu uns Normalsterblichen, die sich über einen Pickel ärgerten oder darüber, dass wir nicht auf eine Party eingeladen waren, über das Wesen der Zeit sinnieren oder die Unendlichkeit des Raums.

Als er seinen entrückten Blick dann auf mich richtete, damals bei Ally Baldwins siebzehntem Geburtstag, verschlug es mir die Sprache. »Ich kenn dich, Blondie«, sagte er. »Ich hab dich hier schon mal gesehen.«

Alle schlagfertigen Sprüche blieben mir im Halse stecken, angesichts des Schocks darüber, dass ich die Aufmerksamkeit dieses Halbgottes auf mich gezogen hatte. Ich konnte kaum eine Antwort stammeln. Was aber nicht besonders schlimm war, denn Tim Cooper war nicht wirklich an einem Gespräch mit mir interessiert. Zu meinem großen Erstaunen war Tim Cooper an mir interessiert.

Es dauerte Monate, bis ich merkte, dass sich hinter Tims versonnenem Blick kein großer, komplexer Geist verbarg, der tiefsinnigen Gedanken nachhing. Monate voller wilder Knutscherei am Strand und auf dem Autorücksitz und in jedem freien Schlafzimmer, das wir auf Partys finden konnten, wo wir kaum mit anderen sprachen und uns bloß irgendwohin verkrümelten, um jedes bisschen Privatsphäre zu nutzen, das sich zwei hormongesteuerten Teenagern wie uns bot. Monate, in denen ich ohne einen reumütigen Blick zurück meine Jungfräulichkeit verlor und froh war, diese in meinen Augen peinliche Bürde endlich los zu sein.

Von dem begehrenswertesten Jungen der Schule auserwählt worden zu sein, war, als hätte man mich auf einen Thron erhoben. Wir waren Kate und Tim, Teeniestars. Jede Party war unbedeutend, bis wir dort auftauchten, oft mit noch gläsernem Blick vor Lust, weil wir gerade erst aus dem Elternschlafzimmer gestolpert kamen. Jedes Mädchen wollte mit meinem Freund schlafen, und jeder Junge wollte mit mir schlafen. Nicht etwa, weil ich plötzlich unwiderstehlich war, sondern weil die Tatsache, dass ich mit Tim ging, mir seine Bestätigung schenkte. Und in der Gegend rund um Lyme Regis gab es keine höhere Auszeichnung.

Ich ging aufrechter, ich zog mich anders an, und ich merkte, dass ich, ohne es überhaupt beabsichtigt zu haben, Tims lässige Haltung angenommen hatte. Denn warum sollte man sich abhetzen, wenn alles sowieso von selbst auf einen zukam?

Ich kann unmöglich sagen, ob ich ohne Tim ein solches Selbstvertrauen entwickelt hätte, oder ob er bloß der Katalysator für etwas war, das sowieso geschehen wäre. Jahre später las ich das berühmte Zitat von Sophia Loren, dass Sexappeal sich zur Hälfte aus dem zusammensetzt, was man hat, und zur anderen aus dem, was die Leute in einen hineininterpretieren. Und ich würde sagen, bei mir war es zur Hälfte das, was Tim Cooper auf mich abgestrahlt hatte.

Und doch habe ich seinen Namen seit fast fünfzehn Jahren nicht mehr ausgesprochen. Immer wenn Mum oder

Dad es versucht haben, wechselte ich das Thema. Ich fand es immer besser, einfach weiterzumachen und die Dinge hinter mir zu lassen, anstatt ihnen nachzuhängen. Was bringt es, die Dinge immer und immer wieder durchzukauen? Das macht die Leute bloß unglücklich und schürt Emotionen, die besser in der Versenkung bleiben. Aber damals fiel mir das leichter. Ich schätze so ist das, wenn man jünger ist. Die Schule war vorbei, und alle brachen zu neuen Dingen auf, also sah es weniger nach Weglaufen aus, als ich damals Lyme Regis verließ, um nach London zu gehen.

Niemand wunderte sich darüber, dass ich gleich auf die Uni ging – wer würde denn nicht so schnell wie möglich in die große Stadt ziehen wollen? Welcher Achtzehnjährige würde nicht lieber mitten in London leben, als noch einen touristenverseuchten Sommer in Lyme rumzuhängen und für den elterlichen Betrieb zu arbeiten? Immer wenn ich nach Hause schrieb, was selten vorkam in jenen Tagen, bevor es E-Mail gab, achtete ich darauf, dass mein Ferienjob in einer Sandwichbar in Covent Garden sehr viel aufregender klang, als er in Wirklichkeit war. Ich schickte Prue sogar extra eine Postkarte, um ihr davon zu berichten, dass ich Liam Gallagher von Oasis eine Schinkenstulle mit brauner Soße und ohne Butter gemacht hatte, die er als »astrein« bezeichnete. Ich hoffte insgeheim, dass auch der Postbote sie lesen und noch anderen Leuten von meinem neuen Leben in der Großstadt erzählen würde.

Als ich im Oktober dann mein Studium begann, hätte mir keiner mehr angesehen, dass ich nicht aus London stammte. Ich hatte meine Kleinstadtgepflogenheiten abgelegt genauso wie meinen Dorseter Dialekt. Jetzt hatte ich dieselbe lebhafte Aussprache, mit der alle Neulondoner ihre Herkunft verschleierten. Ich kannte die coolen Bars in Brixton und ging zum Feiern ins *Fabric*. Ich hatte eine Travelcard, fuhr mit dem Nachtbus nach Hause und regte mich über die Touristen auf, die beim Rolltreppefahren auf der falschen Seite standen. Wenn man mich fragte, woher ich kam, sagte ich Tufnell Park. Und was meine Vorliebe fürs Feiern betraf und die Tatsache, dass ich bei den Jungs, die ich mit nach Hause nahm, nicht allzu anspruchsvoll war – tja, machten das nicht alle in London so? Das war praktisch die offizielle Definition einer Studentin. Jedenfalls war es in London kein Anlass für Klatsch oder missbilligende Blicke. Im Gegenteil, es festigte bloß meinen Ruf an der Uni. Wer wollte schon eines der lahmarschigen Mauerblümchen sein, die in der Bar der Studentenvereinigung schüchtern an einem einzigen Barcadi Breezer nippten und mit ihren Freunden Händchen hielten, wenn man stattdessen mit einem Tequila in der Hand in der *Bug Bar* auf dem Tisch tanzen konnte? Keine von diesen zurückhaltenden Mädchen wurde von einem Talentscout vom Fernsehen entdeckt. Keine durfte Probeaufnahmen für Hitz Music Television machen oder wurde eine VJ und machte danach Karriere als TV-Produzentin. Ein Partygirl zu sein brachte mich weiter, als ich mir jemals erträumt hätte. Und obwohl ich das mit Lyme Regis zu diesem Zeitpunkt bereits vollkommen vergessen hatte und nichts davon mehr wichtig war, fühlte es sich trotzdem an wie ein riesiges Victoryzeichen in diese Richtung.

Doch diesmal spüre ich nicht diese Genugtuung, diesmal fällt es mir schwerer zu vertuschen, dass ich davongelaufen bin. Ich bin nicht die triumphierende Gewinnerin, die zurückkehrt, um mit ihrem aufregenden Londoner Leben anzugeben. Es fühlt sich eher so an, als könnten jetzt alle sehen, dass ich doch nicht so gut war, wie alle dachten.

Dass das Mädchen mit dem Superjob, dem tollen Mann und dem großen Haus bloß Theater gespielt hat. Wen also wundert es, dass ihr jetzt alles um die Ohren geflogen ist?

Ich höre Bellen aus dem Gestrüpp, wo Minnie Kaninchen jagt. Sie jault vor Begeisterung, obwohl es ihr noch nie auch nur annähernd gelungen ist, eins zu erwischen. Das Undercliff ist ein seltsamer Ort. Prue würde hier nicht alleine entlanggehen, sie findet, es sei zu abgelegen. Aber ich liebe es, schon seit ich in der sechsten Klasse Touristengruppen zum Roman *Die Geliebte des französischen Leutnants* von John Fowles für Baileys' geführt hatte: von der Hafenmauer »The Cobb« den Hügel hinauf ins Undercliff und zurück durch die Stadt zum Museum, wo John Fowles' alter Bürostuhl, aus dem bereits die Füllung quillt, wie eine heilige Reliquie ausgestellt wird. Das Buch war damals Pflichtlektüre für die Abschlussprüfungen, also waren die Führungen im Sommer immer voll mit Schülern, aber für mich fühlte es sich nie an wie Hausaufgaben.

In dem Wäldchen zwischen den Bäumen scheint die Zeit stehen geblieben zu sein. Da weder Gebäude noch Straßen oder Autos zu sehen waren, wirkte es, als befände man sich in einem anderen Jahrhundert. Nur der trübe Schatten eines Tankers am Horizont erinnert mich an die Gegenwart. Ich habe einmal gelesen, dass Spazierengehen zwischen Bäumen eine beruhigende Wirkung haben kann. Psychiater empfehlen es ihren Patienten gegen Depressionen. Als ich noch in London war, machte ich mit Minnie so lange Spaziergänge im Hampstead Heath, als würde ich mir damit Medikamente verabreichen und mit jedem Baum ein Stück heilende Landschaft hinunterkippen. Vielleicht waren es dort einfach die falschen Bäume – so oder so schien es damals keine große Wirkung zu zeigen.

Aber hier in der Stille der Abgeschiedenheit könnte ich fast daran glauben, dass die Bäume im Undercliff so etwas wie wohltuende Wesen sind, die ihre moosigen Arme ausstrecken, um mich zu umarmen, und deren beständige Ruhe mich daran erinnert, dass alles vorbeigeht. Diese Bäume standen schon hier, als ich noch nicht geboren war. Sie waren hier, als ich aufwuchs, und sie werden noch immer hier sein, wenn es mich nicht mehr gibt. Hier kann ich über Tim und Matt nachdenken, ohne dass mich dabei dieses Gefühl von Angst und Entsetzen überwältigt. Hier erscheinen mir die Fehler, die mir sonst so riesig vorkommen, irgendwie kleiner.

Auch wenn dieser Halt natürlich auch nur eine Täuschung ist. In Wahrheit ist das Undercliff einer der am wenigsten stabilen Küstenabschnitte von ganz Dorset. Seine raue Wildheit kommt daher, dass wegen der Gefahr von Erdrutschen nicht darauf gebaut werden kann. Erst vor ein paar Jahren brach ein riesiges Stück des Black-Ven-Kliffs, das ein Stückchen die Küste hinunter liegt, ab und stürzte auf den darunterliegenden Strand. Der letzte große Erdrutsch an dieser Stelle ereignete sich jedoch bereits im Viktorianischen Zeitalter, als ein riesiges Stück des Kliffs ins Meer stürzte und das scheinbar feste Land in sich zusammenbrach und wegrutschte. Ackerland wurde zerstört, Felder verschwanden im Meer, und doch blieben Teile des Kliffs unberührt. Jenseits der Kluft reifte weiterhin Getreide auf kleinen Stückchen Land, die sich nun abgeschieden draußen im Wasser befanden wie lebende Fossilien. Alles, was beständig gewirkt hatte, war ohne jede Vorwarnung verschwunden.

Aber ich glaube, dass der Erdrutsch, auch wenn es so schien, nicht von jetzt auf gleich geschah. So überraschend er auch gekommen sein mochte, es musste sich unter der Oberfläche schon länger etwas verschoben haben. Kleine Risse und Spalten, die immer größer wurden, versteckte Spannungen im Felsgestein. Nach dem Erdrutsch wussten die Leute dann, worauf sie in Zukunft achten mussten – auf einen Teil der Wiese, der seltsam eingesunken war, eine sprudelnde Quelle, wo zuvor keine war, die Zaunpfosten, die aus unerfindlichen Gründen umgefallen waren. Es gab also durchaus Warnzeichen, wenn man nur wusste, wonach man Ausschau halten musste. Und das mache ich jetzt.

Minnie kommt zu mir zurückgehüpft, die Zunge hängt ihr aus dem Maul, und sie reißt die Augen auf, als hoffe sie, ich werde ihre Begeisterung teilen. Aber ich merke, dass sie langsam müde wird. Es wird Zeit, dass wir zurückgehen.

Als ich den Nachhauseweg einschlage, muss ich wieder an Ben denken und an das Chaos, das mich im Bungalow erwartet. Ich erschaudere allein beim Gedanken daran, aber ich weiß, dass ich mit meiner Weigerung, ihm hinterherzuräumen, das Richtige tue. Und nicht nur für mich. Während ich dem Pfad zurück nach Lyme folge, wird mir klar, dass ich Ben, ohne dass er es weiß, einen Riesengefallen tue. Uns stehen vermutlich ein paar schwierige Monate bevor, bis ich ihn so weit bearbeitet habe, aber es muss getan werden, seiner Beziehung mit Prue zuliebe. Später wird er es mir danken, da bin ich mir sicher. Es ist ein bisschen so, als wäre er ein Pflegekind, das ich aufgenommen habe, um ihm beispielhaft ein paar Lektionen über das Zusammenleben zu erteilen. Nein, er ist mein Pflege*ehemann*, das ist noch besser.

Wäre das nicht das perfekte Hochzeitsgeschenk für meine Schwester und ihren Zukünftigen? Ein Ehemann, der bereits stubenrein ist und dessen störendste Kanten bereits abgeschliffen sind. Wer braucht schon Sektgläser oder eine Grillzange mit Teakholzgriff und eingraviertem Namen, wenn man auch etwas Sinnvolles haben kann? Etwas, das im Eheleben wirklich einen Unterschied macht. Zwar kann ich dieses Geschenk nicht hübsch verpacken, aber sicher ist es viel nützlicher als alles, was ich den beiden kaufen könnte.

Wenn man die Warnzeichen schon im Vorfeld kennt, kann man auch etwas tun. Die kleinen Risse kitten, das Vieh auf sicheren Boden umsiedeln, sein Haus nicht in der Gefahrenzone bauen. Matt und ich sind wie das Getreide, das noch draußen im Meer wächst: zu weit entfernt, um geerntet zu werden, alle Mühe war vergebens. Aber für Prue und Ben ist es noch nicht zu spät; ich werde die beiden retten, auch wenn sie das noch nicht wissen.

16

London

Matt glaubte wirklich, dass acht Jahre in Bethnal Green ihn zu einem authentischeren Städter machten als mich, nur weil meine Wohnung zehn Minuten zu Fuß vom Hampstead Heath entfernt lag. Obwohl *er* derjenige war, der ein ganzes Haus besaß, während mein Zuhause eine winzige Einzimmerwohnung im dritten Stock eines Zweckbaus war. Es war, als würden Gras, Bäume und ein freier Ausblick vor meiner Haustür, statt weggeworfener Matratzen und Backhähnchenläden wie bei ihm, mir den Status einer echten Londonerin rauben.

Als hätten wir als weißes Akademikerpaar, das beim Fernsehen arbeitet, nicht sowieso schon in jede Mittelschichtschublade gepasst, die man sich nur vorstellen kann, ganz gleich in welchem Stadtteil wir lebten.

Es war nicht meine Idee gewesen, dass Matt zu mir nach Belsize Park zog. In Wahrheit war ich eigentlich dagegen, dass wir überhaupt zusammenzogen, aber ihm das so direkt zu sagen, erschien mir unnötig schroff. Also verschob ich die Entscheidung einfach immer wieder und zögerte so lange, bis er mich geradeheraus fragte, ob es bloß daran liege, dass ich nicht nach East London ziehen wolle. Es fiel mir leichter, dies als mein Problem vorzuschieben, als einzugestehen, welche Riesenangst mich jedes Mal packte, wenn ich nur darüber nachdachte, wohin das alles führen sollte. Und als er schließlich vorschlug, bei mir einzuziehen, gingen mir die Ausreden aus.

Es war ja nicht so, dass ich ihn nicht geliebt hätte. Natürlich tat ich das, auch wenn er derjenige war, der es mir alle fünf Minuten sagte. Sicher war das auch der Grund, warum das alles so Furcht einflößend für mich war. Es bedeutete so viel. So viel, dass ich mit der Vorstellung, es könnte nicht klappen, einfach nicht klarkam.

Doch als er schließlich zu mir in die Wohnung zog, skrupellos die Mädchenkissen aus meinem Wohnzimmer verbannte und meinen Flur mit seiner Sportausrüstung vollstellte, die er allerdings nie zu benutzen schien, wunderte ich mich, warum ich mir solche Gedanken gemacht hatte. Es fühlte sich alles so leicht an. Selbst langweilige Dinge wie ein Einkauf bei Ikea oder im Supermarkt fühlten sich plötzlich spannend und neu an, weil wir sie gemeinsam unternahmen. Als würden wir mit der gemeinsamen Auswahl einer Vorhangstange auch in eine gemeinsame Zukunft investieren. Aber natürlich sagte ich ihm das nie so. Schließlich musste ich ihm nicht auch noch unter die Nase reiben, dass er recht gehabt hatte, sonst hätte er es mir bloß ewig vorgehalten. Aber ich war überrascht, dass mir dieses gemeinsame Leben, von dem ich gedacht hatte, es würde nur aus Kompromissen und Schwierigkeiten bestehen, weit mehr gab, als ich aufgeben musste. Matt meinte immer, ich sei der ganz-oder-gar-nicht-Typ: entweder vollkommen gegen etwas oder absolut dafür, ohne irgendwas dazwischen. Und ganz, ganz langsam änderte ich meine Meinung so weit, dass ich absolut für eine Zukunft war, in der Matt vorkam.

Trotzdem hatte die Sache von Anfang an einen Haken, und der bestand in Matts unerschütterlichem Glauben, dass er irgendwie zu hip für Belsize Park war. Obwohl er jetzt um die Ecke vom Hampstead Heath wohnte, dort seine Kommunalsteuer zahlte und einen Anwohnerparkausweis hatte, konnte er es sich nicht verkneifen, jedes Mal, wenn wir im Park spazieren gingen, seine pseudourbane Authentizität unter Beweis zu stellen.

So wie an einem dieser späten Septembersonntage, wenn die Sonne sich noch einmal richtig ins Zeug legt, als wolle sie einen daran erinnern, dass sie jetzt erst mal für lange Zeit fort sein wird. Doch obwohl sich die Sonne die größte Mühe gab, lag eine herbstliche Kühle in der Luft, die einem praktisch die Bettdecke wegzog, um einen vor dem Winter noch einmal nach draußen zu scheuchen. Na ja, okay, es war nicht die Kühle, die uns antrieb, sondern ich. Trotz seines Stadtkriegergehabes war Matt immer mit dem Versprechen auf ein Frühstück im *The Holly Bush* aus dem Bett zu locken.

Als wir durch den Park spazierten, bestand er darauf, dass wir ein Spiel spielten, das er »Hummus-Bingo« nannte, und das ich, die sich weigerte mitzuspielen, lieber als »Klassenkampf« bezeichnete. Mithilfe von Regeln, die allein dafür gedacht waren, ihm den Sieg zu bescheren, sammelte er Punkte.

»Gewöhnlicher Supermarkt-Hummus im Plastikbecher – ein Punkt. Zu einfach«, sagte er und lief herablassend an der Picknickdecke eines jungen Paares vorbei, dessen komplettes Mittagessen aus Hummus, Tortilla-Chips und Cider bestand. Oh, süße Jugend und süßer jugendlicher Stoffwechsel, der solch haarsträubende Ernährungsgewohnheiten verzeiht.

Immer wenn Matt irgendeine Variation des klassischen Hummus erspähte – mit geröstetem rotem Pfeffer, mit Zitrone und Koriander –, gab er sich zwei Punkte. Drei, wenn der Hummus nicht aus dem Supermarkt stammte, sondern aus einem Feinkostladen. Aber richtig Bonuspunkte gab es für diejenigen, die sich mit ihren nahöstlichen Dips noch etwas mehr Mühe gegeben hatten.

»Jetzt, warte, warte.« Matt nahm mich an der Hand und zog mich zielstrebig zu einer Familie, die direkt dem *Boden*-Katalog entsprungen schien. »Die Zeichen stehen gut, sehr gut. Jap, jetzt aber. Ein richtiger Weidenpicknickkorb, check. Karierte Picknickdecke, check. Einmachgläser und richtiges Besteck – ich hab das Gefühl, das gibt richtig Punkte.«

Wir verlangsamten unsere Schritte, um ihren Brotaufstrich besser ausspionieren zu können. Matt tat so, als suche er etwas im Gras, und ich half ihm dabei. Halb auf der Wiese kauernd, schlichen wir uns näher ran wie ein ineffektiver, weithin sichtbarer Spähtrupp bei der Operation Vorspeise.

»Linus, Hummus!«, rief die Mutter und hielt einem kleinen Jungen ein Pitabrot hin, der sich jedoch lieber händeweise Chips in den Mund stopfte.

»Keinen Hummus«, murrte er und schob ihre Hand weg.

»Komm schon, Schatz«, sagte die Mutter mit betroffenem Gesicht. Sie wedelte mit dem Pitabrot, als würde es dadurch verlockender. »Das hat Mama extra für dich gemacht.«

»Bingo!«, zischte Matt und drückte zur Betonung meine Hand. »Selbst gemacht – doppelte Punktzahl!«

»Mag nicht«, lehnte der kleine Junge beharrlich ab und schob aufmüpfig die Unterlippe vor.

»Probier doch mal, Schatz. Bloß probieren.« Sie versuchte, ihn mit der freien Hand festzuhalten.

Doch Linus hatte anderes vor, machte sich los, schnappte sich noch eine Handvoll Chips und haute ab.

Seine Mutter seufzte und wandte sich resigniert und mit hängenden Schultern an ihren Mann. Sie wirkte müde. »Ich weiß gar nicht, warum ich mir überhaupt die Mühe mache. Du hättest ihm nicht so früh Chips geben sollen.«

Ihr Mann grummelte etwas, ohne vom Sportteil der Zeitung aufzusehen.

»Charles, hörst du mir zu? Ich habe das extra aus dem Ottolenghi-Kochbuch gemacht. Aber ich schätze, dir hätte es auch nichts ausgemacht, wenn ich es einfach bei *Nando's* geholt hätte, oder?«

Charles reagierte nicht, nicht einmal als seine Frau anfing, passiv-aggressiv die Picknickutensilien herumzuräumen, als wäge sie jede einzelne davon als mögliche Waffe ab. Ich an seiner Stelle hätte mir Sorgen gemacht. Ein Einmachglas als Wurfgeschoss kann ganz schönen Schaden anrichten, selbst bei einem Sturschädel wie ihm.

Matt und ich grinsten uns an und versuchten, nicht laut loszuprusten. Die Familienangelegenheiten anderer Leute kommen einem immer total lächerlich vor. Während die eigenen immer unglaublich ernst und komplex erscheinen.

»Albtraum«, formte ich mit den Lippen und verdrehte dabei die Augen.

Wir richteten uns wieder auf und klopften das Gras von unseren Klamotten. Charles und seine Frau redeten noch immer nicht miteinander. Frostiges Schweigen hatte sich zwischen ihnen breitgemacht, als wir uns von ihrer wasserabweisenden Picknickdecke entfernten.

»Mein Güte, die war ja schrecklich«, meinte Matt. Seine Stimme wurde schrill und spöttisch. »Linus! Hummus!«

»Was? Nein, *er* war schrecklich!«, protestierte ich und zerrte an Matts Hand, damit er stehen blieb und mich ansah. »Sie einfach so zu ignorieren, wo sie sich all die Mühe gemacht hat.«

»Ist das ein Wunder, wenn sie so rumnörgelt?«

»Sie hat nicht rumgenörgelt!« Ich hatte das Gefühl, die fremde Frau verteidigen zu müssen. Etwas an ihrer Körperhaltung sagte mir, dass Charles ihr nicht viel Aufmerksamkeit schenkte.

»Nussknacker, wenn du nichts Besseres mit mir zu bereden hättest als Hummusrezepte, würde ich dich auch ignorieren«, meinte Matt und tippte mir scherzhaft auf die Nase.

Ich zog meinen Kopf weg, aber die Sache war keinen Streit wert. Die Probleme anderer Leute gingen uns schließlich nichts an. So etwas war uns noch nie passiert.

»Okay. Dann auf in den Pub«, sagte Matt und marschierte mit großen Schritten den Hügel hinauf. Ich hastete hinter ihm her und versuchte, mit seinem Tempo mitzuhalten.

»Warte! Bist du dann fertig mit deinem Klassenkampfspiel?«

Matt drehte sich zu mir um. »Game over«, sagte er. »Ist doch offensichtlich.«

»Offensichtlich?«

Er zuckte mit den Schultern. »K.-o.-System. Sie hat das magische Wort gesagt.«

Ich sah ihn verständnislos an.

»Ottolenghi. Der Schutzpatron der seltsamen Hummusvariationen. Du hast verloren.«

»Aber ich hab doch nicht mal mitgespielt, du Arsch.«

»So sind die Regeln, Nussknacker-Bailey. Wenn einer von uns gewinnt, ist es nur logisch, dass der andere verloren hat, oder? Ich kann ja nichts dafür, wenn du das bist.«

Damals machte ich mir über dieses kleine Spiel kaum Gedanken. Es schien mir unwichtig, ein alberner Zeitvertreib, der uns auf dem Weg zum Mittagessen beschäftigte. Aber im Nachhinein erinnere ich mich aus zwei Gründen daran: die gegnerischen Seiten, die wir in einem Streit eingenommen hatten, der eigentlich nichts mit uns zu tun hatte. Und die Tatsache, dass nur einer von uns beiden gewinnen konnte.

17

Die Postkarte liegt jetzt in einem Mülleimer an der Strandpromenade, und ich habe sie in kleine Fetzen gerissen, nur für den Fall, dass ich zurückrenne und sie heraushole. Matt hat die E-Mails erwähnt, die ich nicht beantwortet habe. Es wird Zeit, dass ich mich dieser Sache stelle. Auch wenn das bedeutet, dass ich mich in das Büro von Baileys' begeben muss, das aus einem engen Raum voll mit meiner Familie und meinem unvermeidlichen Mitbewohner und Pflegeehemann besteht. Sei's drum.

Als meine Eltern das Geschäft aufbauten, mieteten sie das obere Stockwerk eines Hauses an der Broad Street. Ich bin mir sicher, dass sie ursprünglich die Absicht hatten, in größere Räumlichkeiten umzuziehen, sobald die Firma wuchs, aber irgendwie sind sie dann nie dazu gekommen. Auch sind sie nie auf den Gedanken gekommen zu renovieren, denn es ist kein Büro, in dem Geschäftstermine abgehalten werden, da Urlauber entweder direkt in ihre Ferienhäuser gingen oder sich irgendwo in der Stadt oder am Cobb zu einer Führung trafen. Kunden suchten das Büro so gut wie nie auf, daher wurde auch nie klar Schiff gemacht. Wie bei den gefurchten Gesteinsschichten der Cliffs von Lyme wurde neues Material einfach über das alte gestapelt, was auch bedeutet, dass es mir wie ein Ausflug in meine Kindheit vorkommt, als ich das Büro betrete. Da ist das Poster für die Ichthyosaurus-Fossilienführung voller Blasenschrift und Fledermausärmelpullis (Letztere natürlich an den Touristen, nicht an den Urzeitreptilien). Es gibt einen gerahmten Newsletter vom Austen-Festival, mit einem Foto von Klein-Prue im zarten Alter von sechs Jahren, die man ziemlich unfreiwillig in ein historisches Kostüm gezwängt hat. Mit siebzehn hasste ich das Foto von mir bei einer meiner Führungen zum Thema *Die Geliebte des französischen Leutnants*; der Fotograf hatte mich in recht unschmeichelhafter Weise mit offenem Mund erwischt, und meine Haare waren vom Wind ganz struppig zerzaust. Jetzt bin ich bloß noch erstaunt darüber, wie jung ich darauf aussehe.

»Was machst du denn hier?«, fragt Prue und blickt von ihrem Computer auf. Neben dem Monitor liegt ein Stapel Hochzeitsmagazine, und jedes von ihnen starrt vor bunten Post-it-Markierungen.

»Hallo, Schatz!«, begrüßt mich Mum. Sie schiebt sich die Brille in das zu einem Knoten auftoupierte Haar und steht auf. »Los, komm rein. Ich hatte gehofft, dass du uns mal besuchst.«

Dad winkt mir zur Begrüßung, starrt aber weiter finster auf den Bildschirm und will offensichtlich gerade nicht gestört werden. Von Ben fehlt weit und breit jede Spur, doch dann höre ich die Toilettenspülung, und er taucht, sich die nassen Hände an der Hose abwischend, hinter mir auf. Nicht einmal hier scheine ich vor seinen Klogewohnheiten sicher zu sein.

»Kate!«, ruft er. »Wir haben gerade von dir gesprochen, nicht?«

Mum schüttelt den Kopf in seine Richtung, und Prue

versucht, ihn mit einem stechenden Blick zum Schweigen zu bringen. Verborgen hinter dem Computermonitor räuspert sich Dad geräuschvoll. Ich schätze, das bedeutet, dass sie nichts Gutes über mich geredet haben. Eigentlich sollte ich mich mittlerweile daran gewöhnt haben, dass die Leute hinter meinem Rücken über mich reden, aber trotzdem fühle ich mich jedes Mal schlecht, wenn ich es mitbekomme.

»Ben, ich glaube, wir haben keine Milch mehr da«, sagt Prue und sieht ihn scharf an.

»Oh, ich glaub schon«, erwidert er. Er steuert auf den Bürokühlschrank zu, um zu beweisen, dass er recht hat. »Jede Menge.«

»Nein, Milch ist *aus*!«, sagt Prue mit Nachdruck und stellt sich ihm vor dem Kühlschrank in den Weg. »Ich, äh, ich hab alles ausgetrunken.«

»Alles? Einen halben Liter?« Ben rauft sich verständnislos die blonden Locken.

»Ja, ich hatte einfach Lust auf ein großes Glas Milch. Gerade, als du auf dem Klo warst. Lecker. Aber jetzt haben wir keine mehr für den Tee. Also könntest du vielleicht schnell losgehen und welche holen? Nimm dir doch einfach Geld aus der Portokasse.«

Ben tritt unruhig von einem Fuß auf den anderen und stößt dabei mit dem Fuß gegen eine Tischecke, während sein Blick von einem Mitglied der Bailey-Familie zum anderen wandert. Offensichtlich hat er kapiert, dass er gerade abgeschoben werden soll. Schließlich nimmt er eine Handvoll Bargeld aus der roten Büchse am Büroeingang und poltert durchs Treppenhaus davon.

Sein geräuschvoller Abgang ist kaum verklungen, da stürmt Prue auch schon mit ausgestrecktem Finger vorwurfsvoll auf mich zeigend quer durch den Raum auf mich zu. Ihre blassblauen Augen ähneln meinen so sehr, dass es mir vorkommt, als werde ich von meinem jüngeren Ich angepflaumt.

»Glaub ja nicht, ich wüsste nicht, was du vorhast!«

»Prue«, sagt Mum. »Das ist aber keine Art …«

Prue redet unbeirrt weiter. »Ben hat uns alles erzählt.«

»Euch *was* erzählt?«, will ich wissen und frage mich, was Ben wohl zu beklagen haben könnte, seit er in Granny Gilberts Bungalow eingezogen ist. Dass ich ihm verboten habe, meinen Hund als Müllschlucker zu benutzen? Dass ich nicht die neueste Ausgabe der *Grazia* erstanden habe, um ihm den morgendlichen Klogang zu versüßen?

»Schatz«, sagt Mum beschwichtigend und stellt sich zwischen mich und meine Schwester. Sie ergreift meine Hand und drückt sie sanft. »Was Prue zu sagen versucht, ist, dass wir uns große Sorgen um dich machen. Ben hat erwähnt, dass das Haus seit seinem Einzug ziemlich verwahrlost ist. Er meint, du machst nie etwas sauber, was dir überhaupt nicht ähnlich sieht.«

»Verwahrlost?«, schnaube ich. Ich habe das unangenehme Gefühl, dass mein Plan nach hinten losgegangen sein könnte.

»Du versuchst, ihn rauszuekeln, oder?«, giftet Prue mit in die Hüften gestützten Händen. »Ich weiß, was hier gespielt wird, genauso warst du, als wir uns noch das Zimmer teilen mussten. Du denkst, wenn du alles verkommen lässt, haut er ab. Aber das wird er nicht.«

Ich muss lachen bei der Vorstellung, dass mein raffinierter Plan auf so bedauerliche Weise missverstanden wurde. Aber mir ist klar, dass die Wahrheit laut auszusprechen – das Haus ist so schmutzig, weil ich versuche, deinen zukünftigen Ehemann stubenrein zu machen –, zwangsläufig nicht gut ankommen wird. Prue hat schon immer jede Einflussnahme von mir gehasst. Man könnte sogar so weit gehen und sagen, dass sie ihre ganze puritanische Schiene nur deshalb verfolgt, um sich so sehr von mir zu unterscheiden wie nur irgend möglich.

»Ja, lach du nur«, faucht Prue, »aber du wirst ihn nicht aus dem Haus treiben! Egal wie schlampig du bist.«

»Schlampig!«, rufe ich. »Mann, Prue, es ist dein bescheuerter Verlobter, der nicht den blassesten Schimmer hat, wie man einen Teller in den Geschirrspüler räumt. Ich bin nicht schlampig; ich putze ihm bloß nicht hinterher. Und wenn das ein Verbrechen ist, dann kannst du mir jetzt die Handschellen anlegen, Frau Wachtmeister.«

Mum sieht erleichtert aus. »Ach Liebes, so ist das also? Ich muss zugeben, dass es mich auch gewundert hat, du warst immer so sauber und ordentlich.«

»Bei dir konnte man ja nicht mal 'ne verdammte Tasse abstellen, ohne dass du sofort einen Untersetzer geholt hast«, wirft Dad aus seiner Ecke ein, als sei dass ein hilfreicher Beitrag.

»Ich habe mich nicht beschwert, dass Ben bei mir wohnt«, sage ich zu Prue, »aber ich werde nicht mit Schaufel und Besen hinter ihm herlaufen wie seine Mutter.«

»Als ob du sonst viel zu tun hättest«, murrt Prue.

»Was soll das denn jetzt heißen?«

»*Kinder …*«, versucht Mum wieder zu beschwichtigen.

Aber Prue ist nicht zu bremsen. »Du machst doch sonst nichts, oder? Ben ist hier und hilft im Familienunternehmen – ein Familienunternehmen, an dem du noch nie auch nur das geringste Interesse gezeigt hast, möchte ich hinzufügen. Er plant unsere Hochzeit und verlagert sein ganzes Leben hierher. Und was machst du? Hängst den lieben langen Tag mit alten Damen in Cafés herum. Oh ja, ich habe dich gesehen, in der Teestube mit der alten Mrs. Klepto-Curtis.«

»Klepto-Curtis?«, frage ich, und mein Blick wandert von Prue zu meiner Mutter.

Mum mischt sich ein. »Prue, wirklich, es ist nicht nett, so von Mrs. Curtis zu sprechen. Sie ist keine Kleptomanin.«

»Mum«, protestiert Prue und lässt sich auf ihren Bürostuhl fallen. »Den ganzen Sommer über belästigt sie überall in der Stadt die Touristen und versucht, ihnen ihre Teerechnungen unterzujubeln. Im Juni ist sogar jemand deswegen zur Polizei gegangen.«

»Aber sie stiehlt nicht wirklich etwas«, hält Mum dagegen. »Sie ist bloß eine etwas verwirrte alte Dame.«

»So verwirrt scheint sie gar nicht zu sein«, werfe ich ein. Mir kam sie ehrlich gesagt ziemlich auf Zack vor.

»Hör auf, das Thema zu wechseln«, sagt Prue. »Der Punkt ist doch, dass wir alle uns im Moment den Arsch abarbeiten, und du flanierst bloß in der Stadt herum und tust rein gar nichts. Würde es dich wirklich umbringen, wenn du ein bisschen Verständnis dafür aufbringen würdest, wie beschäftigt Ben gerade ist? Vielleicht hat er einfach keine Zeit, die Wasserhähne zu deiner Zufriedenheit blank zu schrubben.«

»Ich tue nicht rein gar nichts«, entgegne ich.

»Ach ja?«, sagt Prue höhnisch zu mir. »Also bitte, was treibst du denn dann? Was nimmt deine ganze Zeit in Anspruch? Spazieren gehen mit dem Hund? Aufs Meer schauen und tiefgründigen Gedanken nachhängen? Glaub nicht, wir würden nicht sehen, wie du auf die Geliebte des französischen Leutnants machst? Das haben wir alle mitbekommen.«

Ich schnappe geräuschvoll nach Luft. Es ist typisch Prue, dass sie meine ziellosen Wanderungen so gnadenlos und treffend auf den Punkt bringt. Ich kann nicht abstreiten, dass meine alltägliche Routine aus Spaziergängen mit dem Hund und Teetrinken im Café einer Überprüfung von außen nicht standhalten wird. Es ist nicht so, als würde ich etwas verarbeiten. Ich verschwende bloß meine Zeit.

Dad blickt von seinem Computer auf und wartet auf meine Antwort. Nicht einmal Mum eilt zu meiner Verteidigung, was bedeutet, dass meine Eltern in gewisser Weise mit Prue übereinstimmen. Aber wenn sie glaubt, dass ich all das zugebe, dann hat sie sich geschnitten.

»Ich renoviere Granny Gilberts Bungalow«, lüge ich auf die Schnelle. »Ich habe schon mit dem Immobilienmakler darüber gesprochen.«

Ich kann nur hoffen, dass Prue sich dieses Gespräch nicht vom Makler bestätigen lässt. Denn auch wenn ich mit ihm ganz allgemein über das Potenzial einer Renovierung gesprochen habe, wird er ehrlich zugeben müssen, dass ich mich über die Idee, es selbst in die Hand zu nehmen, eher lustig gemacht habe. Selbst unser Haus in London haben wir von einem Raumgestalter einrichten lassen, und meine Heimwerkerfähigkeiten beschränkten sich darauf, auf eine Farbpalette zu zeigen, damit jemand anders meine Wände in diesem Ton streichen konnte.

Doch als ich diese Worte ausspreche, merke ich, dass das eine tolle Idee sein könnte. Ich brauche etwas, auf das ich meine ruhelosen Gedanken konzentrieren kann, und vielleicht wäre die Renovierung des Bungalows genau das Richtige.

»Du? Renovieren? Wann hast du das denn beschlossen?«, will Prue wissen.

»Ähm, vor Kurzem?«, antworte ich. »Erst neulich.« Vor fünf Minuten.

»Also«, sie verschränkt die Arme vor der Brust, »das hättest du aber zuerst mit mir besprechen müssen, schließlich hat Granny Gilbert das Haus uns beiden vermacht. Du kannst es nicht einfach in irgendwelchen komischen Farben streichen. Ich meine, du bist momentan so depri, nicht dass du noch alle Wände schwarz streichst oder so.«

»Wer sagt, dass ich depri bin?«, frage ich empört.

»Niemand, Schatz«, interveniert Mum eilig. Offensichtlich ist sie der gleichen Meinung.

»Tja, ich bin nicht depri. Und ich tue das übrigens für uns beide, Prue.«

»Ach was?«, schnaubt Prue verächtlich.

»Na ja …«, beginne ich. Jetzt muss ich improvisieren, aber während ich rede, wird mir meine Mission tatsächlich immer klarer, als hätte ich sie mir vorher gründlich überlegt und alles gut vorbereitet. »Der Makler meinte, dass sich Grannys Haus vielleicht besser verkaufen lässt, wenn es ein kleines Lifting bekommt. Und Ben und du, ihr könntet das Geld doch auch gut als Anzahlung gebrauchen, oder?«

Ich erwähne nicht extra, dass ich das Geld selbst gut gebrauchen kann. Meine Ersparnisse gehen langsam zur Neige, und keiner kann wissen, wie lange Matt und ich brauchen werden, bis wir unseren Besitz aufgeteilt haben. An Granny Gilberts Bungalow wird sich keiner von uns eine goldene Nase verdienen, aber wenn er verkauft ist, könnte ich mit dem Geld einen Neustart wagen.

»Du hast doch keine Ahnung von so was«, gibt Prue zu bedenken. »Was, wenn du alles nur noch schlimmer machst?«

Ich starre sie finster an.

»Kinder«, mischt sich Mum erneut ein. »Ich denke, das ist eine tolle Idee, Kate, Liebling. Es ist wirklich klug von dir, dass du daran gedacht hast. Und Prue, da Kate das auch für dich macht, schlage ich vor, du bringst Ben bei, dass er seine Sachen selbst aufräumt. Schließlich könnte der Makler ja jederzeit mit Kaufinteressenten vorbeikommen.«

Dad schnaubt hinter dem Computer. »Da braucht's wohl mehr als ein bisschen Farbe, damit das Haus weggeht«, brummelt er.

»Ach, sei still, Dad«, wettert Prue, einmal auf meiner Seite. »Dann könnte ich meine Hälfte des Verkaufserlöses in den Laden hier stecken. Ein paar meiner Pläne in die Tat umsetzen.«

Dad schaut alarmiert auf. »Hast du mit der Hochzeit nicht genug um die Ohren? Ich dachte, mit der Umstrukturierung von Baileys' wollten wir es langsam angehen?«

»Du weißt doch, dass mein Fokus immer auf dem Geschäftlichen liegt«, sagte Prue mit entschlossen vorgestrecktem Kinn. Dad sieht hinüber zu den Hochzeitsmagazinen, während ihre Augen seinem Blick folgen.

»Es gibt einen Grund, warum man es die Hochzeits*industrie* nennt, Dad«, erklärt sie. »Das ist Recherche! Wenn Baileys' erst mal ein Stück vom Kuchen abbekommen hat, dann wirst du nicht mehr so ein Gesicht machen.«

Sie erhascht einen Blick, den unsere Eltern sich zuwerfen.

»Kuchen, Hochzeitstorte … wie auch immer. Ihr werdet schon sehen. Ich habe Pläne für uns alle.«

Das bezweifelt keiner von uns auch nur eine Sekunde.

Während Prue und Dad weiter die Zukunft von Baileys' diskutieren, nutze ich die Gelegenheit, an Bens Rechner meine E-Mails zu checken. Doch als Ben mit der Milch aus dem Laden zurück ist, habe ich gerade mal genug Zeit, um festzustellen, dass Matt mir seit meiner Flucht jeden Tag eine E-Mail geschickt hat, genauso wie Sarah.

Ich markiere alle und lösche sie. Ich bin nach Lyme gekommen, um neu anzufangen. Es würde mir sicher nicht guttun, wenn ich mich in der Vergangenheit suhle.

18

Als Ben von der Arbeit nach Hause kommt, bleibt er mit offenem Mund in der Tür stehen, den Schlüssel noch immer in der ausgestreckten Hand. Der Boden des Hausflurs ist bedeckt von einem Flickwerk aus Granny Gilberts geblümtem Bettzeug, in dessen einer Ecke sich Minnie zum Schlafen eingenistet hat. Der fransige Lampenschirm ist verschwunden und wie in einer Gefängniszelle baumelt bloß noch die nackte Birne von der Decke. Von meinem Platz oben auf der Tretleiter aus ist Bens Gesicht ein witziger Anblick. Es ist gut zu wissen, dass er auch etwas anderes als unbekümmerte Leutseligkeit ausstrahlen kann.

»Hi, Ben!« Ich winke ihm von Deckennähe aus zu, und er schaut mich mit großen Augen an.

»Wow, Kate, was wird das denn?«, meint er verblüfft.

»Wonach sieht es denn aus?«, kontere ich gut gelaunt und schwinge den Dampf-Tapetenlöser, den ich mir im Baumarkt in Axminster ausgeliehen habe. »Es wird Zeit, dass sich hier ein bisschen was ändert, findest du nicht?«

Ben runzelt die Stirn. »Weißt du, wie man mit dem Ding umgeht?«, fragt er skeptisch mit einem Nicken auf das Gerät in meiner Hand.

»Oh ja«, lüge ich und drücke es gegen die Wand, bis mich Dampfwolken komplett einhüllen. Ich höre ein heftiges

Blubbern in der Maschine, aber das macht nichts. Ich habe mich im Laden erkundigt, und es hieß, ich könne mich nicht daran verbrennen. Allerdings hört es sich ziemlich unheimlich an, wenn ich es falsch bediene. Was für meine Zwecke jedoch perfekt ist.

Ben lässt seine Tasche fallen, schließt die Haustür und zieht seinen Mantel aus. »Äh, Kate, ich bin mir nicht sicher, ob man es bloß an einer Stelle dagegendrücken soll«, gibt er vorsichtig zu bedenken.

»Nicht?«, erwidere ich unschuldig und drehe mich um, sodass ihm der Dampf entgegenschlägt.

»Nein«, sagt er und hält sich die Hände vors Gesicht. »Im Ernst, hast du so was schon mal gemacht?«

»Na ja, nicht wirklich«, räume ich ein und streiche mir mit dem Handrücken das feuchte Haar aus der Stirn. Ich bin mir sicher, dass ich sehr überzeugend harte Arbeit mime. »Aber ich lerne es schon. Schau, ich hab schon jede Menge geschafft.«

Ich zeige auf ein kleines Häufchen abgelöster Tapetenfitzelchen auf dem Boden. In Wahrheit habe ich erst vor einer Viertelstunde mit der Arbeit angefangen, damit sich meine Mühen und Bens Ankunft zu Hause überschneiden.

»Hör zu, äh, Kate, lass mich doch …«, setzt er an, und ich weiß, dass ich ihn habe.

»Hm?«, mache ich abwesend und tue so, als wende ich mich wieder der Arbeit zu. Dabei lasse ich auf der wackeligen Leiter fast das Dampfgerät fallen. Ich habe alles ziemlich gut durchchoreografiert. Komm schon, Ben. Ich bin mir nicht sicher, wie lang ich das Spielchen noch durchhalte.

Aus dem Augenwinkel sehe ich, wie Ben sich die Hemdsärmel hochkrempelt.

»Du musst …«, beginnt er, und ich schaue weiter auf die

Wand, damit er mein Grinsen nicht sieht. »Kate, du musst mit dem Dampfgerät langsam an der Wand entlangfahren und die Tapete dann sofort abziehen, solange sie noch feucht ist.«

»So?«, frage ich und kratze an einem trockenen Stück Tapete herum, bis sich endlich ein winziger Fetzen löst. In meiner anderen Hand röhrt das Dampfgerät in sicherem Abstand von der Wand.

»Erst das Dampfgerät«, erklärt Ben, der jetzt nah an die Leiter getreten ist, um meine Arbeit zu beobachten. »Benutz das Gerät.«

Ich merke, dass es ihm bereits in den Händen juckt, mir das Gerät abzunehmen und zu zeigen, wie es geht.

»Hm?«, mache ich und fuchtle weiter irgendwo in der Luft herum, während ich ganz woanders die Tapete abkratze. Ich höre Ben in Verzweiflung über meine Unfähigkeit seufzen. Jeden Moment ist es so weit …

»Hör mal, Kate, wie wär's, wenn ich dir zeige, wie man das richtig macht?«, schlägt er endlich vor.

»Oh, würdest du das machen?«, frage ich und drehe mich dankbar zu ihm um. »Ich fürchte, ich bin ein hoffnungsloser Fall.«

Ben nimmt mir schmunzelnd das Dampfgerät aus der Hand. »Los, runter von der Leiter«, bestimmt er. Es macht den Eindruck, als fühle er sich viel wohler, jetzt da er zuständig ist. »Ich zeig dir, wie es geht.«

Er fährt mit dem Tapetenlöser an der Wand entlang, folgt der Bewegung mit einem Schaber und löst breite Streifen von Grannys apricotfarbener Strukturtapete ab.

»Siehst du?«, strahlt er triumphierend. »Es ist gar nicht so schwer – erst das Dampfgerät, dann der Schaber. Dampfgerät, Schaber. Genau so.«

»Wow, Ben. Ich wusste ja gar nicht, dass du so gut in solchen Dingen bist«, sage ich bewundernd.

Das stimmt auch – es ist ein reiner Glückstreffer. Erst nachdem ich mich als engagierter Bungalow-Raumgestalter verpflichtet hatte, kam mir beim Aussuchen der Wandfarben in den Sinn, dass dieser Umstand eine weitere hervorragende Gelegenheit bietet, meinen Pflegeehemann zu erziehen. Und bereits jetzt klappt das viel besser als gedacht.

»Na ja, ich habe schon mal für meine Mutter renoviert«, erzählt Ben, zieht einen weiteren Tapetenstreifen ab und lässt ihn neben die Leiter zu Boden fallen. »Eigentlich bin ich da richtig gut. Meine Mutter meinte, ich hätte es besser gemacht als der polnische Handwerker, den sie letztes Jahr gegen Bezahlung angeheuert hat.«

»Mensch, da kann sich Prue ja glücklich schätzen. Ich wünschte, Matt hätte ein bisschen mehr handwerkliches Geschick an den Tag gelegt. Das ist ziemlich attraktiv an einem Mann.«

Ich sehe an Bens Hals, dass er rot wird, und er lacht verlegen. Vielleicht trage ich ein bisschen zu dick auf. Nicht dass er, o Gott, nicht dass er denkt, ich will ihn angraben. Nimm dich ein bisschen zurück, Kate.

»Ich glaube, Prue wäre ehrlich beeindruckt, wenn sie dich so sehen könnte«, sage ich schnell, trete von der Leiter zurück und verschränke die Arme. Laut Lehrbuch für Körpersprache heißt das: *Ich stehe nicht auf dich.* »Das ist ja eine ganz andere Seite an dem Geschäftsmann, den sie kennt«, fahre ich fort. »Jede Frau wünscht sich schließlich einen Mann, der weiß, wie er sich im Haus nützlich machen kann.«

Ben grinst wieder. »Ich glaube eher, dass sie mich schimpfen würde, weil ich Unordnung mache«, sagt er.

»Oh, nein«, versichere ich ihm. »Prue wird dir dankbar sein. Das weiß ich. Ich bin's auf jeden Fall.«

Obwohl ich mir ein wenig Sorgen mache, dass Prue, die ja das große Ganze nicht sieht und nicht weiß, dass sich Ben hier in der Ehemannfrüherziehung befindet, fälschlicherweise denken könnte, dass ich ihn bloß die Drecksarbeit für mich machen lasse. Womit sie vollkommen danebenläge. Selbstverständlich hat es auch Vorteile, dass mir Ben beim Renovieren hilft, aber meine Motive sind vollkommen uneigennützig.

Er scheint bereits voll im Rhythmus mit dem Tapetendampfgerät zu sein, bewegt es systematisch die Wand hinauf und folgt mit dem Kratzer. Ich sehe, dass es ihm sogar Spaß macht.

»Soll ich wieder übernehmen, jetzt wo du mir gezeigt hast, wie es geht?«, erkundige ich mich.

Ben drückt das Dampfgerät an sich wie ein Kind, dessen einziges Spielzeug ihm streitg gemacht wird.

»Weißt du was?«, sagt er. »Warum lässt du mich nicht einfach weitermachen? So ein bisschen körperliche Arbeit schadet mir bestimmt nicht. Da kommen die alten Muskeln mal wieder zum Einsatz nach einem langen Tag im Büro.«

Ich protestiere höflich, betone mehrfach, dass er sich doch nicht die Mühe machen muss, aber ich time es so, dass ich mich geschlagen gebe, als er drauf und dran ist nachzugeben. Es ist mir gelungen, ihn dazu zu bringen, die Arbeit unbedingt machen zu wollen, und er scheint erfreut, als ich ihn lasse, als sei das alles von Anfang an seine Idee gewesen.

»Na gut, wenn du drauf bestehst, Ben«, sage ich, als wir endlich geklärt haben, dass das Dampfgerät allein seine

Baustelle ist. »Jetzt hab ich ein richtig schlechtes Gewissen, dass du die ganze Arbeit für mich machst.«

»Ach, kein Problem«, meint Ben. »Ist doch gar nichts.«

»Na dann, wie wär's wenn ich Abendessen mache?«, schlage ich vor. In Wahrheit habe ich schon längst etwas vorbereitet – ein Rinderragout, das heute Nachmittag stundenlang vor sich hingeköchelt hat. Das ist alles Teil des Plans, aber das muss er ja nicht wissen.

»Oh, okay«, sagt Ben fröhlich. »Das ist echt nett von dir.«

Ich hebe seine Tasche und seinen Mantel auf und nehme sie mit in die Küche, damit Ben sieht, dass sich gutes Benehmen auch lohnt. Es ist wie bei der Abrichtung von Minnie – es geht darum, gutes Benehmen zu belohnen und schlechtes zu ignorieren. Und klare Grenzen zu setzen.

Alles Dinge, von denen ich wünschte, ich hätte sie schon viel, viel früher berücksichtigt.

19

London

Ich würde wirklich gerne von meiner Hochzeit erzählen. Ehrlich. Denn trotz allem, was danach passiert ist, halte ich diesen Tag noch immer für einen der besten in meinem Leben. Doch als ich Prues Hochzeitsgerede höre, merke ich wieder einmal, dass sich nicht einmal diejenigen, die einem am nächsten stehen, auch nur im Geringsten für die Farbe des Blumenschmucks oder das Testessen interessieren. Oder für die Schwierigkeiten, Unterwäsche zu finden, die sich nicht unter dem Traumkleid aus Seide und Chiffon abzeichnet. Ganz zu schweigen von den Reden, bei denen es schon schlimm genug ist, sie während der Hochzeit selbst über sich ergehen zu lassen, und noch schlimmer, wenn sie auch noch zweitverwertet werden. (Sorry, Dad.)

Daher spare ich mir die Details und sage bloß, dass Matt und ich geheiratet haben und es alles war, was ich mir erträumt hatte. Eigentlich sogar noch mehr, denn ich hatte nie vom Heiraten geträumt.

Was soll ich sagen? Es stellte sich heraus, dass ich doch an die wahre Liebe glaubte.

Oder vielleicht lag es bloß daran, wie er mich gefragt hatte.

Wir waren schon seit Monaten erfolglos auf Haussuche. So sehr wir auch noch im ersten Überschwang der Liebe und des Zusammenlebens steckten, ließ es sich nicht länger leugnen, dass meine Wohnung für uns beide zu klein war. Die Küche war so eng, dass wir nicht aneinander vorbeipassten, ohne uns entweder an die Theke oder gegeneinander zu drücken. Anfangs war das reizvoll, eine Entschuldigung für freches Küchengefummel und andere Unanständigkeiten. Aber frühmorgens mit einem Kater, wenn man den Wecker nicht gehört hatte und sich darüber in die Haare bekam, wer den Geschirrspüler mal wieder so dämlich eingeräumt hatte (ich bin mir sicher, ich muss nicht erst betonen, dass es Matt war), verlor sich dieser Reiz schnell.

Es heißt, dass Umzüge zu den stressigsten Ereignissen im Leben zählen. Auf der Basis unserer Erfahrungen damit würde ich dem zustimmen. Erst stritten wir darüber, wohin wir ziehen sollten. Mich zog es so gar nicht nach East London, da half nicht einmal Matts Beteuern, dass wir in Mile End ein Riesenhaus zum Preis eines Einzimmerappartements in Chalk Farm bekämen. Ich war zu alt, um in ein trendiges Viertel umzuziehen – ich wollte gar nicht hip sein, nicht ausgeraubt werden, wenn ich von der U-Bahn nach Hause laufe. Matts Ärger darüber, dass ich mich weigerte, irgendwo anders zu suchen, wurde schließlich von Resignation abgelöst.

Gewinner: ich.

Dann gab es noch die Diskussion um die Notwendigkeit eines Gartens oder nicht, bei der ich für den grünen Daumen plädierte, während Matt dagegen argumentierte: mit den verstaubten Überresten eines lang ignorierten Usambaraveilchens vom Badezimmerregal und dem vertrockneten, entlaubten Skelett von etwas, das wohl einmal ein Farn gewesen war. Dass ich monatelang vergessen hatte, die beiden zu gießen, schwächte irgendwie meine Argumentation, dass ich in unserem neuen Zuhause plötzlich Gemüse anbauen würde.

Gewinner: Matt.

Eine Diskussion über Flachdach oder nicht artete sogar so weit aus, dass der Makler sich entschuldigte, um draußen ein paar Telefonate zu führen, von denen eines bestimmt einer Eheberatung galt mit der Frage, ob sie auch Notfall-Hausbesuche abstatteten. Matt, dessen Heimwerkertalent kaum ausreichte, um eine Glühbirne auszuwechseln, behauptete mit der prahlerischen Überzeugung eines Baugewerbeveterans, dass alle Flachdächer grundsätzlich undicht seien. Und deshalb weigerte er sich, jedes Objekt mit einem solchen überhaupt in Betracht zu ziehen. Ich hätte auch gar nichts gegen diese Haltung gehabt, wenn es nicht so offensichtlich gewesen wäre, dass er diese Weisheit irgendwo im Pub aufgeschnappt und sie sich blind zu eigen gemacht hatte. Darüber hinaus schloss sein strikter Standpunkt alle Häuser mit modernen Glasanbauten aus, an die ich mein Herz gehängt hatte. Wer also würde es mir verübeln, dass ich mich schließlich dafür entschlossen hatte, ihm alle Einzelheiten vorzuenthalten und mich mit ihm vor einem geheimnisvollen Haus zu treffen, ohne zuvor dessen dunkles Flachdachgeheimnis preiszugeben? Ich hoffte, er würde sich in das Haus verlieben – alles andere daran war einfach *perfekt* – und diesen winzigen Makel einfach übersehen.

Es war wieder mal typisch für mich, durch Manipulation das zu bekommen, was ich wollte, anstatt Matts Wünsche zu respektieren. Was wiederum ganz typisch für ihn war, der immer eine einseitige Position bei etwas bezog und sich dann nicht mehr davon abbringen ließ, ganz gleich wie falsch er damit lag. Das wiederum war wieder typisch ich, weil ich die Schuld immer auf ihn schob, obwohl ich doch diejenige war, die sich strikt weigerte, außerhalb eines Radius von einer Meile überhaupt nach einem Haus zu suchen. Was wieder typisch für *ihn* war, weil …

Gewinner: ein Überraschungsmitspieler, der Immobilienmakler.

Es stellte sich heraus, dass er gar nicht bei der Eheberatung angerufen hatte, sondern aus purer Verzweiflung in seinem Büro, um sich nach den Häusern mit den spitzesten Spitzdächern zu erkundigen, die sie im Portfolio hatten. Und just an diesem Tag war ein neues Objekt hinzugekommen, das sich zufälligerweise eine Straße weiter befand. Ein kleines viktorianisches Reihenhäuschen mit einem unbestreitbaren Schrägdach aus Ziegeln und keinerlei Anbau an der Rückseite. Es hatte einen Garten, der aus einer winzigen Terrasse bestand, auf der gerade mal ein Tisch Platz hatte, was Matt akzeptabel fand.

Gut, wenn man im zweiten Zimmer die Arme seitlich ausstreckte, berührte man die Wände, und das Fundament der Küchenwände war feucht, aber es war ein Haus, ein richtiges Haus. Und vier Monate später gehörte es uns.

Am Tag unseres Einzugs regnete es in Strömen, und ich versuchte, dies nicht als schlechtes Omen zu verstehen. Zwar ging noch eine Kiste voll Geschirr zu Bruch, als der durchweichte Karton mitten im Flur nachgab, den Möbelpackern gelang es irgendwie, einen Stuhl zu verlieren, und es stellte sich – welch Ironie – heraus, dass das Spitzdach undicht war, doch Matt und ich konnten gar nicht mehr aufhören zu grinsen.

Nachdem die Möbelpacker schließlich bezahlt waren, rannten wir durchs Haus, von Zimmer zu Zimmer, die Treppe rauf und runter und ganz schnell in den Garten hinaus und wieder hinein, weil es noch immer regnete. Wir ließen uns aufs Sofa plumpsen, unser nasses Haar tropfte auf die Plastikschutzhülle, die wir noch nicht abgenommen hatten, und grinsten uns an. Das war unser Haus; es gehörte uns gemeinsam.

An diesem Abend saßen wir auf dem Wohnzimmerboden und aßen Fish and Chips direkt aus der Verpackung, da alle unsere Teller zerbrochen waren. Außerdem stellte sich heraus, dass der Vorbesitzer bei seinem Auszug kleinlich alle Glühbirnen herausgedreht hatte, und da wir es erst bemerkten, als es dunkel wurde, mussten wir im Schein einer eilig ausgepackten Duftkerze essen. Matt zauberte noch eine Flasche Champagner hervor, und wir tranken ihn aus Plastikbechern, die er im Eckladen gekauft hatte. Ich hätte nicht glücklicher sein können.

Das dachte ich zumindest.

Matt stand auf, um die Fish-and-Chips-Verpackungen wegzuwerfen, und ich hörte ihn in den Kisten herumwühlen, die wir in die Küche gestellt hatten.

»Was suchst du denn?«, rief ich hinüber. Es hatte doch keinen Zweck im Dunkeln auszupacken, oder?

»Nichts«, antwortete er, doch er schob weiter Kisten herum. Langsam nervte mich das. Er würde bloß alles durcheinanderbringen. Warum setzte er sich nicht einfach wieder hin und genoss mit mir den ersten Abend in unserem neuen Zuhause?

Als er endlich zurückkam, hatte er ein Buch in der Hand, was komisch war, weil ich den Möbelpackern gesagt hatte, dass sie alle Bücherkisten ins Wohnzimmer stellen sollten.

»Das ist für dich«, sagte er und reichte es mir. »Ein Geschenk.«

Der Begriff der Moral: Eine Einführung in die Ethik. Ich sah ihn fragend an. »Wow. Danke, Matt. Das habe ich mir schon immer gewünscht, du Knallkopf.«

Er setzte sich neben mich auf den Boden. »Na ja, du hast mir doch mal gesagt, dass du jemand bist, der durchaus moralische Werte hat, also dachte ich mir, das wäre genau dein Fall.«

Er versuchte, keine Miene zu verziehen, aber seine Augen verrieten ihn. Hier war irgendetwas faul. War ich mit einem Verrückten zusammengezogen? Zeigte er mir jetzt, da wir durch eine Hypothek aneinander gebunden waren, sein wahres Gesicht?

»Ich weiß alles über Moral, was ich wissen muss«, sagte ich. Ich legte das Buch weg und fasste ihm mit der Hand an die Wange, um ihn zu küssen, doch er wich mir aus.

»Das glaube ich nicht«, entgegnete er und hielt mir das Buch wieder hin. »Weißt du, ich habe darüber nachgedacht, was es für eine Frau mit deinen strengen moralischen Grundsätzen bedeuten muss, in Sünde zu leben.«

»Das hat dich doch früher auch nicht gestört«, gab ich lachend zurück. »Ein Leben in Sünde!«

»Tja, aber jetzt stört es mich«, sagte er ernst. »Ausgesprochen und zutiefst. Ich kann an nichts anderes denken. Deshalb solltest du auch den Absatz über die Ethik der Liebe lesen.«

»Matt, bist du betrunken? Hast du in der Küche irgendwelche bewusstseinsverändernden Substanzen zu dir genommen?«

»Lies es einfach.«

Ich seufzte und nahm das Buch aus seiner Hand. Ich

wusste, dass er nicht lockerlassen würde, also würde ich ihm diesmal den Gefallen tun und es hinter mich bringen.

»Seite achtundsiebzig«, verriet er mir, als ich das Inhaltsverzeichnis überflog.

Ich schlug die Seite auf, aber irgendwas war komisch. Die Seite hatte ein Loch. Tatsächlich hatten alle Seiten nach der achtundsiebzigsten ein Loch, wodurch ein Geheimfach im Buch entstand. Und darin befand sich etwas.

Ich sah Matt an, der versuchte, cool zu wirken.

»Ich bin mir sicher, dass es moralisch verwerflich ist, mutwillig ein Buch zu beschädigen«, sagte ich, drehte es um und schüttelte es. Ein kleiner schwarzer Beutel aus Samt, der von zwei Schnüren zusammengehalten wurde, fiel zu Boden.

Ich schätze, eine Frau, die schon lange von langstieligen Rosen und einem funkelnden Solitär träumt, hätte sofort begriffen, was das zu bedeuten hatte. Doch Matt und ich hatten noch nie ein Wort übers Heiraten verloren. Also reagierte ich natürlich mit der ausgesprochen unromantischen Frage: »Was ist denn das?«.

»Verdammt noch mal, Kate, mach's endlich auf!«, schimpfte Matt und hob den Beutel offensichtlich verärgert auf.

Ich knotete die Schnüre auf und linste hinein.

Und drinnen war … man würde jetzt sicher glauben ein Ring, oder? Aber das war es nicht. Matt kannte mich besser. In dem Beutel steckte eine zusammengerollte Nachricht, die lautete: »*I'd like to put a ring on it.* Aber wenn Du glaubst, ich würde es wagen, ihn ohne dich auszusuchen, dann wäre ich nicht dein zukünftiger Ehemann. Willst du mich heiraten?«

Ich blickte erstaunt auf. Ich hatte ihn noch nie so nervös

gesehen. Er fuhr sich die ganze Zeit mit der flachen Hand durchs Haar. Ich war so überrascht, dass ich nicht wusste, was ich sagen sollte.

»Also?«, fragte er schließlich.

»Der Moral halber, Matt«, sagte ich. »Ja. Ja, ich will dich heiraten. Ja.«

Zur Feier des Einzugs bewiesen wir auf dem noch immer plastikverpackten Sofa, dass an diesem Tag zweifellos keiner von uns beiden über nennenswerte moralische Werte verfügte.

20

Nach endlosen Tagen voller Regen – gut für meine Renovierungsbemühungen, schlecht für meine Laune – freuen Minnie und ich uns über die wenigen vereinzelten Sonnenstrahlen, die sich an diesem Morgen durch die Wolken kämpfen. Wir sind voller Begeisterung und hüpfen den Strand entlang, als wären wir keine paar Tage, sondern seit Monaten nicht mehr hier gewesen. Wir feiern den Wetterumschwung, indem wir am Ufer hin und her rennen und Steine über das Wasser flitschen lassen (ich) und ekliges Zeug zwischen dem Seetang fressen (Minnie).

Es beruhigt mich festzustellen, dass trotz der Umstände etwas so Einfaches wie ein bisschen Sonnenschein meine Laune heben kann. Es gibt mir das Gefühl, als sei Glücklichsein für mich trotz allem noch möglich. Oder vielleicht liegt es auch gar nicht am Sonnenschein, sondern eher an meiner neu entdeckten Zielstrebigkeit. Meine Tage sind plötzlich durch die Renovierung von Granny Gilberts Bungalow von befriedigender Tätigkeit erfüllt. Und ganz nebenbei verwandle ich Ben durch mein Undercover-Erziehungsprogramm.

Eines muss ich dem Verlobten meiner Schwester lassen: Wenn er eine Lektion erst mal gelernt hat, dann muss man ihn nicht immer und immer wieder daran erinnern, wie das bei manch anderen Leuten der Fall ist. Jetzt wo wir klargestellt haben, dass ich nicht hinter ihm herräume, stellt er das benutzte Geschirr jedes Mal selbst in den Geschirrspüler. Zugegeben, ich habe gesehen, dass er es vorher von Minnie abschlecken lässt, was ziemlich eklig ist, aber ich habe das Gefühl, es ist zielführender, gutes Verhalten zu loben, als schlechtes zu kritisieren. Rumnörgeln hat schon bei Matt nie funktioniert.

Doch natürlich gibt es noch Verbesserungspotenzial. Vorgestern bekam ich mit, wie Ben am Telefon einen Freund einlud, morgen Abend zum Fußballschauen zu ihm zu kommen. Ich habe geduldig darauf gewartet, dass er mich in seine Pläne einweiht. Schließlich bedeutet das ja, dass ich quasi aus dem Wohnzimmer verbannt werde, außer ich hätte Lust, den Abend damit zu verbringen, mir öde Männerscherze anzuhören, bei denen ein zeitlich gut platzierter Furz den Gipfel des Humors darstellt. Bisher hat er es allerdings noch nicht für nötig gehalten, mich vorzuwarnen. Doch anstatt mich darüber zu ärgern, sehe ich es einfach als eine weitere Trainingsgelegenheit.

Wir machen Fortschritte, das spüre ich.

Minnie und ich unterbrechen unseren Strandspaziergang, um uns ein Weilchen auf die niedrige Betonmauer zu setzen und die wenigen Sonnenstrahlen aufzusaugen. Nun ja, ich sitze still, während sie am Kieselstrand nach Krebsen buddelt. Über uns auf der Strandpromenade lehnen zwei alte Männer auf dem lackierten Geländer und starren hinaus zum Horizont.

»Kein schlechter Ausblick, was, Bill?«, sagt der eine.

»Kommt ganz darauf an, was du siehst«, erwidert Bill knapp.

»Na ja, ich weiß ja nicht, wo du hinschaust, aber ich

sehe Pam Curtis«, sagt der andere und zeigt hinaus aufs Wasser zu einer weit entfernten orangen Boje.

Erst als ich genauer hinschaue, erkenne ich, dass es sich gar nicht um eine Boje handelt. Es ist eine wippende Badekappe. Und es ist *nicht* Samstag. Mrs. Curtis hält sich mal wieder nicht an die Regeln.

Wir sehen zu, wie die orange Kappe im Zickzack aufs Ufer zugeschwommen kommt, angetrieben von Mrs. Curtis' beeindruckend kraftvollen Schwimmbewegungen. Ihr Gesicht mit der Schwimmbrille taucht bei jedem Atemzug aus dem Wasser auf und verschwindet dann wieder unter der Oberfläche, sodass die Blüten an ihrer Kappe wie dahintreibende Lotosblumen wirken.

»Morgen, Pam«, ruft der Mann, der nicht Bill ist. Als Mrs. Curtis in Ufernähe ist und wieder im Wasser stehen kann, winkt sie zurück. In ihrem dunkelgrünen Badeanzug schüttelt sie mit dem Kopf zur Seite das Wasser aus den Ohren. Minnie rennt hinunter, scheut dann aber zurück und bellt die unerwartete Gestalt, die da aus dem Wasser steigt, an. Mrs. Curtis scheucht sie von dem Kleiderhaufen weg, den sie am Strand zurückgelassen hat, und greift nach einem Handtuch, um sich abzutrocknen.

»Morgen Bill, Morgen Peter! Hallo Kate, meine Liebe!«

Sie nimmt die Badekappe ab und setzt stattdessen die rosa Strickmütze auf, die ich schon mal an ihr gesehen habe. Das Handtuch um sich geschlungen, windet sie sich aus dem Badeanzug, lässt ihn auf die Kieselsteine fallen und fischt mit der Hand nach ihrer Unterwäsche.

»Jetzt weiß ich, warum du hier rumstehst, Peter, du alter Bock«, sagt Bill schmunzelnd.

»Ihr ist das Handtuch noch nie runtergefallen«, erwidert Peter wehmütig.

Ich höre Bill laut hüsteln, und plötzlich scheinen beide zu bemerken, dass ich direkt unter ihnen sitze und jedes ihrer Worte hören kann.

»Entschuldigen Sie, Miss«, sagt Peter, und ihre Hände verschwinden kleinlaut vom Geländer.

»War das nicht Prue Bailey?«, höre ich Bill noch fragen, als sie eilig den Rückzug antreten.

Mrs. Curtis kommt winkend über den Strand auf mich zu. Sie hat ihr zusammengerolltes Handtuch fest unter den Arm geklemmt. Minnie springt ihr um die Füße und schnüffelt argwöhnisch, noch immer nicht überzeugt, ob sie diesem Geschöpf trauen soll.

»Ist es nicht herrlich hier draußen heute? Einfach wundervoll!«

Als sie bei mir angekommen ist, senkt sie die Stimme zu einem vertraulichen Flüstern. »Ich bin sicher, ich muss dir nicht sagen, dass Eddy *nichts* von alldem hier wissen muss, meine Liebe. Was er nicht weiß, macht ihn nicht heiß.«

Ich nicke, obwohl ich überhaupt nicht einverstanden bin. Ich bin niemand, der petzt, aber ich muss Eddy recht geben, dass es für seine Großmutter vermutlich sehr gefährlich ist, jeden Morgen ganz alleine im Meer schwimmen zu gehen, auch wenn sie dabei von ein paar älteren Verehrern beobachtet wird.

»Sie scheinen einige Bewunderer zu haben, Mrs. Curtis«, necke ich sie. »Einer dieser Kerle hat Ihnen beim Schwimmen zugesehen, als hinge sein Leben davon ab.«

Sie lacht spitz und klammert sich an meinen Arm. »Doch nicht Peter Turner? Ach du liebe Zeit, nein, Kate, Liebes. Dieser dumme alte Narr ist schon seit *Jahren* hinter mir her. Aber in meinem Alter habe ich an Männern absolut kein Interesse mehr.«

»Warum denn nicht?«, frage ich. Denn das Interesse am anderen Geschlecht verblasste doch sicher nicht mit der Haarfarbe?

Mrs. Curtis erschaudert theatralisch. »Himmel, nein. *Davon* hatte ich wirklich genug mit Mr. Curtis, vielen Dank auch. Bist du auch auf dem Heimweg?«

Ich nicke, und wir marschieren los, oder vielmehr versuche ich, mit ihr Schritt zu halten. Ich bin langsam losgegangen, um auf ihr fortgeschrittenes Alter und die Steigung, die vom Cobb hinaufführt, Rücksicht zu nehmen. Aber davon will sie nichts wissen und legt ein ordentliches Tempo vor, bei dem ich nur mit Mühe mithalten kann. Glücklicherweise fällt meine Kurzatmigkeit nicht so auf, weil sie das Reden übernimmt.

»Auch wenn viel für die Ehe als Institution spricht, merkt man erst hinterher, wie viel *Freiheit* man doch hat. Findest du nicht, meine Liebe?«

Mit ihren wachen braunen Augen sieht sie mich fragend an.

Ich bin mir nicht sicher, ob ich meine arbeitslose Ziellosigkeit unbedingt als Freiheit bezeichnen würde oder auch nur als Ausbruch. Für mich ist es noch viel zu früh, um zu wissen, ob diese Institution überhaupt schon hinter mir liegt.

»Hm«, sage ich, weil ich nicht weiß, was ich antworten soll und weil mir am Hügel die Puste ausgeht. Aber es reicht, um sie zum Weiterreden zu ermutigen.

»Nicht dass mir Mr. Curtis nicht fehlen würde. Er war ein lieber, guter Mann.« Sie seufzt. »Und im besten Sinne eine wahre *Bestie* im Bett. Schau nicht so geschockt, meine Liebe, diese Dinge sind wichtig. Aber sicher weißt du das selbst. Das einzige Problem daran war, dass er eine Bestie in *vielen* Betten war, wenn du verstehst, was ich meine. Und ich glaube, das tust du, meine Liebe, demnach zu urteilen, was man so hört.«

»Ich bin nicht sicher, ob …«

Mrs. Curtis hebt die Hand, um mich zu unterbrechen. Sie bleibt einen Moment stehen und wirft einen Blick zurück auf die Bucht hinter uns. Einzelne Haarsträhnen haben sich unter ihrer rosa Strickmütze gelöst, sie kräuseln sich um ihr Gesicht und verleihen ihr das Aussehen eines stark gebräunten, faltigen Babys.

»Du wirst feststellen, dass diese Dinge mit der Zeit weniger schmerzen. Wirklich. Natürlich ist der *Stich* immer da. Also der Betrug. Aber er verblasst. Die Frage, die du dir stellen musst, ist, ob deine Ehe *wertvoller* ist als das.«

Sie betrachtet mich mit wachsamen Augen und geneigtem Kopf, während sie auf meine Antwort wartet. Minnie sieht zu uns auf, als würde auch sie wissen wollen, was ich denke.

»Nun, meine Liebe, ist sie das?«

Ich wende mich ab und blicke hinaus aufs Meer. Dabei stütze auch ich mich auf die Pfosten des Holzzauns, an denen sich schon viele Touristen auf halbem Wege den Hügel hinauf ausgeruht haben. Wir sind bereits hoch genug, um die gesamte Bucht unter uns bis nach Portland überblicken zu können. Graue Wolken ballen sich am Horizont; der Wetterwechsel war nur von kurzer Dauer.

»Woher weiß man das?«, frage ich.

Mrs. Curtis lehnt sich neben mich an den Zaun, obwohl sie, während ich noch immer schwer atme, die Stütze eigentlich nicht zu brauchen scheint. Mit ihren roten Nägeln fährt sie ein unsichtbares Muster auf den Holzpfosten nach.

»Das ist die Frage«, sagt sie. »Woher weiß man das?«

»Sie haben Mr. Curtis also verziehen«, stelle ich fest. »Aber Sie meinten auch, dass der Stich immer da war. Wie kann man weitermachen nach so einer Sache? Wie haben Sie das überwunden?«

Mrs. Curtis senkt den Kopf und zupft an einem Knoten im Holz. »Man macht es einfach, Liebes. Oder man macht es nicht. Es ist weniger ein *Wissen* als eine *Entscheidung*, die man trifft. Und das ist auch das Schwierige daran, die *Entscheidung*.«

»Aber was, wenn man die falsche Entscheidung trifft?«

Mrs. Curtis lacht fröhlich, als hätte ich etwas Lustiges gesagt. Sie tätschelt energisch meine Hand, als würde sie mir leicht auf die Finger hauen, nicht um mich zu beruhigen.

»Ich weiß, du hoffst, dass ich dir sage, was du tun sollst, Liebes. Ich war ganz genauso. Aber es gibt keine richtige Antwort. Du triffst eine Entscheidung, und dann machst du das Beste daraus.«

»Sie haben ihm verziehen«, sage ich. »Aber Sie würden nicht wieder heiraten. Liegt das daran, dass Sie niemandem mehr trauen können?«

»Oh nein, meine Liebe«, antwortet Mrs. Curtis und lacht lauthals. »Niemandem mehr trauen können – das sind große Worte. Da würde ich mich ja selbst bestrafen, wenn ich *so* denken würde. Natürlich habe ich noch Vertrauen. Aber in meinem Alter – achtzig! Ich weiß, ich sehe nicht so alt aus – und es gibt jede Menge verwitwete Männer, die einfach jemanden haben wollen, der sich um sie kümmert. Tja, und davon habe ich genug. Ich kümmere mich jetzt lieber um mich selbst.«

Sie hält sich am Zaun fest, streckt die Arme und blinzelt in die Wolken, die sich über uns hinwegwälzen.

»Das ist alles. Oh, meine Liebe, war das etwa ein Regentropfen? Wir sollten gehen. Es sei denn …«, sie sieht mich mit ihren strahlenden Augen flehentlich an. »Ich habe leider meinen Geldbeutel nicht bei mir, aber vielleicht würdest du eine alte Dame wie mich ja auf einen Tee einladen?«

21

Um Punkt sechs steht Mum vor der Tür wie erwartet. Sie hat eine Flasche Wein dabei und sieht mit ihren von der Kälte geröteten Wangen so glücklich aus, dass ich fast ein schlechtes Gewissen bekomme, weil ich sie für diese Erziehungsmaßnahme missbrauche. Aber obwohl Ben mir bei der Renovierung eine große Hilfe war, hat er noch einige Lektionen zu lernen. Und eine davon bekommt er heute Abend von mir mit der unfreiwilligen Unterstützung seiner zukünftigen Schwiegermutter.

»Was für eine nette Idee, dass du mich eingeladen hast«, sagt sie und küsst mich auf die Wange. »Weißt du, ich war schon so gespannt darauf zu sehen, was du hier alles verändert hast. Ben tut im Büro immer ganz geheimnisvoll und hat gesagt, ich muss noch abwarten.«

Sie sieht sich im Hausflur um, und ich stelle erschrocken fest, dass ihr die Tränen in die Augen schießen.

»Mum?«, frage ich besorgt und fasse sie am Arm.

»Ach, alles gut, wirklich.« Sie nimmt meine Hand und drückt sie. »Ich glaube, es ist nur weil es so lange immer gleich ausgesehen hat. Und jetzt – meine Güte, es sieht so anders aus! Da hast du ja ganz schön was geschafft.«

Mit der freien Hand fährt sie über die neue, glatte Wand. Keine Strukturtapete, die von Prues und meinen Kinderfahrrädern und von Granny Gilberts Gehhilfe zerkratzt ist. Kein fleckig beiger Teppich mehr. Die Wände sind jetzt in einem blassen Grünton gestrichen, wohltuend und einladend. Neben dem Eingang hängt ein Spiegel, und die Garderobe wurde in einem matten Weiß gestrichen. Der Parkettboden ist auf Hochglanz poliert, dank einer Maschine, die Ben sich im Baumarkt ausgeliehen hat. Seine Leidenschaft für neue technische Spielereien hat die Böden im gesamten Bungalow komplett verwandelt. In Socken fällt man jetzt zwar ungefähr alle paar Schritte auf die Nase, und Minnie muss extrem vorsichtig durchs Haus trippeln, aber all das scheint ein kleiner Preis für die erheblichen Verbesserungen zu sein.

»Nicht ich allein, Mum«, sage ich – Ehre, wem Ehre gebührt. »Ben hat vieles davon gemacht. Er war großartig. Ohne ihn hätte ich es nicht geschafft.«

Mum unterdrückt ein Lachen. »Tja, Schatz, laut Ben war das alles seine Idee. Er ist ja so was von stolz darauf. Wenn es nach ihm geht, hast du herzlich wenig dazu beigetragen.«

Ich grinse zurück. »Ich liebe es, wenn ein Plan aufgeht«, sage ich. Ben glauben zu machen, dass alles seine Idee war, war Teil des Trainings. Das muss ich Mum nicht lang erklären, sie ist selbst verheiratet. Sie weiß, wie das ist.

»Ich wünschte, ich hätte deinen Vater davon überzeugen können, dass es *seine* Idee war«, meint sie. »Ich lag ihm schon das ganze Jahr damit in den Ohren, dass er an dem Haus etwas machen soll. Wie dem auch sei, ganz gleich, wer es gemacht hat, es ist toll geworden, Kate.«

»Ben hat sich wirklich reingehängt, Mum«, sage ich. »Im Ernst, heute Nacht hat er mich sogar gegen Mitternacht aufgeweckt, weil er wissen wollte, ob ich es besser fände, wenn er die Heizkörper in strahlend weiß oder lieber in Eierschale streichen soll. Jetzt, wo er im Boot ist, ist er nicht mehr zu stoppen. Ich hatte keine Ahnung, dass er so leicht zu erziehen ist.«

Mum runzelt die Stirn und sieht mich fragend an. »Erziehen?«

Ich lache wegwerfend. »Oh nein, nicht *erziehen*, du weißt schon, was ich meine. Ich hatte bloß keine Ahnung, dass er als Mitbewohner so ein … äh … Gewinn sein würde.«

»Hm«, sagt Mum und zieht leicht die Augenbraue hoch. Sie sieht mich an, wie nur eine Mutter einen ansehen kann: als könne sie tief in die schlimmste Version meines Selbst blicken. Am liebsten würde ich mich auf den Boden werfen und ihr alles beichten. All die Dinge, die ich niemandem erzählt habe. Aber ich weiß, sie wäre dagegen, dass ich mich in Prues Beziehung einmische, also sage ich nichts.

»Du hast das Wohnzimmer noch nicht gesehen!«, rufe ich und schiebe sie in die Richtung.

Sie lässt sich von mir mitziehen, obwohl ich merke, dass sich ihre Schultern etwas versteifen, als wäre sie wegen irgendetwas angespannt. Mit angehaltenem Atem späht sie ins Wohnzimmer.

»Gefällt es dir?«, frage ich.

»Es ist wunderschön«, freut sie sich. »Einfach wunderschön.«

»Okay«, sage ich und klatsche entschlossen in die Hände. Mum zuckt überrascht zusammen und fasst sich mit der Hand an den Hals. »Ich habe noch eine Überraschung für dich. Wir machen heute einen Wellnessabend!«

Mum sieht nicht gerade erfreut, sondern eher noch verwirrter aus. »Wellness?«

»Ja, du weißt schon, Mutter-Tochter-Zeit, Schönheitsbehandlungen, so was.«

»Oh, okay«, sagt Mum, die sich vielleicht einmal im Jahr die Zehennägel lackiert. »Wie nett, Schatz.«

»Das wird lustig«, beruhige ich sie und schiebe sie ins Badezimmer, wo ich schon einen Bademantel und ein paar Pantoffeln für sie bereitgelegt habe. Das Licht im Bad ist ausgeschaltet, und für mehr Atmosphäre habe ich in einem Marmeladenglas ein Teelicht angezündet. Am Badezimmer haben wir noch nichts gemacht, der Kerzenschein kaschiert ein wenig die Hässlichkeit des Raums mit all seinem blauen Kunststoff.

Mum bleibt zögernd und widerstrebend in der Tür stehen. »Muss ich mich wirklich umziehen?«, fragt sie. »Kate, das ist wirklich eine nette Idee, aber ich bin mir nicht sicher …«

Mein Plan geht nur auf, wenn Ben einen sehr guten Grund hat, auf dem Absatz kehrtzumachen, sobald er von der Arbeit nach Hause kommt. Ich schätze, der Anblick seiner nur halb bekleideten Schwiegermutter und Schwägerin in spe eignet sich bestens dafür.

»Ich zieh mich doch auch um. Ich geh kurz ins Schlafzimmer und schlüpfe in meinen Bademantel, okay Mum?«, sage ich und schiebe sie ins Bad. »Dann ist es auch viel gemütlicher. Glaub mir. Ich hab so was schon oft gemacht.«

Mum lässt mich die Badezimmertür hinter ihr zumachen. Als sie wieder herauskommt, ist sie noch immer zögerlich und hält ängstlich den Kragen des Bademantels fest, als könne er jeden Augenblick aufgehen und sie würde nackt dastehen.

»Okay, jetzt setz noch das auf«, sage ich und streife ihr ein Frotteehaarband über den Kopf. »Das hält dir die Haare aus dem Gesicht für die ganzen Masken und Cremes.«

»Masken und Cremes?«, wiederholt Mum unsicher.

»Jetzt trinken wir erst mal ein Glas Wein«, flöte ich wild entschlossen, Mums Mangel an Begeisterung mit demonstrativer Fröhlichkeit zu begegnen. Am Ende wird es ihr gefallen, da bin ich mir sicher.

Es braucht eine Weile – und zwei Gläser Wein –, doch am Ende entspannt Mum sich und lässt sich auf das Wellnesserlebnis ein. Ich habe uns den Film *Wie ein einziger Tag* auf DVD besorgt, der ihr, glaube ich, gefallen wird. Aber noch wichtiger ist, dass es ein absoluter Frauenfilm ist und garantiert jeden harten Kerl in die Flucht schlägt. Ich habe das Licht gedimmt und Kerzen angezündet, und Mum macht es sich auf dem Sofa bequem. Wir tragen beide grüne Gesichtspackungen, während ich ihr die Zehennägel in pastellrosa lackiere.

»Schatz, das ist wirklich eine Wohltat«, seufzt sie. »Ich weiß nicht, wann ich das letzte Mal so verwöhnt wurde.«

»Das hast du verdient, Mum«, sage ich und warte dabei auf das Geräusch des Schlüssels im Schloss – bis ich es endlich höre.

»O Gott!«, ruft Ben erschrocken, als er aus dem Flur ins Wohnzimmer tritt. Er hat zwei volle Supermarktüten in den Händen. »Ich meine, tut mir leid. Ich bin nur …«

Meine Mutter kreischt auf und zieht hastig den Fuß, den ich ihr gerade lackiere, zurück und schmiert dabei den ganzen Nagellack an meinen Bademantel.

»Oh hallo, Ben«, begrüße ich ihn aalglatt und drehe mich zu ihm um. »Wie war dein Tag?«

»H … hallo, Ben«, stammelt Mum und hält wieder den Kragen ihres Bademantels umklammert, obwohl sie darunter keineswegs nackt ist. Zugegeben benutze ich sie zwar ein wenig, aber ich will sie ja nicht blamieren.

»Äh, Kate, ich wusste ja gar nicht, dass du heute Abend Besuch hast«, sagt Ben, der vom Hals an scharlachrot angelaufen ist. Er tritt nervös von einem Fuß auf den anderen, und die Plastiktüten rascheln bei jeder seiner Bewegungen.

»Oh, entschuldige«, erwidere ich unschuldig. »Hab ich das gar nicht erwähnt? Wie unhöflich von mir. Ich hätte dich wirklich vorher über meine Pläne informieren sollen. Ich wollte dir keinen Schreck einjagen.«

Ben hüstelt peinlich berührt. »Kein Schreck, Kate. Überhaupt kein Schreck. Eine nette Überraschung. Nur … ich hatte selbst Pläne für heute Abend.«

»Hattest du?«, frage ich mit Unschuldsmiene, als wüsste ich nicht, was er vorhatte.

Mum steht hastig auf. »Ich denke, ich wasch das dann mal ab«, sagt sie und zeigt auf ihr Gesicht. Dann eilt sie ins Bad. Meine Gesichtsmaske wird langsam fest, aber das hilft mir dabei, eine vollkommen arglose Miene an den Tag zu legen.

»Hör mal, Kate«, sagt Ben mit einem Blick auf seine Uhr. »Das ist mir jetzt echt peinlich, aber in zehn Minuten kommt ein Kumpel, um mit mir das Fußballspiel anzuschauen.«

»Ach, du liebe Zeit«, ich lache leichthin. »Ich hoffe, es macht ihm nichts aus, dass wir auch hier sind. Ich bin mir sicher, dass wir an den wichtigen Stellen auch ruhig sein können. Mum und ich können *Wie ein einziger Tag* auch danach zu Ende schauen. Ich stell mal auf Pause.«

Ich greife nach der Fernbedienung.

Ben stellt die Tüten ab, und ich höre das Klirren von

Bierflaschen. Eine Tüte Chips fällt heraus auf den Parkettboden.

»Himmel, Kate, ich kann doch James nicht hier reinlassen, wenn du und deine Mum nur halb angezogen seid! Das kommt gar nicht infrage. Er ist extra aus Bristol hergefahren, um sich das Spiel mit mir anzuschauen.«

Ein leises Schuldgefühl schleicht sich an. Mir war nicht klar, dass sein Freund von so weit herkommt. Ben hat viel Arbeit in das Haus gesteckt, und sicher vermisst er seine Freunde, seit er hergezogen ist. Aber ich finde, nein, er hätte mich über seine Pläne informieren müssen. Das ist eine wichtige Lektion, und obwohl Ben bestürzt aussieht, kann ich jetzt keinen Rückzieher machen.

»Na ja, du kannst uns in dem Aufzug aber auch schlecht aus dem Haus scheuchen«, gebe ich zu bedenken. »Und Mum hat sich so auf den Abend gefreut. Wenn ich gewusst hätte, dass du einen Freund eingeladen hast, dann wäre ich rüber zu ihnen gegangen, damit ihr das Haus für euch habt.«

»Ich dachte, du hättest mitbekommen, wie ich das am Telefon besprochen habe«, sagt Ben und tritt verdrossen gegen den Türrahmen. »Ich dachte, du wüsstest, dass ich ihn eingeladen habe.

»Oh, ich belausche doch nicht die Gespräche von anderen«, lüge ich. Natürlich mache ich das, wenn es mich betrifft – wer nicht? »Tut mir leid, Ben, wenn du willst, dass ich über deine Pläne Bescheid weiß, dann hättest du vorher mit mir darüber reden sollen.«

Ben hebt wütend die Tüten auf und stapft in Richtung Küche. Auf halbem Weg über den frisch polierten Flur bleibt er stehen und dreht sich noch mal um.

Er macht den Mund auf, um etwas zu sagen. Ich starre

ihn aus meinem grün verschmierten Gesicht an; langsam wird diese Maske echt unangenehm. Er überlegt es sich anders und verzieht sich in die Küche. Überrascht stelle ich fest, dass ich mich ein wenig zittrig fühle, jetzt, da ich allein im Wohnzimmer bin. Ich weiß, ich habe das Richtige getan. Er hat heute Abend etwas dazugelernt, auf die bestmögliche Weise: schmerzvoll und mit persönlichen Verlusten. Denn das sind meiner Ansicht nach die Lektionen, die sich am dauerhaftesten einprägen. Die Sache mit dem Zuckerbrot klappt bei Weitem nicht so gut wie die mit der Peitsche.

Ich höre Ben in der Küche etwas brummen, ob zu sich selbst oder am Telefon kann ich nicht sagen. Diesmal muss ich nicht lauschen, ich habe meinen Standpunkt bereits verteidigt. Wenn mich nicht alles täuscht, dann disponiert er gerade um.

Als Mum wieder ins Wohnzimmer kommt, das Gesicht noch von der Maske gerötet, hat sie den Bademantel wieder gegen ihre normalen Sachen getauscht. Als sie merkt, dass ich enttäuscht bin, schüttelt sie bestimmt den Kopf.

»Nein, Schatz, ich bleibe nicht in diesem Aufzug, wenn Ben hier ist. Wie peinlich. Der arme Kerl, er war vollkommen schockiert.«

Wir hören ein Husten auf dem Flur zur Küche, und Ben taucht wieder auf, sein Gesicht nicht länger gerötet, den Mantel bis zum Kinn zugeknöpft.

»Nicht nötig«, erklärt er betont heiter. Auch wenn es ein wenig gezwungen wirkt, tun wir alle so, als würden wir es nicht bemerken. »Kein Problem. Ihr macht es euch hier gemütlich – James und ich gehen in den Pub. Ist sowieso eine viel bessere Idee. Daran hätte ich auch gleich denken können.«

»Ich hab ein ganz schlechtes Gewissen«, sagt Mum entschuldigend. »Dich so aus deinem eigenen Haus zu jagen.«

»Überhaupt nicht«, beteuert Ben. »Selbst schuld, ich hätte es Kate sagen sollen. Ich schätze, ich bin es einfach nicht gewohnt, dass sie Besuch hat. Ist bloß ein bisschen überraschend, dass es ausgerechnet heute Abend ist.« Sein Blick streift mich so flüchtig, dass ich mir nicht sicher bin, ob ich wirklich Auflehnung darin habe blitzen sehen, als wisse er genau, was ich im Schilde führe.

»Es tut mir wirklich leid«, wiederhole ich. »Wenn ich Bescheid gewusst hätte …«

Bens gute Laune scheint ihn kurz zu verlassen.

»Ich hab's schon verstanden«, sagt er leicht ungehalten, bevor er sich besinnt und wieder sein fröhliches Lächeln aufsetzt. »Wie dem auch sei, habt einen schönen Abend, ja? Ich schätze, ich komme erst spät wieder. Nacht.«

»Ich habe wirklich ein schlechtes Gewissen«, sagt Mum, als wir die Haustür zufallen hören.

»Musst du nicht«, beruhige ich sie. Mein schlechtes Gewissen reicht locker für uns beide. Ich dachte, Ben sei zu dickhäutig, um meine Tricks zu durchschauen. Ganz offensichtlich ist er nicht ganz so lammfromm, wie ich gedacht habe. »Wirklich, Mum, das war einfach ein Missverständnis. Und außerdem ist es ja auch mein Haus.«

»Natürlich, Schatz«, pflichtet Mum mir bei. Sie macht es sich wieder auf dem Sofa bequem und nimmt ihr Weinglas zur Hand. »Aber weißt du, in der Arbeit ist er den ganzen Tag von der Familie umgeben, und wenn er heimkommt, dann bist du da. Es ist bestimmt nicht so leicht für ihn, nie für sich zu sein.«

»Er hätte ja nicht hier einziehen müssen«, sage ich beleidigt.

»Nein, hätte er nicht«, stimmt Mum mir zu. »Es wurde dir ziemlich aufgedrängt. Aber so ist das im Leben. Bloß mir scheint, als würdest du eher versuchen, ihn passend zu machen, als dass beide Seiten Kompromisse eingehen.«

»Ich muss das Zeug jetzt mal abwaschen«, sage ich hastig und zeige auf die Maske, die inzwischen steinhart geworden ist.

»Natürlich, mach das«, meint Mum. »Ich schenke uns noch etwas Wein nach.«

22

Meine Mutter hat mich in den letzten Jahren zwar recht oft in London besucht, aber ich wusste gar nicht, dass es so entspannt und witzig mit ihr sein kann. Während wir Wein trinken und über *Wie ein einziger Tag* kichern, der sich als ziemlich absurder Film entpuppt, fällt mir auf, dass sie hier in Lyme ganz anders ist als bei uns in London. Und meine Besuche in Lyme waren immer recht gehetzt, weil ich Granny Gilbert besuchen und gleichzeitig dafür sorgen musste, dass Matt sich nicht allzu sehr langweilt. Außerdem musste ich das Gefühl der Panik unterdrücken, das oft in mir aufstieg, wenn ich nach Hause kam. Deshalb hatte ich Mum hier immer eher als Teil eines Ganzen statt als ein Individuum gesehen. Sie war Mum-und-Dad-und-Prue-und-Granny-Gilbert statt einer eigenständigen Person.

Wenn sie dann nach London kam, war sie eine vollkommen andere Person. Die Ruhe, die sie jetzt ausstrahlt, schien sie zu verlassen, sobald sie an der Waterloo Station aus dem Zug stieg. Plötzlich war sie verängstigt, unruhig, verwirrt von den Fahrkartenautomaten in der U-Bahn und so besorgt, sie könnte uns stören, dass sie unvermeidlich immer im Weg war. Selbst wenn wir bei uns zu Hause waren, konnte sie keinen Moment still sitzen – bot ständig an, Tee zu machen oder den Garten, obwohl wir kaum

Pflanzen auf unserer Terrasse hatten. Ich wusste, dass sie es nett meinte, doch wenn ich in die Küche kam und feststellen musste, dass sie in vorauseilender Hilfsbereitschaft den Kühlschrank umgeräumt hatte, hätte ich schreien können – als wolle sie mir sagen, dass ich diese Sache, die man Haushalt nennt, nicht gut genug machte. Wenn sie merkte, dass ich genervt war, bemühte sie sich nur noch mehr. Das ging so weit, dass sie sich weigerte, irgendetwas zu entscheiden, für den Fall, dass es falsch sein könnte.

Alle besonderen Unternehmungen oder Ausflüge wurden von meinen hohen Erwartungen und ihrer Zögerlichkeit verdorben; ihr Beharren darauf, uns nicht zur Last zu fallen, wurde von Stunde zu Stunde belastender und ärgerlicher. Und wenn ich sie am Ende eines solchen Besuchs wieder zum Bahnhof brachte, waren wir beide angespannt und bissig. Sobald sie dann weg war, war ich am Boden zerstört, wütend auf mich selbst, weil ich keine bessere Tochter war und nicht geduldiger und netter zu ihr. Matt brachte das zur Verzweiflung. Er konnte nicht verstehen, wie ich mich zuerst nach den Besuchen meiner Mutter sehnen konnte und dann zuließ, dass sie uns von unwichtigen Zwischenfällen vermiest wurden. Er verstand nicht, dass uns beiden die Treffen zu wichtig waren, weil es so vieles gab, was wir uns sagen wollten, aber nicht konnten oder verschwiegen, sodass die kleinsten Entscheidungen mit großer Wichtigkeit aufgeladen wurden. Dass Mums Unfähigkeit, zwischen einem Milchkaffee und einem Cappuccino zu wählen (»Der, der am wenigsten Umstände macht, Schatz.« – »Aber *keiner* von beiden macht Umstände, Mum, wir sind in einem *Café*, also welchen willst du?« – »Ist mir gleich, wie du willst.« – »Dann hol ich dir einen Milchkaffee.« – »Oh, ich wusste nicht, dass der so milchig ist.«), bloß ein Ventil für all die komplizierten Gefühle war, die uns verbanden. Sie, die mich bemuttern wollte, ich, die ich auf meiner Unabhängigkeit beharrte, sie, die versuchte, mich die Erwachsene sein zu lassen.

Aber hier in Lyme ist das anders. Es tut mir leid, dass ich das nicht früher bemerkt habe. In ihrer vertrauten Umgebung ist Mum entspannt, sich ihres Stellenwerts bewusst und weniger besorgt, etwas falsch zu machen. Hier steht sie selbstbewusst zu ihrer Meinung und scheut sich auch nicht, sie zu sagen. Wenn ich ihr in London einen Bademantel aufgezwungen hätte, hätte sie ihn widerwillig anbehalten, selbst wenn Matts komplettes Cricketteam überraschend vorbeigekommen wäre. Denn sie hätte mich nicht enttäuschen wollen. Hier zieht sie ihn aus, sobald sie sich unwohl fühlt. Ich frage mich, ob auch ich hier anders bin. Vielleicht muss ich ihr und anderen jetzt weniger beweisen, jetzt, da mir nichts Eigenes mehr geblieben ist, abgesehen von Minnie.

Doch auch wenn wir uns über die kitschigen Dialoge auf dem Bildschirm kaputtlachen, merke ich, dass Mum mit den Gedanken woanders ist. Sie mustert mich immer wieder verstohlen von der Seite, und ich erinnere mich daran, wie angespannt ihre Schultern waren, als ich sie ins Wohnzimmer geführt habe. Sie will etwas mit mir besprechen. Ich weiß, dass es um Matt geht. Sie hatte schon immer ein Faible für ihn; sie hat mir sogar einmal gesagt, wie glücklich ich mich schätzen könnte, jemanden wie ihn gefunden zu haben. Tja, ich frage mich, ob sie das heute immer noch denkt.

Als sie zu reden beginnt, umklammere ich den Stiel meines Weinglases bereits voller Anspannung. Aber sie möchte gar nicht über Matt sprechen. Es kommt noch viel schlimmer.

»Schatz, ich habe gestern Eddy Curtis getroffen«, sagt sie.

»Ach ja?« Ich starre weiter in den Fernseher, aber es ist wohl ein bisschen zu spät, um noch so zu tun, als fessle mich der Film.

»Er hat mir erzählt, dass er sich neulich mit dir unterhalten hat. Über Tim.«

Ich spüre einen brennenden Würgereflex in meiner Kehle.

»Das ist doch alles lange her«, wehre ich ab. »Das ist jetzt Vergangenheit.«

Mum setzt dreht sich auf dem Sofa zu mir, aber ich meide ihren Blick. Ich fasse es nicht, dass sie das ausgerechnet jetzt anspricht, nachdem sie es all die Jahre nicht erwähnt hat. Als hätte ich nicht schon genug um die Ohren.

Als spüre sie mein Unbehagen, kommt Minnie angetrippelt, setzt sich neben mich und stupst mit ihrer schlaftrockenen Nase meine Finger an. Ich streiche ihr über das weiche Fell, und es beruhigt mich.

»Ich frage mich, ob das wirklich so ist, Kate«, meint Mum. »Dass es Vergangenheit ist, meine ich.«

»Natürlich Mum«, fauche ich, wütend darüber, dass sie uns den Abend verdirbt. Ich dachte, wir würden uns besser verstehen, aber jetzt muss ich feststellen, dass das nicht im Geringsten so ist. »Was nützt es, das alles wieder aufzuwärmen? Tim ist jetzt in Australien. Ich muss ihn nie wieder sehen. Ich bin drüber weg.«

Mum schweigt eine Weile. Ich spüre mein Herz heftig klopfen.

»Tut mir leid«, sage ich schließlich. »Ich will mich nicht mit dir streiten. Ich versteh bloß nicht, warum du gerade jetzt darüber reden willst.«

Mums Haltung bleibt misstrauisch, als rechne sie damit,

dass ich sie gleich wieder anfauche. »Ich fand immer, wir hätten darüber reden sollen. Aber du wolltest nie, und ich dachte, es wäre vielleicht besser, dich auf deine Weise damit umgehen zu lassen.«

Ich lasse Minnies seidige Ohren durch meine Finger gleiten, während Mum redet. Wenn ich mich auf den Hund konzentriere, fällt es mir leichter, ihr zuzuhören.

»Aber Kate«, fährt sie sanft fort. »Jetzt redest du wieder nicht. Und ich weiß, dass du das nur machst, wenn dir etwas Schlimmes passiert ist. Aber diesmal kann ich nicht zulassen, dass du dich wieder abschottest, Schatz. Es tut mir leid. Ich weiß, du willst, dass wir dich alle in Ruhe lassen, aber das kann ich nicht. Ich bin deine Mutter.«

Ich beiße mir auf die Unterlippe, kaue darauf herum, bis ich Blut schmecke.

»Ich kann nicht, Mum«, sage ich. »Ich kann nicht.«

Neben mir höre ich Mum seufzen, es ist ein langes, trauriges Seufzen. »Es tut mir leid, Schatz, aber das wirst du müssen. Du bist kein Teenager mehr. Du bist jetzt erwachsen. Du kannst nicht mehr einfach nur weglaufen. Du musst dich den Dingen stellen. Dir selbst in die Augen blicken.«

Ich wende ihr misstrauisch den Kopf zu. Ich weiß, dass sie mit Matt gesprochen hat; sie hat mir erzählt, dass er bei ihnen angerufen hat. Welche Geschichte hat er ihr wohl erzählt, um sich bei ihr einzuschmeicheln? Um sie auf seine Seite zu bringen?

»Was soll das heißen, mir selbst in die Augen blicken«, sage ich mit sehr leiser Stimme.

»Ganz gleich, was passiert, zu einer Ehe gehören immer zwei. Und es braucht auch zwei, um sie zu zerstören. Aber du musst dich den Tatsachen stellen, statt dich bloß davor zu verstecken. Das hab ich dich bei Tim machen lassen …« Sie zögert.

»Tim hat nichts damit zu tun«, wehre ich unwirsch ab und versuche, mich genauso davon zu überzeugen wie meine Mutter. Ich möchte einfach nicht mehr an Tim Cooper denken. Diese Erinnerung habe ich erfolgreich unter meinen vielen Erfolgen begraben – meinem fabelhaften Job, meinem wundervollen Ehemann, meinem tollen Leben. Und jetzt bin ich geschockt von der Erkenntnis, dass diese Erinnerung nicht gelöscht, sondern bloß unterdrückt ist und jederzeit wieder an die Oberfläche kommen kann, wenn meine Erfolge sich als Illusion, flüchtig wie Staubkörner, entpuppen.

»Deine Weigerung, darüber zu sprechen, hat sehr viel damit zu tun«, sagt Mum sanft.

Ich schüttle den Kopf. »Bitte, lass mich«, flüstere ich. »Bitte, lass mich, Mum, ich kann das nicht …«

Meine Schultern fangen an zu zittern, und zum ersten Mal, seit ich meinen Mann verlassen habe, weine ich. Dicke Tränen laufen an meiner Nase herunter und tropfen auf Minnies Fell. Sie wackelt mit dem Schwanz und schaut ängstlich von mir zu Mum. Ich spüre Mums Arm um meine Schultern, ihre Hand, die mir übers Haar streicht, und ich lasse die Tränen laufen, bis mein Atem nur noch ein bebendes Schluchzen ist.

Ich kann nicht behaupten, dass es eine Erleichterung ist. Ich kann nicht behaupten, dass ich mich danach besser fühle. Alles, was ich behaupten kann, ist, dass ich mich hinterher nicht noch schlechter fühle, was mehr ist, als ich erwartet habe.

23

London

»Kate«, sagte Richard.

Mein Stift fuhr immer und immer wieder dieselben Wörter auf meinen Besprechungsnotizen nach, füllte die Leerräume in den Buchstaben und fügte zur Auflockerung hie und da ein paar Herzchen und Blümchen hinzu. Mein Jetlag ließ mich kaum auf die Buchstaben konzentrieren, ganz zu schweigen auf das Meeting, das sich schon seit zwanzig Minuten um denselben langweiligen Punkt zu drehen schien, ohne zu einem brauchbaren Ergebnis zu kommen.

»Kate«, wiederholte Richard lauter. Sarah stieß mich mit dem Ellenbogen in die Rippen, und ich zuckte zusammen.

Alle starrten mich erwartungsvoll an. Oh, Scheiße. Richard hatte schon seit über einem Monat üble Laune. Die Tatsache, dass ich jede Woche für ein paar Tage nach Singapur flog, hatte mich weitgehend aus seiner Schusslinie gehalten, aber die E-Mails aus dem Londoner Büro hatten mich mehrfach gewarnt, dass man ihn gerade nicht verärgern sollte. In den letzten zwei Wochen hatten bereits fünfzehn Leute ihren Job verloren, daher waren alle ziemlich nervös.

»Richard«, sagte ich energisch und bemerkte, dass er bereits ungeduldig mit den Fingern auf den Tisch trommelte.

Angriff ist die beste Verteidigung. »Kannst du das bitte noch mal präzisieren? Ich fürchte, ich habe die Frage missverstanden.«

Richard funkelte mich wütend an. Seine Finger hielten inne. Ich lächelte ihn an.

»Sicher kann ich meine Frage, ob du mir verdammt noch mal überhaupt zuhörst, präzisieren.«

Autsch. Aus der Nummer kam ich wohl nicht mehr raus. Dean grinste schadenfroh vor sich hin. Er war nur froh, dass jemand anderes Richards Zorn abbekam, nachdem Leila einen illegalen Deal zu viel getätigt hatte und bereits hochkantig bei Hitz rausgeflogen war. Meine netteren Kollegen wandten aus Solidarität den Blick ab, doch Richard starrte mich weiter nieder.

»Natürlich, Richard«, sagte ich und versuchte, nicht zu blinzeln. »Entschuldige, wenn es so ausgesehen hat, als würde ich nicht zuhören, ich bin in Gedanken bloß noch ein paar Dinge für Singapur durchgegangen. Ich wurde vom … äh … Budget abgelenkt.«

»Ach, wirklich?« Richard langte über den Tisch und schnappte sich meine Notizen. Ich versuchte noch, sie festzuhalten, doch meine Hand griff ins Leere.

Er spähte durch die Gläser seiner drahtigen Brille, wobei sich ein unschönes Grinsen auf seinem Gesicht breitmachte. »Ach, wie süß. Mrs. Kate Martell. Mrs. Kate Martell. Mrs. Kate Martell. Mrs. Kate Martell.«

Dean entfuhr ein entzücktes Krächzen, doch sobald mein Kopf herumfuhr und ich ihn anschaute, senkte er mit bebenden Schultern den Blick auf die Tischplatte. Mit hämischem Gesichtsausdruck schob Richard mir den Zettel zurück. Und das von einem Mann, der betrunken auf meiner Hochzeit rumheulte und beteuerte, dass ihn der

Anblick von Matt und mir zusammen wieder an die wahre Liebe glauben ließ.

»Also, Mrs. Martell«, spottete Richard. Ich faltete meinen Notizzettel immer kleiner, als könne das die Erinnerung von sämtlichen Anwesenden auslöschen. »Könnte die Frischvermählte ihren verträumten kleinen Kopf vielleicht wieder auf das vorliegende Thema lenken und mir freundlicherweise mitteilen, wie viele Tage Vorbereitung sie und ihr unfähiges Team noch in Singapur brauchen werden?«

Ich musste mir auf die Zunge beißen, um nicht zurückzuschnauzen. Ich hatte Zwanzig-Stunden-Tage hinter mir, war so oft um die halbe Welt geflogen, dass ich die Namen der meisten Stewardessen von *Singapore Airlines* kannte, bekam meinen frisch angetrauten Ehemann kaum mehr zu Gesicht, und Richard stauchte mich wegen eines kleinen Moments der Unaufmerksamkeit vor der gesamten Mannschaft zusammen. Ich arbeitete schließlich nicht so hart, um mich wie einen Idioten behandeln zu lassen.

»Zehn Tage Vorbereitung, Richard«, erwiderte ich, genau auf meinen Ton bedacht. Wer die Fassung verliert, verliert den Kampf. »Ich kann dir die Kalkulation nach dem Meeting weiterleiten. Wir brauchen eine Woche mit einer Minimalbesetzung und dann noch drei Tage mit dem gesamten Team, dann steht es.«

»Wie klein kannst du die Minimalbesetzung halten?«, wollte Richard stirnrunzelnd wissen. Vor ihm lag ein Blatt voller Zahlen, die mit neongelbem und pinkem Textmarker hervorgehoben waren. Kein iPad für Richard; er war voller Stolz old school unterwegs, wie er uns gerne immer wieder erzählte. Analog nicht digital, als mache ihn das authentischer statt bloß altmodisch. Ungeduldig ließ er seinen Stift zwischen den Fingern herumwackeln.

»Na ja, wahrscheinlich braucht es anfangs bloß Sarah, Kirsty und mich«, erklärte ich. »Und das lokale Team vor Ort, das wären dann ungefähr elf Leute.«

»Und die gesamte Crew?« Er fixierte mich über den Brillenrand hinweg.

»Also«, sagte ich und versuchte, mich aus dem Stegreif an die Zahlen zu erinnern. »Dreißig? Glaube ich. Die konkreten Zahlen kann ich dir nach dem Meeting schicken.«

Richard hob das oberste Blatt mit den Zahlen hoch und unterstrich etwas auf der Seite darunter. Dann blickte er auf.

»Brauchst du wirklich alle für drei ganze Tage? Könntet ihr es nicht auch in zwei schaffen?«

Ich seufzte und rieb mir mit den Handballen die geröteten Augen, bevor ich daran dachte, dass ich mir vermutlich gerade die Wimperntusche übers Gesicht verschmierte. Auch wenn man das vermutlich gar nicht mehr merken würde, denn die dunklen Ringe unter meinen Augen nahmen in letzter Zeit ebenso schnell zu wie meine Flugmeilen.

Man konnte fast meinen, ich würde Richard um Urlaub bitten, anstatt mich Tausende von Kilometern entfernt von zu Hause und meinem Mann wie eine Wahnsinnige abzuarbeiten. Wir wollten den Job doch alle so schnell wie möglich über die Bühne bringen und wieder nach Hause fliegen, warum kapierte Richard das nicht?

»Richard, jedes Mal, wenn ich aus Singapur zurückkomme, hast du wieder die Rahmenbedingungen geändert. Das allein beschert uns jede Menge Zusatzarbeit. Zuerst waren fünf Tage mit dem gesamten Team vorgesehen, dann drei, und jetzt willst du es plötzlich noch mal kürzen? Möchtest du, dass wir diese Veranstaltung ordentlich machen oder bloß so billig wie möglich?«

Meine Handflächen ruhten auf der Tischplatte. »Beides gleichzeitig geht nicht. Das ist unmöglich.«

Richard sah mich böse an. »Mrs. Martell, es ist deine Aufgabe, die Sache ordentlich über die Bühne zu bringen und das Geld von Hitz nicht in alle Richtungen zu verschleudern. Glaubst du echt, dass das unmöglich ist? Es gibt bestimmt jede Menge Leute, die sich mit Vergnügen auf diese Aufgabe stürzen würden.«

Ich wusste genau, wen er damit meinte. Wenn er dachte, er könnte mit Jennifer Heston mittagessen gehen, ohne dass ich Wind davon bekam, dann hatte er sich geschnitten. Denn wer sich mit der früheren Production Managerin von MTV im *Delaunay* traf, konnte den Tisch genauso gut gleich bei Lindsey am Empfang von Hitz aufstellen. Keine Ahnung, ob Jennifer auf der Suche nach Arbeit als Freiberufler war, oder ob er versuchte, sie anzuwerben, um sie mir dann vor die Nase zu setzen, aber so oder so machte mich das zusätzlich zu meinem Jetlag und dem ganzen Stress noch nervöser.

Ich schob den Plastikbecher mit dem schalen Konferenzkaffee weg. Ich hatte gedacht, er würde mich wach halten, aber er machte mich bloß zittrig und leicht paranoid.

»Wann habe ich je das Budget gesprengt?«, fragte ich ihn in der Hoffnung, dass er sich nicht mehr daran erinnerte, wie viel Geld ich in Lagos für Bestechungszwecke hatte ausgeben müssen. Ich war mir zwar ziemlich sicher, dass ich es gut genug in der Bilanz versteckt hatte, aber wer weiß. »Du weißt genau, dass ich dir für einen bestimmten Betrag genau das liefern kann, was du willst, aber es macht mich wahnsinnig, wenn sich das Budget alle fünf Minuten ändert.«

»Jeder von uns muss ein paar Kröten schlucken, Kate!«,

blaffte Richard mich an und knallte dabei seinen Stift so laut auf den Tisch, dass alle zusammenzuckten. »Jeder. Und wenn ich das schon tun muss, dann wirst du das erst recht, verstanden?«

Sein Gesicht hatte lila Flecken bekommen, als hätten sich alle Blutgefäße an die Oberfläche gedrängt, um seine Argumentation zu unterstreichen. Eine Vene trat bedenklich deutlich an seinem Hals hervor und zuckte, als würde sie jeden Augenblick platzen.

»Klar, Richard«, sagte ich und nickte gehorsam. Ich wollte ja schließlich nicht schuld daran sein, dass er einen Herzinfarkt bekam. »Tut mir leid.«

»Gut«, sagte Richard, während sich seine Gesichtsfarbe langsam wieder normalisierte. Er lockerte mit dem Finger seinen Hemdkragen, als bekäme er zu wenig Luft. »Also hau rein. Ich will nicht, dass aus Nussknacker-Bailey Pustekuchen-Bailey wird, ist das klar?«

»Ja«, sagte ich widerspruchslos. Ich hatte nicht das Gefühl, dass es der richtige Augenblick war, um ihn daran zu erinnern, dass ich einen neuen Nachnamen hatte, den er ein paar Minuten vorher sechsmal auf einen Zettel geschrieben gesehen hatte.

Als ich nach Hause kam, saß Matt bereits auf dem Sofa und starrte, die Ellenbogen auf die Knie gestützt, in seinen Laptop. Eine halb leere Bierflasche stand neben ihm auf dem Wohnzimmertisch, und sein Gesicht schimmerte fahlblau im Licht des Bildschirms, an dem er fast mit der Nase klebte.

Er hatte seinen alten grauen Pulli und die Pyjamahose an, in die er gern nach einem harten Arbeitstag schlüpfte. Ich zog ihn immer damit auf, dass das seine schäbige Variante von Hugh Hefners Morgenmantel war – die Kleidungsstücke, die einen Mann beim Nichtstun verrieten. Zugegeben, ich habe diesen Pulli selbst schon getragen, wenn Matt so lange auf Geschäftsreise war, dass ich mich kaum noch an ihn erinnerte.

»Du wirst noch blind«, rief ich ihm vom Flur aus zu.

Er drehte sich zu mir um und lächelte mich müde an. Die Ringe unter seinen Augen konnten fast mit meinen mithalten. »Ich dachte, das wäre Selbstbefriedigung?«

»Schaust du dir schon wieder Pornos an?«, foppte ich ihn und lehnte mich an den Türrahmen. »Halt die Hände so, dass ich sie sehen kann.«

»Ach ja? Beweg deinen Hintern mal lieber auf meinen Schoß, Nussknacker«, sagte Matt, ließ sich zurückfallen und klopfte sich auf die Oberschenkel. Sein Ehering blitzte an seiner linken Hand – noch immer kein gewohnter Anblick für mich. Matt Martell, mein Mann.

Ich stand zögernd in der Tür, denn ich hatte meinen Mantel noch an und fühlte mich etwas schmuddelig nach meinem Nachtflug.

»Los, Frau«, rief er grinsend und winkte mich zu sich. »Komm her und mach einen alten Mann glücklich.«

Ich kam schlurfend auf ihn zu und ließ meine Tasche von der Schulter gleiten. Matts dunkle Haare standen ihm in Büscheln vom Kopf – so raufte er sie sich bloß, wenn er im Stress war. Er wusste nicht mal, dass er das machte, aber es war eines der Dinge, die ich durch unser Zusammenleben kennengelernt hatte. Wenn sein Haar so aussah, dann nahm man sich besser in Acht. Als ich mich auf seinen Schoß setzte, warf ich einen kurzen Blick auf seinen Laptopbildschirm – keine Pornos, bloß eine weitere Kalkulation. In letzter Zeit verfolgten mich Kalkulationen bis in den Schlaf, und ich zählte Zahlenkolonnen, die über

Zäune sprangen, wie andere Leute Schäfchen. Hitz hatte Probleme, und wir bekamen es alle zu spüren.

Matt, nicht gerade gentlemanlike, stieß ein Ächzen aus, als ich mich niederließ.

»Matt, möchtest du damit etwa andeuten, dass ich kein feengleiches Federgewicht bin?«, fragte ich entrüstet.

»Wie kommst du darauf«, beteuerte Matt ernsthaft. »Sitzt du überhaupt schon? Ich spür dich gar nicht.«

»Schon besser«, sagte ich und schlang meine Arme um seinen Hals.

»Weil mir meine Beine wahrscheinlich schon abgestorben sind«, fuhr er fort, eine Grimasse ziehend. »Womöglich kann ich sie nie wieder spüren. Nein, nein, steh nicht auf, bleib da. Du hast mir gefehlt.«

Ich schmiegte meinen Kopf an seine Schulter und atmete seinen Geruch ein. Matt trug kein Aftershave, aber ich liebte diese Mischung aus Rasierschaum, seiner Gesichtspflege, bei der es sich, wie er beharrlich betonte, um einen sehr männlichen »Face protector« handelte, und diesem Etwas, das ganz einfach Matt war. Seine Haare, seine Haut. Ich wanderte mit der Nase an seinem Ohr entlang.

»Du hast mir auch gefehlt.«

»Wieso kommst du denn so spät?«, erkundigte er sich.

»Es ist doch erst acht«, erwiderte ich. »Ich war bloß noch schnell mit Sarah etwas trinken. Richard ist momentan ein richtiger Arsch, und wir mussten ein bisschen Dampf ablassen.«

»Euch betrinken, meinst du wohl?«, sagte Matt und tat so, als rieche er an meinem Atem.

»Ich hatte ein Glas Wein, Matt«, antwortete ich und sah demonstrativ zu seiner offenen Flasche Bier hinüber. »Und dann bin ich gegangen.«

Ich erzählte Matt nicht, dass mich alle zum Bleiben überreden wollten. Jay war zusammen mit Danny und Chris im Schlepptau im *Crown and Two Chairmen* aufgetaucht, um sich einen lustigen Abend zu machen. Doch ihre Enttäuschung darüber, dass ich schon so früh ging, lag hauptsächlich daran, dass ich die Hitz-Kreditkarte besaß, die normalerweise für mehrere Runden herhielt. Aber wir sollten die Ausgaben senken, daher traute ich mich nicht mehr, sie für irgendetwas einzusetzen, was nicht strikt mit der Arbeit zu tun hatte. Stattdessen hatte ich eine Runde auf meine Kosten ausgegeben – ein taktischer Zug, denn die drei würden in ein paar Wochen mit nach Singapur kommen – und war gegangen, ohne auf all die Bemerkungen über die Fußfessel daheim einzugehen.

»Ich weiß, ich weiß, es war bloß Arbeit, was?«, zog Matt mich lachend auf. »Es war ein einziger Kampf und eine Qual, diesen Wein runterzubekommen.«

»Ach, halt die Klappe. Warum arbeitest *du* denn überhaupt noch?«, fragte ich ihn und schaute finster zu dem Laptop auf dem Couchtisch hinüber, dem unliebsamen Eindringling, der meine Heimkehr störte. Ich hatte zwar nicht erwartet, dass Matt mich mit einer Schürze bekleidet und eine Auflaufform schwingend empfangen würde – es sei denn, er hätte während meiner Abwesenheit eine Gehirnwäsche bekommen –, aber wenn ich nach Hause kam, wünschte ich mir nicht unbedingt einen gestressten Ehemann, der am Computer klemmte.

Matt beugte sich vor, sodass ich beinahe von seinem Schoß gerutscht wäre und mich an ihm festhalten musste. Er klappte energisch den Laptop zu. »Schluss mit der Arbeit«, sagte er und drückte mich. »Ich verbringe den Abend mit meiner wundervollen Ehefrau.«

Er küsste mich und fing an, meinen Po zu streicheln. »Wie hat mir dieser Hintern gefehlt«, seufzte er. Ich versuchte, ihn verführerisch anzuschauen, doch mein Magen gurgelte laut, und er musste lachen. »Hunger?«

»Ja«, gab ich zu.

»Auf mich?«, fragte Matt und küsste mich wieder.

»Auf dich, aber ich bin wirklich am Verhungern, Matt. Entschuldige. Können wir erst was essen?«

»Klar«, stimmte Matt zu und griff nach dem Telefon, das neben ihm auf dem Sofa lag. »Worauf hast du Lust? Ich bestell uns was.«

Ich nahm ihm das Telefon weg und schaltete es ab. »Ich will kein Lieferessen«, sagte ich.

Matt schaute mich verdutzt an. »Es ist vielleicht schon ein bisschen spät, aber wir könnten noch schnell zu Pizza Express fahren oder so.«

Ich schüttelte so heftig den Kopf, dass sich meine Haare aus dem Pferdschwanz lösten, den ich mir im Flugzeug gemacht hatte. »Matt, ich habe seit einer Woche nicht mehr zu Hause gegessen. Ich will einfach etwas, an dem nicht irgendwer herumgefummelt hat, und das weder aufgewärmt wurde noch mit zwei überkreuzten Schnittlauchhalmen oder einer Kumquat garniert ist. Was haben wir im Kühlschrank?«

Matt zog ein Gesicht, das mir sagte, dass ich nicht zu viel erwarten sollte. Obwohl wir ein Vermögen für einen amerikanischen Edelstahlkühlschrank mit Doppeltür ausgegeben hatten, war darin selten etwas Anständiges zu finden. Normalerweise ein paar Bier, eine offene Flasche Wein und eine Tüte Salat, die einer von uns in einem Anflug von Optimismus gekauft hatte und die im Gemüsefach langsam vom festen in einen flüssigen Zustand überging. Aber besonders schlecht sah es immer aus, wenn ich weg gewesen war.

»Haben wir noch Brot?«, erkundigte ich mich. Matt wandte den Blick zur Decke, dachte angestrengt nach und nickte dann. »Käse?«

»Ich glaube schon«, meinte er. »Cheddar.«

Ich stand mit Schwung von seinem Schoß auf und strich meinen Rock glatt. »Heute Abend, Matt, serviere ich uns meine Spezialität: *Fromage au pain*.«

Matt klatschte mit gespielter Begeisterung in die Hände. »*Avec la sauce de Worcestershire?*«

»*Naturellement, monsieur*«, flötete ich und machte einen kleinen Knicks.

»Gut, dass ich dich nicht wegen deiner Kochkünste geheiratet habe«, meinte er grinsend.

»Arsch«, sagte ich zärtlich. »Du kannst dir auch gern selbst was machen …«

»Du weißt ja, ich mein's nicht so, Kate«, antwortete er und klappte sein Laptop wieder auf. »Du hast alles, was man sich von einer Ehefrau nur wünschen kann, und noch mehr. In zehn Minuten komm ich rüber in die Küche, ich muss das hier nur noch schnell fertig machen.«

Er griff nach seiner Bierflasche und nahm einen tiefen Schluck daraus, während ich in die Küche ging und hoffte, dass es dort noch mehr davon zu holen gab.

24

Ich weiß, was die Einwohner von Lyme über Leute denken, die an einem grauen Novembermorgen eine Sonnenbrille tragen. Noch dazu eine Chanel-Sonnenbrille. In der Bäckerei. Aber entweder gelte ich als bescheuerte, großspurige Großstädterin, oder alle sehen, dass meine Augen vom vielen Weinen ganz zugeschwollen sind. Wahrscheinlich denken sie Ersteres sowieso schon, also sollen sie es ruhig weiter glauben. Ich möchte wirklich nicht für noch mehr Klatsch herhalten müssen.

»Alles in Ordnung mit Ihnen, meine Liebe?«, erkundigt sich Cathy freundlich, als sie mir den Kaffee bringt.

»Alles klar, danke«, antworte ich, wende ihr meine verdeckten Augen zu und schenke ihr mein strahlendstes Lächeln.

»Und wie geht es Ihnen?«

»Oh, mir geht's gut, meine Liebe«, sagt sie und bleibt stehen, wobei sie eine Zuckerdose zurechtrückt und die Butterschale ein paar unnötige Zentimeter zur Seite schiebt. »Sie haben wohl einen kleinen Kater heute Morgen, was?«

Diese Ausrede greife ich sofort auf. »Ja, eine halbe Flasche Wein mit Mum gestern Abend, und heute bin ich völlig hinüber.«

»Hab ich mir gedacht«, nickt sie zufrieden. »Ihre Mutter

war heute Morgen auf ein Kopenhagener Gebäck hier, und ich verrate hoffentlich nicht zu viel, wenn ich Ihnen sage, dass sie das nur macht, wenn sie einen Brummschädel hat. Sie meinte, dass sie gestern Abend bei Ihnen eingeladen war, also habe ich eins und eins zusammengezählt.«

»Ich schätze, die Sonnenbrille hat ihr Übriges getan«, räume ich ein.

»Ach, meine Liebe, ich würde mir da kein Urteil erlauben. Was immer einem hilft. Ein Kaffee wird Sie wieder auf die Beine bringen. Nehmen Sie sich doch auch noch einen Toast, dann geht es Ihnen gleich besser.«

Eine Familie betritt die Bäckerei. Die Eltern und zwei mürrisch schauende Kinder stecken in Anoraks und Wanderschuhen. Cathy stürmt zu ihnen, um sie an das andere Ende des Tisches zu bringen. Ich gehe zur Ladentheke, schneide mir zwei dicke Scheiben Brot ab und schiebe sie in den Toaster. Ich sehe zu, wie die Glühfäden heiß aufleuchten, während der Toast vor sich hin bräunt.

Als ich zurück an den Tisch komme, kauert eines der Kinder vor meinem Stuhl. Der Groll des Mädchens scheint vergessen, während sie Minnie über den Kopf streichelt. Die Kleine wird rot, als ich näher komme, und springt verlegen auf.

»T-tschuldigung, ich hätte erst fragen sollen«, stammelt sie und weicht zurück.

»Schon okay«, erwidere ich lächelnd. »Sie liebt es, Aufmerksamkeit zu bekommen. Ihr Name ist Minnie.«

Das Mädchen schaut zögernd zu ihren Eltern hinüber. »Sie meinten, ich soll Sie nicht stören«, sagt sie. Ich bin mir nicht ganz sicher, ob sie zu Minnie rübergekommen ist, weil sie es wollte, oder nur um sich ihren Eltern zu widersetzen. Sie lächeln mich entschuldigend an. Vermutlich sehe ich mit meiner dunklen Sonnenbrille wirklich ein bisschen hochnäsig und abweisend aus.

»Ach, kein Problem«, beteuere ich und setze mich wieder auf die Bank. »Du störst mich überhaupt nicht. Bist du auf Urlaub hier?«

Das Mädchen geht wieder in die Hocke und fängt an, Minnie die Brust zu kraulen, die vor Verzückung ganz glasige Augen bekommt.

»Ja«, antwortet sie seufzend. »In Lyme-Scheiß-Regis, mit meinen Eltern. Im Ernst. Dafür bin ich echt zu alt.«

Ich unterdrücke ein Grinsen. Sie erscheint mir unglaublich jung, mit ihren schlaksigen Gliedmaßen und dem herzzerreißend einstudierten Versuch, möglichst lässig zu wirken.

»Wie alt bist du denn«, frage ich sie, bevor ich mich daran erinnere, wie sehr ich die Frage in ihrem Alter gehasst habe. Damals kam mir jedes gewonnene Jahr so furchtbar bedeutsam vor, dass es mich erstaunte, wenn mir die Leute mein Alter nicht direkt ansahen. Wie demütigend, noch für fünfzehn gehalten zu werden (kindisches Schulmädchen), wenn man schon siebzehn war (kurz davor, von zu Hause auszuziehen, *erwachsen*).

»Sechzehn«, sagt sie mit herausfordernd vorgestrecktem Kinn, als würde ich es infrage stellen wollen.

»Wirklich? Ich hätte dich älter geschätzt«, erwidere ich. Das stimmt zwar nicht ganz, aber ich habe das Gefühl, diese ungeliebte Frage wiedergutmachen zu müssen.

Sie zieht den Kopf ein und errötet erneut, dabei entgeht mir allerdings nicht der Anflug eines Lächelns.

»Als ich in deinem Alter war, fand ich Lyme auch ziemlich öde«, gebe ich zu und verteile Butter auf meinem Toast. »Für Teenager gibt es hier nicht viel Interessantes.«

Sie sieht mich erschrocken an. Ganz offensichtlich kann sie unmöglich glauben, dass ich je etwas mit ihr gemein gehabt haben könnte. Es ist schon komisch, dass ich mir durch meine Rückkehr nach Lyme selbst wieder wie die unsichere Achtzehnjährige vorkomme, die nach London abgehauen ist. Aber für diese Jugendliche, die fast so alt ist wie ich damals, bin ich bloß eine weitere nervige Erwachsene, die keine Ahnung von ihren Problemen hat.

»Ja, wie auch immer, danke, dass ich Ihrem Hund Hallo sagen durfte«, meint das Mädchen und steht auf. »Tschüs, Minnie.«

»Tschau«, sage ich. »Schöne Ferien noch.«

Sie verdreht die Augen. Als sie wieder bei ihren Eltern angekommen ist, höre ich, wie ihre Mutter sagt, sie solle sich die Hände waschen, nachdem sie den Hund gestreichelt hat. Das Mädchen weigert sich – »Er hat mich nicht mal abgeschleckt!« –, und sie fangen an, sich flüsternd zu zanken, als würde niemand merken, dass sie sich streiten. Zu meiner eigenen Überraschung ist es die Mutter, mit der ich Mitleid habe. Sie versucht bloß, auf ihre Tochter aufzupassen, sie zu beschützen. Plötzlich verspüre ich Reue gegenüber meiner eigenen Mutter. Es muss sich schrecklich angefühlt haben, als ich sie in dem Alter plötzlich aus meinem Leben ausschloss.

Meine Kehle fühlt sich wie zugeschnürt an, und ich spüre, wie mir das Blut in die Wangen steigt. Ich kann nicht schon wieder losheulen. Meine Güte, wenn ich so weitermache, werde ich gar nicht mehr aus den Augen schauen können. Dieses ganze Schwelgen in Erinnerungen treibt mich noch in den Wahnsinn. Das ist der Grund, warum es besser ist, nicht zu sehr auf seiner Vergangenheit herumzureiten.

»Juhuuu!«, ruft eine Stimme und reißt mich aus meinen Gedanken. Mrs. Curtis kommt geschäftig in die Bäckerei gestapft.

Doch Cathy stellt sich ihr in den Weg, und im Flüsterton entbrennt eine hitzige Debatte zwischen den beiden. Cathy packt Mrs. Curtis am Arm und versucht, sie in Richtung Tür zu bugsieren.

»Pam, das ist nichts Persönliches, aber wenn Sie mir nicht zeigen können, dass Sie genug Geld dabeihaben, um Ihren Tee zu bezahlen ...«

»Sie grässliche Person!«, zischt Mrs. Curtis und versucht ohne großen Erfolg, Cathys Hand abzuschütteln.

Ich stehe auf und stelle mich zu ihnen. Jetzt senke auch ich meine Stimme zu einem Flüstern, obwohl sowieso bereits alle Augen in der Bäckerei auf uns gerichtet sind.

»Cathy, ist schon in Ordnung. Mrs. Curtis und ich wollten uns hier treffen, oder?«

Mrs. Curtis zupft vor Empörung schnaubend ihren Fleecepulli und die rosa Strickmütze gerade. »Danke, meine Liebe. Hat denn heutzutage gar keiner mehr Respekt vor dem Alter?«

Cathy sieht mich mit einem finsteren Blick an, der mir sagt: Wenn ich nicht aufpasse, könnte ich hier ganz schnell zur Persona non grata werden. Doch Mrs. Curtis ist bereits weiterstolziert und bedient sich ungeniert am Gebäck auf der Ladentheke.

Als sie mir gegenüber Platz nimmt, ist ihr Teller voll beladen, und sie wickelt jedes einzelne Gebäckstück in eine Serviette, bevor sie es in einer Plastiktüte verstaut, die sie aus der Tasche ihres Fleecepullis gezogen hat.

»Für später, meine Liebe«, sagt sie. »Sehr nett von dir. Ein winziges *Missverständnis* wegen meiner Rechnung – vor

Ewigkeiten! Cathy will Vergangenes einfach nicht Vergangenes sein lassen.«

Ich beschließe, dass jetzt nicht der Zeitpunkt ist, Mrs. Curtis wegen ihres zwanglosen Umgangs mit dem Geld anderer Leute zur Rede zu stellen.

»Waren Sie heute Morgen schwimmen?«, erkundige ich mich stattdessen.

»Oh *nein*, meine Liebe«, sagt sie mit einem raffinierten Augenzwinkern. »Natürlich nicht. Aber was ich Sie fragen wollte ...«

Ich mache mich auf eine weitere Fragerunde zum Thema Matt gefasst. Mrs. Curtis scheint wild entschlossen, Parallelen zwischen ihrem Leben und meinem zu ziehen. Und obwohl ich sie mittlerweile ziemlich ins Herz geschlossen habe, muss ich zugeben, dass ich ungern mit einer fast kahlen Kleptomanin mit Vorliebe für Salzwasser und Gummikappen verglichen werde.

»Dieser junge Mann, der bei dir wohnt – Prues Verlobter, nicht?«

»Ja, Ben«, bestätige ich. »Die beiden heiraten an Silvester.«

»Meine Güte, der sah gestern Abend ja *so* was von verärgert aus. Nicht dass ich jemand wäre, der hinter dem Vorhang lauert – ganz und gar nicht! –, aber ich habe ihn *rein* zufällig aus dem Haus gehen sehen, so gegen halb acht, und er schien eine ganz *fürchterliche* Laune zu haben. Hat nur so vor sich hingebrummelt, weißt du.«

Ich habe mir schon gedacht, dass Ben meine Lektion gestern Abend ein bisschen zu gut aufgenommen hat. Er kann seine Gefühle besser verbergen als erwartet. Aber andererseits zeigt es auch, dass die Lektion ihn doch irgendwie erreicht hat.

Es musste schließlich wehtun, damit er sich beim nächsten Mal daran erinnert.

»Bloß ein wenig Verwirrung wegen eines Besuchers, Mrs. Curtis«, erkläre ich. »Nichts worüber man sich Sorgen machen müsste. Sie wissen ja, wie das ist, wenn man mit jemandem zusammenwohnt, den man noch nicht gut kennt. Da muss man sich erst ein bisschen aneinander gewöhnen.«

Mrs. Curtis knabbert nachdenklich an dem Rand ihres Rosinenbrötchens.

»Es ist bestimmt komisch, jemanden in seinen eigenen vier Wänden zu beherbergen«, sagt sie schließlich. »Ich weiß nicht, ob ich das könnte.«

»Na ja, wissen Sie«, sage ich, »es ist eigentlich bloß eine Frage der Erwartungen, die man hat … und der Erziehung«, füge ich lachend hinzu.

Sie blickt mich über ihr Gebäckstück hinweg wachsam an. »Erziehung, meine Liebe?«

»Bloß ein Scherz«, wiegle ich schnell ab, schnappe mir eine Serviette und wische an einem nicht vorhandenen Fleck auf dem Tisch herum.

»Ach, *wirklich*?«, erwidert sie.

Ich falte die Serviette in ein kleines Quadrat und stopfe sie in meine Kaffeetasse. Mrs. Curtis wartet weiter auf meine Antwort und zupft dabei mit ihren rot lackierten Fingernägeln an ihrem Gebäck herum.

»Mrs. Curtis«, sage ich, »können Sie ein Geheimnis für sich behalten?«

»Nein, meine Liebe«, antwortet sie ehrlich.

Ich beschließe, es ihr trotzdem zu erzählen. Wem würde sie es schon weitersagen? Und selbst wenn sie es ausplaudert, es halten sie doch sowieso alle für verrückt. Ich verspüre den Drang, jemanden in meine Mission einzuweihen – jemanden, der die Fortschritte bemerkt, die sonst von keinem außer mir gesehen würden.

»Mrs. Curtis, was würden Sie sagen, wenn ich Ihnen verraten würde, dass Ben mein Pflegeehemann ist?«

25

Am Samstagmorgen klingelt es an der Tür. Ich bin noch im Schlafanzug, weil Ben früh aufgewacht ist und beschlossen hat, die blauen Badezimmerfliesen herauszureißen, bevor ich die Gelegenheit hatte, mich zu duschen. Manchmal wenden sich meine guten Absichten auch gegen mich, aber es ist nun mal der letzte Raum, der noch gemacht werden muss. Der Sanitärinstallateur kommt am Montag, und in einer Woche wird das ganze Haus fertig sein. Ich versuche, nicht daran zu denken, was passiert, wenn das renovierte Haus sich so schnell verkauft, wie ich Ben versichert habe. Denn das würde mich zwingen, eine Entscheidung über meine Zukunft zu treffen.

Durch das Milchglas erkenne ich zwei kleine Finger und einen größeren. Minnie bellt, und ich sehe, wie der Briefkastenschlitz aufgeht und sich fünf kleine Finger durch die Borsten schieben und ein Augenpaar dahinter hindurchspäht.

»Oh, guten Morgen«, sage ich und mache auf. Vor der Tür stehen Eddy und seine beiden erwartungsvollen Töchter. Grace hüpft von einem Fuß auf den anderen, eine Hand hinter dem Rücken versteckt.

»Wir haben ein Geschenk für das Hündchen«, kreischt sie, unfähig, sich länger zurückzuhalten. Gleichzeitig zieht sie ein eingewickeltes Päckchen hinter ihrem Rücken hervor, an dem Minnie neugierig zu schnüffeln beginnt.

»Oh, wow, wie nett von euch!«, entgegne ich. »Danke.«

Charlotte gibt sich wie immer cool. »Grace, Daddy hat gesagt, wir dürfen es Minnie erst geben, wenn Kate es erlaubt. Du sollst fremde Hunde nicht ohne zu fragen füttern.«

»Weißt du, du hast absolut recht, Charlotte«, pflichte ich ihr bei. »Es ist besser, man fragt vorher. Also, warum kommt ihr nicht rein, und dann könnt ihr Minnie ihr Geschenk im Garten geben, für den Fall, dass sie beim Auspacken eine Schweinerei macht?«

Eddy lächelt mich über die Köpfe seiner Töchter hinweg an, woraufhin die beiden zur Terrassentür losrennen.

»Ich scheine dich immer im Schlafanzug zu erwischen«, stellt er verlegen fest. Als er plötzlich ein lautes Geräusch aus dem Badezimmer hört, zuckt er zusammen.

»Äh, Kate, hast du Besuch? Sollen wir lieber …«

Ich lache schnaubend. »Gott, Eddy, nein! Das ist der Verlobte meiner Schwester.«

Eddys Augenbrauen wandern fast hoch bis zum Haaransatz.

»Keine Sorge, er wohnt bloß für eine Weile hier, bis zur Hochzeit – er hilft bei der Renovierung des Hauses, damit wir es schneller verkaufen können«, erkläre ich. Eddy wirkt beruhigt, aber noch immer skeptisch.

»Aber schon ein bisschen komisch, oder?«, fragt er und macht eine Kopfbewegung in Richtung Badezimmer.

Ich zucke mit den Schultern. Mir kommt es mittlerweile schon vollkommen normal vor, so normal, wie etwas in meiner Familie eben sein kann. Aus dem Garten hören wir das begeisterte Kreischen der Mädchen und Minnies schrilles Kläffen. Eddy folgt mir in die Küche. Gerade setze ich den Wasserkocher auf, als Ben auftaucht, der sich die Hände am T-Shirt abwischt. Seine Haare und Brauen sind vom Fliesenstaub ganz weiß.

»Hi«, sagt er und kommt in großen, selbstbewussten Schritten auf Eddy zu. Er streckt ihm die notdürftig abgewischte Hand entgegen. »Wie geht's? Ben Truscott. Prues, äh, Verlobter.«

Eddy wirkt verdutzt über die förmliche Begrüßung. »Eddy Curtis«, antwortet er und sieht mich fragend an. »Kates, äh, Schulfreund.«

Ben strahlt uns beide an. »Ist der Wasserkocher an?«, fragt er überflüssigerweise, da er das Brodeln hinter mir hören muss. »Meinen bitte mit Milch und zwei Löffeln Zucker.«

Ich werfe ihm einen Blick zu, den er ignoriert und stattdessen lieber Eddy anschaut. Es ist mir nicht entgangen, dass das Auftauchen eines anderen Mannes im Haus Bens Testosteronlevel deutlich erhöht hat. Wenn er nicht gerade sein Revier markieren müsste, würde er mich nämlich nett darum zu bitten, ihm einen Tee zu machen. Während ich den Küchenschrank aufmache, um Teebeutel herauszuholen, frage ich mich, wie effektiv Bens Erziehung überhaupt ist, wenn sie in der Anwesenheit anderer Leute sofort versagt.

Als könne er meine Gedanken lesen, bemerkt Eddy aus heiterem Himmel: »Meine Großmutter meinte, ich soll dich fragen, wie die Erziehung läuft.«

»Was?«, rufe ich und fahre erschrocken zu ihm herum. Doch er wirkt vollkommen arglos.

»Die Erziehung«, wiederholt Eddy. »Ich denke, sie meinte den Hund.«

»Ach ja«, erwidere ich hastig. »Minnie. Natürlich. Also, du kannst ihr sagen, es läuft gut. Es schwankt immer ein bisschen, aber man braucht bloß eine strenge Hand. Die Ergebnisse sind die Mühe wert.«

»Also, Eddy«, sagt Ben und steht dabei mit unglaublich breiten Beinen da, was ich bloß als den Versuch, noch machomäßiger auszusehen, deuten kann. »Du warst mit Kate in der Schule, oder? Ich wette, da kannst du die eine oder andere Geschichte erzählen, ha, ha!«

Eddy murmelt etwas von den Mädchen, geht hinüber zur Terrassentür und sieht nach draußen.

Ben, der wie immer nichts kapiert, fragt einfach hartnäckig weiter. »Prue meinte, dass es für sie ein totaler Albtraum war, an der Schule als Kates Schwester bekannt zu sein. Alle haben ständig von ihr erwartet, dass sie das Chemielabor in die Luft sprengt oder auf dem Schulhof Drogen verkauft.«

Eddy hustet, und sein Blick schnellt zu mir herüber.

»Meine Kühnheit könnte etwas übertrieben dargestellt worden sein«, erwidere ich lächelnd, damit Eddy sieht, dass ich mich dadurch nicht angegriffen fühle. »Und hin und wieder einen Joint zu rauchen, geht wohl auch noch nicht als Drogenhandel durch. Aber bei Prue klingt das immer gleich so, als hätte ich auf dem Spielplatz Crack vercheckt.«

Ben atmet geräuschvoll ein und schüttelt missbilligend den Kopf. »Das sagst du, Kate. Aber es ist erwiesen, dass Marihuana eine Einstiegsdroge ist. Ich bin kein Fachmann, aber ich glaube schon, dass hin und wieder ein Joint, wie du es so ausdrückst, leicht zum Konsum von noch gefährlicheren Drogen führen kann.«

Ich verziehe das Gesicht und lasse zwei Löffel Zucker in Bens milchigen Tee platschen, während er seine Belehrungen fortsetzt. Eddy, der noch immer an der Terrassentür steht, sucht meinen Blick und grinst mich komplizenhaft an. Wir gegen Ben.

Es ist seltsam – ich hatte fast vergessen, wie es sich anfühlt, wenn es nicht mal nur ich gegen den Rest ist –, aber angenehm, sich in schweigender Übereinkunft über dasselbe zu amüsieren.

Wir schauen uns einen Moment zu lang an, und Eddy sieht als Erster weg. Er tritt hinaus in den Garten unter dem Vorwand, er habe die Mädchen streiten gehört. Ben macht unbeirrt weiter.

»Bestimmt hast du recht, Ben«, lenke ich schließlich ein, damit er Ruhe gibt. Ich habe das Gefühl, er könnte sich sonst noch stundenlang über die Gefahren von »harten Drogen« auslassen. Diesen Begriff habe ich bisher immer nur aus dem Mund von Leuten gehört, die noch nie solche Drogen genommen haben. »Es ist sicher nur eine Frage des Glücks, dass ich nicht als Crackhure geendet bin oder Schlimmeres.«

»Na ja«, sagt Eddy, der gerade wieder in die Küche kommt, mit einem Funkeln in den Augen. »Glück, keine Ahnung, aber jeder weiß, dass Manda Clarje die Crackhurensache damals für sich in Anspruch genommen hat – sie hätte dir nie ihr Revier überlassen. Und Davy Mason war derjenige, der damals schon ganz Lyme vom Fahrradstand aus mit Heroin versorgt hat. Bin mir nicht sicher, ob da noch Platz für einen zweiten Dealer in der Stadt gewesen wäre.“

»Heroin?«, ruft Ben entsetzt. Seine Augen springen ihm fast aus dem Kopf. »Du lieber Himmel!«

»Na ja«, fahre ich an Eddy gewandt fort, »natürlich nur bis Davy von Mandas minderjährigem Prostitutionsring vom Fahrradstand verdrängt wurde. Niemand wollte sich mit Big Mama aus der Zehnten anlegen.«

»Klar«, pflichtet Eddy mir ernsthaft bei und schüttelt den Kopf. »Knallharte Zeiten damals. Jetzt schau nicht so geschockt, Ben. Als Prue auf die Schule kam, war da schon ziemlich aufgeräumt worden.«

Bens Blick wandert von mir zu Eddy und wieder zurück, dabei legt sich seine Stirn nachdenklich in Falten. Dann klopft er Eddy so kräftig auf den Rücken, dass dieser einen Schritt macht, um das Gleichgewicht halten zu können.

»Ha! Beinahe hättet ihr mich gehabt! Prostitutionsring!« Bens dröhnendes Lachen erfüllt die Küche.

»Da, dein Tee«, sage ich und halte ihm den dampfenden Becher hin. »Aber pass auf, ich bin mir nicht sicher, ob ich das Heroin ordentlich verrührt habe.«

Ben lacht und nimmt den Teebecher schmunzelnd entgegen.

»Also, das Haus ist echt toll geworden«, stellt Eddy fest. »Grandma meinte, du hast wie verrückt gearbeitet.«

»Danke«, sagen Ben und ich gleichzeitig. Er wirkt verlegen darüber, dass er bei dem Versuch erwischt wurde, allein alle Lorbeeren einzuheimsen.

»War alles Kates Idee«, räumt er gnädig ein.

»Aber ohne Ben hätte ich es nicht geschafft«, gebe ich ebenso gnädig zu. Man könnte fast meinen, wir wären beste Kumpel, jetzt da er mir verziehen hat, dass ich ihn aus dem Haus getrieben habe, als das Fußballspiel anstand.

»Kate ist eher so der Vorarbeiter-Typ. Du weißt ja, wie Frauen so sind. Geben immer nur Anweisungen und überlassen die Arbeit dann uns, was?«

Eddy lacht leicht unbehaglich, und Ben nimmt eine noch breitbeinigere Haltung ein, als wolle er seine Männlichkeit beweisen, obwohl er soeben zugegeben hat, dass er meine Anweisungen befolgt hat. Wenn er so weitermacht, sitzt er bald im Männerspagat auf dem Küchenboden.

»Auf jeden Fall ist es super geworden«, wiederholt Eddy mit taktvoller Höflichkeit.

Als Nächstes behauptet Ben sogar, das liege daran, dass wir beide ein Dream-Team seien, was mir vollkommen neu ist. Vermutlich stimmt es, dass ich mich eher als Vorarbeiter statt als Teil eines Teams sehe. Aber irgendwer muss ja schließlich das Sagen haben, oder? Ansonsten dümpelt man vor sich hin, ohne je etwas zustande zu bringen. Man braucht eben eine Richtung im Leben, sonst bleibt man auf der Stelle stehen.

Ich nutze die Gelegenheit, um ins Bad zu huschen, während Ben gerade keine Fliesen abschlägt. Kaum habe ich die Küche verlassen, höre ich auch schon Bens nächste Frage an Eddy, die er ihm mit seiner Nebelhornstimme stellt, als wolle er sie bis auf die Straße hinausschreien.

»Aber mal im Ernst, Kumpel. Ich hab gehört, dass Kate in der Schule ein ziemlich heißer Feger war. Wart ihr beide jemals …«

Ich knalle die Badezimmertür hinter mir zu, bevor ich mir noch mehr davon anhören muss.

In dem halb zerstörten Bad legt sich Fliesenstaub auf meine Haare, als ich meine Zahnbürste vom Waschbeckenrand nehme. Mein Spiegelbild erinnert mich ein wenig an Miss Havisham aus Dickens *Große Erwartungen* – wenn diese in einem Bungalow aus den Sechzigern gelebt hätte. Granny Gilberts Haus ist zwar weniger romantisch als ein altes Herrenhaus, und das hellblaue Badezimmer bietet nicht gerade den passenden Rahmen für eine Tragödie, aber wir haben definitiv etwas gemeinsam. Unsere Vergangenheit liegt zu schwer auf unserer Gegenwart. Wenn ich meiner Vergangenheit nicht bald entkomme, kann ich mich auch gleich für immer in diesem Badezimmer verkriechen, allen Gesprächen aus dem Weg gehen und den Kontakt zur Außenwelt abbrechen.

Ist es das, was ich will? Mich für immer in Lyme zu verkriechen, hier langsam zu vermodern und zuzusehen, wie meine Haare von Alter und Staub grau werden? Wenn es stimmt, dass die beste Rache darin besteht, ein schönes Leben zu führen, dann versage ich gerade auf ganzer Linie.

26

London

Obwohl Matt mir immer wieder vorgeworfen hat, dort bereits zu wohnen, war ich noch nie zuvor mitten am Tag im *Crown and Two Chairmen* gewesen. Wahrscheinlich war mir vorher einfach nicht in den Sinn gekommen, dass es wirklich Leute gab, die an einem Arbeitstag im Pub herumsaßen – hatten die nichts Besseres zu tun? Geld verdienen zum Beispiel? Im Pub war jedenfalls ziemlich viel los. Zwar nicht vergleichbar mit einem Donnerstag- oder Freitagabend, wenn sich die Feierabendbiergäste in Viererreihen um die Bar drängten und selbst den Gehsteig draußen belagerten, aber die Tische waren gut besetzt, der Spielautomat in Betrieb, und der Barmann eilte von Gast zu Gast. Ich hatte immer gedacht, es wären höchstens traurige arbeitslose Alkoholiker, die um drei Uhr nachmittags bereits ihren dritten Drink runterkippten, doch an diesem Nachmittag war ich auf dem besten Weg, eine von ihnen zu werden.

Sobald wir aus Singapur zurück waren, hatte uns Richard zu sich bestellt. Wir dachten natürlich, es handle sich um die übliche Nachbesprechung, bei der wir durchgingen, was gut funktioniert hatte und was nicht, klärten, was wir beim nächsten Mal besser machen konnten, und überprüften, ob alle Zahlen stimmten. Er hätte eigentlich nach Singapur kommen sollen, um alles zu beaufsichtigen, aber im letzten Moment war er in London festgehalten worden. Doch auch ohne ihn war das Event ein voller Erfolg gewesen – da waren sich alle einig –, und trotz des Jetlags und der Erschöpfung konnten wir stolz auf unsere Arbeit sein. Als wir nach zwei Wochen Abwesenheit mit unseren Koffern durchs Büro rollten, hatten Sarah und ich damit gerechnet, von den Kollegen für unsere Leistungen gelobt zu werden – und mit ihren Komplimenten über die Farbe, die wir noch am letzten Tag am Hotelpool bekommen hatten. Doch alle schienen einem Gespräch, das über ein flüchtiges Hallo hinausging, aus dem Weg gehen zu wollen.

Als wir zum Meeting erschienen, kicherten Sarah und ich über Richards neue Haarfarbe – rabenschwarz –, die ihn nicht jünger wirken ließ, sondern ihm Ähnlichkeit mit einem alternden Elvis-Imitator gab. Es musste mit den dunklen Haaren zu tun haben, dass er so aschfahl wirkte; die Farbe schien komplett aus seinem Gesicht gewichen zu sein. Nichts erinnerte mehr an den wütenden rotgesichtigen Boss, den wir vom Kopfende des Konferenztisches kannten; an diesem Morgen sah er aus, als spräche er für die Rolle eines Leichenbestatters vor. Sein Gesicht war unbeweglich und angespannt.

»Nehmt Platz«, begann er, woraufhin wir amüsierte Blicke tauschten. Was war denn plötzlich in ihn gefahren? Noch immer ganz euphorisch von der gelungenen Show konnte keiner von uns ahnen, was als Nächstes passieren würde.

»Ihr habt alle tolle Arbeit geleistet«, sagte Richard. Mir

fiel auf, dass er nicht die übliche Liste mit Zahlen vor sich hatte, was mich sofort misstrauisch machte. Normalerweise ging er ohne seine angemarkerten Kalkulationsbögen nirgendwohin. Ich wette, er hält sie sogar im Schlaf an sich geklammert wie eine Schmusedecke. »Wirklich gute Arbeit. Niemand hätte mehr von euch erwarten können. Nicht mal ich.«

Sarah machte ein fragendes Gesicht, und meines sah wohl nicht anders aus. In der Nachbesprechung ging es normalerweise nicht um Lob – wir hatten uns nach der Show an der Hotelbar schon genug belohnt –, sondern darum, an der Veranstaltung herumzunörgeln, damit beim nächsten Mal die gleichen Fehler nicht wieder passierten. Es ging darum herauszufinden, was falsch gelaufen war, und die Verantwortlichen dafür auszumachen. Ich rutschte nervös auf meinem Stuhl herum. Irgendwas war hier faul.

Richard räusperte sich und fuhr fort. »Ich rücke jetzt einfach damit heraus und sag es euch. Wir werden dichtgemacht. Das war unsere letzte Veranstaltung für Hitz. Es tut mir leid.«

Wir waren alle zu überrascht, um etwas sagen zu können. Sarahs Mund stand offen, während sie ihn anstarrte. Richard schaute besorgt von einem zum anderen, als fürchte er, wir hätten ihn nicht richtig verstanden. Ich fühlte mich wie ein totaler Idiot. Wie konnte es sein, dass ich das nicht vorhergesehen hatte? Den Flurfunk wachsam zu verfolgen, war bei Hitz überlebensnotwendig – ich hatte hier schon andere ihren Job verlieren sehen, die sich anschließend fragten, wie sie die Zeichen hatten übersehen können. Und jetzt traf es mich selbst aus heiterem Himmel. Dass ich mich in Singapur aufgehalten hatte, war keine Entschuldigung.

»Die ganze Abteilung?«, fragte ich schließlich. »Aber sie haben uns doch schon letztes Jahr um die Hälfte reduziert. Ich dachte, das wäre alles.«

»Das dachte ich auch. Es tut mir leid. Sie sourcen die Veranstaltungsproduktion aus. Jennifer Heston gründet eine neue Produktionsfirma, und die wird alle laufenden Events übernehmen. Was dann passiert, weiß der Himmel.«

»Wie lange bleibt uns noch?«, wollte ich wissen.

»Drei Monate«, antwortete er. »Ihr bekommt alle drei Monate – ihr könnt weiterarbeiten, bis eure Kündigungsfrist vorbei ist. Oder ihr könnt heute nach Hause gehen und nicht wiederkommen. Bezahlt werdet ihr so oder so. Und ihr habt alle noch ein Treffen mit der Personalabteilung, bei dem ihr die Konditionen eurer Kündigung aushandeln könnt.«

»Ich fass es nicht!«, sagte Kirsty.

»Es ist gar nicht so schlimm, wie es scheint«, meinte Richard in einem Ton, der darauf hindeutete, dass er sich selbst genauso zu überzeugen versuchte wie uns. »Das Paket, das sie anbieten, ist sehr großzügig. Und Jennifer wird erfahrene Leute im Team brauchen – und Freie –, damit die Projekte reibungslos weiterlaufen. Es werden sich für euch alle jede Menge Möglichkeiten auftun. Ihr seid begabt und klug. Es war mir eine Riesenfreude, mit euch zu arbeiten. Ich weiß, ihr packt das.«

Seine Stimme brach, und er ließ den Kopf hängen, sodass wir nur noch sein unnatürlich glänzendes Haar sehen konnten, unter dem die bleiche Kopfhaut geisterblass durchschimmerte.

Sarah ergriff das Wort. »Und was ist mit dir, Richard? Was wird aus dir?«

Richard reagierte mit einem Schulterzucken. »Oh, ich

komme schon klar. Ich habe jede Menge Gespräche. Irgendwas wird sich schon ergeben.«

»Diese Arschgeigen!«, kreischte Sarah sechs Stunden später im Pub. »Solche *Arsch*geigen. Als wäre es nicht schon schlimm genug, *uns* alle rauszuschmeißen, aber sie lassen es uns auch noch von Richard mitteilen – der selbst fliegt! Gerald hätte wenigstens die Eier haben können, es uns selbst zu sagen.«

»Ja«, meinte Jay. »Wie im Krieg lassen sie ihn sein eigenes Grab schaufeln. Diese Wichser.«

Die Neuigkeit über unsere Entlassung hatte sich innerhalb von Stunden über die Grenzen von Hitz hinaus verbreitet. Wie der Warnlaut einer Fledermaus in Not, hörbar für diejenigen, deren Arbeitszeiten flexibel bis unbegrenzt waren, und diejenigen, die mit dem Innenleben eines Pubs mitten am Nachmittag nur zu vertraut waren. Die Kameramänner waren alle da, unterstützt von anderen Freiberuflern, die sich die Gelegenheit einer spontanen Zusammenkunft nicht entgehen ließen.

»Ja, ein Wichser, definitiv«, räumte Danny ein.

»Ich meine, Richard hat doch keine Chance«, sagte Sarah. »Wie alt ist er? Fünfundfünfzig? Und diese schreckliche neue Haarfarbe – er muss gedacht haben, dass ihn das jünger wirken lässt für die Vorstellungsgespräche. Aber er sieht einfach nur lächerlich aus. O Gott, ich könnte echt heulen.«

»Nicht weinen, Süße«, tröstete Jay sie. »Ist doch nicht dein Problem. Er kommt schon klar. Vermutlich haben sie ihm ein Vermögen als Abfindung gezahlt – genug, dass er sich noch sein ganzes Leben lang die Haare färben lassen kann.«

Chris hielt sich am anderen Tischende aus dem Geplänkel heraus und sah mich stattdessen von Zeit zu Zeit mit einem Blick an, der mir früher den Kopf verdreht hatte, den ich jetzt eher als lästig empfand. So auf die Art »Du und ich, wir stehen doch über diesen Dingen, nicht?« Gezielt hob ich mein Weinglas hoch und sorgte dafür, dass der Diamantsolitär funkelnd das Licht einfing.

Mitgefühl von einer Exaffäre hatte ich nicht nötig. Ich kam schon klar. Sobald ich stockbesoffen war. Als die restliche Hitz-Belegschaft eintrudelte, waren wir bereits ziemlich zerstört. Nachdem wir einige Runden mit meiner Firmenkreditkarte geschmissen hatten, hatte ich sie mit Petes Feuerzeug zeremoniell verbrannt, woraufhin wir beinahe aus dem Pub geflogen wären. Am Ende hatte sich der Barmann jedoch davon überzeugen lassen, dass er einen großen Teil seiner Kundschaft verlieren würde, wenn er uns vergraulte, und wir durften bleiben. Dann war auch noch Kirstys Tasche gestohlen worden, was den Nachmittag noch dramatischer gestaltete. Ich merkte, wie begeistert alle um uns herum von dem Skandal und dem ganzen Trubel waren, auch wenn es keiner je zugegeben hätte. Der Diebstahl, die Kündigungen – für sie als reine Zuschauer war das ein und dasselbe. Wir waren das Zentrum der Aufmerksamkeit, *das* Gesprächsthema, selbst unsere banalsten Aussagen wurden fasziniert verfolgt. Jeder wollte in unserer Nähe sein, damit etwas von dem Zauber auf sie abfärbte.

Ich wusste, dass das nicht lange anhalten würde – bald würden wir nur noch vier Menschen sein, die auf Jobsuche waren, und nicht mehr der Mittelpunkt von allem. Aber für den Moment war ich vollgepumpt mit Adrenalin, gerechtfertigter Empörung und mindestens einer Flasche Pinot Grigio.

»Tut mir alles echt leid«, sagte Chris, der sich zu mir durchgeschlängelt hatte. Er zog sich einen kleinen gepolsterten Stuhl heran, etwas vom Tisch entfernt, sodass ich den anderen den Rücken zuwenden musste, um ihm zu antworten.

»Mach dir mal kein' Kopf«, lallte ich und verschüttete dabei Wein auf meinen Rock. Ich rubbelte daran herum, aber es war Weißwein, also würde man es sowieso nicht sehen. »Ich komm schon klar.«

»Ich weiß«, meinte Chris und legte mir beruhigend die Hand auf den Oberschenkel. Ich sah hinunter, aber ich war mir nicht sicher, ob meine Koordinationsfähigkeit noch ausreichen würde, um sie wegzuschieben. »Im Nullkommanichts hast du einen neuen Job, Kate. Du bist großartig in dem, was du tust.«

»'nke, ich mein, schon gut«, murmelte ich. Der Raum wollte einfach nicht stillhalten. Das Bild hinter Chris an der Wand schien sich in alle möglichen seltsamen Winkel zu neigen. Die zuckenden Lichter des Spielautomaten pulsierten in meinem Kopf.

»Ich weiß, du denkst, ich war bloß eine lockere Affäre, Kate«, fuhr Chris mit leiser Stimme fort, damit die anderen es nicht hörten. »Aber für mich war das nicht so. Ich war bloß … ich schätze, ich war ein bisschen eingeschüchtert von dir. Hab mich nie getraut, mit dir zu reden, außer wenn wir dicht waren. Jetzt wünschte ich, es wäre anders gelaufen. Du bist eine tolle Frau.«

Ich versuchte, sein Gesicht scharf zu stellen, aber es funktionierte nicht. Ich kniff ein Auge zu, um zu sehen, ob es das besser machte, und legte den Kopf schief wie ein Hund, der ein Spielzeug anvisiert.

»Tja«, sagte ich und wackelte auf meinem Stuhl herum.

»Klappt ja super, weil im Moment bin ich total nüchtern, was?«

»Ich mein's ernst«, beteuerte Chris. »Lass dich davon nicht runterziehen. Im Handumdrehen hast du 'n neuen Job.«

»Natürlich hat sie das«, sagte eine Stimme hinter ihm. Ich schielte nach oben und sah Matt, der mit süffisant hochgezogenen Augenbrauen auf uns herabblickte. Er schien unseren Anblick leicht zu belächeln.

»Matt«, quietschte ich, sprang schwankend auf und stürzte mich auf ihn. »Matt, wo warst du denn? Ich bin schon ewig hier.« Ich lehnte mich an seine breite Brust und seufzte glücklich.

Chris stand eilig auf und trat zurück. »Hi, Kumpel«, sagte er. »Alles klar?«

»Ja, danke«, antwortete Matt eisig. »Selbst?«

»Ja, super«, sagte Chris. »Ich geh mal an die Bar. Noch 'n Drink, Kate? Matt?«

Ich sah Matt schwankend an. »Ich glaube, es ist Zeit, dass ich hier jemanden nach Hause bringe«, stellte Matt fest.

»Matty, jetzt sei doch nicht so«, flehte ich, als Chris bereits davoneilte. »Ich will noch nicht heim. Ich will noch hier bei meinen Freunden bleiben und mich betrinken. Jetzt sei kein Spielverderber.«

Matt zog die Augenbrauen zusammen, als er zu mir herabsah. »Mir scheint, du *bist* schon betrunken, Kate. Und es sieht so aus, als würde es sich hier sowieso langsam auflösen.«

Ich schaute zum Tisch hinüber, über die Chipsverpackungen, die verstreuten Erdnüsse, die leeren Gläser und die umgedrehte Weinflasche in dem Weinkühler aus Metall. Sarah hatte den Kopf auf Jays Schoß gebettet, während sich dieser gestikulierend mit Pete und Danny unterhielt. Kirsty hing aus unerfindlichen Gründen, die vermutlich etwas mit ihrer gestohlenen Tasche zu tun hatten, heulend am Handy. Dean von der Künstlerbetreuung hatte sich irgendwie unter die Anwesenden gemischt, um auf unser Ausscheiden anzustoßen wie die böse Fee bei der Kindstaufe und trank auf sein unerwartetes Überleben. Die Party war in vollem Gange, aber wir, ihre angeblichen Hauptfiguren, hatten nicht länger daran teil. Matt hatte recht, es war Zeit, sich zu verabschieden. Die anderen würden ohne uns weitermachen.

27

Ben hat sich wahrlich selbst übertroffen, indem er mich von sich aus darüber informierte, dass er und Prue den Abend im Bungalow verbringen wollten. Normalerweise sehen sie bei Mum und Dad fern, gehen irgendwo gemütlich miteinander essen und dann vor elf Uhr abends getrennt nach Hause. Ich tue erst gar nicht so, als würde ich ihre Beziehung verstehen. Wo ist die wahnsinnige Leidenschaft? Die Spontaneität? Das »Die Hände nicht vom anderen lassen Können« der bald Verheirateten?

»Ich, äh, wollte es dich bloß wissen lassen«, sagt Ben. »Im Vorfeld. Damit du, na ja, nur damit du Bescheid weißt, Kate.«

»Das ist echt nett von dir, Ben, danke«, erwidere ich und unterdrücke den Impuls, ihm anerkennend den blonden Schopf zu tätscheln oder ihm zur Belohnung einen Hundekuchen zu geben. Ich verspüre mütterlichen Stolz über seine kontinuierliche Entwicklung. In Gedanken führe ich eine Tabelle mit goldenen Sternchen für seine Verbesserungen.

Heute Morgen hat er mich sogar gefragt, ob ich das nagelneue strahlendweiße und unberührte Badezimmer vor ihm benutzen wolle. Und als ich aus der Dusche kam, sah ich doch glatt, wie er Brotkrümel vom Küchentisch wischte. Okay, er wischte sie direkt auf den Boden, aber es ist definitiv ein Fortschritt.

»Was habt ihr beide denn vor, oder will ich das nicht wissen?«

Ben lief rot an. »Oh, ach, nichts in der Richtung… ich meine, Prue macht uns lecker Fasan, und wir besprechen die Hochzeit bei ein oder zwei Gläschen Wein.«

Das ist genau, was ich meine. Lecker Fasan? Ein oder zwei Gläschen Wein? In ihrem Alter? Das ist doch nicht normal. Als ich noch in den Zwanzigern war, bestand meine Vorstellung von einer ausgewogenen Mahlzeit aus einem Stück übrig gebliebener Pizza und einer Handvoll Chips. Heruntergespült wurde das Ganze dann mit einer Flasche Rotwein aus dem Eckladen, der so sauer war, dass es einem die Zähne verätzte. Und danach zog ich noch um die Häuser. Allein schon die Vorstellung, einen Abend mit »lecker Fasan« zu Hause zu verbringen… Mit sechsundzwanzig wäre ich offen gesagt davon ausgegangen, dass sich hinter der Bezeichnung »Lecker Fasan« eine angesagte neue Band verbirgt.

»Ach, schön«, lüge ich.

»Äh, übrigens, Kate…« Ben tritt von einem Bein aufs andere, die Daumen in die Gürtelschlaufen seiner Chinohose gehakt. »Ich wollte dich noch um Rat fragen, wenn du… ich meine, könntest du…?«

Ich starre ihn an. Bis jetzt dachte ich eigentlich, Ben sei davon überzeugt, bereits alles zu wissen. Ich bin es nicht gewohnt, ihn so unsicher und zögerlich zu sehen.

»Natürlich, Ben, schieß los«, sage ich aufmunternd und nehme am Küchentisch Platz, um ihm meinen Rat zu erteilen. Wer hätte gedacht, dass Ben schon so gut erzogen ist, dass er mich ganz förmlich nach meiner Meinung fragt?

»Die Sache ist die, Kate, Prue hat mich gebeten, unsere Hochzeitsreise zu buchen.«

Ich schaue ihn mit großen Augen an, neugierig, wo dabei das Problem liegt.

»Sie meinte, es wäre meine Aufgabe, weißt du. Sie möchte sich da raushalten.«

Ben zerrt an seinen Gürtelschlaufen und sieht dabei seltsamerweise aus wie ein männlicher Stripper, der drauf und dran ist, sich die Klettverschlusshosen vom Leib zu reißen. Ich hoffe inständig, dass ich falschliege.

Er fährt fort: »Bloß, äh, fragt sie mich ständig danach. Und wird dann sauer. Und ich weiß nicht, was ich falsch gemacht habe, weil ich noch nicht mal was gebucht habe.«

»Moment«, unterbreche ich ihn. »Hast du ihr das so gesagt?«

»Ihr was gesagt?«

»Dass du die Hochzeitsreise noch nicht gebucht hast.«

Ben wirkt gequält. »Ja.«

»Und wie viele Wochen sind es noch bis zu eurer Hochzeit... fünf?«

»Sechs«, nuschelt Ben zögerlich.

Ich unterdrücke die Versuchung, entsetzt loszukreischen. Warum hat er es bloß bis zur letzten Minute aufgeschoben? Warum hat Prue etwas so Wichtiges wie das überhaupt in Bens ungeschickte Hände gelegt? Aber in Panik auszubrechen hilft jetzt auch nicht weiter. Hier ist besonnenes Handeln gefragt.

»Also, wohin will sie fahren?«, frage ich ihn betont gefasst, als versuche ich, jemandem auszureden, von einem Hochhaus zu springen.

Ben runzelt die Stirn. »Äh, keine Ahnung, Kate«, erklärt

er mir behutsam. »Sie meinte, die Buchung wäre meine Aufgabe. Eine Überraschung.«

»Im Ernst? Und das glaubst du wirklich?« Ich versuche, nicht zu lachen. Armer Ben, und das, obwohl ich schon dachte, er würde sich so gut schlagen. Der Mann hat ja keinen blassen Schimmer. Und ich dachte, ich täte Prue einen Gefallen, indem ich ihn schon im Vorfeld erziehe, aber die Wahrheit ist: Sie wird ihn in der Luft zerreißen.

»Na ja«, Ben schaut entrüstet, und seine Wangen flammen wieder rot auf, »warum sollte sie mir verschweigen, wo sie hinwill? Sie meinte, das soll ich entscheiden.«

»Hat sie in letzter Zeit keine versteckten Hinweise fallen lassen? Sie hat nicht zufällig irgendwas Allgemeines über Urlaub verlauten lassen oder so was?«

»Nein«, sagt Ben und verschränkt defensiv die Arme. »Nur, na ja, sie hat so was gesagt von wegen, ob sie sich einen neuen Bikini kaufen soll.«

»Und was hast du gesagt?«

»Ich meinte, das sei nicht nötig, weil sie doch schon einen hat. Dann wurde sie total sauer und ist beleidigt abgezogen.«

»Okay, Ben«, sage ich und drohe ihm mit dem Finger, bevor ich mich davon abhalten kann. »Hinweis Nummer eins: Sie will irgendwohin, wo es warm ist.«

Ben fällt der Kinnladen herunter. Er starrt mich erstaunt an, als hätte ich plötzlich übersinnliche Kräfte oder so was. »Wo es warm ist …«, wiederholt er. »Woher weißt du das?«

»Sie hat Andeutungen über Bikinis gemacht, also will sie irgendwohin, wo sie einen anziehen kann. Zu dieser Jahreszeit bedeutet das Langstreckenflug, richtig? Also, kannst du Skifahren schon mal ausschließen, genauso Eishotels, das Nordlicht und so ziemlich alle Ziele in Europa, okay?«

Ben fährt sich mit den Fingern durch die Locken und rauft sich das Haar. »Langstreckenflug. Warm. Soll ich mir das besser aufschreiben?«

»Ich glaube, das kannst du dir merken, Ben«, versichere ich ihm und versuche, ihm meine Verzweiflung nicht anmerken zu lassen. »Gut, hat sie noch irgendwas erwähnt, ich weiß nicht, von wegen exotisches Essen probieren, hat sie vielleicht gesagt, sie hätte total Lust mal wieder Enchiladas zu essen? Oder hast du mitbekommen, dass sie in letzter Zeit im Büro auf Online-Reiseportalen unterwegs war? Möglicherweise hat sie auch irgendwelche Reisemagazine rumliegen lassen?«

Ich persönlich würde diese Taktiken als ziemlich offensichtlich erachten, aber mir wird langsam klar, dass Ben jemand ist, der ganz klare Wegweiser braucht, wenn man ihn in die richtige Richtung lenken will. Ich bin einigermaßen überrascht, dass Prue es noch nicht damit versucht hat, im Büro mit einer Reklametafel herumzulaufen, die die Aufschrift »Thailand« trägt oder wohin auch immer sie fahren will. Aber ich würde es Ben zutrauen, dass er annehmen würde, das sei bloß eine neue Mode, von der er nur noch nichts gehört hat.

»Nein«, sagt er, »das wäre mir aufgefallen. Da bin ich mir sicher.«

Irgendwie bin ich davon nicht überzeugt. Prue, die immer alles genau plant, hat hundertprozentig ein genaues Reiseziel im Kopf. Und es ist meine Aufgabe, Ben dabei zu helfen, dieses Ziel zu identifizieren, damit nicht noch eine weitere Beziehung innerhalb der Familie Bailey scheitert.

»Okay, du machst Folgendes«, sage ich zu ihm. »Heute in der Mittagspause gehst du los und kaufst ein paar Zeitschriften – geh am besten zur Post, die haben die größte

Auswahl. Du kaufst *Condé Nast Traveller, Wallpaper, Red* und *Marie Claire*. Kannst du dir das merken?«

Ben runzelt perplex die Stirn. Er schaut mehrmals über die Schulter zur Küchenablage hinüber, bis ich erahne, was er will.

»Das kannst du dir jetzt ruhig notieren«, gestehe ich ihm zu, und er eilt dankbar zu dem Block, in dem ich meine Einkaufslisten notiere.

»… *Traveller, Wallpaper*«, sagt er sich halblaut vor, während er alles sorgfältig niederschreibt und seine Zunge vor lauter Konzentration aus dem Mundwinkel schiebt.

»Okay, wenn du dann heute Abend von der Arbeit kommst, dann schlägst du sie alle auf den Reisetippseiten auf und guckst, was sie da schreiben. Wenn Prue kommt, tust du so, als wolltest du die Zeitschriften schnell neben dem Sofa verschwinden lassen.«

»So tun … als will ich … sie verstecken«, notiert Ben. Er blickt auf, verwirrt. »Aber verdirbt das dann nicht die Überraschung?«

»Ben, hörst du mir eigentlich zu? Die Überraschung, die Prue sich wünscht, ist, dass du die Reise gebucht hast, die sie machen will. Das ist die einzig akzeptable Überraschung, verstehst du das nicht? Ich versuche nur, dir zu helfen.«

»Ich finde aber, dass sie nicht schon alles sehen sollte«, meint Ben eingeschnappt.

Ich versuche, ihn nicht zu schütteln. »Ben«, sage ich so geduldig ich kann. »Weißt du noch in der Schule in Mathe, als es nicht gereicht hat, bloß die richtige Antwort zu haben?«

Ben nickt zögerlich.

»Weißt du noch, dass es neben dem korrekten Ergebnis

genauso wichtig war zu zeigen, dass man sich bemüht, auf das korrekte Ergebnis zu kommen?«

»Und?«

»Und hier ist es genauso. Du bekommst Pluspunkte dafür, wie sehr du dich bemühst. Du musst Prue zeigen, wie viel Mühe du dir gibst – sie soll merken, dass du viel Zeit und Arbeit investiert hast.«

»Aber das hab ich doch noch gar nicht«, gibt Ben seinen Fehler ehrlich zu, jedoch ohne ihn wirklich als solchen zu erkennen.

»Darum geht es doch gar nicht! Es geht darum, dass dir deine Mühe angerechnet wird – verstehst du das?«

»Jaaa?«, antwortet Ben zögernd.

»Okay, also du sorgst dafür, dass sie die Zeitschriften sieht, und dann zeigst du auf etwas, sagen wir eine Öko-Lodge in Namibia, und sagst etwas wie ›Das sieht doch gar nicht schlecht aus, findest du nicht?‹«.

»Bin mir aber nicht sicher, dass sie das finden würde«, sagt Ben und schüttelt nachdenklich den Kopf. »Ich bin mir wirklich nicht sicher, ob das so ihrs wäre, wenn ich es mir recht überlege.«

»Na, bitte!«, rufe ich. »Du weißt ja doch, was ihr gefällt – oder was nicht. Aber hör zu, darum geht es nicht wirklich – sondern darum, dass du ein Gespräch beginnst, das dir dabei hilft herauszufinden, dass das, was sie wirklich will, zwei Wochen auf den Malediven ist.«

Langsam macht sich Begreifen auf Bens unruhigem Gesicht breit. »Okay. Dann glaubst du also, dass es das ist, was sie will? Die Malediven?«

Ich fühle mich wie jemand, der einen extrem geschwächten Klepper zu einem Wassertrog geführt hat, damit er nicht verdurstet, nur um dann mit ansehen zu müssen, wie er hineinspringt, ein Bad nimmt und sich fröhlich die Hufe schrubbt.

»Ich weiß nicht, ob sie auf *die Malediven* will, Ben«, sage ich zähneknirschend. »Das sollst du ja gerade heute Abend rausfinden.«

Ich sehe, dass Ben in Großbuchstaben MALEDIVEN auf den Bock gekritzelt hat, und ich hege den Verdacht, dass das alles ist, was er aus unserem gesamten Gespräch mitnehmen wird.

»Du bist heute Abend schon hier, oder?«, fragt Ben. Denkt er, ich würde mich hinterm Sofa verstecken und ihm Cyrano-de-Bergerac-mäßig soufflieren?

»Äh, nein«, informiere ich ihn, »eigentlich bin ich verabredet.«

Ben schaut mich so überrascht an, wie ich es selbst bin. Aber ich kann ja nicht ewig zu Hause rumsitzen und Trübsal blasen. Es wird Zeit, dass ich wieder in die Gänge komme.

28

London

»Nicht so stürmisch«, rief Matt, als ich ihn an der Tür empfing und die Arme um ihn schlang.

Es fühlte sich eher so an, als hätte ich ihn seit Tagen nicht gesehen, statt bloß seit ein paar Stunden. Denn die Tage vom Moment des Abschieds am Morgen bis zum Geräusch des Schlüssels in der Tür, das mir sagte, dass er wieder zu Hause war, zogen sich endlos dahin. So endlos, dass mir beim puren Gedanken daran, noch eine weitere einsame Stunde füllen zu müssen, manchmal vor Langeweile die Tränen kamen. Und doch türmten sich die Wochen der Arbeitslosigkeit bereits mit erstaunlicher Geschwindigkeit hinter mir auf – ich erschauderte beim Gedanken daran, dass ich Hitz bereits vor drei Monaten verlassen hatte.

»Kann eine Frau ihren Mann denn nicht mal mehr mit ein wenig Begeisterung begrüßen?«, fragte ich und klammerte mich an seinen Hals.

Matt küsste mich flüchtig, ein Kuss, der mich eher dazu veranlassen sollte, ihn loszulassen, als meine Leidenschaft anzufachen.

»Fällt dir irgendwas an mir auf?«, fragte ich und drehte

mich im Flur herum. Ich hatte immer gern eine kleine Überraschung für ihn parat, wenn er von der Arbeit nach Hause kam. Das machte die Dinge amüsanter. Matt erstarrte, erst halb mit den Armen aus seinem Jackett, gefangen wie in einer Zwangsjacke. »Es ist ein bisschen dunkel hier«, sagte er. »Ich kann gar nicht richtig sehen.«

Ich zog eine Schnute. Er spielte ganz klar auf Zeit und hatte es überhaupt nicht bemerkt. Manchmal fragte ich mich wirklich, warum ich mir die Mühe überhaupt machte. Er hatte mir bereits verboten, ihn mit Fragen über Hitz zu bombardieren, sobald er zur Tür hereinkam, und ich hielt mein Wort, obwohl ich vor lauter Neugier geradezu platzte. Das Mindeste, was er tun konnte, war, ein wenig Interesse an meinem Leben zu zeigen.

Matt warf das Jackett über den Pfosten am Ende des Treppengeländers.

»Kannst du es bitte an die Garderobe hängen?«, bat ich. Er seufzte übertrieben, denn schließlich war es ein enormer Aufwand, sein Jackett einen halben Meter weiter nach links zu bewegen, wo er es eigentlich gleich hätte hinhängen sollen.

Als wir nach unten in die Küche kamen, drehte ich mich erwartungsvoll grinsend wieder vor ihm im Kreis.

Matt musterte mich von oben bis unten. »Äh … neue Schürze?«, bot er an.

Ich blickte an mir hinunter auf die gelb-grün karierte Schürze mit den weißen Spitzenrüschen. »Nein, keine neue Schürze, Matt, die habe ich schon seit Wochen. Ehrlich, bist du blind? Ich hab mir Strähnchen machen lassen!«

»Ach ja?«, meinte er und kniff die Augen zusammen, um meine neue Frisur besser sehen zu können. Ich drehte meinen Kopf hin und her, damit er es bewundern konnte. »Es sieht super aus, aber für mich siehst du eh immer super aus, Nussknacker.«

Das war jetzt nicht gerade das aufrichtigste Kompliment, das er mir je gemacht hatte, aber er klang erschöpft, also beschloss ich, es anstandslos zu akzeptieren und ihn nicht weiter zu bedrängen. Matt hatte mir bereits den Rücken zugekehrt und marschierte quer durch die Küche, um eine Flasche Wein zu holen. Ich nahm einen Korkenzieher aus der Schublade und stand parat, um ihn ihm zu reichen, sobald er die Schutzfolie vom Flaschenhals gelöst hatte.

»Ich war bei diesem Friseur in der Innenstadt – der ist ganz neu, ich weiß nicht, ob du den schon gesehen hast, er hat vor ungefähr drei Wochen aufgemacht. Ganz in der Nähe von diesem Café, wo du das Frühstück so gut findest. Aber die haben die Karte geändert, seit du das letzte Mal da warst, also magst du es vielleicht gar nicht mehr. Egal, auf jeden Fall hatten die da ein Angebot. Schnitt und Farbe für hundert Pfund – der Friseur, meine ich, nicht das Café. Ich weiß, dass ich gerade nichts verdiene, Matt, aber es war echt so ein Schnäppchen, und ich finde, es macht einen totalen Unterschied. Meinst du nicht?«

Er nahm mir den Flaschenöffner aus der Hand und fing an, ihn in den Korken zu drehen. »Es sieht gut aus, Kate, echt.«

Ich öffnete den Küchenschrank, holte zwei Weingläser heraus und polierte sie mit einem Küchentuch auf Hochglanz, bevor ich sie vor Matt hinstellte.

»Da, bitte«, meinte ich. »Perfekt. Abendessen gibt es in einer Stunde. Ich hoffe, du magst es. Ich habe das Rezept von einer dieser Karten aus dem Supermarkt, die ich neulich mitgenommen habe. Weißt du noch, du meintest, es sieht lecker aus. Aber es braucht ewig – drei Stunden im

Ofen! Die Vorbereitungen noch nicht eingeschlossen – also könnte ich dir auch vorher noch einen kleinen Happen machen, wenn du schon sehr hungrig bist.«

Matt stellte die Weinflasche ab. Er kratzte sich mit dem Handballen am Kinn und lächelte mich müde an. »Komm mal her«, sagte er.

Ich ließ mich von ihm an sich ziehen und so fest in die Arme nehmen, dass meine Rippen knacksten. Als versuche er, mich in sich aufzunehmen, damit er mich nie wieder loslassen müsse. Manchmal drückte er mich so fest, dass es wehtat, aber ich wollte nie, dass er damit aufhört. Es gab mir das Gefühl, beschützt und umsorgt zu sein.

Er stützte sein Kinn auf meinem Kopf ab.

»O mein Gott«, seufzte er und schnaufte geräuschvoll.

»Was ist los?«, nuschelte ich an seine Brust gekuschelt. Brannte das Essen an?

»Diese Strähnchen – du hattest recht, das sind die tollsten Strähnchen, die ich je gesehen habe. Du … du strahlst ja geradezu. Mit solchen Strähnchen kannst du dich vor Jobangeboten bestimmt bald nicht mehr retten. Das Blatt wendet sich, das fühle ich. Was für ein Mistkerl von einem Ehemann bin ich nur, dass ich das nicht sofort bemerkt habe? Entschuldige bitte.«

Ich versetzte ihm einen halbherzigen Klaps. »Du kannst mich mal«, sagte ich und musste kichern.

Er ließ mich los. »Tut mir echt leid, Kate, heute war ein langer Tag. Es ist echt lieb von dir, dass du gekocht hast. Aber das musst du wirklich nicht jeden Abend machen. Heute Morgen bin ich übrigens Sarah über den Weg gelaufen. Sie war bei Hitz wegen einer Besprechung.«

Ich ging um die Kücheninsel herum, um den Ofen-Timer zu überprüfen. »Ach ja? Wie geht es ihr?«

»Nicht schlecht – die Arbeit für Jennifer scheint ihr ziemlich Spaß zu machen.« Matt sah mich über sein Weinglas hinweg an.

»Wie schön für sie«, sagte ich und studierte erneut die Rezeptkarte für den Fall, dass ich etwas vergessen hatte. Was das Kochen betraf, war ich noch eine ziemliche Anfängerin und musste ständig nachsehen, ob ich auch alles richtig machte. Es war schwer, entspannt zu bleiben, wenn ich es jederzeit unabsichtlich verpfuschen konnte. Schließlich wollte ich alles richtig machen.

Ich wusste, dass Matt den Druck spürte, der Einzige zu sein, der ein Gehalt nach Hause brachte. Daher war ich wild entschlossen, alles zu tun, um das Zuhause für ihn perfekt zu machen. Ich hatte die Putzfrau entlassen, um Geld zu sparen, und weil ich mich, wenn ich schon zu Hause war, doch auch darum kümmern sollte, dass alles hübsch aussah. Und ich sparte uns ein Vermögen an Rechnungen für Essen vom Lieferservice, jetzt da ich angefangen hatte, unsere Mahlzeiten jeden Tag selbst zuzubereiten.

Matt stellte sein Glas auf der Arbeitsplatte ab. Er machte den Kühlschrank auf und holte eine Packung Hummus heraus, die ich um die Ecke im Feinkostladen gekauft hatte – drei Punkte im Hummus-Bingo. So weit, Hummus selbst zu machen, war ich noch nicht, obwohl ich mir schon ein Rezept rausgesucht hatte.

»Ich hab doch angeboten, dass ich das mache«, sagte ich und nahm ihm eilig den Becher aus der Hand. Ich wusste, er würde bloß alles auf der Arbeitsplatte verschmieren, wenn ich es nicht vorher auf einen kleinen Teller tat. »Setz dich einfach hin.«

Ich holte noch Knabberstangen aus dem Schrank und legte sie in ein Schüsselchen.

Matt, der sich gehorsam hinsetzte, zog amüsiert die Augenbrauen hoch. »Meinst du, ich schaffe das nicht allein?«, wollte er wissen.

Ich schnitt ihm eine Grimasse und eilte übereifrig zum Kühlschrank, um eine Packung grüne Bohnen aus dem Gemüsefach zu holen, die sich unter einem Kissen aus verpacktem Spinat verbargen.

Es hatte ewig gedauert, den Tisch zu decken. Ich hatte sogar ein paar rosa-weiße Levkojen gekauft und sie in ein Marmeladenglas gestellt, als hätte ich sie ganz nebenbei auf meinem Spaziergang im Grünen gepflückt. Vorausgesetzt, dieser Spaziergang führte einen zufälligerweise an einem überteuerten Floristen in Highgate vorbei, der die Blumen in Zellophan einwickelte und einem im Tausch gegen einen Zehner auch noch ein Säckchen Schnittblumendünger überreichte. Ich gebe auch zu, wenn auch nicht Matt gegenüber, dass ich in Ermangelung eines leeren Marmeladenglases den gesamten Inhalt einer vollen *Bonne-Maman*-Aprikosenkonfitüre ausgeleert hatte, um ihn anschließend in einer Tupperdose im Kühlschrank zu verstecken. Immerhin sorgte es für die richtige Wirkung, und das war es schließlich, was zählte.

Nicht dass Matt, der sich sofort über die Knabberstangen hermachte, überhaupt Notiz davon genommen hätte.

»Ja, also Sarah hat gesagt, sie hätte versucht, sich mal mit dir auf einen Drink zu treffen, aber du hättest immer gesagt, du wärst zu beschäftigt …«

Ich zuckte mit den Schultern, riss die Plastikverpackung auf und arrangierte die Bohnen auf dem Schneidebrett. »Wir haben bloß keinen gemeinsamen Termin gefunden«, behauptete ich.

Ich nahm mein schärfstes Messer von der Magnetleiste

neben dem Herd und schnitt die Bohnenstiele ab. Ich wischte sie auf die Arbeitsfläche und würde sie später in meinen neuen Kompostbehälter werfen – auch wenn ich keine Ahnung hatte, was ich mit dem Kompost später anfangen sollte.

»Du weißt doch, wie das ist«, sagte ich leichthin. »Sie ist ja auch beschäftigt, mit ihrem neuen Job und allem.«

Sarah hatte eine neue Stelle in Jennifer Hestons Startup ergattern können, und Kirsty arbeitete freiberuflich bei einigen ihrer Projekte. Mir jedoch hatte man klargemacht, dass ich nicht benötigt wurde. Jennifer und ich hatten in der Vergangenheit zu oft um dieselben Stellen konkurriert, als dass sie mich jetzt in ihrer neuen Firma hätte haben wollen.

Matt goss sich Wein nach und hielt mir dann die Flasche hin. Ich schüttelte den Kopf und hielt mein Glas mit der Hand zu. In letzter Zeit versuchte ich, weniger zu trinken.

»Okay«, sagte er. »Sie scheint bloß zu denken, dass du ihr aus dem Weg gehst. Das Gefühl hatte ich auch schon. Du warst seit Wochen nicht mehr mit deinen Freunden weg.« Er lächelte mich teilnahmsvoll an nach dem Motto: »Dir das zu sagen, verletzt mich selbst mehr als dich«.

Bloß dass das nicht stimmte. Es verletzte mich mehr. Ich wollte es ihm bloß nicht zeigen.

Als ich noch bei Hitz gearbeitet hatte, versuchte mindestens alle paar Monate irgendeine andere Produktionsfirma, mich abzuwerben. Also war ich davon ausgegangen, innerhalb weniger Wochen wieder einen neuen Job zu haben. Doch trotz all der Treffen zum Mittagessen, der Telefonate, die ich geführt hatte, und der Weihnachtsfeiern, die ich voller Networkingabsichten und Hoffnung besucht hatte, waren bisher keine konkreten Jobangebote eingegangen.

Es gab zwar viele Leute, die mir versichert hatten, dass sie mich nur zu gern mit an Bord hätten, doch Einsparungsmaßnahmen machten es offenbar schwierig. Einige sagten mir offen, sie könnten es sich nicht leisten, mich zu engagieren, als würde ich mit einem Preisschild herumspazieren und mich weigern, unter Hunderttausend überhaupt aufzustehen. Alle versicherten mir, ich würde schon bald etwas finden, dass jemand mit meiner Erfahrung unmöglich lange arbeitslos sein könnte. Aber ich hatte das Gefühl, dass sie das nur sagten, um sich von jeglicher Verpflichtung, sich für mich einzusetzen, freizusprechen.

Mittlerweile blieben die Anrufe vollkommen aus. Ich hatte versucht, mir einzureden, dass man mich noch nicht vergessen hatte. Schließlich war Weihnachten gewesen, Neujahr – die Leute waren bestimmt bloß zu beschäftigt, das war alles. Und eigentlich hatte mir die Zeit zu Hause auch die Gelegenheit gegeben, mal ernsthaft über meine Arbeit nachzudenken. War eine Krise nicht genau dafür gut? Sie reißt einen aus dem Leben, das man als selbstverständlich erachtet, und zeigt einem neue Möglichkeiten auf.

»Warum sollte ich meiner besten Freundin aus dem Weg gehen?«, fragte ich und bemühte mich weiterhin, ein neutrales Gesicht zu machen. Ich durfte mich nicht unterkriegen lassen. Musste positiv bleiben.

Ich wollte Matt nicht beichten, dass mir das leichter fiel, wenn ich nicht direkt mit all meinen Freunden von Hitz konfrontiert wurde, die mir mit ihren neuen Jobs vor der Nase herumwedelten. Das letzte Mal, als ich mich mit Sarah getroffen hatte, hatte sie darauf bestanden, alles zu bezahlen, und meinen Geldbeutel zurück in meine Handtasche geschoben, bevor ich ihn auch nur aufmachen konnte. Ich hatte mich wie eine mittellose Verwandte gefühlt, die von ihrem mildtätigen Gönner groß ausgeführt wird.

»Ja, warum solltest du das?«, antwortete Matt beiläufig und brach eine Knabberstange in zwei Hälften. »Das hab ich ihr auch gesagt, also meinte sie, dass sie dich diese Woche mal anruft.«

Ich sagte ihm nicht, dass sie das schon getan hatte. Ich hatte den Anruf direkt auf die Mailbox gehen lassen. So war es leichter. Manchmal bereitete es mir schon die allergrößte Mühe, munter und fröhlich zu wirken, wenn Matt nach Hause kam. In der Gegenwart von anderen Leuten fiel mir das erst recht schwer.

»Super«, gab ich zurück.

»Also, was hast du heute noch so gemacht?«, erkundigte sich Matt und schob sich Hummus auf seine Brotstange.

»Ach, alles Mögliche«, sagte ich ausweichend.

Ich wusste, dass für ihn alles, was ich im Haus machte, nicht wirklich zählte – für ihn waren das lediglich häusliche Ablenkungen, nichts wirklich Wichtiges. Er wollte wissen, für wie viele Stellen ich mich heute beworben und ob ich meinen Lebenslauf überarbeitet hatte, oder ob ich mich wenigstens um die Autoversicherung gekümmert hatte. Messbare Erfolge, die er verstehen und für die er mich loben konnte. Er merkte nicht, wie erniedrigend es für mich war, dass ich ihm die Gestaltung meines Tages zur Billigung vorlegen musste wie ein Kleinkind, das einem nachsichtigen Elternteil seine Fingerfarbenbilder präsentiert.

Mit einem leichten Stirnrunzeln blickte er auf, als erkenne er mich nicht so richtig wieder. »Ich hab mir auf dem Heimweg mal überlegt, dass es vielleicht keine schlechte Idee wäre, wenn du, ich weiß auch nicht, wenn du dich vielleicht in einem Fitnessstudio anmeldest oder so. Damit du mal wieder eine Art Routine bekommst.«

Ich fuhr herum und schaute ihn an. »Matt Martell, das sind gefährliche Worte zu einer Frau, die ein großes Messer in der Hand hat. Was willst du mir damit sagen?«

Was bildete er sich ein? Okay, vielleicht hatte ich ein paar Pfund zugelegt, seit ich nicht mehr arbeitete, aber das musste er mir nicht auch noch aufs Brot schmieren.

»Beruhige dich«, sagte Matt sanft, nicht einmal ansatzweise beunruhigt von meiner gezückten Waffe. »Ich wollte damit nur sagen, dass es vielleicht gut wäre, wenn du etwas hättest, das deinem Tag Struktur gibt. Und dann die Endorphine, weißt du, ein bisschen Sport könnte dich wieder aufmuntern.«

Ich umklammerte den Griff des Messers so fest, dass meine Knöchel weiß hervortraten. Ich dachte ernsthaft daran, es gegen ihn einzusetzen – oder gegen mich selbst –, wenn er so weitermachte.

»Du sagst mir also nicht nur, dass ich fett geworden bin, sondern dass ich außerdem auch noch eine schlecht gelaunte Kuh bin? Habe ich das richtig verstanden? Gibt es sonst noch irgendwas, was du mir sagen willst?«

Matt lachte. »Jetzt hör aber auf. Ich hab nichts dergleichen gesagt.«

Ich wandte ihm den Rücken zu und fing an, wie wild auf die Bohnen einzuhacken. Eine Handvoll fiel mir auf den Boden, aber ich ließ sie einfach liegen. Meine Wirbelsäule war vor Wut so starr, dass ich Angst hatte, sie würde brechen, wenn ich jetzt versuchte, mich zu bücken.

»Kate«, Matts Stimme nahm einen flehenden Ton an. »Warum fasst du das jetzt gleich so falsch auf? Ich will doch bloß, dass du glücklich bist.«

Ich fuhr wieder herum, zeigte mit dem Messer auf ihn. »Nein, das willst du nicht. Du willst, dass *du* glücklich bist. Und du denkst, dass du, wenn ich nur ein bisschen *besser drauf*, ein bisschen weniger *fett* und ein bisschen weniger *arbeitslos* wäre, glücklicher sein könntest. Tja, aber so läuft das leider nicht, Matt. Würdest du daher deine bescheuerten Vorschläge bitte freundlicherweise für dich behalten?«

Matt machte ein langes Gesicht. »Du bist nicht fett«, sagte er ruhig.

Eine lange Pause entstand, während der wir uns gegenseitig anstarrten. Ich hatte das Gefühl, jeden Millimeter seines Gesichts zu kennen. Den winzigen Leberfleck an seinem rechten Ohr, die kleinen Sternenfältchen in seinen Augenwinkeln. Aber ich hätte nicht sagen können, was hinter diesen Augen vorging, und das war neu und beunruhigend. Ich hatte gedacht, ich würde ihn besser als mich selbst kennen. Ich war es gewohnt, von ihm bewundert, ja angehimmelt zu werden. Jetzt war ich entsetzt darüber, dass das, was ich in seinem Gesicht sah, möglicherweise Mitleid sein könnte.

»Ich hab das Gefühl, du bist unglücklich«, gestand er schließlich. »Ich wünschte, du würdest aufhören, so zu tun, als wärst du es nicht. Dann könnten wir vielleicht auch etwas dagegen unternehmen.«

Ich spürte, dass mein Gesicht heiß wurde. Meine Kehle fühlte sich wie zugeschnürt an. Ich durfte jetzt nicht losheulen – wie könnte ich verneinen, unglücklich zu sein, wenn ich jetzt in Tränen ausbräche?

»Ich bin nicht unglücklich«, sagte ich, doch meine Stimme klang nicht gerade überzeugend, nicht mal für mich selbst.

Matts Augen waren traurig. Er forcierte es nicht weiter,

wodurch ich mich noch schlechter fühlte. Früher stritten wir immer leidenschaftlich, jetzt schonte er mich, als wäre ich nicht länger ebenbürtig und in der Lage, meine Position zu vertreten, sondern jemand, dem man entgegenkommen musste. Der schwächere Part, dessen Gefühle man nicht verletzen durfte.

Auch ich diskutierte nicht weiter, aber nicht weil ich ihm zustimmte, sondern weil es eine Auseinandersetzung war, die ich unmöglich gewinnen konnte. Wütend darauf zu beharren, dass man glücklich war, ließ einen nur elend wirken.

Also ließ ich ihn mir am Ende eine Mitgliedschaft im Fitnessstudio bezahlen und tat so, als fühle ich mich nicht wie eine unterlegene Ehefrau, die zur Maniküre geht und zum Kaffeekränzchen und die glaubt, die Pflege ihres Äußeren sei die primäre Pflicht ihrem Mann gegenüber.

Natürlich ging ich nie hin. Manchmal kostete es mich schon alle Energie, die ich hatte, überhaupt aus dem Bett zu kommen. Die Wahrscheinlichkeit, das Basecamp des Mount Everest zu erklimmen, war größer, als dass ich einen Fuß auf einen Stairmaster setzte. Aber Matt fühlte sich besser, und weil das der einzige Grund war, warum ich mich zur Anmeldung hatte überreden lassen, erfüllte es für uns beide seinen Zweck.

29

Ich sitze im Pub, nippe an einem Wodka Soda und versuche, mich nicht fehl am Platz zu fühlen, was jedoch nicht so leicht ist, da ich hier die einzige Frau bin. Abgesehen von der jungen Frau hinter der Bar, die ich jedoch bereits vor den Kopf gestoßen und irritiert habe, indem ich sie um eine Limettenscheibe für meinen Drink gebeten habe. Limetten scheinen in Lyme rar zu sein, außer in Form von Sirup. *No lime in Lyme* – wie ironisch. Das erinnert mich daran, wie ich auf meinem ersten Heimatbesuch, nachdem ich nach London gegangen war, im Stammlokal meiner Eltern nach einem Wodka mit Cranberrysaft gefragt hatte. Offen gesagt trank ich damals immer Cosmopolitans – wie alle saß auch ich damals unsicher auf unbequemen Barhockern herum und versuchte, wie Carrie Bradshaw auszusehen –, aber ich dachte, ein Wodka Cranberry täte es auch, schließlich befand ich mich in der tiefsten Provinz. Es dauerte Jahre, bis ich mich wieder dorthin vorwagen konnte, ohne dass sich die Stammgäste über meine großspurigen Ansprüche krummlachten. Cranberrysaft! Ist das denn zu fassen? Wer kommt denn bitte auf so was?

Aber natürlich trinkt Cranberrysaft jetzt, wo man ihn sogar im Ecksupermarkt in Lyme bekommt, keiner mehr, den ich kenne.

Die anderen Gäste sind – alle sechs – Männer, die unwillentlich zusammenpassende, löchrige Pullis tragen, wie eine Lyme-Regis-Version der Kameramänner, mit denen ich früher zusammengearbeitet habe. Neben ihren Pullis teilen sie auch diesen gewissen Altherrencharme, der aus schmutzigen Fingernägeln und matschigen Schuhen eher ein Zeichen für bodenständige Arbeit als für einen Mangel an Hygiene macht. Sie scheinen sich alle untereinander zu kennen und sich ganz offenkundig zu fragen, was ich hier so ganz alleine mache. Ich weiß das deshalb, weil ich den Mann in dem löchrigsten Pulli sagen gehört habe: »Was macht sie hier?«

Ich fange an, leise vor mich hin zu summen, nichts Bestimmtes, ich versuche bloß, irgendein Geräusch zu machen, damit ich nicht alles, was sie sagen, mithören kann. Nicht dass ich mich für besonders interessant halten würde – auch wenn ihnen meine Bitte um eine Limettenscheibe schon Grund zur Heiterkeit gegeben haben dürfte –, aber ich weiß, wie das mit dem Klatsch hier so ist. Entweder sie wissen, dass ich Sandys und Davids fehlgeleitete Tochter bin – dann will ich es nicht hören –, oder sie wissen es nicht, und dann will ich es erst recht nicht hören. Es war noch nie vorteilhaft zu hören, was hinter dem Rücken anderer über einen gesagt wurde.

»Tra-la-la«, summe ich vor mich hin und versuche, durchs Fenster nach draußen zu spähen, was jedoch schwierig ist durch eine Scheibe, die so dick ist wie ein Flaschenboden. Verschwommen ziehen Gestalten vorbei, unmöglich zu erkennen, abgesehen von den Schatten, die der schwache Schein der Straßenlaternen wirft. Mir ist früher nie aufgefallen, dass die Pubs in London oft heller und offener sind und mit ihren großen Fenstern und der freundlich hellen

Beleuchtung auch Frauen ansprechen. Denn dadurch können sie einen Blick in das Innere eines Pubs werfen, bevor sie sich hineinwagen. Aber ich schätze, die löchrigen Pullis mögen es so – dunkel und heimelig, um sich zu verkriechen. Und wenn die eigene Frau draußen vorbeigeht, dann kann sie nicht mal sehen, dass man drin ist, worum es vermutlich letzten Endes geht.

Wie auch immer, es war sowieso nicht meine Entscheidung, sondern Eddy hatte es vorgeschlagen. Und da ich mich kaum als Expertin fürs Lymer Nachtleben bezeichnen kann, weil ich die meisten Abende hier bisher mit Minnie zu Hause vor dem Fernseher verbracht habe, war ich auch nicht in der Lage gewesen, etwas anderes vorzuschlagen.

Ich will auch gar nicht darüber nachdenken, wie lange es her ist, dass ich mich mit einem Mann, der nicht entweder mein Ehemann oder ein Arbeitskollege war, zu einem Drink verabredet habe. Nein, darüber will ich wirklich nicht nachdenken. Da würde ich bloß nervös oder gleich hysterisch werden, was total bescheuert wäre, weil ich mich bloß auf einen Drink mit Dready Eddy treffe. Was an sich schon seltsam ist. Er hat gesagt, dass er »was geplant« hat. Ich frage mich, ob das bedeutete, dass wir uns am Strand eine Flasche Cider teilen oder gleich so viel kiffen, dass wir nicht mehr mit dem Lachen aufhören können, was so ungefähr der Art von Plänen entspricht, die wir zustande brachten, bevor ich aus Lyme abhaute.

Als er schließlich auftaucht und sich hundertmal für seine Verspätung entschuldigt, wird er von den löchrigen Pullis wie ein alter Freund begrüßt. Sie klopfen ihm auf den Rücken, als er an die Bar geht, um ihnen Hallo zu sagen, und sie lachen lauthals über irgendetwas – ich bin mir ziemlich sicher, das Wort Limette gehört zu haben, aber ich kann mich auch täuschen, also beschließe ich, es nicht allzu persönlich zu nehmen.

Er kehrt mit einem Bier und einem reuevollem Lächeln zurück an meinen Tisch.

»Tut mir leid, die Jungs von der Bootswerft haben mich aufgehalten. Jetzt hab ich dich noch länger warten lassen. Gaby hat die Mädchen erst um sieben abgeholt – ich hätte anrufen sollen, aber ich wollte so schnell wie möglich hier sein.

»Macht nichts«, sage ich. »Wir haben doch Zeit.«

Und es macht mir wirklich nichts aus – warum sollte es auch? Ein Mann kann ja wohl ein paar Takte mit seinen Freunden reden. Egal was Matt denkt, ich bin nicht eine von den Frauen, die die ganze Zeit die Aufmerksamkeit eines Mannes für sich fordern. Meiner Ansicht nach wäre es sowieso ziemlich ermüdend, die ganze Zeit über so im Fokus zu stehen. Jeder braucht etwas Raum für sich.

»Na ja, nicht so wirklich«, meint Eddy. »Weil ich uns einen Tisch fürs Abendessen reserviert habe.«

»Ach ja?«, frage ich.

»Ja, da gibt es diesen Laden im alten Mühlenkomplex, von dem ich glaube, dass er dir gefallen wird. Die haben echt super Essen«, meint Eddy. »Ich hab um acht für uns reserviert.«

Er sieht, dass ich einen Blick auf meine Uhr werfe.

»Schon okay, ich trink das noch schnell aus«, sagt er und nimmt sein Glas. Ich scheine besorgt zu schauen, denn er fängt an zu lachen. »Keine Sorge, das macht mir nichts – man nennt mich nicht umsonst Eddy Eisenleber.«

»Keiner nennt dich Eddy Eisenleber«, wende ich ein. »Für mich wirst du immer Dready Eddy sein, Eddy Curtis. Egal wie kurz du dir die Haare abschneidest.«

Er fährt sich mit der Hand über den Kopf, als streichle er die lange verschwundenen Geisterdreadlocks.

»Dready Eddy …« Er schmunzelt. »Das ist ganz schön lange her.«

»Wann hast du sie abrasiert?«, will ich wissen.

Er nippt nachdenklich an seinem Bier. »Im letzten Jahr an der Uni. Am Ende war's nur noch 'ne ziemlich traurige Haar-Rebellion. Ich fand's super, Mr. Gegenkultur zu sein, bis ich drei Jobabsagen hintereinander kassiert habe, dann kamen sie runter.«

»Du verrückter Anarchist«, frotzele ich.

»Meine Freundin hat sie mir eines Nachts abgeschnitten, als wir vom Feiern heimkamen«, erinnert er sich. »Danach waren ihre Hände komplett grün. Es ging zwei Tage nicht mehr ab.«

»Das ist ja ekelhaft«, sage ich und verziehe angewidert das Gesicht.

»Das fand sie wohl auch«, meint er lachend. »Eine Woche später hat sie mich abserviert.«

»Ihr gefiel wohl nicht, was unter all den Haaren zum Vorschein kam, was?«, ziehe ich ihn auf.

»So in der Art«, räumt er ein.

»Tja, ich schätze, sie war bescheuert, Eddy«, sage ich nett. »Wer hätte gedacht, dass sich Dready Eddy so machen würde?«

Eddy lacht und trinkt sein Bier aus. »Also los, gehen wir.«

Wir winken den löchrigen Pullis noch zum Abschied zu und gehen hinaus auf die Broad Street. Obwohl es mittlerweile dunkel geworden ist und der Mond sich hinter silbrigen Wolken versteckt, ist noch ein schwacher blauer Streifen am Horizont zu erkennen, der zeigt, wo das Meer endet und der Himmel beginnt. Ich mag das Gefühl, mich im

Angesicht des weiten Horizonts im besten Sinne klein zu fühlen – als seien all meine Probleme unbedeutend und flüchtig. Diese Perspektive birgt das Versprechen, allem zu entkommen. Das Gefühl hatte ich schon, als ich klein war. Und obwohl ich mit eingezogenem Schwanz wieder zurückgerannt gekommen bin, regt sich bei diesem Anblick in meinem Herzen noch immer Hoffnung. Was für mich in letzter Zeit ein ziemlich ungewohntes Gefühl ist.

Das Restaurant, das Eddy ausgesucht hat, ist winzig und verbirgt sich hinter einer Kunstgalerie im alten Mühlenkomplex in Lyme. Es gibt gerade mal einen Kellner, zehn Tische und eine kleine Theke, hinter der man den Koch arbeiten sehen kann. Doch anders als der Pub zuvor ist dieser Laden gerammelt voll. Alle Tische sind besetzt, und wir müssen uns unter vielen Entschuldigungen unseren Weg zwischen den anderen Gästen hindurch bahnen, um zu unserem Platz im hinteren Teil des Raums zu gelangen. Die Unterhaltungen bilden einen murmelnden Geräuschteppich, bei dem man nicht mehr versteht, was die anderen reden, sodass man auch nicht darauf achten muss, was man selbst sagt. Zugleich liegt eine erwartungsvolle Vorfreude auf das Essen in der Luft. Ich hatte mit etwas Gediegenem wie dem *Hix Oyster & Fish House* an der Hafenmauer gerechnet – voll mit Urlaubern aus London, wo die Anwohner bleich werden, wenn sie zwanzig Pfund für ein Fischgericht zahlen sollen –, aber diese geschäftige Ecke des Mühlengeländes brummt wie ein Laden, der doppelt so groß ist.

Eddy nimmt die Karte in die Hand, während der Kellner uns Wasser einschenkt.

»Es ist wirklich nett hier«, sage ich.

Eddys Augen funkeln amüsiert. »Du brauchst gar nicht

so überrascht zu klingen«, meint er. »Lyme hat sich ziemlich verändert, seit du weg bist.«

»Ich war ja schon immer mal wieder hier«, verteidige ich mich. »Ist ja nicht so, als wär ich nie zu Besuch hergekommen. Na ja, ich hab bloß immer meine Familie besucht. Ich schätze, meine Eltern kennen den Laden hier gar nicht.«

»Oh doch«, sagt Eddy voller Überzeugung, »sie waren schon oft hier. Gaby und ich haben sie mindestens zweimal hier getroffen, und sie schienen sich hier recht gut auszukennen.«

»Sandy und David?«, fragt der Kellner, der wieder mit einem Notizblock in der Hand aufgetaucht ist. »Oh ja, die sind ständig hier. Sie reden oft von dir – Kate, oder? Aus London?« Er neigt teilnahmsvoll den Kopf zur Seite. Sein Gesichtsausdruck zeigt nicht nur Mitleid, sondern auch, dass er voll und ganz über meine widrigen persönlichen Umstände informiert ist.

Ich frage mich, wie irgendwer in Lyme jemals eine Affäre haben oder ein ähnlich bedeutsames Lebensereignis geheim halten könnte. Ich habe das Gefühl, dass ich kaum aus dem Haus treten kann, ohne dass mir von irgendeinem vollkommen Fremder eröffnet wird, dass er komplett über mich und meine Lebensumstände informiert ist. Und das, wo ich gerade angefangen habe zu glauben, dass sich in Lyme irgendetwas verändert hat.

»Ich bin übrigens Stephen«, stellt der Kellner sich vor. »Wie auch immer, möchtet ihr einen Wein?«

»Kate?«, fragt Eddy und reicht mir die Weinkarte.

»Such du was aus«, erwidere ich und studiere weiter die Essenskarte.

»Oh, na ja, ich weiß nicht viel über Wein«, meint Eddy.

»Ich auch nicht«, sage ich und grinse ihn an. »Such einfach irgendwas aus; das ist okay für mich.«

Stephen schürzt die Lippen und entreißt Eddy die Weinkarte. »Tja, ich kenne mich mit Wein aus, also, wie wäre es, wenn ihr mir sagt, was ihr essen wollt, und ich such euch den passenden Wein dazu aus, hm?«

Eddy grinst erleichtert, und Stephen verspricht, etwas zu bringen, was wir beide mögen. Offen gestanden, solange es etwas Alkoholisches ist, werde ich es sowieso mögen, aber das sage ich ihm nicht, denn es scheint ihm zu gefallen, dass er uns behilflich sein kann.

»Es ist so komisch, dass ich jetzt hier mit Kate Bailey sitze«, sagt Eddy und bricht sich ein Stück von dem warmen Brot ab, das vor uns auf den Tisch gestellt wurde.

»Ach, hör auf«, wehre ich betont fröhlich ab. »Ehrlich, Eddy, wenn wir Freunde sein wollen, dann musst du aufhören, die ganze Zeit von der Vergangenheit zu reden. Wir sind heute andere Menschen, also lass uns über etwas anderes reden.«

»Zum Beispiel?«

»Na, über die Gegenwart«, sage ich nachdrücklich, streiche etwas Butter auf mein Stück Brot und beiße ab. Die Butter schmeckt voll und cremig und ist gesprenkelt mit winzigen Salzkristallen, die zwischen meinen Zähnen knirschen.

»Hm«, meint Eddy, »ich fürchte, meine Gegenwart ist ein bisschen verkorkst, wenn ich ehrlich bin. Wahrscheinlich rede ich deshalb die ganze Zeit über die Schulzeit und so. Damals war alles viel leichter, oder?«

Ich zucke mit den Schultern. »In gewisser Hinsicht wahrscheinlich schon.«

Eddy sieht mich fragend an.

»Die Gegenwart«, sage ich noch einmal. »Lass uns heute

Abend lieber über die Gegenwart reden. Erzähl doch mal, was zwischen dir und deiner Frau vorgefallen ist. Gaby, oder? Wie lange wart ihr verheiratet?«

Eddy stößt einen so tiefen Seufzer aus, als wolle er damit alles loswerden, was sich in ihm angesammelt hat. »Zehn Jahre?«, sagt er dann, und ich frage mich, warum er es als Frage formuliert, als wäre er sich der Antwort nicht ganz sicher. Als könne er nicht glauben, dass es vorbei ist, oder nicht glauben, dass es so weit gekommen ist?

»Wow! Zehn Jahre. Wahnsinn, Eddy, dann warst du ja ein Kinderbräutigam. Wenn es das überhaupt gibt. Ich weiß, es gibt Kinderbräute, also dürfte es wohl auch Kinderbräutigame geben.«

Eddy lacht. »Ich war dreiundzwanzig. Ja, das war schon ziemlich jung. Aber warum hätten wir warten sollen? Wir waren verliebt – eben der übliche Quatsch. Wir waren sicher, bei uns wird alles anders, weißt du?«

»Ja, ich weiß«, sage ich.

»Und du?«

»Eineinhalb Jahre«, antworte ich. Das klingt alles andere als lang. Nicht im Vergleich zu zehn Jahren. Und noch dazu ohne Kinder. »Wir waren bloß blutige Anfänger. Aber ich schätze, wenn es vorbei ist, ist es vorbei – man vermeidet weitere Verluste und zieht weiter. Macht ja keinen Sinn, es noch Jahre lang hinauszuzögern, wenn beide wissen, dass es vorbei ist.«

Eddy rollt zwischen Daumen und Zeigefinger ein Stück Brot zu einer festen kleinen Kugel.

»Das ist anders, wenn man Kinder hat«, bemerkt er mit gepresster Stimme. »Ich hätte es noch ewig ausgesessen, wenn ich bei ihnen hätte bleiben können. Aber Gaby, na ja, sie dachte wie du. Denkt wie du. Weiterziehen.«

Mit der Hand macht er die klägliche Geste eines Flugzeugs, das vom Tisch abhebt.

»Hm, tut mir leid«, sage ich. »Du hattest recht. Wir hätten lieber bei der Schulzeit bleiben sollen. Ich schätze, die Gegenwart ist wirklich ziemlich verkorkst, was?«

»Darauf trink ich«, meint Eddy und erhebt sein Glas.

Als der Kellner schließlich mit dem Essen kommt, sind wir leicht angetrunken. Keine Ahnung, wie es bei Eddy ist, aber ich betrinke mich zielstrebig und kippe beharrlich meine Drinks hinunter, als wären es verordnete Medikamente. Ich fühle mich, als hätte ich mich wochenlang irgendwo zusammengerollt, und nun breitet sich der Alkohol angenehm in meinen Adern aus, lockert mich auf und gibt mir das Gefühl, als würde alles wieder gut werden. Ich weiß, dass ich mich morgen früh nicht mehr so fühlen werde, aber heute Abend ist mir das egal. Es ist ein gutes Gefühl, mit einem Freund in Lyme unterwegs zu sein, wieder ein Leben zu haben, anstatt sich bloß vor dem alten zu verstecken.

»Die Anchovis sind hervorragend«, sage ich und picke mit den Fingern einen weiteren winzigen zerfetzten Fisch von meinem Teller. Das erinnert mich an etwas, aber mir fällt nicht ein, an was.

»Hab dir ja gesagt, dass das Essen hier gut ist«, sagt Eddy.

»Es ist nicht bloß gut, es ist unglaublich«, betone ich. »Das ist das Leckerste, was ich seit Jahren gegessen habe.«

»Ach, das liegt bloß an der Gesellschaft«, witzelt er. »Das Essen ist eigentlich ziemlich durchschnittlich, aber die Gesellschaft lässt es so unglaublich erscheinen. Das ist einfach die Wirkung, die ich auf Frauen habe.«

»Warum hast du mich dann nicht bloß zu McDonald's eingeladen?«, erwidere ich trocken. »Wenn es überall so köstlich geschmeckt hätte, hättest du mich ruhig irgendwohin mitnehmen können, wo es billiger ist.«

Eddy schnaubt und greift nach seinem Weinglas. »Ja, ich kann mir gut vorstellen, wie Kate Bailey sich bei McDonald's unters Volk mischt. Ich weiß doch, wie du bist – ich wette, du gehst jedes Wochenende in ein neues schickes Restaurant. Mit einer Weinkarte so lang wie dein Arm und einem kleinen Schaber, mit dem man die Krümel vom Tisch fegt.«

»Den habe ich natürlich immer dabei«, sage ich schmunzelnd. »In der Handtasche. Ich bin gern gut ausgerüstet.«

»Aber im Ernst, Lyme muss dir ja noch verschlafener vorkommen, jetzt wo du anderes gewohnt bist.«

Ich überlege. Verschlafen? Nach dem, woran ich mich in letzter Zeit gewöhnt habe, ist es genau das Gegenteil davon. Mit dem Finger streiche ich das Tischtuch glatt, der dicke gewebte Leinenstoff fühlt sich rau und kratzig an wie ein Büßerhemd. Die Struktur hat etwas Angenehmes – kurz kommt mir der Gedanke, ob es denn überhaupt so schlimm wäre, ein Büßerhemd zu tragen. Immer ein spürbares Andenken an seine Sünden bei sich zu haben, ist vielleicht besser, als hinterrücks von der Erinnerung daran überfallen zu werden, wenn man am wenigsten damit rechnet.

»Früher vielleicht«, antworte ich. »Aber um ehrlich zu sein, bin ich, bevor ich aus London weg bin, nicht mehr viel ausgegangen. Ich … na ja, ich war viel zu Hause. Matt hat mir Minnie gekauft – als Welpen –, und das hat mich ein bisschen ans Haus gefesselt. Ich hab sie nur ungern abends allein zu Hause gelassen. Sie hat alles angeknabbert, und ich hab gespürt, dass es sie traurig macht, wenn sie allein gelassen wird.«

»Glaubst du, er hat das mit Absicht gemacht?«, fragt Eddy.

Ich mache große Augen. »Dass er mir einen Hund gekauft hat, damit ich zu Hause bleibe?«

Eddy nickt.

»Nein!« Ich muss über diese Idee lachen. Als hätte Matt mich mit einer Hundeleine an einen Stuhl gebunden und mir verboten, jemals wieder rauszugehen. »Nein, ich meine … auf die Idee wäre ich nie gekommen. Ich glaube, es war eher das komplette Gegenteil. Er dachte, es würde mich öfter aus dem Haus locken, und dann war er enttäuscht, als es genau andersherum war.«

Eddy fährt mit dem Finger über seinen Tellerrand, um den letzten Rest Meerrettichsoße zu erwischen.

»Warum fand er denn, dass du mehr aus dem Haus gehen solltest?«, erkundigt er sich.

»Ach, das ist eine lange Geschichte«, erwidere ich.

»Das macht nichts«, meint Eddy.

Es liegt mir auf der Zunge, ihm zu sagen, dass es mir aber etwas ausmacht, doch – vielleicht ist es der Alkohol, vielleicht die ungewohnte Tatsache, dass ich mal wieder ausgegangen bin – stattdessen fange ich an zu erzählen.

»Er konnte einfach nicht akzeptieren, dass sich die Dinge änderten«, sage ich. »Er dachte, ich würde für immer das Partymädchen sein, das jede Nacht um die Häuser zieht und wie eine Irre arbeitet. Er konnte nicht damit umgehen, dass ich erwachsener und ruhiger wurde.«

Eddy runzelt die Stirn. »Also war er sauer auf dich, weil du ruhiger wurdest?«, fragt er nach, als hätte er sich verhört.

Ich weiß, dass ich für Eddy immer das wilde Mädchen bleiben würde, das er früher einmal kannte.

»Du hättest mich sehen sollen, Eddy«, necke ich ihn.

»Mit Schürze beim Abstauben des Treppengeländers. Ich hab sogar einen Kochkurs bei *Le Cordon Bleu* gemacht. Ich mach keine halben Sachen.«

Eddy verschluckt sich an seinem Wein. »Im Ernst?«

»Natürlich! Aber ich dachte mir, wenn ich dadurch eine gute Ehefrau werde, dann mach ich das. Ich hab alles aufgegeben. Meine Karriere. Meine Freunde, mein gesellschaftliches Leben.«

»Hat *er* dich darum gebeten?«, fragt Eddy entgeistert.

»Nein«, räume ich ein. Egal wie wütend ich auf Matt bin, ich kann nicht von ihm behaupten, dass er ein präfeministischer Höhlenmensch war, der mich an den Haaren in die Küche geschleift und an den Herd gefesselt hätte. »Das musste er gar nicht. Du weißt doch, wie das ist, oft sind die wichtigsten Dinge in einer Ehe die, die nicht ausgesprochen werden.«

Eddy nickt verständnisvoll.

»Er sagte immer, ich würde zu viel Zeit in die Arbeit investieren und nicht genug in unsere Beziehung. Also habe ich es für uns getan. Für unsere gemeinsame Zukunft. Und dann hat er plötzlich behauptet, ich sei nicht mehr ich selbst. Nach allem, was ich für ihn getan habe.«

»Das klingt nicht gerade fair«, sagt Eddy loyal.

»Er wusste nichts davon zu würdigen. Er hat bloß immer wieder gesagt, ich hätte mich verändert, aber er verstand nicht, dass sich Beziehungen nun mal verändern müssen, wenn sie sich weiterentwickeln sollen.«

Eddy lächelt betrübt. »Kinder zwingen einen zu solchen Veränderungen.«

Ich lege beide Hände um mein Glas, starre hinein und beobachte, wie sich das Kerzenlicht flackernd auf der Oberfläche spiegelt.

»Tja, das war uns nicht vergönnt«, sage ich so leise wie ein Lufthauch. »Es gab eine Zeit, da kam es mir wie eine Tragödie vor, aber jetzt frage ich mich, ob es nicht vielleicht ein Zeichen war. Dass das alles nicht funktionieren wird. Dass wir uns nicht gegenseitig geben konnten, was wir wollten.«

Eddy schaut verwundert, kaum überraschend, wenn man bedenkt, dass ich mich gerade auf gefährliches, vom Alkohol beflügeltes philosophisches Geschwätz einlasse – als Nächstes fange ich noch vom Gesetz der Anziehung und von anderem wirrem Zeug an.

»Oder es war einfach nur meine widerspenstige Gebärmutter«, seufze ich und zwinge mich zu einem Lächeln. Der beste Weg, Eddy von diesem Thema abzubringen, ist es, ihn in eine Gesprächssackgasse zu führen. Eine Sackgasse mit einer gynäkologischen Anspielung, die Männer in Angst und Schrecken versetzt. Da ist Gebärmutter zwar nicht gerade das Schlimmste, was ich sagen kann – besonders zu einem Mann, der bei der Geburt von zwei Töchtern dabei war. Aber wie ich gehofft hatte, wird Eddy bleich, schlägt eine vollkommen neue Richtung ein, und der Abend ist gerettet.

Wir haben das Glück, dass das Essen außergewöhnlich gut ist, also können wir uns, wie auch die meisten anderen Gäste, damit begnügen, es zu bestaunen, anstatt weiter über uns reden zu müssen. Der Fisch wird mit einer Schale buttrigem Meerfenchel serviert, zwischen dessen Verästelungen sich hellrosa Garnelen kringeln. Er ist so reichhaltig, dass ich nicht mal die Hälfte davon essen kann, aber irgendwie haben wir dann doch noch Platz für einen Nachtisch, also teilen wir uns einen Becher hausgemachtes Vanilleeis mit einer warmen Soße aus salzigem Karamell, von der ich wohl noch länger träumen werde.

Ich mag es, mich einfach so zu unterhalten, einfach nur im Moment zu leben, das Essen zu genießen, ohne dass unter der Oberfläche irgendwelche Themen brodeln. Bevor ich aus London weg bin, waren die Mahlzeiten immer angespannt gewesen.

Ich war immer derart bestrebt zu gefallen und wollte wissen, dass Matt meine Mühe zu schätzen wusste und die genaue Methode verstand, mit der ich die Zabaglione zubereitet hatte. Der Kochkurs bei *Le Cordon Bleu* kam ja schließlich auch ihm zugute, oder? Matt fand es total witzig, mir eine Schürze wie die der Kandidaten aus der Kochsendung *MasterChef* zu kaufen, und ich lachte über seine Imitationen der Jury, obwohl ich das Gefühl hatte, dass er mich nicht besonders ernst nahm. Ich fand die kulinarischen Dramen der Kandidaten nicht lächerlich – ich weinte mit ihnen, wenn ihre Soufflés zusammenfielen, wenn sie zwei Minuten vor der Präsentation das Tablett mit den Kuchen fallen ließen, oder wenn ihr Lamm kalt und in der Mitte noch roh war. Ich verstand, was es hieß, wenn man all sein Können in einen Teller Essen steckte und den Atem anhielt, wenn man auf die Reaktion derer wartete, die es aßen. Aber anders als bei den Köchen im Fernsehen, für die das Lob der Jury mit jeder Folge größer wurde, schien es bei mir so, als würde Matt es umso weniger bemerken, je mehr ich mich ins Zeug legte. Umso gleichgültiger war es ihm, müsste ich eigentlich sagen. Aber ist das nicht sowieso dasselbe?

Und nach einer Weile tauchte er einfach gar nicht mehr zum Essen auf.

30

London

Wir lagen gemütlich auf dem Sofa, und ich hatte meinen Kopf auf Matts Schoß gelegt und die Augen geschlossen. Ich glaubte, dass auch Matt nicht wirklich fernsah. Ich spürte, wie er mir sanft über den Kopf strich. Ich fragte mich, ob es ein schlechtes Zeichen war, dass ich mich Matt in letzter Zeit nur dann wirklich nahe fühlte, wenn wir, wie jetzt, nicht miteinander redeten.

In letzter Zeit klangen unsere Gespräche sowieso wie aus einer Sitcom. Sie beschränkten sich auf »Hallo Schatz, wie war's in der Arbeit?«, »Gut, danke, Liebling, wie hübsch du aussiehst.« So umgingen wir höflich die Tatsache, dass ich noch immer keinen neuen Job gefunden hatte, und dass Matt es aufgegeben hatte, mich danach zu fragen. Obwohl wir auf diese Weise weniger stritten, fühlte ich mich noch schlechter, als wären wir nur noch höfliche Fremde, die sich ein Haus teilten und eher aus Harmonie-Gründen rücksichtsvoll miteinander umgingen statt aus Liebe.

»Das fühlt sich schön an«, murmelte ich, als er mit den Fingern durch mein Haar an den Schläfen fuhr.

Matt grunzte, was ich als Zustimmung verstand.

»Matt?« Ich zupfte an einem grauen Faden, der aus seinem Hosensaum stand. Er löste sich nicht.

»Hm?«

»Matt, findest du es gut, dass ich jetzt öfter koche?« Ich wickelte den Faden um meinen Finger, um ihn besser zu fassen zu bekommen.

»Ja«, antwortete er. »Wer hätte gedacht, dass du das draufhast. Du machst das echt toll.«

»Es macht mir Spaß«, fuhr ich fort, als der Faden endlich riss. »Ich hätte das nie gedacht, aber es ist so. Und es ist doch schön, dass der Kühlschrank in letzter Zeit immer voll ist, oder? Und jede Woche gibt es frische Blumen.«

»Äh, ja«, sagte Matt. Ich hatte den Verdacht, dass ihm nichts davon bisher aufgefallen war, aber wenn ich ihn extra darauf hinweisen musste, sei's drum.

Ich setzte mich auf und schlug die Beine übereinander. »Seit ich nicht mehr bei Hitz bin, ist das Haus mehr zu einem Zuhause geworden«, meinte ich. »Findest du nicht? Es ist gemütlicher und nicht mehr bloß der Ort, an dem wir zwischen unseren Geschäftsreisen die Koffer abstellen.«

»Das Haus ist toll, Kate«, bestätigte Matt pflichtbewusst.

»Ich hab über etwas nachgedacht«, sagte ich und wickelte mir eine Haarsträhne um den Finger.

Matt legte den Arm ausgestreckt auf die Sofalehne und ließ sich zurück ins Kissen sinken. Ein zaghaftes Lächeln machte sich auf seinem Gesicht breit. »Spuck's aus.«

»Was?«

»Du willst doch was loswerden. Das spüre ich.«

»Ich wollte bloß sagen, dass auch etwas Gutes daran ist, dass ich meinen Job verloren habe. Seitdem weiß ich viel mehr zu schätzen, was wir an unserem Zuhause haben. Dafür bin ich sehr dankbar.«

Matt zog die Augenbraue hoch. »Und?«

Ich nahm ein Kissen und hielt es mir schützend vor die Brust.

»Und, na ja, okay, also, du weißt doch, dass ich vor ein paar Monaten aufgehört habe, die Pille zu nehmen …«

Matt schaute mich fassungslos und erfreut zugleich an. »Du bist schwanger?«, rief er. »O mein Gott, du bist schwanger!«

»Nein!«, sagte ich schnell. Es brach mir das Herz, als ich sah, wie Matt sich wieder fasste und dabei versuchte, mir seine Enttäuschung nicht zu zeigen. Aber das machte es mir auch viel leichter, das zu sagen, was ich ihm sagen wollte. Direkt um etwas zu bitten war noch nie meine Stärke gewesen.

»Nein, natürlich nicht. Wäre ja auch schlechtes Timing.«

»Echt?«, fragte ich, presste das Kissen noch fester an mich und ließ mein gesträhntes Haar vors Gesicht fallen. »Weil ich habe mir gedacht, dass … vielleicht ist es ja ein Zeichen, dass ich keinen Job finde. Dass ich vielleicht gar nicht sofort einen neuen Job finden muss.«

»Sofort ist es ja auch nicht mehr wirklich«, gab Matt zu bedenken. »Du suchst jetzt schon sechs Monate.«

»Ich weiß«, nickte ich, ohne mich von seinem Einwurf ködern zu lassen.

»Ich will dich ja nicht runterziehen«, meinte Matt, »aber ich weiß doch, dass dir die Arbeit abgeht, das ist offensichtlich.«

»Keine Ahnung, ob es wirklich die Arbeit ist, die mir fehlt«, erwidere ich, »oder bloß eine Aufgabe. Was, wenn ich von jetzt an etwas anderes zu meiner Aufgabe machen würde? Wenn ich die Arbeit sowieso für den Mutterschaftsurlaub aufgeben müsste, wieso nehme ich mir dann nicht jetzt gleich eine Auszeit, solange wir noch auf meine restliche Abfindung zurückgreifen können.«

Matt schenkte sich noch ein Glas Wein ein. Die Flasche war jetzt fast leer.

»Das Geld reicht aber nicht ewig«, wandte er ein. »Was ist falsch daran, hier und da ein Projekt anzunehmen. Du musst ja nicht wieder Vollzeit arbeiten, ich weiß ja, wie schwer es ist, eine Stelle zu finden. Aber bist du wirklich sicher, dass du die Arbeit ganz aufgeben willst?« Matt legte die Stirn in Falten.

Ich seufzte. »Es geht nicht ums Aufgeben, Matt. Es geht darum, eine Chance für uns wahrzunehmen. Verstehst du das nicht? Bis ich meinen Job verloren habe, haben wir uns kaum gesehen. Wir waren immer auf verschiedenen Kontinenten, in unterschiedlichen Zeitzonen. Ich könnte das nicht, wenn wir ein Baby hätten. Ich versuche, mir Gedanken über unsere Zukunft zu machen.«

Matt wirkte nicht überzeugt und runzelte bestürzt die Stirn.

»Komm, Matt, du hast mir gesagt, du willst lieber, dass ich für dich alles gebe, statt für meinen Job. Und das versuche ich gerade.«

»Ich weiß nicht«, erwiderte Matt. »Ich meinte damit ja nicht, dass du alles aufgeben sollst. Du liebst deine Arbeit; das war immer dein Leben. Ich mach mir bloß Sorgen, dass du aus den falschen Gründen ein Kind willst.«

»Willst *du* denn kein Kind?«, fuhr ich ihn an. »Ich dachte, wir beide wollten das?«

»Kate«, sagte Matt sanft. »Natürlich will ich das. Das habe ich doch gar nicht gesagt. Aber bist du dir sicher, dass das der richtige Weg ist, es anzugehen? Bist du dir sicher, dass du nicht bloß durchdrehst, weil du gerade eine Weile keine Arbeit findest? Es muss ja nicht gleich eine Entscheidung zwischen Job und Kind sein.«

So war das. Jedes Mal wenn wir von unserem Sitcom-Drehbuch abwichen, artete es in Streit aus. Ständig stellte er meine Entscheidungen infrage, selbst wenn ich sie aus den besten Gründen für uns beide traf.

Ich bemühte mich, ruhig und geduldig zu klingen. Ich hatte das die ganze Woche, als er weg war, geübt.

»Ich denke bloß, wenn man etwas macht, sollte man es richtig machen. Es hat doch keinen Sinn, das halbherzig anzugehen, oder? Komm schon, Matt. Wir wollen das doch beide. Also lass es uns ernsthaft angehen und es wirklich versuchen, statt bloß darauf zu hoffen.«

Matt starrte mich eine Weile schweigend an, dann verzog er seine Lippen zu einem schiefen Lächeln. »Ist das jetzt eine Frage oder eine Ansage?«

»Eine Frage?«, antwortete ich vorsichtig.

»Oh gut«, meinte er grinsend. »Weil der Gedanke, dass du diese Entscheidung schon ohne jede Diskussion getroffen hast, würde mir nämlich überhaupt nicht gefallen.«

Ich fragte mich, ob er vielleicht die Folsäuretabletten im Bad entdeckt hatte. Ich war mir sicher, dass ich sie hinter dem Putzmittel versteckt hatte, wo er sie nie finden würde.

»Matt«, sagte ich eindringlich und nahm seine Hände in meine. »Ich tu das für uns.«

»Müssen wir dann jetzt einen strengen Fortpflanzungsplan einhalten?«, fragte er, und kleine Lachfältchen bildeten sich in seinen Augenwinkeln.

Da wusste ich, dass ich ihn hatte.

»*Sehr* streng«, kicherte ich und schlängelte mich an ihn heran.

»Trägst du dann auch einen Arztkittel, ein Klemmbrett und eine Brille?«

»Willst du denn, dass ich einen Arztkittel, ein Klemmbrett und eine Brille trage?«

»Oh ja.« Er nickte nachdrücklich. »Unbedingt. Schließlich müssen wir das doch ernsthaft angehen.«

»*Sehr* ernsthaft. Ich will ja nicht, dass du denkst, das hier wäre *Spaß*«, neckte ich ihn. Ich setzte mich auf seinen Schoß und schlang die Arme um seinen Hals.

»Auf keinen Fall«, pflichtete er mir bei.

Ich schob mein Gesicht näher an seins und grinste. Ich hatte gewusst, dass ich ihn davon überzeugen konnte. Ich fuhr mit der Zunge an seinem linken Ohr entlang und küsste ihn auf den Hals.

»Also, wenn das so ist«, meinte er, »dann sollten wir besser gleich damit loslegen.«

Und genau genommen legten wir auch gleich dort auf dem Sofa damit los.

31

Als wir aus dem Restaurant kommen, aufeinander gestützt, nachdem Eddy einen unfreiwilligen Abstecher gegen den Garderobenständer am Eingang gemacht hat, trifft mich die kalte Nachtluft wie ein Schlag ins Gesicht. Die Wolken sind verschwunden, und die Kälte schlägt uns so jäh und schonungslos entgegen, dass wir beide in überraschtes Gelächter ausbrechen. Aber die Belohnung für diesen Temperatursturz ist ein klarer Himmel voller Sterne, durch den sich die Milchstraße windet. Untergehakt blicken wir hinauf, wenden unsere Gesichter der Mondsichel zu. Die Kälte nüchtert uns schlagartig aus und ist belebend. Als ich noch drinnen war, satt und im Warmen, wollte ich nur noch nach Hause und schlafen. Jetzt fühle ich mich wieder so frisch, als könne ich bis nach London zurücklaufen. Aber warum sollte ich das tun?

Die Nacht ist so ruhig und klar, dass man das Brausen und Grollen der Wellen hören kann, die unten beim Museum gegen die Mauern schlagen.

»Lass uns das Meer anschauen!«, rufe ich.

Eddy grinst mich verständnislos an. »Ich kann mir das Meer jeden Tag anschauen, Kate. Du auch.«

»Ja, jeden *Tag*«, nicke ich. »Aber nicht jede *Nacht*. Komm schon. Wettlauf die Treppe rauf.«

Bevor er überhaupt antworten kann, mache ich mich von ihm los und renne immer zwei Stufen auf einmal nehmend die Holztreppe, die über den Mühlbach führt, hinauf. Ich kann meinen Atem als weiße Wölkchen in der kalten Luft sehen. Hinter mir höre ich Eddy aufholen, und eine Art aufgeregte Panik lässt mein Herz schneller schlagen, als wäre er wirklich hinter mir her. Oben auf der Treppe angekommen, bleibe ich keuchend stehen.

»Gewonnen!«, verkünde ich und reiße triumphierend die Arme hoch.

»Wie immer, Kate«, sagt Eddy, zieht sich die letzten paar Stufen hinauf und lehnt sich ans Geländer.

Es ist seltsam, mich mit Eddys Augen zu sehen – die selbstbewusste Gewinnerin, für die er mich hält. Das Mädchen, das Lyme verlassen und etwas aus sich gemacht hat. Ich glaube, Zeit mit ihm zu verbringen, ist gut für mich nach den vergangenen paar Monaten. Jemanden um mich zu haben, der mich mag, mich sogar bewundert.

»Ich bezweifle aber, dass es zählt, wenn du mir erst sagst, dass wir ein Wettrennen machen, wenn du die Treppe schon halb rauf bist«, zieht er mich auf.

»Jetzt sei kein schlechter Verlierer, Eddy«, gebe ich zurück. »Wie soll ich denn gewinnen, wenn ich nicht die Regeln mache?«

Und dann renne ich los, quer über den Parkplatz und höre seine Rufe hinter mir.

Wir rennen die Gasse entlang, die uns zum Strand hinunter führt, wo das Wasser vom Mond beschienen wie die Schuppen auf dem Rücken eines riesigen, rastlosen Wesens schimmert. In dieser frostigen Nacht ist niemand hier draußen. Wir haben den Strand für uns allein. Ich atme die Nachtluft tief ein.

Als Eddy mich einholt, legt er den Arm um meine Schulter. »Bleibst du jetzt mal stehen?«, sagt er keuchend. »Mensch, du hättest mich fast umgebracht.«

Ich stoße ihm meinen Ellenbogen in die Rippen. »Du wirst alt, Eddy.«

»Was ist denn heute Abend in dich gefahren?«, fragt er lachend. »Du benimmst dich wie ein Teenager.«

Ich fange an zu lachen. Ich fühle mich auch wie ein Teenager, voller Hoffnung und Möglichkeiten. Vielleicht ist es die saubere Meeresluft oder der ungewohnte Umstand, abends mal wieder außer Haus gegangen zu sein. Vielleicht ist es auch Eddys Aufmerksamkeit. Ich weiß es nicht. Mir gefällt jedenfalls, wie es sich anfühlt.

Eddy dreht sich zu mir. »So habe ich dich in Erinnerung, Kate. Immer am Lachen, immer am Rennen, den anderen einen Schritt voraus. Dich konnte nie einer einholen.«

Sein Arm fühlt sich schwer auf meiner Schulter an, und ich spüre, wie er sich fester um mich legt. Ich wende ihm meinen Kopf zu, und er zieht mich enger an sich, sodass wir uns direkt ansehen. Der Wind peitscht mir die Haare ins Gesicht, sie verdecken meine Augen, und Eddy streicht sie mir mit der freien Hand hinters Ohr. Dann verharrt seine Hand an meinem Hinterkopf.

Ich spüre ein Flattern in meiner Brust und kann nicht sagen, ob vor Aufregung oder vor Panik. Oder ob es dazwischen überhaupt einen Unterschied gibt.

»Eddy, ich …«

Er beugt sich vor, küsst mich einmal kurz und zieht den Kopf dann sofort wieder zurück, als habe er einen Fehler gemacht.

»Ich wollte nicht, dass du es mir ausredest«, sagt er schnell. »Ich wusste, dass ich dann nicht den Mut dazu habe. Aber ich wollte dich einfach küssen, Kate. Ich bin froh, dass ich es gemacht habe.«

Seine Worte entwaffnen mich völlig, und der Prostest bleibt mir im Hals stecken. Ich spüre, wie sich meine Lippen zu einem Lächeln verziehen, was Eddy als Ermunterung versteht. Er zieht meinen Kopf wieder näher zu sich, und ich halte ihn nicht davon ab. Sein Mund fühlt sich warm auf meinem kalten Gesicht an.

»O Gott, Kate«, seufzt er.

Ich drücke mich an ihn, spüre seinen heißen Atem an meinem Ohr. Er zittert – vor Kälte, denke ich. Ich zittere auch.

Ich weiß, dass ich bei Eddy sicher bin. Er hat mir nie wehgetan. Ich selbst bin es, der ich nicht vertraue.

Aber ich küsse ihn trotzdem.

32

Die Lichter sind aus, als ich die Tür zu Granny Gilberts Haus aufsperre, also ziehe ich die Stiefel schon am Eingang aus und schleiche mich auf die Gefahr hin, auf dem glatten Parkett auszurutschen, auf Socken in den Hausflur. Aber natürlich hat Minnie mich kommen hören und jagt so aufgeregt aus der Küche herbei, dass sie ihre übliche Vorsicht auf dem tückischen Fußboden vergisst.

Und dann höre ich ein Rufen aus dem Wohnzimmer und merke, dass Prue noch da ist.

»Hi«, flüstere ich und spähe ins Wohnzimmer, wo Prue im flimmernden Licht des Fernsehers sitzt, was es so aussehen lässt, als würde sie sich bewegen, obwohl sie, von Bens ausgestreckten Beinen eingeklemmt, still dasitzt. Er liegt tief schlafend neben ihr. Sein Kopf hängt mit weit geöffnetem Mund über die Sofalehne.

»Hi, selber«, sagt sie in normaler Lautstärke und betrachtet mich von oben bis unten. »Wenn Ben einmal eingeschlafen ist, weckt ihn nichts auf, du musst also nicht flüstern. Wo kommst du denn her?«

»Ach, ich war bloß mit Eddy Curtis etwas essen«, erkläre ich.

Prue starrt mich in der schummrigen Dunkelheit mit zusammengekniffenen Augen an. »Komm mal her.«

Ich stehe zögernd im Türrahmen. Als Prue noch klein war, fanden wir es alle lustig, dass sie uns herumkommandierte. Wir stellten uns gehorsam dort auf, wo sie wollte, spielten mit ihren Teddybären und Puppen Schule und wurden gemaßregelt, wenn wir aus der Reihe tanzten. Ich denke, keiner von uns rechnete damals damit, dass sie uns auch als Erwachsene noch wie Untergebene behandeln würde. Aber ich schätze, alte Gewohnheiten wird man nur schwer los.

»Ich geh schlafen«, sage ich und weigere mich rebellisch, mich von der Stelle zu bewegen.

Prue schüttelt den Kopf über meine Ablehnung, nach ihrer Pfeife zu spielen. »Ich seh's ja auch von hier«, sagt sie. »Ihr habt geknutscht.«

»Was?«, rufe ich und fasse mir mit der Hand an die Lippen, als hätten diese mich irgendwie verraten.

Prue grinst. »Genauso hast du immer ausgesehen, wenn du nach Hause geschlichen kamst, nachdem du dich mit Jungs getroffen hast. Glaub nicht, dass ich das nicht mehr weiß.«

»Tja, dann hast du deine Schlafenszeit aber längst überschritten«, mache ich den mühseligen Versuch, schlagfertig zu wirken.

»Ja, ihr habt definitiv geknutscht«, stellt Prue fest. »Ich erinnere mich noch genau an diesen Gesichtsausdruck, so verträumt und selbstzufrieden.«

»Ja okay, danke, Prue«, gifte ich sie an. »Danke, dass du es bemerkt hast.«

Prues Grinsen erlischt. »Ich hab doch bloß Spaß gemacht, Kate«, sagt sie. »Mann, bist du empfindlich. Egal, dann erzähl mir halt nicht, dass du Eddy Curtis geküsst hast.«

»Mach ich auch nicht«, schmolle ich und lasse mich auf den Sessel neben Prue fallen. »Mich interessieren eher die Einzelheiten über deinen aufregenden Abend. Ben scheint ja wirklich zu wissen, wie man Frauen um den Finger wickelt, was?«

Prue blickt hinüber zu ihrem Verlobten und seufzt schwer. »Er ist bloß erschöpft, der Arme. Kein Wunder, bei all der Arbeit, die du ihm aufhalst, und allem, was er für Baileys' macht, und dann noch die ganzen Hochzeitsvorbereitungen.«

»Habt ihr eigentlich … äh … schon mal über die Hochzeitsreise gesprochen?«, frage ich wie beiläufig.

Prompt fährt Prues Kopf zu mir herum. »Ja«, zischt sie. »Warum erzählst du Ben eigentlich, dass ich auf die Malediven will? Mit den Malediven hab ich überhaupt nichts am Hut. Warum mischst du dich ein? Willst du, dass wir uns streiten?«

»Ich habe nie gesagt, dass du da hinfahren willst, Prue«, sage ich und halte ihrem grimmigen Blick stand. »Ich habe bloß gesagt, er solle versuchen herauszufinden, *wohin* du fahren willst. Weil ich mir gedacht habe, dass du bestimmt schon eine oder zwei Ideen hast.« Oder achtundvierzig, aber weil mir mein Leben lieb ist, will ich Prue nicht noch mehr auf die Palme bringen.

»Egal was du wirklich zu ihm gesagt hast, aber er war vielleicht in einem Zustand, als ich hier ankam. Überall lagen Frauenzeitschriften rum, und er schwafelte etwas von lichtdurchfluteten Hotels und Wellness Retreats, als hätte ihm jemand eine Gehirnwäsche verpasst. Seinen Fasan hat er kaum angerührt, dafür irre viel getrunken, und dann ist er auf dem Sofa weggepennt, bevor ich ihm überhaupt sagen konnte, dass ich nach Barbados will.«

»Echt? Nach Barbados? Soll ich ihm einen Tipp geben?«

Prue seufzt wieder. »Danach zu urteilen, wie nützlich deine hilfreichen Hinweise bisher waren, solltest du dich vielleicht lieber raushalten.«

Auf dem Boden zu ihren Füßen liegen die Zeitschriften, die sich Ben brav besorgt hat. Ich sehe, dass er einige Fotos mit Textmarker eingekringelt hat – Palmen und Strände. Also hat er mir doch ein bisschen zugehört.

»Na gut«, meint Prue, schiebt Bens Beine von ihrem Schoß und steht auf. »Wenn du nichts über Dready Eddy rauslassen willst, dann gehe ich jetzt heim. Aber ich werd es schon noch aus dir rausbekommen.«

»Daran zweifle ich keinen Moment«, seufze ich schicksalsergeben. Sie wird mir sicher bald eine Beichte abringen.

Sie überrascht mich damit, dass sie sich zu mir hinunterbeugt und mich auf die Wange küsst. »Gut gemacht«, sagt sie unerwarteterweise. »Es kam total falsch rüber, als du reinkamst, aber was ich eigentlich meinte, war, dass es schön ist zu sehen, dass du wieder ein bisschen du selbst bist. Glücklicher, meine ich. Ich weiß, dass es bei dir in letzter Zeit ziemlich doof gelaufen ist.«

»Danke, Prue«, flüstere ich mit zittriger Stimme angesichts ihrer plötzlichen Freundlichkeit.

»Ich hab's dir ja gesagt«, ruft sie noch, als sie durch die Wohnzimmertür geht. »Nichts kann Ben aufwecken, wenn er erst mal schläft. Da braucht man nicht flüstern. Nacht!«

Sie schlägt die Tür hinter sich zu. Minnie und ich zucken zusammen, aber Ben rührt sich nicht. Er atmet schwer weiter, als würde er gleich zu schnarchen beginnen. Es machte mich immer ganz kirre, wenn Matt so atmete, ich konnte mich nicht entspannen, lag starr wach und rechnete wütend jeden Augenblick damit, dass er richtig zu schnarchen anfing.

Ich hebe die Zeitschriften vom Boden auf und lege sie auf einen Stapel neben das Sofa, damit Ben nicht darauf ausrutscht, falls er nachts aufwacht. Als ich zum Fernseher gehe, um ihn auszuschalten, trete ich auf einen Textmarker und schreie auf. Doch Ben rührt sich auch diesmal nicht.

Ich bücke mich und hebe den Stift auf. Nachdenklich drehe ich ihn in meiner Hand. Ich fühle mich nach meinem Abend draußen euphorisch und zu Streichen aufgelegt und ein bisschen beschwipst. Also schleiche ich auf Zehenspitzen hinüber zu Ben, der noch immer ausgestreckt daliegt, ziehe den Deckel vom Marker und rieche beim Einatmen seinen beißenden chemischen Geruch. Beim ersten Strich, den ich auf seine Stirn male, schüttelt er ganz leicht den Kopf. Ich halte die Luft an, bis er wieder aufhört, sich zu bewegen.

Aber dann schläft er friedlich weiter, bis ich auch den Rest erledigt habe.

33

London

»Verdammte Scheiße!«, rief Matt und warf sich zurück aufs Bett, als stehe der Boden unter Strom.

»Was ist los?«, murmelte ich unter der Decke hervor. »Geh runter, du zerquetscht mich.«

»Dein Hund hat schon wieder auf den Teppich gekotzt.«

»Mein Hund?«

»Unser Hund«, räumte er ein.

»Pass auf, dass du das Zeug nicht ans Bettzeug schmierst«, warnte ich ihn.

»Kalte Kotze...«, sagte Matt angewidert und hielt sich mit beiden Händen den Knöchel, als gehöre sein Fuß zu jemand anders. »Das ist überall zwischen meinen Zehen – scheißeklig ist das!«

»Es ist noch ekliger, wenn sie's isst, glaub mir. Du bist sowieso dran mit Gassi gehen.«

»Was glaubst du denn, was ich vorhatte?«, schnauzte Matt. »Genau das wollte ich machen, bevor ich in einen Haufen kalter Kotze getreten bin.«

»Warum schnauzt du mich denn jetzt an?«, sagte ich und drehte mich um. »*Ich* hab nicht auf den Teppich gekotzt. *Ich* war's nicht, die...«

»Ja, ich weiß, dass du den Hund nicht gekauft hast. Das hast du mir jetzt schon tausendmal gesagt. Ich dachte, sie würde dir ein bisschen Gesellschaft leisten. Ich dachte, das würde dich glücklicher machen.«

Minnie hatte mich auch glücklich gemacht, genau zwei Sekunden lang, als ich ihr winziges schokobraunes Köpfchen unter Matts Mantel herausspitzen sah. Und, okay, noch eine halbe Stunde länger, als ich mit ihr auf dem Küchenboden spielte, während Matt uns beiden zuschaute. Und dann hat sie auf den Boden gepinkelt, und er hat sich aus dem Staub gemacht. Seitdem läuft es immer so ab. Er war dabei, wenn es um den Spaß und die Ausgelassenheit ging, und ich musste mich um die Erziehung, die Spaziergänge, das Putzen und all diesen Kram kümmern. Minnie war ein Geschenk, das mit einer deftigen Beilage aus Verantwortung daherkam.

»Du hast überhaupt nicht nachgedacht«, brummelte ich in mein Kissen.

»Wie bitte?«, fragte er und zupfte mich an der Schulter.

»Matt – geh runter! Du schmierst die Hundekotze überallhin, und ich habe erst gestern die Bettwäsche gewechselt.« Ich schob seine Hand weg, ohne mich umzudrehen. Er redete weiter, aber ich zog mir ein Kissen über den Kopf und hielt mir damit die Ohren zu, sodass ich die Kommentare, die ich schon hundertmal gehört hatte, nur noch undeutlich verstehen konnte.

Dann hörte ich, wie die Dusche im Bad angeschaltet wurde. Ich wusste es. Oft genug hatte ich Matt gepredigt, dass wir Minnie rauslassen mussten, sobald wir wach waren – aber er dachte immer, er wüsste es besser. Wenn er rechtzeitig aufgestanden wäre – schließlich war er mit Gassi gehen dran –, dann hätte sie wahrscheinlich überhaupt nicht erst auf den Teppich gekotzt. Es war gemein, den Hund noch länger warten zu lassen. So wie ich Minnie kannte – Matt kannte sie nicht, so viel war klar –, kauerte sie jetzt in der Küche, voller Schuldgefühle über ihren Kotz-Fauxpas. Oder pinkelte gerade aus lauter Verzweiflung auf die Fußmatte.

Ich schwang die Beine auf der kotzefreien Seite aus dem Bett und zog mir widerwillig meine Jeans und ein T-Shirt über. Ich schlüpfte in meine Flipflops und band mir die Haare zurück, ohne auch nur in den Spiegel zu schauen. Früher hätte ich mich geschämt, wenn mich die Nachbarn so zu Gesicht bekommen hätten, aber jetzt machte ich mir darüber kaum noch Gedanken und sie sicher auch nicht.

»Also gut, Matt«, rief ich durch die Badezimmertür. »Du hast gewonnen. Ich mach's.« Wie immer.

Unten in der Küche hatte Minnie sich in einer Ecke ihres Hundekörbchens zusammengerollt, als würde ich sie dort vielleicht nicht sehen. Ich ging in die Hocke, nahm ihren kleinen Kopf in beide Hände und kraulte sie unterm Kinn. Sobald sie merkte, dass ich sie nicht schimpfte, rappelte sie sich auf und setzte sich auf ihre Hinterpfoten. Ihre Vorderpfoten scharrten an meinen Knien beim Versuch, mein Gesicht abzuschlecken.

»Keine Sorge, Minnie«, sagte ich. »Solange du auf Daddys Bettseite kotzt, ist Mummy nicht böse.«

Ich klipste die Leine an ihr Halsband und stand auf, um mit ihr nach draußen zu gehen. Da fiel mir eine leere Weinflasche auf, die neben der Spüle stand, und das Glas daneben, in dem noch der Weinstein klebte. Ich hatte Matt gestern Abend gegen halb elf noch heimkommen gehört, war aber bereits im Bett gewesen. Nachdem ich eine halbe Stunde darauf gewartet hatte, dass er hochkam, hatte ich das Licht ausgemacht. In letzter Zeit versuchte er nicht mehr, mich aufzuwecken, wenn er nach Hause kam. Was auch gut war, denn ich wollte auch nicht, dass er mich aufweckte, wenn er mal wieder betrunken war. Aber ich hatte das Gefühl, dass der Abstand zwischen meiner und seiner Bettseite immer größer wurde, als läge jemand oder etwas zwischen uns, der oder das uns auseinanderhielt. Etwas, das keiner von uns beiden in Augenschein nehmen wollte.

Matt las Zeitung, als ich vom Gassi gehen zurückkam, und verschanzte sich dahinter wie hinter einem Schutzschild. Vermutlich damit er nicht das Chaos sehen musste, das er beim Frühstücken veranstaltet hatte. Ein Kleinkind hätte das ordentlicher hinbekommen – der Tisch war mit Marmelade verschmiert, und am Boden lagen Krümel herum, auf die Minnie sich stürzte, bevor ich sie wegmachen konnte. Kein Wunder, dass sie ständig kotzte.

»Ich wäre schon mit ihr rausgegangen«, sagte er und sah mich über die umgeknickte Ecke des Sportteils hinweg vorwurfsvoll an.

»Ach ja?«, meinte ich und nahm seinen schmutzigen Teller und das Messer vom Tisch, um es in den Geschirrspüler zu räumen.

»Nur weil ich es nicht exakt nach deinem Zeitplan mache, heißt das ja nicht, dass ich es überhaupt nicht mache.«

Ich verdrehte die Augen. »Matt, hier geht's doch nicht um meinen Zeitplan, sondern um den des Hundes. Ihr ist es egal, ob du geduscht hast, sie muss einfach raus.«

Matt legte die Zeitung weg und schaute mich mit hartem, herausforderndem Blick finster an. »Ich musste mir die Kotze vom Fuß waschen – oder meinst du vielleicht, ich hätte mir einfach bloß die Socke drüberziehen sollen? Aber dann hättest du mich wieder wegen der Extrawäsche angepflaumt.«

»Wann habe ich dich jemals wegen der Wäsche angepflaumt?«, fragte ich.

Er fing an, mich mit schriller Stimme nachzuäffen. »Matt, du bringst nie den Wäschekorb nach oben. Matt, würde es dich umbringen, mal die Wäsche reinzuholen. Matt, weißt du nicht, dass man Wolle nicht heiß waschen darf?«

»Du kannst mich mal, Matt«, sagte ich. »Lass mich einfach in Ruhe. Du weißt überhaupt nicht zu schätzen, was ich für dich tue.«

»Ach, du machst das doch nicht für *mich*«, höhnte er und stand auf. »Du machst das doch für dich. Ich komm dir dabei bloß in die Quere, deutlicher könntest du es gar nicht ausdrücken.«

Er drängte sich an mir vorbei und ignorierte Minnie, die in der Hoffnung auf Aufmerksamkeit sofort aufsprang.

»Wohin gehst du?«, fragte ich.

»Raus.«

»Matt. Sarah und Jay kommen zum Mittagessen, du kannst jetzt nicht gehen!«

Matt drehte sich noch mal um. »Kann ich nicht?«

»Du hast sie eingeladen«, fauchte ich. »Du hast darauf bestanden, dass sie kommen – das war nicht meine Idee! Und jetzt verpisst du dich und überlässt alles mir, so wie du das immer machst.«

Er stemmte sich mit beiden Händen in den Türrahmen, als wolle er ihn hulkmäßig sprengen. Seine Stimme war nur noch ein wütendes Zischen, was irgendwie erschreckender war, als wenn er gebrüllt hätte.

»*Ich* habe gesagt, lass uns ein Picknick im Park machen.

Ich habe gesagt, lass uns einfach was im Supermarkt besorgen. *Ich* habe gesagt, du sollst nicht wieder einen Riesenaufwand betreiben, lass uns einfach mal wieder unsere Freunde treffen. *Deine* Freunde. *Du* bist diejenige, die meint, sie müsste hier wieder alles neu erfinden und stundenlang in der Küche stehen. Dafür kannst du mich jetzt nicht verantwortlich machen.«

»Aber du hilfst mir ja nicht mal«, protestierte ich.

»Weil ich dir sowieso nichts recht machen kann, Kate. Alles, was ich mache, ist falsch. Im Moment kann man es dir überhaupt nicht recht machen, und weißt du auch warum? Weil du unglücklich bist und einsam und weil dir so langweilig ist, und ich hab's satt, es für dich rausreißen zu müssen.«

»Ach, wirklich?«, schnauzte ich zurück. »Dann ist also alles meine Schuld? Ich tue und mache für uns, für unsere Ehe, und du drehst es einfach um und hältst es mir vor!«

»Im Ernst, Kate?« Matt seufzte und rieb sich die Stirn. »Sieh dich doch mal an. Du hast dich in eine verdammte Haushaltsmärtyrerin verwandelt und willst, dass ich es ausbade. Ständig suchst du Streit wegen total nebensächlichem Scheiß ...«

»Das ist überhaupt nicht nebensächlich – unsere Ehe ist doch keine Nebensache!«

»Kate, das weiß ich. Aber in einer Ehe geht es um mehr, als bloß die Frage, wer die Handtücher vom Boden aufhebt. Oder wer die Hundekotze aufwischt.«

»Ich!«, schrie ich, und ein Schluchzen kroch mir die Kehle hinauf. »Ich mach das, immer ich. Das bin immer, immer ich!«

»Und das lässt du mich auch keinen Moment vergessen, oder?«

Als die Haustür hinter ihm zugeknallt war, kauerte ich mich auf den Boden, die Hände auf die Knie gestützt. Minnie stupste meine Hand mit der Nase an und lehnte sich mit ihrem kleinen, warmen Körper an mich. Ich fragte mich, ob ich sie jetzt wohl zur Welpentherapie bringen müsste; ob sie durch das Leben in unserem Haushalt vielleicht schon traumatisiert war.

Haushalt? Was für eine seltsame Wortwahl? Ich fing also schon an, es nicht mehr als Zuhause zu sehen.

34

Ich hatte einmal ein Buch gelesen, in dem eine Frau all ihre Gefühle in das Essen, das sie kochte, einfließen ließ. Wenn sie traurig war, mussten alle, die ihr Essen aßen, weinen. Wenn sie glücklich war, mussten sie lachen. Wenn ich diese Frau wäre, hätte jeder, der an diesem Tag mein Essen gegessen hätte, bittere Wut verspürt. Doch weil das Leben nun mal nicht so ist, landete stattdessen alle Bitterkeit bloß auf meinem Teller.

Vielleicht hatte Matt die Haustür im Blick behalten, oder vielleicht war es auch, wie er behauptete, totaler Zufall, doch als es klingelte, stand er da lachend und scherzend mit Sarah und Jay. Seine schlechte Laune schien vollkommen verflogen zu sein. Er hatte eine Einkaufstüte voller Flaschen dabei, seine praktische Ausrede, warum er unterwegs war, doch Sarah und Jay wussten nicht, dass er nicht bloß kurz beim Eckladen, sondern ganze drei Stunden weg gewesen war. Anscheinend war irgendetwas total witzig bei der Veranstaltung, an der sie gerade alle arbeiteten. Ein Model, das jetzt auf Moderatorin machte, überschätzte sich dabei total, aber die Einzelheiten entgingen mir, weil ich damit beschäftigt war, das Hühnchen rechtzeitig in den Ofen zu bekommen.

»Aber das Beste ist«, erzählte Sarah, »der Runner kam zu

ihr, um ihr die Dispo zu bringen, und sie hat ihn zu sich raufgebeten …«

»Ach ja?«, fragte Matt unpassend anzüglich.

»Er ist oberschwul, Matt, also mach dir mal keine schmutzigen Gedanken. Sie wollte bloß was holen, und anscheinend hat sie so eine Art Minikühlschrank neben ihrem Bett stehen.«

»Einen Minikühlschrank?«, sagte Matt naserümpfend.

»Ja, Paul meinte, es sei eine Mischung aus Kühlschrank und Nachtkästchen – mit eingebautem Licht und allem. Eigentlich ziemlich cool«, meinte Jay.

Sarah schnitt eine Grimasse. »Nur dass es überhaupt nicht cool ist, sondern ziemlich tragisch, denn was glaubt ihr, hat sie da drin? Kate, was meinst du, was sie in dem Minikühlschrank hat?«

Ich schaue von der Spüle zu ihnen hinüber, wo ich gerade die Kartoffeln schäle. »Äh, um wen geht's gleich noch mal?«

»Na, du weißt schon, Minty Alexander. Das Supermodel – sie hat einen Teil der Roadshow moderiert, die wir letztes Jahr veranstaltet haben.«

»Diese Dunkelhaarige? War sie nicht eine von *The Times Young Media Faces*? Meint ihr die?«

Jay schnaubte verächtlich. »*Young Media Faces* am Arsch. Die Alte geht steil auf die dreißig zu. Du glaubst gar nicht, wie viele Filter wir drüberlegen müssen, damit sie nicht aussieht wie Zelda aus *Terrahawks*.«

Sarah wurde langsam ärgerlich, wir kamen viel zu weit vom Thema ab. »Nein, aber jetzt sagt mal, was würdet ihr meinen, was ein schickes Model Schrägstrich Fernsehmoderatorin so in einem Kühlschrank neben ihrem Bett haben könnte?«

Ich blickte ratlos drein.

»Jetzt kommt schon«, drängte Sarah.

»Augenkompressen?«, schlug ich vor. »Feuchtigkeitscreme? Kokosnusswasser?«

»Augenkompressen und Feuchtigkeitscreme – kalt. Kokosnusswasser – warm.«

»Was?«, fragte Jay. »Ich dachte, das wäre ein Kühlschrank, ist da dann nicht alles kalt?«

»Jetzt gibt dir mal ein bisschen Mühe, Jay«, meinte Sarah genervt. »Ich meine, es wird wärmer, wenn sie sagt Kokosnusswasser.«

»Also meinst du, es ist was zu trinken?«, fragte Matt, der gerade eine Flasche Wein aufmachte.

»Heiß«, antwortete Sarah.

»Champagner«, schlug ich vor.

»Noch heißer.«

»Wodka«, meinte Jay.

»Gleiche Temperatur«, sagte Sarah.

»Ach, komm schon, was ist es?«, fragte Matt.

Sarah machte eine dramatische Pause und sah von einem zum anderen.

»Da kommt ihr nie drauf«, meinte sie. »Dosenbier! Sie hat jede Menge Stellas in dem Minikühlschrank neben ihrem Bett, damit sie sich gleich morgens eins aufmachen kann.«

»Würg, das ist ja total ekelhaft!«, rief Jim. »Gleich morgens?«

»Jetzt weißt du auch, warum ihr all diese Filter braucht«, lachte Matt.

»Genau!«, rief Sarah. »Wenn all diese Modezeitschriften sie bloß sehen könnten, wenn sie ihr Morgenbier kippt, ich schätze, dann wären sie nicht mehr so scharf drauf, sie als Stilikone zu bezeichnen.«

»Ja, und dieser Runner hat außerdem gesagt …«, meinte

Jay und setzte zu einem weiteren Klatsch und Tratsch aus der Promiwelt an.

Das war auch einmal mein Spezialgebiet gewesen. Wenn ich während meiner flüchtigen Besuche in Lyme Regis von meiner Arbeit erzählte, beschuldigte Prue mich des Namedroppings, was mich erstaunte. Schließlich redet doch jeder über die Leute, mit denen er arbeitet, und in unserem Fall handelte es sich eben um berühmte Leute. Über unsere Begegnungen mit Prominenten zu tratschen hatte nichts mit Angeben zu tun, das war ganz einfach unsere Arbeit. Aber jetzt hatte ich das Gefühl, nichts beitragen zu können. Wer wollte schon hören, was Minnie heute auf ihrem Spaziergang gemacht hatte, wenn Sarah Geschichten von Supermodels herausposaunte und Jay und Matt sich mit eigenen Erzählungen übertrumpften.

Matt schenkte unseren Gästen Wein ein und hielt die Flasche dann in meine Richtung. Ich schüttelte den Kopf und blieb bei meinem Mineralwasser. Er fing an, von einer neuen Mitarbeiterin in der Marketingabteilung zu erzählen – Olivia, die von MTV zu Hitz gewechselt hatte, und die Sarah und Jay bereits zu kennen schienen. Ich hatte noch nie gehört, dass er sie erwähnt hatte. Allerdings redete er in letzter Zeit auch nicht mehr viel über die Arbeit mit mir. Ich weiß nicht mehr genau, wann ich aufgehört hatte, ihn danach zu fragen.

Als sie wieder einmal über irgendeine Anspielung, die ich nicht verstand, vor Lachen brüllten, lachte ich einfach höflich mit und entschuldigte mich dann damit, mich weiter ums Essen kümmern zu müssen.

Ich glaube nicht, dass ihnen wirklich auffiel, dass ich weg war, bis Sarah ein paar Minuten später neben mir auftauchte.

»Kate, du siehst so gesund aus«, sagte sie und zupfte ein verwelktes Stück Brunnenkresse aus der Schüssel mit Salatblättern, die ich gerade herrichtete. Sie steckte es sich in den Mund und sah mich erwartungsvoll an, als würde ich gleich etwas bekennen.

»Meinst du fett?«, fragte ich argwöhnisch. Ich denke, wir wissen alle, dass »Du siehst aber gesund aus« nur die Verschlüsselung für »Hast du dich in letzter Zeit nicht ein bisschen vollgestopft?« ist.

»Nein!«, rief sie und lehnte sich lachend gegen die Küchentheke. Sie wirkte größer, als ich sie in Erinnerung hatte, und mir fiel auf, dass sie teure, neue High Heels trug – von der Sorte, mit der ich mich nicht mehr aufhielt, seit ich nirgendwo mehr hinging, wo ich sie hätte tragen können.

»Bloß *gesund*. Du hast dieses Strahlen von jemandem, der nicht in einem Büro arbeitet – das steht dir. Du siehst so frisch und einfach hübsch aus. Ich schätze, es ist ziemlich erholsam, zu Hause zu bleiben, statt in die Arbeit zu rennen. Ein entspannteres Lebenstempo. Einfach mal Zeit haben runterzukommen und so.«

»Ja«, log ich. »Das stimmt.«

Sarah blickte durchs Küchenfenster hinaus in den Garten. »Du fehlst mir ehrlich, weißt du. Nicht bloß in der Arbeit, auch wenn Jennifer weiß Gott keine Kate Martell ist, wenn es darum geht, alle auf Linie zu halten.«

Ich starrte weiter auf die Salatblätter und drehte sie immer wieder mit den Händen um, genauso wie ich es in dem Kochkurs gelernt hatte, den ich vor einem Monat besucht hatte. Die wenigsten Leute wissen, dass man auch einen Salat auf eine bestimmte Weise zubereiten sollte. Ich musste mich konzentrieren.

»Du fehlst mir auch«, sagte ich. »Es tut mir leid, dass ich mich in letzter Zeit so selten gemeldet habe. Es ist bloß …«

Sarah sah mich an. »Es ist bloß was?«

»Alles Mögliche, weißt du. Die Arbeit kommt mir im Moment so weit weg vor. Sogar in die Innenstadt zu fahren – ich weiß nicht. Ich habe meinen Kopf im Moment einfach ganz woanders.«

Sarah blickte mir forschend ins Gesicht. »Ich hätte nie gedacht, dass du die Arbeit so leicht hinter dir lassen kannst«, sagte sie. Aus ihren Augen sprach echte Sorge, als wäre bei mir eine ernste Krankheit diagnostiziert worden.

Ich war genauso gewesen: nicht in der Lage, mir ein Leben vorzustellen, das nicht von Terminen und Budgets und Deadlines bestimmt wird. Überzeugt davon, dass man nur einen Platz auf dieser Welt verdiente, wenn man hart arbeitete. Ich zuckte mit den Schultern. »Ich hab mich weiterentwickelt. Ich hab es selbst nicht erwartet, aber vielleicht ist mir auch bloß klar geworden, dass man die Art von Job, den wir haben, nicht für immer machen kann. Das ganze Reisen … der Druck. Es war schrecklich, entlassen zu werden, aber vielleicht war es am Ende das Beste so.«

»Ich weiß, dass du die Arbeit hinter dir gelassen hast, Kate«, sagte sie. »Ich hoffe bloß, das bedeutet nicht auch, dass du mich vergessen hast. Ich dachte, wir wären echte Freunde, nicht bloß Leute, die mal zusammen gearbeitet haben.«

Ich zwang mich zu einem fröhlichen Lachen. »Sarah! Als würde ich das denken!« Ich schraubte den Deckel auf das Glas mit dem Dressing, das ich gemacht hatte, und schüttelte es fest. Sarah trat vorsichtig einen Schritt zurück und ging vor dem Mixglas in Deckung.

»Ich war beschäftigt«, fuhr ich fort. »Du doch auch. Interpretier nicht zu viel hinein. Es ist keine große Sache, ehrlich.«

Sie lächelte. »Mensch, tut mir leid. Ich wollte dir keine Schuldgefühle machen. Als Jay und ich herkamen, ist mir bloß aufgefallen, dass ich dich schon seit Monaten nicht gesehen habe. Ich hab mal nachgezählt. Vier Monate, Kate! Früher hab ich dich jeden Tag gesehen. Es ist komisch.«

»Für mich ist es auch komisch«, gestand ich.

Sarah sah hinüber zum Tisch, an dem Matt und Jay saßen. »Deshalb war ich auch so froh, als Matt meinte, du möchtest, dass wir zum Essen kommen. Es bedeutet mir wirklich viel, dass du uns eingeladen hast. Und Matt schwärmt in letzter Zeit sowieso schon die ganze Zeit über deine Wahnsinnskochkünste.«

Also hatte Matt das Ganze als meine Idee verkauft, oder wie? Ich fragte mich, was er damit wohl bezwecken wollte.

»Ich freu mich wirklich, dass ihr hier seid«, sagte ich. »Aber erwarte dir vom Essen mal lieber nicht allzu viel. Matt hat vermutlich ein bisschen übertrieben.«

»Nein, habe ich nicht«, rief er vom Tisch aus herüber. An seinem leicht glasigen Blick konnte ich erkennen, dass er schon zu viel getrunken hatte. Mal wieder. Und das Mittagessen war erst in einer Stunde fertig. »Meine Frau ist eine außergewöhnliche Köchin, das müsst ihr wissen. Sie ist in allem außergewöhnlich.«

Dachte er, dass mit ein paar Komplimenten vor unseren Freunden zwischen uns wieder alles gut wäre? Oder war er so betrunken, dass er glaubte, was er da sagte? Soweit ich das beurteilen konnte, fand er mich nämlich meistens außergewöhnlich nervig.

»Komm bloß nicht auf falsche Gedanken, Jay«, warnte Sarah, schlenderte durch die Küche auf ihn zu und drohte ihm mit dem Finger. So wie sie es machte, gelang es ihr irgendwie, dass es eher neckisch und sexy wirkte statt nörgelnd. Ich bemerkte, dass Matt sie bewundernd ansah, die glamouröse Karrierefrau in High Heels verglichen mit seiner Hausfrau in Schürze. Aber es machte jetzt keinen Sinn, die Schürze auszuziehen, denn dann würde ich mich bloß mit heißem Fett bespritzen, wenn ich das Hühnchen aus dem Ofen nahm.

Sarah setzte sich auf Jays Schoß und schlug elegant die Beine übereinander. »Kate mag sich ja vielleicht in eine Art Haushaltsgöttin verwandelt haben, aber sie ist auch ein viel besserer Mensch als ich. Träum weiter, wenn du denkst, ich würde jemals für dich in der Küche herumhantieren.«

Jay kitzelte sie an den Rippen, und Sarah fing an zu kreischen und wand sich so, dass ihr Wein gefährlich nah an den Rand des Glases schwappte. Ich griff nach einem Lappen neben der Spüle, bereit zum Aufwischen.

»Ja klar, Sarah«, sagte er und rieb sich mit seinem stoppeligen Kinn an ihrem Nacken, sodass sie wieder lachen musste. »An dem Tag, an dem du ganz allein so ein Essen kochst wie Kate, mache ich eine ehrbare Frau aus dir.«

Sarah schnaubte lachend, drehte sich zu ihm um und küsste ihn auf die Stirn. »Das ist Drohung genug, damit ich für immer unverheiratet bleibe, Schatz. Außerdem habe ich gestern das Curry aus der Lieferessenverpackung gekratzt, also beschwer dich nicht.«

»Mmh, Curry vom Lieferservice!« Matt seufzte voll offenkundigem Verlangen und zuckte dann schuldbewusst zusammen, als ihn mein Blick traf. Ich wandte mich wieder der Küchentheke zu und wischte mit dem Lappen, den ich fest in der Hand hielt, einen Wasserfleck neben der Spüle weg.

»Will noch jemand Wein?«, hörte ich ihn fragen. Ich spürte seine Gegenwart, als er durch die Küche auf mich zukam, um mir dann beide Hände an die Hüften zu legen. Es fühlte sich wie eine Art Entschuldigung an. Ich lehnte meinen Kopf zurück und wollte mich schon an seine Schulter schmiegen, als er mich grob zur Seite schob, und mir klar wurde, dass er nur an die Besteckschublade wollte.

»Da ist er ja«, sagte er, nahm den Korkenzieher und kehrte an den Tisch zurück, um eine weitere Weinflasche zu öffnen.

»Kate?«, er schwenkte die Flasche wieder in meine Richtung. »Ein Gläschen wird dich schon nicht umbringen, oder?«

Ich schüttelte den Kopf. Matt verstand einfach nicht, dass ich es ernst meinte. Alle sagten, dass der Verzicht auf Alkohol die Chancen, schwanger zu werden, erhöhte. Wenn es auch diesen Monat – wieder – nicht klappte, wäre es nicht Matt, der sich die Schuld dafür geben würde.

»Du Spaßverderber«, sagte er. Ich merkte, dass er versuchte, es so neckisch klingen zu lassen wie Sarah zuvor, aber stattdessen klang er bloß bockig.

»Vielleicht geht's ja nicht immer nur um Spaß«, konnte ich mir nicht verkneifen.

Matt reagierte gar nicht darauf, aber ich sah den kurzen, besorgten Blick, den Jay Sarah zuwarf, und wie sie den Arm drückte, den er um sie gelegt hatte. Es war mal wieder typisch, dass es so aussah, als würde ich übertrieben reagieren, obwohl sie keine Ahnung hatte, wie er sich aufgeführt hatte, als sie noch nicht da waren. Ich wirkte wie die zänkische, nüchterne Ehefrau, während er den Mr. Gute Laune gab.

»Hab ich euch schon erzählt, was letzte Woche zwischen

Randy Jones und der sechzehnjährigen Praktikantin in der Künstlerbetreuung passiert ist?«, fragte Sarah beherzt.

Wir wandten uns alle ihr zu, dankbar und froh darüber, dass sie uns auf ein weniger heikles Gesprächsterrain dirigierte.

35

Ich höre Bens genaue Reaktion auf mein Meisterwerk nicht, aber ich erfasse den generellen Sinn des Geschreis und Gerumpels, das am nächsten Morgen, dicht gefolgt von Ben selbst, aus dem Badezimmer kommt. Er stolpert mit rotem, tropfendem Gesicht in die Küche.

»Warum zum Teufel…«, stammelt er und zeigt auf sein Gesicht. »Warum, *Scheiße* noch mal, steht da bitte groß und breit Barbados auf meiner Stirn? *Rückwärts*?«

»Na ja, sonst hättest du es im Spiegel ja nicht richtig lesen können, Ben«, antworte ich säuselnd und versuche, nicht zu lachen. Es ist eine Sache, jemandem einen Streich zu spielen und etwas ganz anderes, seinem Opfer dann auch noch schallend ins Gesicht zu lachen. Das wäre fies.

»Es geht nicht mehr ab! Ich schrubbe jetzt schon seit zehn Minuten mit einem Waschlappen daran rum!«

»Oh Scheiße«, sage ich. Ich habe angenommen, dass es sich gleich wieder abwaschen lässt, sobald der Streich seinen Zweck erfüllt hat. »Ben, ich hatte keine Ahnung, dass es wasserfest ist.«

»Hast du rein zufällig den Scheißmarker aus dem Wohnzimmer benutzt, auf dem groß und breit ›permanent‹ steht?«, fragt er wütend. »Das wäre vielleicht ein guter Hinweis gewesen!«

»Das tut mir echt leid«, beteuere ich. »Es sollte ein Spaß sein. Ich dachte, du würdest es lustig finden. Hör mal, warum probierst du es nicht mal mit meinem Peeling, damit geht es vielleicht ab.«

»Ich hab schon die halbe Tube verwendet«, blafft er mich an. »Mein Gesicht schuppt sich schon total.«

Er rubbelt mit dem Ärmel seines Bademantels an seiner Stirn herum, als würde der weiche Frotteestoff Erfolg haben, wo die Dermatologie versagt hat.

»Ich hab heute eine Besprechung!«, jammert er. »Wer nimmt mich denn bitte schön ernst, wenn mir Barbados quer über die Stirn geschrieben steht. Rückwärts? Warum denn Barbados? Warum?«

»Wegen der Hochzeitsreise«, sage ich behutsam.

Ben fährt mit zusammengekniffenen Augen zu mir herum. Ich hätte nie gedacht, dass seine Umgänglichkeit derart in Wut umschlagen könnte. Zu wissen, dass er doch nicht so eindimensional ist, wie ich befürchtet hatte, macht ihn mir fast etwas sympathischer.

»Hochzeitsreise?«, fragt er so ähnlich wie ein bibeltreuer Christ »Abtreibung?« sagen würde.

»Du wolltest wissen, wohin Prue auf Hochzeitsreise fahren will«, kichere ich nervös. »Ähm, jetzt weißt du es.«

Ben grummelt etwas und stürmt aus der Küche. Als er im Anzug zurückkommt, hat er sich einen komischen dünnen Pony gebastelt, indem er sich seine Locken mit jeder Menge Haargel in die Stirn geglättet hat.

Er funkelt mürrisch hinter dem flaumigen Vorhang hervor, der sich absolut nicht dazu eignet, die verblassten blauen Buchstaben auf seiner Stirn zu verbergen.

»Tja«, meint er finster, »wenn du vorhattest, mich zu blamieren, dann ist dir das hervorragend gelungen. Toll gemacht. Zum Totlachen. Wenn du mich jetzt entschuldigen würdest, ich muss zur Arbeit, was ganz offensichtlich etwas ist, wovon du keine Ahnung hast, sonst hättest du dir diese Sache besser überlegt.«

Er zeigt auf seine Stirn, als hätte ich es womöglich übersehen.

»Es tut mir leid«, wiederhole ich. Und es tut mir wirklich leid. Ich habe die Sache einfach nicht zu Ende gedacht. Gestern Abend kam es mir witzig vor. Aber der Zweck heiligt doch bestimmt die Mittel, oder?

»Prue meinte, ich soll wegen so was auf der Hut sein«, sagt Ben. »Aber ich hab gesagt, nein, Kate ist in Ordnung, ich weiß gar nicht, warum du so ein Problem mit deiner Schwester hast. Aber Prue meinte, dass du die Leute benutzt und bloß an dich selbst denkst. Wie es den anderen damit geht, ist dir egal. Jetzt weiß ich, dass sie recht hat.«

Ich starre ihn mit offenem Mund an, sprachlos von seinen Vorwürfen.

Er holt eine Strickmütze aus seiner Manteltasche und zieht sie sich über den Kopf. Blonde Locken springen vorne heraus, aber die Buchstaben sind zum Glück versteckt.

»Ich wünsche dir einen guten Tag«, sagt er, als befänden wir uns in einem viktorianischen Roman. Guten Tag? Ich schätze, er dachte, das klinge giftig.

Nachdem Ben weg ist, höre ich ein Geräusch an der Tür und frage mich, ob er noch einmal zurückkommt, um mich weiter anzuschreien. Während ich mich für einen weiteren Angriff wappne, trifft es mich unerwartet wie der Blitz: Auf der Fußmatte liegt ein Brief – von meinem Mann!

Beim Anblick seiner Handschrift überkommen mich zuallererst Schuldgefühle. Rein rational weiß ich natürlich, dass es überhaupt keinen Grund gibt, welche zu haben, weil ich gestern Abend einen anderen Mann geküsst habe. Mag ja sein, dass es unangemessen war, mit Eddy rumzumachen, solange ich noch verheiratet bin, aber selbst die sittenstrenge Prue schien mir dafür eine Amnestie gewährt zu haben. Aber ich ertrage es kaum, Matts verkrampftes Gekrakel auf dem Umschlag zu sehen – die unordentliche Handschrift von jemandem, der eher an das Schreiben von E-Mails und SMS gewöhnt ist, statt an das von Briefen –, ohne dass mich Scham und Entsetzen überkommen. Vielleicht wird mich dieses Gefühl für immer verfolgen: mich angesichts des Scheiterns meiner Ehe schuldig zu fühlen und nicht stärker und ausdauernder gewesen zu sein.

Wenn Paare, die seit vielen Jahren verheiratet sind, ihr Geheimnis verraten, sagen sie irgendwie immer das Gleiche: dass es harte Arbeit ist, und dass beide Seiten verzeihen können müssen. Ich weiß nicht, ob ich auch nur in einem dieser Dinge gut genug bin. Natürlich habe ich mich bemüht, ich habe härter an meiner Ehe gearbeitet als an irgendetwas anderem. Wenn ich daran denke, wie ich mich immer über die Überstunden bei Hitz beklagt hatte, wird mir klar, wie leicht es damals war. Diese Stunden rauschten ausgefüllt mit Betriebsamkeit, Terminen und Teamwork nur so dahin. Es gab greifbare Ergebnisse – eine produzierte Show, ein endgültiges Budget. Viel schwerer war der mühsame Zeitraum zwischen neun und sechs, wenn man für das Glück von jemandem ackerte, der nicht bloß nicht da war, sondern der es einem, wenn er schließlich nach Hause kam, auch noch aktiv verübelte.

Und verzeihen können. Das ist das Schwerste von allem. Ich habe keine Ahnung, ob ich in der Lage bin, alles, was geschehen ist, zu verzeihen. Den Tatsachen unerschrocken ins Auge zu blicken und die Konsequenzen zu tragen.

Denn vergeben bedeutet doch auch vergessen, oder? Zu akzeptieren, was geschehen ist, anstatt es zu verleugnen und davor davonzulaufen. Ob ich das kann, weiß ich einfach nicht. Matts Brief zu lesen, statt ihn wegzuwerfen, wäre ein Anfang.

Doch vorher brauche ich einen Kaffee. Ich lasse mir Zeit dabei, die Bohnen zu mahlen und das kochende Wasser ziehen zu lassen. Ich erhitze Milch, was ich nur selten mache, weil es länger dauert. Die ganze Zeit über liegt das ungeöffnete Kuvert auf der Küchenablage, umso augenfälliger, weil ich versuche, so zu tun, als interessiere es mich gar nicht.

Als der Kaffee fertig ist, nehme ich meine Tasse und setze mich mit dem Brief an den Küchentisch. Minnie legt sich zu meinen Füßen und seufzt tief über die Unterbrechung ihrer morgendlichen Routine. Eigentlich sollten wir jetzt schon Gassi gehen; die Möwen unten am felsigen Ufer warten nur darauf, gejagt und Laternenmasten darauf beschnüffelt zu werden.

Ich öffne das Kuvert mit einem Messer; es macht ein kicherndes Geräusch, als würde mich jemand auslachen.

Sollte ich irgendetwas in die Steigerung von einer Postkarte zu einem zweiseitigen Brief auf Papier mit einem richtigen Wasserzeichen hineininterpretieren? Trotz meiner Schuldgefühle und meiner Verwirrtheit berührt mich die Vorstellung, dass Matt sich die Mühe gemacht hat, Briefpapier zu kaufen, um mir zu schreiben. Ich weiß, dass wir so etwas nicht zu Hause haben – wer hat das heutzutage schon? Ich schüttle unwillig den Kopf – warum verschwende ich meine Zeit damit, über das Medium nachzudenken, wenn ich noch nicht einmal die Nachricht gelesen habe?

Natürlich will Matt Vergebung. Als wenn das so leicht getan wie gesagt wäre.

Kate,
was muss ich tun, damit du mir antwortest?
Ich bin immer wieder ins Auto gestiegen, drauf und dran, zu dir zu fahren. Aber ich weiß, dass du Abstand brauchst. Das versuche ich zu respektieren.
Man muss Fehler machen dürfen. Keiner von uns beiden ist perfekt. Aber du kannst nicht einfach alles wegwerfen, ohne auch nur darüber geredet zu haben.
Ich muss morgen auf Geschäftsreise – nach Dubai für eine Woche. Also werde ich nicht zu Hause sein, falls du mich anrufst. Aber auf dem Handy bin ich erreichbar, und ich checke meine Mails. Ich hoffe, von dir zu hören. Bitte.
Matt

Vielleicht liegt es daran, dass ich heute Morgen leicht verkatert bin und mein Hirn nicht sofort auf den gewohnten Wutmodus gegen Matt schaltet. Vielleicht liegt es daran, dass ich gestern Abend einen anderen Mann geküsst habe. Oder vielleicht ist es das Wissen, dass der Verlobte meiner Schwester mit Permanentmarker im Gesicht zu einem Termin erscheint – weil immer alles nach meiner Nase laufen muss. Was auch immer der Grund dafür ist, auf jeden Fall überlege ich, wie es sich anfühlen würde, nicht mehr wütend auf Matt zu sein.

Ich würde nicht so weit gehen, über vollkommene Vergebung nachzudenken. Aber wie jemand, der mit der Zunge einen schmerzenden Zahn ertastet, um vorsichtig und in selbst gewählten Intervallen den Schmerz zu bemessen, ziehe ich in Erwägung, anders zu reagieren.

Weglaufen, die Schuld von mir schieben, mich verstecken – das war schon immer meine Lösung für alles gewesen. Und wohin hat mich das gebracht? Wenn ich es im nüchternen hellen Licht des Morgens betrachte, ist es keine große Überraschung, dass ich gestern Nacht am Strand vor einer Hütte mit Eddy Curtis geknutscht habe wie in meinen Teenagerjahren. Denn auch wenn ich heute vor den Problemen einer Erwachsenen weglaufe – vor meiner Ehe und der Verantwortung –, ist meine Reaktion darauf noch immer die einer verängstigten Jugendlichen. Ich habe Angst, mich meinen wahren Gefühlen zu stellen, ziehe es vor, sie unter neuen Erfahrungen zu begraben, und hoffe darauf, dass die schlechten Gefühle einfach von selbst verfliegen werden.

Plötzlich fühlt sich das Geknutsche mit Eddy nicht mehr so sehr wie das selbstbewusste Handeln einer freigeistigen Frau an, die sich nach dem Scheitern ihrer Ehe wieder behauptet. Es kommt mir eher wie ein regressiver Rückschritt von jemandem vor, der überhaupt nicht mit seiner Vergangenheit umzugehen weiß. Wie um mein schleichendes Unbehagen noch zu verstärken, kommen mir immer wieder Bens Worte in den Sinn, noch eindringlicher als der Brief in meiner Hand.

Prue meinte, du benutzt die Leute bloß, wie es den anderen damit geht, ist dir egal.

Aber ich habe Ben doch immerhin hier einziehen lassen, war das nicht uneigennützig von mir? Schließlich scheint Prue selbst sich keine allzu großen Umstände zu machen, obwohl er ihr Verlobter ist. Und habe ich mich groß darüber beklagt? Nein, ich bemühe mich sogar, einen besseren Menschen aus ihm zu machen – für Prue, nicht mal für mich selbst! Vielleicht ist er wütend über den Permanentmarker –ich gebe zu, dass ich da einen Schritt zu weit gegangen bin –, aber hat das Ganze nicht zum gewünschten Resultat geführt? Er wollte Prues bevorzugtes Ziel für die Hochzeitsreise herausfinden, und ich habe es ihm übermittelt – blau auf rot gescheuerter Haut.

Warum gehen mir seine Worte trotzdem nicht mehr aus dem Kopf? Warum kann ich sie nicht abschütteln?

Matt hat Ähnliches zu mir gesagt; dass ich immer versuche, alle zu manipulieren, sodass es nach meiner Nase geht. Aber genau wie Prue hat auch er nie verstanden, dass es zu seinem eigenen Besten war. Zu *unserem* Besten. Aber stimmt das? Wenn ich in letzter Zeit über uns nachdenke, habe ich das seltsame Gefühl, dass während ich versuchte, Matt zu ändern, er ebenso versuchte, mich zu ändern.

Diese Worte schmerzen auch deshalb so sehr, weil sie so ziemlich genau denen entsprechen, die Tim Cooper zu mir gesagt hat, bevor ich aus Lyme wegging.

36

Der Sommer fing für uns alle früh an, mit einem heiteren, strahlenden Mai voller blauem Himmel und Sonnenschein. Die Prüfungen waren vorbei, und während die restlichen Schüler noch drinnen festsaßen und durchs Fenster hinaus aufs Meer starrten, waren wir frei. Fast jeden Abend gab es Partys, und am späten Vormittag trafen wir uns am Strand wieder, um bei Schinkensandwiches und Cola den vorherigen Abend zu analysieren und dann bis in den Nachmittag Frisbee zu spielen. Ich denke, wir wussten, dass bald alles vorbei sein würde – einige von uns hatten schon einen Platz an der Uni, andere Vorstellungsgespräche –, aber dieser Frühsommer steckte noch voller Möglichkeiten. Es fühlte sich an, als würden die sonnigen Tage nie aufhören.

Ich kann mich nicht mehr genau erinnern, ob ich Lyme schon damals unbedingt verlassen wollte. Meine Erinnerung an diesen frühen Teil des Sommers ist so verklärt, dass ich beinahe davon überzeugt bin, ich wäre für immer dort geblieben, wenn die Sache nicht so aus dem Ruder gelaufen wäre. Aber das kann nicht stimmen, da sich alle Universitäten, für die ich mich beworben hatte, in London befanden. Ich weiß noch, wie ich mit Prue durchs Wohnzimmer getanzt bin, an dem Tag, als ich erfuhr, dass ich am

Imperial College angenommen worden war. Sie hatte sich schon damals, im zarten Alter von zehn Jahren, weniger über meinen Erfolg, als vielmehr darüber gefreut, dass sie nun schon bald unser gemeinsames Zimmer für sich allein haben würde.

Einige der Jungs hatten bereits Autos, schäbige Rostlauben, durch ihre Sommerjobs erarbeitet. Und dass wir nun nicht mehr von Eltern, sondern von Freunden herumgefahren wurden, ließ uns mit erschreckendem Leichtsinn über die Landstraßen rasen. Uns würde schon nichts Schlimmes zustoßen – wir waren unbesiegbar, unabhängig. Natürlich lebten wir noch zu Hause, wo unsere Eltern alles für uns bezahlten, und wussten nicht, dass wir dafür dankbar sein konnten. Stattdessen waren wir von unseren Eltern genervt, und wir verbrachten Stunden damit, uns darüber auszutauschen, wie wenig sie unser Leben verstanden und wie es war, jung zu sein.

Zu dem schwindelerregenden Gefühl der Freiheit kam in diesem Sommer noch die Tatsache hinzu, dass ich mich von Tim Cooper getrennt hatte. Ja, ich, Kate Bailey, hatte den unbestrittenen Sexgott von Lyme Regis abserviert.

Er hatte es überhaupt nicht kommen sehen. Vermutlich weil er zu sehr damit beschäftigt war, sich im Spiegel zu bewundern. Aber es war nicht seine Eitelkeit, die zum Ende unserer Beziehung geführt hatte. Es war nicht bloß eine Sache; es war alles. Die beschützerische Art, mit der er mich auf Partys umkreiste, sich nie an Unterhaltungen beteiligte und bloß darauf wartete, bis mir langweilig wurde oder ich betrunken genug war, um mit ihm nach oben zu verschwinden, fing an mich zu nerven. Mir war gar nicht aufgefallen, wie wenig er sich eigentlich einbrachte, als wäre sein hübsches Gesicht schon Belohnung genug für die Menschen aus seinem engeren Umfeld. Er war jemand, der bewundert werden wollte, und sobald ich meinen Blick woandershin wandte, wenn auch nur kurz, verdutzte ihn das, woraufhin er wütend wurde.

Je mehr ich mich entfernte, desto fester klammerte er sich an mich. Er tauchte bei mir zu Hause auf, wenn ich nicht ans Telefon ging, oder drückte Kerry Walkers fünfzehnjährigen Bruder brutal gegen die Wand, weil er sich mit mir unterhalten hatte. Früher galt eine Party erst dann als Erfolg, wenn Tim und ich eines der Schlafzimmer eingeweiht hatten. Jetzt war der Abend erst komplett, wenn wir uns in der Küche gegenseitig anbrüllten – oder im Garten oder wo auch immer wir gerade waren –, wenn Tim mal wieder ausflippte, weil ich mich nicht ausschließlich ihm widmete.

»Ich versteh dich nicht!«, schrie ich ihn an. »Was willst du?«

Aber ich wusste genauso wenig, was ich selbst wollte. Ich war siebzehn, verdammt noch mal.

Dabei hatte ich schon immer ein Talent für literarische Interpretationen gehabt, ein gutes Gespür für unterschwellige Botschaften und Andeutungen in Romanen, und ich konnte exakt die Schwächen der Figuren bestimmen, die zur Katastrophe führen würden (und für Frauen endete es in den Romanen des neunzehnten Jahrhunderts grundsätzlich in einer Katastrophe). Doch als es um mich selbst ging, fehlte mir komplett das emotionale Vokabular, um Tim zu vermitteln, was ich wollte. Ich wusste nicht, wie ich eine Grenze zwischen ihm und mir ziehen konnte, da ich mir nicht sicher war, ob dieses neue, selbstbewusste Ich auch wirklich ich selbst war. Oder ob es bloß ein vorübergehendes Geschenk von Tim war, das mir ebenso leicht wieder genommen werden konnte, wie es mir verliehen worden war. Und da ich nicht wusste, wie ich all das verhandeln sollte, beendete ich es. Sehr plötzlich und auf unangenehme Art. Tim war fassungslos.

Genauso wie alle anderen. Alle um uns herum hielten tagelang kollektiv den Atem an. Tim Cooper war abserviert worden. Eines der unumstößlichen Gesetze des Universums war gebrochen worden – würden weitere folgen? Würde die Sonne als Nächstes im Osten untergehen? Würden die Wellen aufhören, über den Kieselstrand zu rollen?

Er versuchte, mich zurükzugewinnen, indem er vor unserem Haus sein Autoradio aufdrehte und »Don't Speak« von *No Doubt* erschallen ließ – was man ihm nicht allzu sehr zum Vorwurf machen sollte, immerhin war es das Jahr 1997. Doch es half nichts, nicht zuletzt weil Dad ihm drohte, den Gartenschlauch auf ihn zu richten, wenn er nicht aus unserer Einfahrt verschwand. Außerdem waren wir damals in einem Alter, in dem Musik wirklich zählte und sie Identität bedeutete, und ich fühlte, dass Tim, wenn er mich auch nur ein bisschen gekannt hätte, wohl versucht hätte, mich mit einer Band zurückzugewinnen, die ich auch tatsächlich mochte.

Das hieß allerdings nicht, dass ich über das Ende unserer Beziehung nicht auch traurig war. Natürlich war ich das, schließlich war ich eine hormongesteuerte Jugendliche, die jeden Vorwand für ein Drama beim Schopf ergriff. Es war die perfekte Entschuldigung dafür, tagelenag nichts zu essen, mich schmollend zu Hause zu verkriechen und zu beklagen, dass niemand Verständnis für die Tragweite meines Leids hatte. Aber wenigstens nahm ich mich so weit wahr, dass mir durchaus bewusst wurde, dass mein übewiegendes Gefühl hinter all dem das von Erleichterung war.

Und nach einer Woche hörte ich, dass Tim unter einem Baum im Undercliff mit Manda Clarke gevögelt hatte. Die Welt war wieder in Ordnung. Er war darüber hinweg.

Also überlegte ich auch nicht zweimal, ob ich auf Dready Eddys Party gehen sollte, als dieser verkündete, dass seine Eltern eine Woche nach Spanien fliegen und ihm solange die Verantwortung für ihr riesiges Haus am Hang überlassen würden, obwohl ich wusste, dass Tim auch dort sein würde.

Eddys Eltern waren Architekten. Für uns einfache Kinder aus Lyme Regis, die vor dem Aufkommen von Designsendungen wie *Große Häuser, große Träume* und Ähnlichem aufgewachsen waren, kam das fast einem mystischen Berufsstand gleich. Wenn man ihr ausgesprochen modernistisches Haus aus Glas und Stahl hoch oben am Hügel betrat, war es, als wäre man in der Zukunft angekommen. Und in dieser Zukunft wurden natürlich in ohrenbetäubender Lautstärke die Chemical Brothers gespielt, und in der Mitte des Balkons stand ein Mülleimer randvoll mit Eis und Bier.

Eddy nahm seine Gastgeberpflichten ziemlich ernst, was bedeutete, dass er alle Möbel aus dem Weg geräumt hatte und im Badezimmer Eimerbongs bereithielt. Abgesehen davon, herrschte totale Anarchie. Ich kam um neun Uhr dort an, unterstützt von Ellie Morrison und Jo Winters, die angeblich meine besten Freundinnen waren, die aber trotzdem nicht verbergen konnten, wie scharf sie drauf waren, jeden Kate-und-Tim-Klatsch, der bei der ersten Begegnung nach unserer Trennung aufkommen könnte, aus erster Hand mitzubekommen.

Aber ich war froh, dass sie mich begleiteten, denn ich hatte bemekt, dass bereits einige meiner anderen angeblichen Freundinnen unauffällig anfingen, sich von mir zu distanzieren. Offensichtlich hofften sie, dass dieses Verhalten ihre Chancen erhöhte, das nächste Mädchen zu sein, das Tim mit ins Undercliff nehmen würde. Tja, viel Glück dabei, wenn sie das wirklich wollten. Ich war schon zufrieden damit, auf einer Party zu sein, ohne dass mich sein dunkler Schatten überallhin verfolgte.

Natürlich war der dunkle Schatten schon da. Er lehnte lässig an der Küchentheke, den Arm um eine triumphierend dreinblickende Manda Clarke gelegt. Sobald er sicher war, dass ich ihn gesehen hatte, beugte er sich, ohne den Blick von mir zu wenden, zu ihr hinunter und presste seine Lippen auf ihre. Ich würde gerne sagen können, dass ich selbstbewusst zu ihnen gegangen wäre, Hallo gesagt und mich in moralischer Überlegenheit wie eine Erwachsene verhalten hätte. Aber, träum weiter, ich war siebzehn. Natürlich habe ich mich nicht so verhalten. Ich versteckte mich hinter meinen Haaren, tat so, als hätte ich ihn nicht gesehen, und flüchtete stattdessen auf den Balkon, um mich zu betrinken.

Eddy hatte draußen auf den Holzbohlen Boxen aufgestellt, und der Bass hämmerte unter meinen Füßen, als ich flankiert von Ellie und Jo hinaustrat. Es war noch hell genug, um das Meer zu sehen, über dem am Horizont die Sonne hing und uns alle in einen rötlichen Schimmer tauchte. Es war die magische Stunde, wenn alles erleuchtet und schön zu sein scheint, bevor sich die Dunkelheit und die Kühle herabsenken. Irgendjemand hatte mir einen Bacardi Breezer in die Hand gedrückt, den ich zur Hälfte auf einmal hinunterstürtzte.

Ellie kicherte mir etwas von einem großen Jungen ins Ohr, der am anderen Ende des Balkons auf der Brüstung saß – keiner von uns hatte ihn je zuvor gesehen, was ihm in unserer Kleinstadt gleich den Hauch von Prominenz verlieh. Obwohl es hinter ihm ungefähr zwanzig Fuß hinunterging, saß er völlig ungerührt auf der Balkonbrüstung und hielt eine Bierflasche in der Hand. Er schaute zu uns herüber, und als sich unsere Blicke trafen, lächelte er.

Eddy kam betont lässig zu uns herübergeschlendert, und seine Dreadlocks fielen ihm ins Gesicht, gefährlich nah am glimmenden Ende seines Joints. »Das is Wills Cousin Max«, sagte er mit einer Kopfbewegung zu dem Neuen hinüber. »Er ist aus London – geht aufs Imperial. Äh, gehst du da nicht auch hin, Kate?«

»Doch«, sagte ich, ohne mich zu wundern, dass Eddy wusste, auf welche Uni ich gehen würde. Ich hätte nicht einmal sagen können, was er nach diesem Sommer vorhatte, wenn es mir das Leben gerettet hätte. Also würde der dunkelhaarige Junge auch auf meiner Uni sein? Interessant.

»Ooh«, sagte Jo. »Er schaut dich an, Kate. Das ist Schicksal. Wie romantisch.«

»Klappe, Jo«, murmelte ich und stieß ihr meinen Ellenbogen in die Rippen. »Du bist so was von peinlich.«

»Er kommt rüber«, zischte sie.

»Ich brauch noch was zu trinken«, sagte ich und schlenderte lässig zu dem Mülleimer voller Eis hinüber, in dem sich die Getränke befanden. Ich beugte mich hinunter und holte eine weitere Flasche heraus. Dann warf ich einen Blick über meine Schulter und fragte: »Sonst noch wer?«

»Ja, super, danke«, meinte Eddy. »'n Bier bitte, Kate.«

Ellie schüttelte heftig den Kopf und zeigte auf ihren Bacardi Breezer, der noch fast voll war. Ihr Gesichtsausdruck sagte deutlich, ich solle es langsamer angehen. Egal, sie war ja schließlich nicht meine Mutter. Das war eine Party. Da war es praktisch Pflicht, sich zu betrinken.

»Ich nehm auch ein Bier, danke«, sagte Max. Unsere Finger berührten sich, als ich ihm die eiskalte Flasche hinhielt. Sofort senkte ich den Blick, doch ich spürte, dass er mich weiter ansah.

In meiner Erinnerung vermischen sich alle Partys dieses Sommers zu einer – eben dieser. Ich bin mir nicht sicher, wie genau meine Erinnerungen sind, jetzt, wo ich alles durch den Schleier der Nostalgie sehe. Ich weiß noch, dass ich mich lange mit Max unterhielt, aber ich weiß nicht mehr worüber. Ich schätze, das war auch nicht weiter wichtig, denn ehrlich gesagt, war alles, was ein Junge damals haben musste, um bei mir zu landen, eine Britpop-Frisur und Sneakers. Und weil Max auch noch aus London kam, wäre ich auch schwer beeindruckt gewesen, wenn er sich mit mir über Kanalarbeiten oder seine Briefmarkensammlung unterhalten hätte.

Außerdem erinnere ich mich daran, dass ich angespannt war und spürte, dass ich diesem Fremden gefiel, ohne dass er wusste, dass ich einmal Tim Coopers Freundin war. Er wusste nicht einmal, wer Tim Cooper war. Ich hatte das Gefühl, einen Blick auf mein zukünftiges Ich zu erhaschen, auf das Mädchen, das ich vielleicht einmal sein würde, wenn ich Lyme erst einmal hinter mir gelassen hatte. Plötzlich konnte ich es kaum noch erwarten, diesem goldenen Sommer zu entkommen. Das Leben schien mich nach London zu locken. Max war einfach die Personifizierung all dessen, was dort auf mich wartete.

Die restliche Gruppe verzog sich nach und nach wieder nach drinnen, als der Abend kühler wurde, doch wir beide blieben draußen an die Balkonbrüstung gelehnt und redeten und redeten. Hin und wieder kam jemand auf den Balkon hinausgetaumelt, um eine Zigarette zu rauchen oder sich noch ein Bier aus dem Mülleimer zu holen, aber keiner störte uns.

Ich würde ihn küssen. Ich würde meine Zukunft mit beiden Händen ergreifen. Aber zuerst musste ich noch mal rein und aufs Klo.

Max half mir beim Aufstehen, weil ich ihm sagte, dass sich mein Kopf schon drehte – was nicht ganz gelogen war, schließlich hatte ich viel zu viel getrunken, aber hauptsächlich war es eine Entschuldigung, seine Hand zu halten. Widerwillig ließ ich sie schließlich los und sagte ihm, er solle hier auf mich warten. Er grinste, und mein Herz machte einen erwartungsfrohen Sprung.

Ich schob die Glastüren zum Haus auf und lief gegen eine Wand aus Körperwärme und Musik, jetzt wo die Boxen nach drinnen verfrachtet worden waren. Die Leute tanzten, und Ellie schlief auf dem Sofa. Ich blieb kurz stehen, um nach ihr zu sehen, aber sie schob meine Hand weg und drehte sich um. Tim war nirgends zu entdecken. Vielleicht war er schon weg. Als ich durch das Zimmer schritt, hatte ich das Gefühl, über allem zu schweben, fern und unnahbar. Draußen wartete Max aus London auf mich. Die Zukunft.

Ich hörte Stimmen aus dem Bad, und als die Tür aufging, kamen dicke Grasrauchwolken heraus, dicht gefolgt von einem Jungen aus der Zwölften.

»Er muss reihern!«, rief jemand. Ich trat hastig zur Seite, gerade noch rechtzeitig, damit ich nichts von der Kotze abbekam, bevor der Junge seinen Kopf in eine Topfpalme am Eingang vergrub.

»Hey, Kate«, rief Eddy mir aus dem Bad zu, wo er vor einer abgeschnittenen Colaflasche in einem Eimer am Boden hockte. »Willste auch mal ziehen?«

»Der wird's schon anderweitig besorgt, hab ich gehört«, sagte kichernd jemand, den ich nicht sehen konnte.

»Gibt es noch ein anderes Bad?«, fragte ich und tat so, als hätte ich es nicht gehört.

Eddy strich sich die Dreads aus dem Gesicht und verzog das Gesicht bei dem misslungenen Versuch, auf mich scharfzustellen. »Ja, benutz einfach das im Schlafzimmer meiner Eltern oben. Kein Problem.«

Die Badezimmertür ging wieder zu.

»Alles in Ordnung mit dir?«, fragte ich den Jungen, der in den Blumentopf gekotzt hatte.

»Alles cool, bin okay«, beteuerte er mit dem Kopf zwischen den Knien an der Wand kauernd und winkte ab. Ich zuckte mit den Schultern und ließ ihn in Ruhe.

Die Musik wurde leiser, als ich nach oben ging. Ich konnte noch immer das Gelächter aus dem Badezimmer hören, doch hier oben klang es gedämpft. Das Schlafzimmer von Eddys Eltern wirkte beinahe klösterlich, ganz in Weiß und Grau gehalten, mit einem Betonregal überm Bett. Teure Kunstbände waren stilsicher auf beiden Seiten des Bettes aufgestapelt. Es war so anders als in dem überladenen Haus meiner Eltern. Genau so würde ich später mein Schlafzimmer einrichten, beschloss ich. Ich konnte es kaum erwarten.

Als ich wieder aus dem Bad kam und das Licht ausmachte, war ich kurzfristig wie geblendet von der plötzlichen Dunkelheit im Schlafzimmer. Als sich meine Augen langsam daran gewöhnten, fiel mir auf, dass ich durch das große Fenster, das eine gesamte Zimmerwand einnahm, Hunderte von Sternen sehen konnte. Ich trat näher heran und reckte den Hals nach oben, um hinaufzusehen. Mein Atem ließ die Scheibe beschlagen.

»Hallo, Kate«, sagte eine Stimme.

Ich fuhr erschrocken herum.

Halb versteckt im Dunkeln lag Tim auf dem Bett, die Füße ausgestreckt. Seltsamerweise war mein erster Gedanke, ihm zu sagen, er solle die Schuhe von der makellosen Tagesdecke nehmen.

»Scheiße, Tim«, sagte ich dann aber. »Ich hätte beinahe 'nen Herzinfarkt bekommen.«

Er nickte selbstgefällig und verschränkte die Hände hinterm Kopf. »Wo ist denn dein Freund?«

»Wo ist denn Manda Clarke?«, konterte ich.

»Ach, wegen der brauchst du dir keine Sorgen zu machen«, meinte er.

»Ich mache mir keine Sorgen wegen ihr«, sagte ich schnippisch. »Die ist mir so was von schnuppe.«

Tim setzte sich im Bett auf und zog eine Schnute wie ein Kind.

»Ist da vielleicht jemand ein bisschen eifersüchtig?«, fragte er.

»Oh ja, total!«, erwiderte ich sarkastisch. »Ich bin bloß hier hochgekommen, um mich auszuheulen. Ach nein, ich wollte ja bloß aufs Klo. Und das hab ich jetzt erledigt, wenn du mich dann entschuldigen würdest.«

Tim sprang so schnell vom Bett auf, dass ich zusammenzuckte. Mit vor der Brust verschränkten Armen versperrte er mir den Weg. Er lächelte mich an, allerdings mit einem Lächeln, das ich nicht von ihm kannte. Es ließ ihn fast hässlich wirken.

»Tim, werd erwachsen.«

»Werd erwachsen«, äffte er mich nach. »Und der Kerl da unten ist erwachsen, oder was? Weil er aus London ist und auf die Uni geht und so 'n Scheiß. Ist es das, was dich beeindruckt?«

»Tim …«

»Ist es das? Ist *er* gut genug für dich, Kate? Wenn ich es schon nicht bin?«

»Das stimmt doch gar nicht!«

»Ach nein?«, höhnte er. »Du hast mich doch bloß benutzt, Kate. Hast mich benutzt, und als du genug hattest, hast du mich einfach fallen lassen. Ich war dir doch immer scheißegal. Dich hat bloß interessiert, was ich für dich tun kann. Ich hab dich beliebt gemacht, und dann hast du mich abserviert.«

»Tim, ich geh jetzt wieder runter«, sagte ich. Diese Unterhaltung führte zu nichts. Was brachte es schon, wenn ich Tim jetzt noch sagte, dass ich ihn langweilig fand und besitzergreifend und er zu sehr klammerte. Er dachte vielleicht, dass mir seine Gefühle egal waren, doch es würde ihn noch mehr verletzen, wenn ich ihm die Wahrheit sagte.

Er machte einen Schritt auf mich zu und packte mich am Handgelenk. Ich versuchte, mich loszumachen, doch er hielt mich so fest, dass ich aufschrie.

»Nein, du gehst nicht!«, presste er zwischen zusammengebissenen Zähnen hervor. Er stand nah genug, dass ich Speichelspritzer auf meiner Wange spürte, als er sprach. »Du gehst nicht.«

Er packte mich auch noch am anderen Handgelenk und stieß mich aufs Bett. Ich versuchte, ihn zu treten, aber er lag so schwer auf mir, dass ich mich kaum bewegen konnte. Ich hatte immer bewundert, wie kräftig Tim war; es gab mir das Gefühl, im Vergleich zu ihm zart und zerbrechlich zu sein. Doch jetzt machte es mir Angst. Ich wusste, dass ich, egal wie sehr ich kämpfte, nicht die Kraft hätte, ihn von mir runterzubekommen.

»Tim, bitte!«, flehte ich. »Bitte. Wir können doch reden, wenn du willst! Lass uns reden!«

Tims Augen funkelten im schwachen Licht. »Sei still«, sagte er gepresst.

»Wirklich, Tim, bitte!«

Ohne meine Handgelenke loszulassen beugte er den Ellenbogen, sodass sein Unterarm sich gegen meine Kehle drückte. Mein Mund ging auf und zu, als ich versuchte, genug Luft zu bekommen, um zu schreien, aber alles, was ich herausbekam, war ein Krächzen.

Als er meine Beine auseinanderschob, wusste ich, was er vorhatte. Und ich weiß nicht, ob ich es mir je verzeihen werde, dass ich es zugelassen habe. Ganz gleich, wie oft ich mir sage, dass ich Angst hatte, betrunken und körperlich unterlegen war, die Wahrheit ist, dass ich ab einem bestimmten Punkt dachte, es würde umso schlimmer, je mehr ich mich wehrte. Also ließ ich es zu.

Er war kein Fremder. Einige Wochen zuvor hatte ich es gerne getan. In gewisser Weise hielt ich mich für besser als Tim. Dies war nun meine Strafe dafür. Das war es, was ich mir einredete, um mein Stillhalten zu rechtfertigen. Um meine Lügen zu rechtfertigen.

Als ich ein paar Stunden später nach unten kam, hatte die Musik aufgehört. Alle waren gegangen. Außer Eddy natürlich. Er schaute erschrocken, als er mich in seinem Wohnzimmer auftauchen sah; er musste gedacht haben, dass er alleine im Haus ist. Er sah die blauen Flecken an meinem Hals und mein verheultes Gesicht und bot mir an, mich nach Hause zu begleiten. Als wir schweigend den Hügel zum Haus meiner Eltern hinabstiegen, hielt er sorgsam Abstand zu mir.

Ich wusste immer, dass er geahnt hat, was passiert war,

aber er hat nie ein Wort darüber verloren und ich auch nicht. Meine Eltern versuchten zwar, mich zum Reden zu bringen, aber ich wollte nicht reden. Nein, mehr noch, ich konnte nicht. Jedes Mal wenn ich es versuchte, schnürte es mir die Kehle zu, als drücke Tim noch immer mit seinem Unterarm dagegen und hindere die Worte daran, über meine Lippen zu kommen.

Ein paar Tage später verließ ich Lyme für immer und blickte niemals zurück – bis heute.

37

»Sie sind heute aber spät dran«, sagt Cathy in der Bäckerei, als sie mir den Kaffee bringt. »Lange Nacht gehabt?«

Sie verharrt erwartungsvoll, und ich frage mich, ob sie schon etwas über mich und Eddy gehört hat. Irgendwer hatte uns gestern Abend bestimmt zusammen gesehen – zwei Singles in Lyme, die sich öffentlich gemeinsam zeigen. Vermutlich haben die löchrigen Pullis, sobald wir den Pub verlassen haben, der ganzen Stadt per SMS ein Update geschickt. Wir haben es auch geradezu herausgefordert. Doch bevor Cathy weitere Informationen aus mir herauspressen kann, erscheint der besagte Mann selbst mit vor Kälte geröteten Wangen.

»Brr«, macht er und klopft sich die Füße auf der Matte an der Tür ab. »Ganz schön kalt da draußen.«

»Wahrscheinlich schneit's noch«, mutmaßt Cathy und schaut mit unverhohlenem Interesse von mir zu Eddy.

»Dann gibt's vielleicht sogar weiße Weihnachten«, erwidert Eddy freundlich und fährt sich durch sein kurzes Haar.

»Das wäre schön«, werfe ich ein. »Prue wäre bestimmt begeistert, wenn es an ihrer Hochzeit schneien würde.« Ich bin selbst überrascht, wie ruhig und gefasst ich klinge. Wie ich zwanglos mit meinen einheimischen Freunden übers

Wetter plaudere, während sich mein Magen vor Schuldgefühlen und Panik verkrampft. Nicht die Art von aufregender Panik, die mich gepackt hatte, als ich gestern Abend Eddy küsste, sondern eine mir viel vertrautere Variante, die den Wunsch in mir weckt, so schnell ich kann aus der Bäckerei zu fliehen.

Irgendetwas an der Art, wie Eddy sich gestern Abend verhalten hat, sagt mir, dass das Ganze für ihn ein bisschen mehr Bedeutung hatte, als bloß ein Kuss im Suff. Ich bin mir noch nicht ganz sicher, wie ich gefühlsmäßig dazu stehe, aber ich weiß, dass ich auf keinen Fall bereit bin, mich auf eine neue Beziehung einzulassen (habe ich denn nicht schon genug Beweise geliefert, dass ich darin nicht gut bin?), und es macht mir Angst, dass Eddy vielleicht genau das möchte.

Doch Eddy scheint vollkommen unberührt von dem, was passiert ist. Er erkundigt sich nach Cathys Enkelin und fragt, ob jemand mit dem Namen Bill auch dieses Jahr wieder Weihnachtsbäume draußen vor der Bäckerei verkaufen wird. Während Cathy sich lang und breit über die schlimmen Frostbeulen auslässt, die dieses Jahr Bills saisonales Geschäft bedrohen, betrachte ich Eddy mit ganz neuen Augen.

Er wirkt heute weniger nervös als sonst, entspannter, und er lacht über Cathys Klatsch. Aber vielleicht tut er bloß so wie ich. Hin und wieder springen seine Augen zu mir hinüber, während er Cathy zuhört, und ich senke verlegen den Blick auf meinen Kaffee. Erst als ich wieder aufblicke, wird mir klar, wie kokett das wirken muss.

Cathy beobachtet uns beide und wischt sich dann energisch die Hände an ihrer Schürze ab. »Ich kann ja nicht den ganzen Tag hier rumstehen und schwatzen, was? Und du hörst mal lieber auf, mich von der Arbeit abzuhalten, Eddy Curtis, du Schlingel.« Sie versetzt ihm noch einen kleinen Klaps mit dem Küchenhandtuch, bevor sie geht.

»Ich glaube, sie steht auf dich«, ziehe ich ihn auf, als er mir gegenüber am Tisch Platz nimmt. Er beugt sich zu Minnie hinunter und tätschelt sie zur Begrüßung.

»Pheromone«, sagt Eddy augenzwinkernd. »Da kann sie nichts dafür. Du ja auch nicht.«

»Eddy!«, rufe ich lachend, und meine Wangen werden so heiß, dass man vermutlich Brot darauf toasten könnte.

»Was denn?«, fragt er und berührt, unbemerkt von Cathy oder den anderen Gästen, meine Beine unter dem Tisch mit seinen. »Komm schon, du willst doch nicht so tun, als sei nichts passiert, oder?«

Als er das sagt, wird mir klar, dass das so ziemlich genau das war, was ich vorhatte. Ich ziehe meine Beine unbemerkt ein bisschen von seinen weg, woraufhin er mich fragend ansieht.

»Natürlich nicht«, erwidere ich eifrig.

»Kaaate?«, sagt Eddy und zieht meinen Namen in die Länge wie Kaugummi. Sein Mund verzieht sich zu einem kleinen Lächeln. Es ist unmöglich, nicht zurückzulächeln.

»Hör zu, ich weiß nicht, ob das so eine gute Idee war«, erkläre ich. »Ich meine, es hat Spaß gemacht und alles, Eddy, du bist super, aber …« Meine Worte verlaufen im Sand.

Eddy zieht die Augenbrauen hoch. »Tja, also ich bin entsetzt«, sagt er scherzhaft. »Ich habe schon überlegt, wann wir das Aufgebot bestellen.«

»Sehr witzig«, murmle ich.

Eddy legt unbeholfen seine Hand auf meine. »Kate, mach dich locker. Das ist keine große Sache. Ich weiß, dass du noch nicht bereit bist, dich in irgendwas Neues zu stürzen. Aber lass uns nicht so tun, als sei nichts passiert. Das ist nie gut.«

Oh Eddy, denke ich. Wenn du wüsstest. So zu tun, als seien die Dinge gar nicht passiert, war sozusagen mein Lebensmotto.

»Das ist so peinlich«, sage ich. »Tut mir leid.«

Eddy zuckt mit den Schultern. »Ich finde nicht, dass das peinlich ist«, meint er sanft. »Ich mag dich, Kate. Das hab ich schon immer. Letzte Nacht war schön. Aber wenn du willst, dass wir bloß Freunde sind, dann ist das auch okay.«

Ich hebe den Kopf und sehe Eddy richtig an. Sein Gesichtsausdruck ist so offen und klar, es ist, als könnte ich seine Gedanken lesen, und die sind alle geordnet und rational und vernünftig.

»Mann, Eddy«, sage ich. »Wann bist du bloß so erwachsen geworden?«

Er lacht und wirft dabei den Kopf zurück, als hätte ich etwas total Witziges gesagt. Aber ich meine es so, wirklich. Wie kann er bloß so geradlinig und mit sich im Reinen sein, wo er seine Ehe doch genauso verpatzt hat wie ich meine? Wo sind *seine* Selbstzweifel? *Sein* vernichtendes Gefühl, nutzlos zu sein?

»Erwachsen?«, fragt er spöttisch.

»Doch, das bist du, Eddy«, beteuere ich. »Du wirkst sortiert. Wie machst du das?«

Ich sehe, dass Eddy ein bisschen verwirrt ist. »Von außen betrachtet wirkt doch jeder so, Kate«, meint er. »Für mich wirkst du auch sortiert. Zwar traurig im Moment, aber in vielerlei Hinsicht sehr sortiert. Du solltest aufhören, so kritisch mit dir zu sein.«

Eddy hat leicht reden. Ich wette, wenn man sein dunkelstes Geheimnis aufdeckte, wäre das etwas wie »hab meiner Mutter mit zwölf einen Fünfer stibitzt« oder »hab mal die Zulassung meines Wagens nicht rechtzeitig erneuert«. Kein Wunder, dass es ihm leichtfällt, offen mit seinen Gefühlen umzugehen; sie sind so unkompliziert und klar. Er ist Mr. Sonnenseite. Das war er schon immer, sogar als wir jünger waren.

Ich will nicht mal daran denken, was man finden würde, wenn man nach meinen dunkelsten Geheimnissen graben würde, etwas Gutes käme bestimmt nicht dabei raus.

»Du bist süß, Eddy«, sage ich.

Aber es ist schon komisch. Die ganze Zeit hat er gedacht, ich sei sortiert und mondän, die erfolgreiche Kate in London, aber in Wirklichkeit ist er derjenige, der sein Leben auf die Reihe bekommen hat – der eine eigene Firma gegründet, zwei hübsche Töchter hat und mit sich im Reinen ist –, der, der die ganze Zeit in Lyme geblieben ist.

Er scheint dieses rastlose Bedürfnis nach Veränderung und Verbesserung nicht zu kennen, das mich schon immer antreibt. Das mich zwingt, mich zu beweisen. Alles zu verbessern. Alle um mich herum zu verbessern. Ich habe immer gedacht, ich täte Gutes, indem ich versuche, die Welt zu einem besseren Ort zu machen. Was, wenn ich in Wahrheit von vornherein falschlag und mich immer bloß geweigert habe, die Welt so zu sehen, wie sie ist, und die Leute so zu akzeptieren, wie sie sind, anstatt alle immer so zurechtbiegen zu wollen, wie ich sie haben will?

»Kate?«, sagt Eddy. »Erde an Kate?«

»Tut mir leid«, antworte ich. »Hab nur nachgedacht.«

»Hör zu, im Moment ist für dich bestimmt alles verquer«, meint Eddy. »Das Ende deiner Ehe ist ein harter

Schlag. Ich weiß, dass du vermutlich noch nicht bereit für etwas Neues bist. Aber ich bin für dich da, als Freund, okay?«

»Danke, Eddy«, sage ich. »Du bist echt ein guter Mensch.«

Und er ist ein besserer Freund, als ich verdient habe.

38

London

Ich saß auf dem Badewannenrand und starrte schon seit fünf Minuten auf den Schwangerschaftstest, als könne ich ihn dadurch dazu bewegen, das Wort anzuzeigen, das mein Leben verändern würde. Unser Leben. Für mich war es nicht bloß ein Plastikstab, sondern ein Zauberstab.

Meine Periode war schon zwei Tage überfällig, beim Frühstück war mir kotzübel geworden, und meine Brüste waren so schmerzempfindlich, dass ich sie stützen musste, wenn ich die Treppe hinunterging. Eigentlich waren das ermutigende Zeichen, aber ich kannte die grausame Ironie, dass die Symptome einer frühen Schwangerschaft kaum von denen zu unterscheiden waren, die mich kurz vor meiner Periode plagten. Also glaubte ich gar nichts, bevor der Test nicht positiv war. Mein Arzt hatte mir bestätigt, dass mit mir alles in Ordnung war, absolut. Er meinte bloß, dass ich mir nicht zu viel Stress machen solle, was lächerlich war. Hatte ich nicht genau deshalb mit dem Arbeiten aufgehört?

Der Arzt meinte, es würde passieren, wenn ich am wenigsten damit rechne, was ja auch immer alle über das Verlieben sagen. Ich schätze, da war etwas dran. Was mich jedoch nicht davon abhielt, dem Arzt eine in sein selbstgefälliges, gleichgültiges Gesicht geben zu wollen. Am liebsten hätte ich noch hinzugefügt: »Wenn das so weitergeht, muss ich wohl zum Samenraub schreiten, weil mein Mann sowieso schon kaum mehr mit mir schläft.«

Matt und sein Supersperma. Oh ja, er hatte die Tests auch gemacht. Aber erst nachdem ich ihm wochenlang damit in den Ohren gelegen hatte. Wenn ich nett war, und dazu war ich durchaus in der Lage, egal was mein Mann sagte, musste ich anerkennen, dass ihm vor diesen Tests graute. Er wusste, wie wichtig mir das war, und er fürchtete sich vor der Möglichkeit, derjenige zu sein, der schuld war. Eigentlich hätte er daran schon gewöhnt sein müssen.

Aber nein, natürlich stellte sich heraus, dass Matt Martell, dem immer alles in den Schoß fiel, Superschwimmer hatte. Als der Arzt ihm die Ergebnisse mitteilte, dachte ich schon, Matt würde im Wartezimmer mit hochgerissenen Armen eine Siegerrunde drehen.

»Also *bei mir* ist alles in Ordnung«, sagte er auf dem Nachhauseweg stolz wie Oskar. »Alles tipptopp.« Und als wir nach Hause kamen, war es nach Wochen wieder einmal er, der die Initiative zum Sex ergriff.

Daraus schlussfolgerte ich, dass ich diejenige war, mit der etwas nicht stimmte – ich glaube nicht, dass ihm das bewusst war. Das trübte nicht bloß die Gegenwart, sondern ließ mich auch die Vergangenheit rückwirkend mit anderen Augen betrachten. Plötzlich musste ich daran denken, wie oft ich Risiken eingegangen war, ohne die »Pille danach« genommen zu haben, wie oft ich nach dem Motto »wird schon schiefgehen« die Beine breit gemacht und dann den Beginn meiner Periode als Segen empfunden hatte. Was, wenn ich überhaupt nie in der Lage war, Kinder zu bekommen? Was, wenn das bewies, dass ich überhaupt nicht schwanger werden konnte?

Das, was der Arzt gesagt hatte, beruhigte mich nicht, wenn wirklich alles in Ordnung war, dann wäre ich doch längst schwanger. Ich hatte alles richtig gemacht. Alles. Es musste einen Grund geben.

»Was willst du noch?«, fragte Matt, als ich versuchte, mit ihm darüber zu reden, warum es bei uns nicht klappte. »Wir haben die Tests gemacht, alles ist in Ordnung. Du musst bloß aufhören, dich verrückt zu machen.«

Also redete ich nicht mehr darüber, was zumindest für Matt dasselbe war.

Jetzt, wo ich darüber nachdenke, redete ich über fast gar nichts mehr mit ihm. Über wichtige Dinge, meine ich. Es brachte ja sowieso nichts, zumindest kam es mir so vor. Doch für Matt schien das ein gutes Zeichen zu sein, und ich merkte, dass ihm unsere oberflächlichen kleinen Gespräche beim Abendessen gefielen – was lief heute im Fernsehen, was hatte Minnie heute Vormittag wieder gemacht, welchen neuen Kunden hatte er neuerdings für Hitz an Land gezogen? Alles war besser als der wütende Groll, den ich normalerweise auftischte.

Doch dann fing er an, immer später und später nach Hause zu kommen, und mir wurde klar, dass er mir aus dem Weg ging. Es sagt viel, dass mir das zu diesem Zeitpunkt bereits egal war. Solange wir Sex hatten, wenn ich meinen Eispung hatte, konnte er machen, was er wollte.

Ich schüttelte den Test, für den Fall, dass er das Ergebnis vielleicht früher anzeigte. Und da stand es. Nicht schwanger. Schon wieder.

Der Test sagte zwar nicht »schon wieder«, aber er hätte es genausogut tun können. Genauso gut hätte darauf stehen können: »Du, Kate Martell, bist eine totale Versagerin. Du kannst kein Baby bekommen. Dein Mann hält dich für durchgeknallt. Und Freunde hast du eigentlich auch keine mehr.« Aber ich gebe zu, dass das ein bisschen viel Text für so einen kleinen Stab gewesen wäre. Aber nur weil es nicht dastand, bedeutete das nicht, dass ich mich nicht genau so fühlte.

Ich hörte mein Handy im Schlafzimmer klingeln, aber ich machte mir erst gar nicht die Mühe ranzugehen. Ich fühlte mich wie betäubt. Ich war mir nicht einmal sicher, ob mich meine Beine überhaupt dorthin tragen würden. Und ich wusste sowieso, wer es war – Sarah.

In den letzten Wochen hatte sie ihre selbst auferlegte Mitleidsmission verschärft. Da ich nirgends mehr hinging, hatte sie sich selbst zu einem DVD-Popcorn-Abend eingeladen, an dem sie dann viel zu viel trank und mir gestand, dass sie und Jay Probleme hätten und sie nicht mehr wüsste, ob sie ihn noch liebte. Ich hörte ihr zu, aber es war, als wäre eine Glaswand zwischen uns. Ich erzählte ihr nichts von Matt und mir. Es laut auszusprechen, ihr zu erzählen, wie unschön alles geworden war, hätte es wahr gemacht. Und weil ich mich nicht öffnete, wirkte ich distanziert. Ich sah, dass meine Unnahbarkeit sie verletzte, aber wenn ich zu weinen angefangen hätte, dann hätte ich bestimmt nie wieder aufgehört.

Ich warf den Test in den Müll und bedeckte ihn mit Papiertaschentüchern, damit Matt ihn nicht sehen konnte. Als ob er jemals den Inhalt des Badezimmermülleimers untersuchen würde. Den alten Rasierklingen und leeren Shampooflaschen, die er immer im Badezimmer rumliegen ließ, nach zu urteilen, wusste er vermutlich nicht einmal, dass es in unserem Bad überhaupt einen Mülleimer gab. Aber zu wissen, dass er versteckt war, gab mir ein sichereres Gefühl. Vielleicht wollte ich ihn einfach selbst nicht mehr sehen.

Die Verpackung nahm ich mit; ich würde sie in meine Handtasche stecken und dann später irgendwo entsorgen. Ich hatte mir angewöhnt, die Packungen vor Matt geheim zu halten, weil es ihm sonst bloß Munition gegen mich lieferte und er mir wieder einmal vorwerfen könnte, dass ich zwanghaft und neurotisch sei. Das erste Mal hatte ich sie ganz beiläufig einfach in die Mülltonne unserer Nachbarn, den Palmers, geworfen, ohne zu ahnen, dass das einen mächtigen Krach zwischen ihnen provozieren würde, weil sie bereits vier Kinder hatten und Mr. Palmer sich mittlerweile hatte sterilisieren lassen. Von da an beseitigte ich die Packungen lieber weiter weg, in einer anonymen öffentlichen Mülltonne.

Mein Telefon summte erneut, um mir zu sagen, dass ich etwas auf meiner Mailbox hatte. Natürlich war es Sarah, wer sollte es sonst sein? Wenn in letzter Zeit mein Telefon klingelte, waren es entweder meine Mutter, Matt oder Sarah. Während ich früher Hunderte von E-Mails am Tag abhandeln musste und mein halbes Leben am Telefon hing, ließ mich heute manchmal der Eingang einer einzelnen SMS zusammenzucken.

»Hey Kate, ich bin's. Ich ruf nur an, weil ich dir sagen wollte, dass wir heute auf ein Feierabendbier ins *Crown* gehen. Jay muss arbeiten, also könnten wir danach vielleicht noch 'ne Pizza essen gehen. Alle würden dich total gern wiedersehen. Gib mir einfach Bescheid, okay?«

Sie rechnete bestimmt nicht wirklich damit, dass ich auftauchen würde. Sie wartete bloß auf meine Entschuldigung. Ich traute mich nicht zuzugeben, dass mir Soho mittlerweile etwas Angst machte. Dort wimmelte es von Leuten, die zu ihrem nächsten wichtigen Meeting hetzten, alle waren so beschäftigt, hektisch und telefonierten wild, während sie die Gehsteige entlangeilten. Ich hatte das Gefühl, nicht mehr dazuzugehören. Ich verstand auch nicht, warum Sarah ein Nein als Antwort nicht akzeptieren wollte – je öfter ich ihre Einladungen ablehnte, desto öfter fragte sie mich, bis ich mich geradezu belagert fühlte.

Ich simste knapp zurück – das war leichter, als anzurufen und in ein Gespräch verwickelt zu werden.

Sorry, aber ich koche heute Abend für Matt. Liebe Grüße.

Ihre Antwort kam sofort.

Ach so, ich dachte, er hätte gesagt, er sei heute unterwegs. Mein Fehler. Dann ein andermal. Xoxoxo

Warum dachte Sarah, Matt sei heute unterwegs? Mir gegenüber hatte er nichts dergleichen erwähnt, nicht dass das besonders ungewöhnlich wäre. In letzter Zeit erzählte er mir nicht mehr viel. Wir aßen auch nicht mehr oft gemeinsam. Ich hatte mir angewöhnt, früher zu Abend zu essen, und er kam oft erst gegen neun nach Hause. Aber normalerweise sagte er mir Bescheid, wenn er den ganzen Abend nicht da war, wenn auch nur, damit ich mir nicht die Mühe machte, für ihn zu kochen.

Plötzlich war ich wütend. Meine ganze Resignation verflüchtigte sich, und an ihre Stelle trat blanke Wut. Für wen hielt sich Matt eigentlich? Mich als so selbstverständlich zu betrachten. Sich nicht mal mehr die Mühe zu machen, mir mitzuteilen, wohin er ging oder was er vorhatte. Einfach so zu erwarten, dass ich allein zu Hause rumsitze wie immer und darauf warte, bis er heimkommt. Aber selbst in meiner Wut wollte ich nicht diejenige sein, die eine echte Aussprache anstieß. Die womöglich in einen Streit ausarten würde. Den ich vielleicht verlieren würde. Also simste ich stattdessen:

> Sarah meint, du wärst heute Abend unterwegs. Hattest du vor, mir das zu sagen?

Natürlich antwortete Matt nicht, was mich nur noch wütender machte. Nachdem drei Stunden vergangen waren, ohne dass ich eine Antwort von ihm erhalten hatte, war ich drauf und dran zu explodieren. Ich stapfte in der Küche auf und ab und führte wütende Gespräche mit einem imaginären Matt. Imaginär, als wäre er hier, um mit mir zu reden, anders als mein echter Ehemann, der nie da war. Minnie verzog sich in ihr Körbchen, aber ich war zu wütend, um mich zu bremsen.

Nach vier Stunden zog ich mich um. Ich schminkte mich. Ich föhnte mir die Haare. Ich brachte Minnie zu den Palmers rüber und bat sie, ein paar Stunden auf sie aufzupassen.

Scheiß drauf. Was er konnte, konnte ich schon lange. Ich ging aus.

39

Als ich eines Abends aus dem Maklerbüro komme, wo ich gerade einen Termin für neue Fotos des renovierten Bungalows vereinbart habe, fällt mir auf, dass auf der Broad Street bereits die Weihnachtsbeleuchtung brennt. Mit der auf der Regent Street in London kann sie zwar nicht mithalten, aber die glitzernden Schneeflocken und Bäume sehen im schwindenden Abendlicht hübsch aus. Dieser Anblick lässt mich einen Augenblick verharren. Weihnachten rückt näher. Bald bricht ein neues Jahr an. Ich hatte wohl vergessen, dass für alle anderen das Leben weiterlief, während meins stillstand.

Ich muss an das letzte Weihnachtsfest in Belsize Park denken. Matt und ich hatten beschlossen, es bloß zu zweit zu verbringen, keine Familienbesuche, keine verstopften vierspurigen Autobahnen, kein Proviant bestehend aus einer Riesentüte Malteser und keine Streitereien darüber, ob es nicht schneller wäre, sich vom Navi über Land lotsen zu lassen. Ich war immer dafür, auf den Hauptstraßen zu bleiben, während Matt wie ein Hai das Bedürfnis hatte, immer in Bewegung zu bleiben, selbst wenn das bedeutete, im Schneckentempo irgendeinen einspurigen Umweg in die falsche Richtung in Kauf nehmen zu müssen. Diesmal würde es keine Streitereien über die Route geben; wir hatten uns damit herausgeredet, dass wir sowieso oft genug geschäftlich unterwegs waren und mal etwas Zeit zu Hause verbringen wollten. Unsere Familien akzeptierten die romantischen Launen von uns Frischvermählten und machten keine Einwände.

Den Weihnachtstag verbrachten wir bis mittags im Pyjama. Das war noch, bevor ich mit dem Kochen angefangen hatte, und so ziemlich alles, was wir damals aßen, aus der Lebensmittelabteilung von Selfridge stammte. Dort hatte ich am Vorabend ein Vermögen gelassen für geräucherten Lachs, Fertig-Blinis, gefüllte Truthahnbrüstchen, eingelegtes Gemüse und einen fußballgroßen Plumpudding, obwohl ich Rosinen eigentlich hasste und wusste, dass ich ihn sowieso nicht anrühren würde. Traditionen mussten bewahrt werden. Es ist schon fast erschreckend, dass unser perfektes Weihnachten – vor nur einem Jahr – mir nicht mehr Mühe abverlangt hat, als in einem Laden mit der Kreditkarte zu wedeln und dann ein Taxi nach Hause zu nehmen.

Natürlich schwamm ich damals noch im Geld aus meiner Abfindung und war mir sicher, dass um die Ecke schon wieder ein neuer Job auf mich wartete, also war es anders. Alles war anders. Wir verbrachten den ganzen Vormittag im Bett, packten Geschenke aus, aßen Toasts und nebenbei lief – Matts Wahl – *Die Glücksritter* mit Dan Aykroyd. Matt erklärte dies zu einer Tradition, die von nun an für alle Martell-Weihnachtsfeste fortbestehen müsste. Keiner von uns hätte sich damals vorstellen können, dass es für uns nur eins geben sollte.

Ich schüttle den Kopf und versuche, die Gedanken an Matt zu vertreiben. Dieser Teil meines Lebens ist nun vorbei, und ich sollte ihm nicht länger nachhängen. Plötzlich merke ich, dass ich die ganze Zeit ins Schaufenster der Drogerie gestarrt habe, von wo aus mich eine Frau fragend ansieht, als hätte ich etwas an ihrem Arrangement von duftenden Körperpuderdosen zu einer lamettabehangenen Pyramide auszusetzen. Erschrocken und irgendwie verlegen halte ich enthusiastisch beide Daumen hoch, was sie nur noch mehr irritiert. Ich vermute, sie denkt, ich meine es ironisch.

Minnie zerrt voller Ungeduld an der Leine, sie kann es kaum erwarten weiterzugehen, anstatt in der Kälte herumzustehen. Plötzlich rennt sie los und springt einen Mann an, der gerade vorbeigeht.

»Entschuldigung!«, rufe ich, doch als ich aufblicke, stelle ich fest, dass es mein Vater ist.

»Ja, wen haben wir denn da?«, sagt er. »Meine zwei Lieblingsmädchen. Was habt ihr denn vor?«

»Ach, dies und das«, antworte ich ausweichend. Jetzt da die Renovierung des Bungalows fast abgeschlossen ist, sind meine Schuldgefühle darüber, nichts zu tun, noch schlimmer geworden. Zudem brauchte ich dringend ein paar gute Vorsätze für das neue Jahr. Wenn mir nur einfallen würde, welche das sein könnten.

»Hast du deine Weihnachtseinkäufe etwa noch nicht gemacht?« Dad betrachtet seufzend das Schaufenster, in dem die Verkäuferin nun eine Lichterkette um die Pyramide aus Puderdosen windet. »Deine Mutter liegt mir die ganze Zeit in den Ohren, dass ich ihr eine Liste schreiben soll … Ich hab ihr gesagt, sie soll mir einfach das schenken, was ich letztes Jahr von ihr bekommen haben. Und ich schenke ihr das, was ich ihr letztes Jahr besorgt habe.«

Ich muss grinsen. »Dad, jetzt tu nicht so, als würdest du deine Weihnachtseinkäufe selbst machen.«

Er schaut verlegen drein. »Deine Mutter macht so was eben gern«, sagt er.

»Ach, wirklich?«, frage ich mit hochgezogener Augenbraue.

Dad räuspert sich unwirsch und vergräbt das Kinn auf der Brust. »Hör zu, Kate, vielleicht haben wir nicht gerade die modernste Ehe, so wie ihr jungen Leute, aber es funktioniert. Deine Mutter und ich sind sehr glücklich.«

Seine Worte treffen mich wie ein Schlag in die Magengrube. Wer bin ich, dass ich über ihre Ehe urteile? Sie sind schon seit mehr als dreißig Jahren verheiratet. Ich habe nicht mal zwei geschafft. Ich muss geknickt aussehen, der Miene meines Vaters nach zu urteilen.

»Verrate das nicht deiner Mutter«, sagt er plötzlich verschwörerisch. »Sie denkt, ich kaufe bloß Briefmarken, aber in Wahrheit wollte ich mal ein bisschen Ruhe vor dem verflixten Verlobten deiner Schwester haben. Er hört nicht auf, von einem Firmenleitbild und von Fortbildungsmaßnahmen zu quatschen. Ich halt das nicht aus.«

Armer Dad. Es muss anstrengend sein, den vereinten Kräften von Ben und Prue auf ihrer Modernisierungsmission standzuhalten.

Dad seufzt. »Ich bin zu alt für solche Veränderungen. Am liebsten würde ich es ihnen einfach überlassen und, ich weiß nicht, irgendwohin abhauen.«

»Und wieder als Roadie arbeiten?«, ziehe ich ihn auf.

Er blickt nachdenklich drein, als würde er meinen Vorschlag ernst nehmen und darüber nachdenken, gleich morgen früh bei Lady Gaga anzuheuern.

»Das Reisen geht mir ab«, sagt er wehmütig. »Wie dem auch sei, ich wollte mich kurz in den Pub schleichen. Kommst du mit?«

Ich reagiere seltsam befangen auf die Idee. Ich und mein Vater gehen zusammen was trinken? Normalerweise kann er das Telefon gar nicht schnell genug an Mum weiterreichen, wenn ich aus London anrufe. Er muss ein echt schlechtes Gewissen wegen seines Ehekommentars vorhin haben, dass er das überhaupt vorschlägt.

Aber er scheint es ehrlich zu meinen und macht mit lustig wackelnden Augenbrauen eine auffordernde Kopfbewegung zum Pub hinüber.

»Ich weiß ja nicht, was die Jungunternehmervereinigung Südwest dazu sagen würde, Dad«, werde ich los und hake mich bei ihm unter. »Benimmt sich so ein zielstrebiger Industriekapitän?«

Er grinst. »Die können uns mal!«

Manchmal ist es schwer, sich vorzustellen, dass Dad mal ein Roadie war – er ist heute so sanftmütig und freundlich, mit seinen zwinkernden Augen und dem buschigen Bart. In meinen frühesten Kindheitserinnerungen ist er sturzbetrunken und singt und johlt, während Mum mich beruhigt und sagt, ich solle wieder schlafen gehen. Heutzutage ist er so gut wie nie betrunken, aber ein Vermächtnis dieser wilden Jahre auf Achse ist, dass er mehr verträgt als jeder andere, den ich kenne.

Sein erstes Bier hat kaum Zeit, das Glas zu benetzen, so schnell hat er es ausgetrunken. Während ich an meinem Wein nippe, ist er auch schon wieder an der Bar, um sich ein zweites zu holen. Es fühlt sich dekadent an, mitten am Tag Alkohol zu trinken. Als ich meinen Job verlor, habe ich mir zwei strenge Regeln auferlegt: kein Fernsehen tagsüber und kein Alkohol, bevor Matt zu Hause ist. Das führte allerdings dazu, dass ich meinen Mann oft mit einer Weinflasche in der Hand an der Tür empfing. Und nachdem Sarah mich darauf hingewiesen hatte, dass stundenlanges Surfen im Internet gleichbedeutend mit Fernsehen war, kam mir meine Leistung, vormittags nie Sendungen wie *Der Trödeltrupp* anzuschauen, schon weniger beeindruckend vor.

Aber trotzdem. Ich wollte nie zu den Leuten gehören, die man am Nachmittag aus dem Pub torkeln sieht, die den normalen Rhythmus eines Arbeitstages vollkommen verloren haben und schon zum Abendessen einen Kater haben.

Dad kommt von der Bar wieder und lässt sich mit einem zufriedenen Seufzer auf den Platz mir gegenüber fallen.

»Los, trink!«, fordert er mich auf. »Es ist Weihnachten.«

»Wir haben November«, erwidere ich.

»Dann eben fast Weihnachten«, sagt Dad. »Wird Zeit, dass wir ein bisschen in Übung kommen.«

»Dad«, sage ich. Mein Ton macht ihn sofort misstrauisch.

»Jaa?«

»Dad, glaubst du, dass Prue und Ben gut zusammenpassen?«

Mein Vater schnaubt in sein Bierglas. »Puh! Wer weiß? Er hat ein dickes Fell, aber das braucht er auch, wenn er mit deiner Schwester verheiratet ist. Und er bietet ihr die Stirn. Das gefällt mir. Mit ihm zusammenzuarbeiten mag eine Plage sein, aber er scheint Prue glücklich zu machen. Ich schätze, das ist es, was zählt.«

Ich betrachte ihn aufmerksam, bevor ich ihm die nächste Frage stelle. Ich will sicher sein, dass ich mit seiner Antwort fertigwerde, egal wie sie ausfällt.

»Findest du, dass Matt und ich gut zusammengepasst haben?«

Seine Augen weiten sich alarmiert. Er blickt sich Hilfe suchend im Pub um, aber es sitzen bloß noch zwei alte Männer in der Ecke, die sich über ein Kreuzworträtsel in der Zeitung vor ihnen streiten. Minnie schläft unter dem Tisch.

»Nun«, sagt er schließlich. Vorsichtig. »Ich weiß nicht, Kate. Die Beziehungen von anderen sind uns immer ein Rätsel, oder? Keiner weiß wirklich, was zwischen zwei Menschen passiert, außer eben diesen beiden. Aber ja, ich fand, dass ihr gut zusammengepasst habt. Ich finde, dass er ein guter Mann ist.«

»Das dachte ich auch«, sage ich. Die Weihnachtsbeleuchtung hat mich rührselig gemacht. Oder vielleicht ist es auch der Wein mitten am Tag. Alkohol hat manchmal diese Wirkung auf mich – zieht mich runter, anstatt mich zu beflügeln.

Dad räuspert sich mehrmals. »Weißt du, Kate. Ich… äh… ich habe in den letzten Wochen öfter mal mit Matt gesprochen.«

Mein Kopf schießt hoch. »Du hast was?«

Dad lehnt sich auf seinem Stuhl zurück, außerhalb meiner Reichweite, als würde ich ihm gleich eine knallen.

»Ich weiß – deine Mutter hat auch gesagt, ich soll mich da raushalten, aber, Kate, er ruft immer wieder an und fragt, ob er herkommen soll und… Mensch…« Dad seufzt. »Der Mann tat mir einfach leid. Egal was er getan hat.«

Ich merke, wie mir übel wird. Der Wein rumort in meinem leeren Magen. Ich kann Dad kaum in die Augen schauen, ihm geht es offenbar genauso. Wir lassen beide unseren Blick durch den Raum schweifen, als machten wir irgendeine Augengymnastik.

»Er… er hat gesagt, dass er herkommen will?«, frage ich schließlich.

Dad seufzt tief und dreht sein Glas auf dem Bierdeckel, als wolle er es in die Tischplatte bohren. »Ich habe ihm gesagt, er soll es lassen, Katie-Schatz. Ich hoffe, das war nicht falsch, aber deine Mutter und ich dachten, du bräuchtest ein bisschen Zeit, um nachzudenken.«

Also wollte Matt schon die ganze Zeit herkommen? Und meine Eltern haben ihm gesagt, dass er mich erst einmal in Ruhe lassen soll? Ich kann nicht wütend auf sie sein, weil ich weiß, dass sie es in bester Absicht getan haben, aber meine Gefühle spielen verrückt bei dem Gedanken, dass Matt sich nicht von mir ferngehalten hat, weil er es wollte, sondern weil man ihm dazu geraten hat.

»Hat er …« Ich schiebe das Weinglas von mir weg. Ich weiß, dass ich es nicht mehr austrinken kann. Ich spüre jetzt schon, dass es meinen Mageninhalt stocken lässt. »Was hat er gesagt … über alles?«

Dad runzelt die Stirn und sieht mir direkt in die Augen. Er ist überhaupt kein Schauspieler. Daher weiß ich sofort, dass Matt ihm nicht annähernd alles erzählt hat.

»Katie-Schatz«, sagt Dad sanft. »Ich will nicht in den Details rumschnüffeln, das weißt du. Die Probleme, die ihr habt, sind eine Sache zwischen euch.«

Ich lächle ihn dankbar an, froh darüber, dass ihm nicht all die peinlichen Einzelheiten aufgebürdet worden sind. Doch wenn Matt nicht anruft, um seine Seite der Geschichte zu erzählen, warum ruft er dann überhaupt an? Ihm ist doch sicher klar, dass ich nicht mit ihm reden kann.

»Aber über was habt ihr denn dann gesprochen?«, frage ich. Mich packt eine eigenartige Angst, mein Vater könnte Partei für Matt ergreifen anstatt für mich. Es ist das erste Mal, dass ich mit meinem Vater über meine Beziehung spreche, seit ich nach Lyme zurückgekommen bin. Und nun stellt sich heraus, dass mein Mann bereits in regelmäßigem Kontakt mit ihm ist, um vertrauliche Familiengespräche mit ihm zu führen. Und damit versucht dieser Mann, der in seinem ganzen Leben zusammen kaum mehr als eine Stunde mit mir telefoniert hat, meinen Vater auf seine Seite zu ziehen.

»Na ja«, sagt Dad und trommelt mit den Fingern auf den Tisch. »Cricket?«

»Dad, es ist November«, erwidere ich.

»Haben wir aber«, brummt Dad. »Und über seine Arbeit und solche Sachen. Meine Güte, wir haben zwar nicht am Telefon rumgeheult, Kate, aber der Mann klang verzweifelt. Er musste einfach mit jemandem reden.«

Wir sitzen ein paar Minuten schweigend da.

»Er will einfach nur wissen, wie es dir geht«, sagt Dad dann. »Ich denke nicht, dass es illoyal ist, ihm das zu sagen.«

Ich betrachte Dad vorsichtig. Die beiden alten Männer in der Ecke streiten sich gerade über das Lösungswort für vier senkrecht. Dad hat sich nicht illoyal verhalten. Das weiß ich. Aber was beabsichtigt Matt damit? Das ist es, was ich gerne wissen möchte.

»Was hast du ihm erzählt?«, frage ich nervös. Natürlich hoffe ich, dass Dad mich als strahlend gesunde Schönheit dargestellt hat, die gelassen die Fassung bewahrt und vor guter Laune und Glück nur so strotzt.

»Ich habe ihm gesagt, dass es dir ziemlich schlecht geht«, meint Dad.

»Himmel, Dad, danke auch«, sage ich. »Solidarität und so.«

Dads Gesichtsausdruck verfinstert sich plötzlich, und er

wirkt, als würde er gleich losbrüllen. Doch als er spricht, ist seine Stimme gefährlich leise. »Was hätte ich ihm denn bitte sagen sollen, Kate? Dass deine Mutter und ich nachts wach liegen und uns Sorgen machen, weil wir keine Ahnung haben, was in deinem Kopf vorgeht? Dass du mit niemandem über etwas redest? Dass du dich hier verkrochen hast und keiner von uns in der Lage zu sein scheint, zu dir durchzudringen?«

Ich beiße mir auf die Lippen und spüre, dass mir Tränen in die Augen schießen.

»Es ist, als wären die Rollläden runtergegangen, Katie-Schatz«, sagt Dad. »Du schließt uns alle aus. Genauso warst du als Teenager. Als du von dieser Party bei Eddy Curtis zurückkamst und zwei Tage lang nicht mit uns geredet hast.«

»Dad …«, sage ich, aber es klingt eher wie ein komisches Schluchzen.

Dad redet weiter. Es ist, als könnte er sich nicht mehr bremsen, jetzt wo er einmal mit dem Reden angefangen hat. Die Worte sprudeln nur so aus ihm heraus, und jedes davon trifft mich wie ein Schwert.

»Damals haben wir zugelassen, dass du wegläufst. Wir haben dich nicht gedrängt … wir dachten, es wäre zu deinem Besten. Was auch immer passiert ist, du wolltest es hinter dir lassen.«

Ich schniefe und wische mir mit dem Ärmel die Nase ab.

»Es war ein Fehler«, fährt Dad fort. »Wir wollten dich schonen, aber das war falsch. Und jetzt machst du es wieder so. Und …«, ich merke, dass seine Stimme anfängt zu zittern und sein Brustkorb sich hebt und senkt, als ringe er nach Luft. »Und, mein Schatz, es bricht mir das Herz, dass du dir das wieder und wieder antust. Warum lässt du dir nicht von uns helfen?«

Zu meinem absoluten Entsetzen fängt mein großer, tapferer, bärtiger Vater an zu weinen, den Kopf auf die Brust gesenkt, mit fest zusammengekniffenen Augen. Seine Schultern zucken, und er legt eine Hand übers Gesicht, als würde er sich dafür schämen.

Aber ich bin es, die sich schämt. Dafür, dass ich meinen Vater dazu gebracht habe. Die alten Männer in der Ecke starren mich vorwurfsvoll an, zumindest kommt es mir so vor. Ich möchte Dad umarmen, aber ich habe Angst, dass ihn das noch mehr mitnimmt. Es erscheint mir besser, einfach still dazusitzen und ihm diesen Moment zuzugestehen.

»Dad«, sage ich schließlich und bemühe mich, dass meine Stimme nicht zittert. »Du und Mum – ihr habt mir geholfen. Das habt ihr wirklich. Bloß weil ich nicht viel darüber rede, heißt das nicht, dass ich euch nicht dankbar dafür bin, dass ihr für mich da seid.«

Dad blickt verärgert auf. »Nein, Kate«, meint er. »Das ist nicht gut genug.«

Ich höre: Du bist nicht gut genug. Und ich weiß es.

Er fährt fort. »Kate, wir sind eine Familie. Was dir passiert, passiert uns – verstehst du das? Vielleicht nicht im gleichen Maße, aber wenn du traurig bist, sind wir traurig. Wenn du glücklich bist, sind wir glücklich. Deine Mutter sagt immer, Eltern können nur so glücklich sein wie ihr unglücklichstes Kind.«

Er wischt sich die Augen und schnäuzt sich mit einem donnernden Geräusch die Nase. Die Vorstellung, dass meine Eltern zusammensitzen und über ihre unglückliche ältere Tochter reden, bricht mir das Herz.

»Ich krieg das allein auf die Reihe, Dad«, beteuere ich. »Das kommt alles wieder in Ordnung.«

Dads Augen sind gerötet, als er darüber nachdenkt. Er blinzelt mehrmals. Dann schüttelt er barsch den Kopf. »Nein, Katielein, das reicht nicht. Du musst ja nicht mit mir reden, wenn du nicht willst. Du kannst auch mit deiner Mutter sprechen oder mit deiner Schwester – ja, ich weiß, wie sie ist, aber vielleicht überrascht sie dich. Du musst einfach mit jemandem reden, verstehst du?«

Ich nicke und senke den Kopf, damit ich Dads flehendes Gesicht nicht sehen muss, das mich aus irgendeinem seltsamen Grund an das von Matt erinnert.

Ich weiß, dass mein Vater verzweifelt sein muss, wenn er so ein Gespräch überhaupt anfängt und sich nicht mal dadurch davon abbringen lässt, dass ich ihn überhaupt nicht ermutige. Er wartet schweigend auf meine Antwort. Die Hälfte seines zweiten Biers verschwindet, während wir schweigend nebeneinander im düsteren Pub sitzen.

»Ich weiß einfach nicht, was das bringen soll, Dad«, flüstere ich schließlich. »Was passiert ist, ist passiert. Reden ändert auch nichts daran.«

»Es ändert vielleicht nichts daran, was passiert ist, nein«, räumt Dad zögerlich ein, »aber vielleicht ändert es das, was du als Nächstes tun wirst. Deine Mutter meint zwar, ich soll Geduld mit dir haben, aber, Kate, ich verstehe nicht, was du vorhast. Du lebst in Barbaras Haus vor dich hin und machst den ganzen Tag gar nichts …«

»Ich habe das Haus renoviert!«, protestiere ich.

Dad lacht verächtlich. »Kate, du weißt, was ich meine. Die Renovierung ist eine gute Sache, und ich bin mir sicher, dass es dir gutgetan hat, aber was hast du langfristig vor? Willst du für immer hierbleiben? Wovon willst du leben?«

»Dad, mein komplettes Leben ist gerade aus den Fugen geraten, ich nehme mir bloß die Zeit durchzuatmen. Natürlich werde ich nicht für immer in Granny Gilberts Haus wohnen bleiben.«

Dad lässt nicht locker. »Dein Leben wird sich aber nicht von allein wieder einrenken, während du dich hier verkriechst. Du musst es selbst wieder in Ordnung bringen. Sich zu weigern, über die Dinge zu reden, ist nicht gesund, Katie. Wir machen uns alle Sorgen um dich.«

»Dad, bitte«, sage ich. »Dräng mich nicht. Als ob du besonders gut über deine Gefühle reden könntest. Verstehst du nicht, dass ich die Dinge erst mal in meinem eigenen Kopf sortieren muss, bevor ich andere damit vollquatsche?«

»So wie damals mit Tim Cooper?«, fragt Dad. »Hast du das jemals in deinem eigenen Kopf sortiert bekommen?«

Meiner Lunge entweicht alle Luft, als würde ich aus großer Höhe herunterstürzen. Ich starre Dad an, als hätte er sich gerade eine Maske heruntergerissen und sein wahres Gesicht gezeigt wie ein böses Gespenst.

»Rede nicht mit mir über Tim Cooper!«, warne ich ihn mit zittriger Stimme. Ich ziehe das Weinglas zu mir heran, und obwohl ich weiß, dass mir davon schlecht werden wird, hebe ich es an meine Lippen und nippe voll Abscheu daran, als wäre es Gift.

»Deine Mutter und ich haben gewartet. Wir haben immer darauf gewartet, dass du uns erzählst, was passiert ist, Kate. Aber das hast du nie getan. Ich kann nicht zulassen, dass du dir das wieder antust. Oder uns. Es betrifft uns alle, begreifst du das nicht?«

»Was weißt du schon von Tim?«, frage ich ihn.

Dads Gesicht wirkt wie versteinert, und er scheint auf seinem Stuhl zu schrumpfen. »Kate, ich hätte ihn eigenhändig umgebracht, wenn ich es damals gewusst hätte. Das weißt du, oder?«

Ich nicke mit fest zusammengepressten Lippen. Das wusste ich, und es war einer von vielen Gründen, warum ich nichts gesagt habe.

Dad seufzt tief und lehnt sich auf den Tisch. Er senkt die Stimme noch etwas. »Du weißt doch, dass Tim nach Australien gezogen ist, oder? Deine Mum meinte, sie hat es dir gesagt.«

Ich nicke erneut.

»Nun, aber ich glaube nicht, dass sie dir gesagt hat, warum, oder?« Dad stürzt das restliche Bier hinunter. Ich biete ihm an, an die Bar zu gehen und ihm noch eins zu holen, aber er durchschaut mich und bittet mich sitzenzubleiben und ihm zuzuhören.

»Er wurde beschuldigt, seine Freundin vergewaltigt zu haben«, sagt Dad. »Sie wollte sich von ihm trennen, und sie gerieten in Streit, der dann eskalierte.«

Ich erstarre auf meinem Stuhl. Ich weiß nicht, ob ich mich rühren könnte, wenn ich es versuchen würde.

»Hat sie … war sie okay?«, frage ich.

Dad sieht mich an. »Körperlich ging es ihr langsam besser. Aber ich weiß nicht, ob man je über so etwas hinwegkommt – von jemandem, dem man vertraut hat«, sagt er. »Na ja, es kam nicht vor Gericht. Es stand ihr Wort gegen seins, und er war nicht einschlägig vorbestraft.«

Ich spüre, dass ich leicht zu zittern anfange, nicht so stark, dass Dad es sehen würde, aber ein leichtes Schaudern durchläuft mich, als sei mein Herz etwas aus dem Rhythmus geraten. Ich wusste, dass Tim damit davonkommen würde. Ich wusste, dass sein Wort gegen meines stehen würde. Hatte damals nicht jeder gewusst, dass ich schon seit Monaten aus freien Stücken mit ihm schlief? Wollte damals nicht jedes Mädchen der Stadt mit Tim Cooper schlafen? Es hatte also überhaupt keinen Sinn, etwas zu sagen.

»Kate?«, sagt Dad und unterbricht meine Gedanken. Ich blicke auf. »Kate, die Sache ist die, dass seine Freundin meinte, er hätte von dir gesprochen. Dass er, nachdem er sie angegriffen hat, voller Scham und Schuldgefühle war – er weinte und sagte, er wisse, dass er etwas Schlechtes getan hätte. Dass er es schon einmal getan hätte. Bei dir.«

Meine Augen weiten sich beim Gedanken, dass Tim irgendetwas anderes gefühlt haben könnte als Erleichterung, weil er damit davongekommen war.

»Warum habt ihr mir denn nichts gesagt?«, frage ich.

»Katielein«, sagt Dad und seufzt verzweifelt. »Warum hast *du* denn nichts gesagt?«

Es entsteht eine lange Pause, in der wir sorgsam vermeiden, uns anzusehen. Als ich schließlich etwas sage, klingen meine Worte krächzend, als hätte ich seit Stunden nichts gesprochen. Aber vielleicht liegt es auch daran, dass die Worte von einem Teil von mir kommen, der sehr lange Zeit geschwiegen hat.

»Ich wollte einfach nur weg, Dad«, sage ich. »Ich wollte Tim und alle anderen nie wieder sehen. Ich wusste, dass er damit davonkommen würde. Ich wusste, dass mir keiner glauben würde, dass ich nicht freiwillig mit ihm geschlafen hatte.«

»Wir hätten dir geglaubt«, sagte Dad sanft. »Deine Mutter und ich. Wir hätten dir geglaubt.«

»Aber Dad«, erwidere ich. »Ich war betrunken, ich war bekifft, ich hab ihn gelassen – verstehst du nicht? Ich hätte mich wehren können, aber ich hab es nicht gemacht. Es war auch meine Schuld.«

»Das war es nicht«, sagt Dad wütend. »Er war ein gefährlicher, brutaler Kerl, und es war nicht deine Schuld.«

»Aber was, wenn doch?«, frage ich mit flüsternder Stimme. »Könntet ihr mir das dann verzeihen?«

»Dir verzeihen?« Dad unterdrückt ein Schluchzen. »Was hätten wir dir denn zu verzeihen, Katie-Schatz?«

»O Gott«, weine ich und verberge das Gesicht in meinen Händen. »So vieles, Dad. So vieles. Ich weiß nicht mal, wo ich anfangen sollte.«

40

London

Wieder in Soho zu sein fühlte sich irgendwie mutig an, als wäre ich kurz entschlossen in ein Flugzeug gesprungen und nach Buenos Aires geflogen. Es war so lange her, dass ich das letzte Mal abends in der Stadt unterwegs war – oder überhaupt mal unterwegs war, wenn ich es mir recht überlegte –, dass mein Herz vor gespannter Erwartung klopfte. Ausgehen war früher etwas so Alltägliches für mich gewesen, ich hätte mir niemals vorstellen können, dass mir die Idee einmal Angst einjagen würde. Ich hatte Sarah nicht informiert, dass ich doch kommen würde, denn ich war mir sicher, dass sie es Matt erzählen würde, nachdem er sie neuerdings in Kenntnis über seine Pläne setzte. Aber ich wollte nicht, dass er Bescheid wusste. Er sollte sich ruhig Sorgen machen, wenn er nach Hause kam und feststellte, dass ich nicht da war. Vielleicht wäre es gar nicht schlecht, wenn ich es ihm mit gleicher Münze heimzahlte.

Ich wusste, dass Sarah im *Crown* sein würde. Mein Magen zog sich zusammen, wenn ich daran dachte, dass Matt auch da sein könnte. Genauso gut könnte er noch im Büro sein oder auf einem Arbeitstermin. Aber es war durchaus möglich, dass er im *Crown* wäre, und fast hoffte ich, dass dem so war. Vielleicht wäre es besser, ihn so zur Rede zu stellen, schick angezogen und geschminkt, damit er sich wieder an das Mädchen erinnerte, das ich einmal gewesen war. Damit er sah, was er verpasste, wenn er nicht nach Hause kam.

Schon in der U-Bahn merkte ich, dass ein Mann mich ansah und meine Beine in dem kurzen Kleid, das ich trug, begutachtete. Es war fast zu kalt, um ohne Strumpfhose rauszugehen. Eine kleine Stimme in meinem Hinterkopf warnte mich, dass nackte Beine und hohe Schuhe ziemlich nuttig aussahen, aber ich wollte angesehen werden. Ich hatte es satt, unsichtbar zu sein. Ich erwiderte den Blick des Mannes, der sich sofort hinter seiner Zeitung verschanzte, wahrscheinlich erschrocken von meinem herausfordernden Gesicht. Siehst du, Matt?, dachte ich mir. Andere Männer finden mich attraktiv. Andere Männer ignorieren mich nicht. Gut, offenbar hatte ich den Mann eher erschreckt als bezirzt, aber das war mir egal.

Ich hatte mich mit einem großen Wodka Tonic gestärkt, bevor ich aus dem Haus ging. Der ungewohnte Alkohol in meiner Blutbahn hatte mich, passend zu meiner Wut, mit der nötigen Portion Selbstbewusstsein ausgestattet. Warum hatte ich überhaupt mit dem Trinken aufgehört? Ich hatte schon ganz vergessen, wie Alkohol mich löste, mir das Gefühl gab, ich hätte etwas zu sagen, als wäre ich jemand. Und schließlich hatte meine Abstinenz auch nichts daran geändert, dass ich nicht schwanger wurde.

Ich schob diesen Gedanken schleunigst zur Seite. Immerhin ging ich aus, um all das zu vergessen. Plötzlich fiel mir ein, dass ich noch immer die Verpackung des Schwangerschaftstests in meiner Handtasche hatte, den ich so bald wie möglich irgendwo loswerden musste.

Als ich aus der U-Bahn auf den quirligen Leicester

Square kam, geriet mein Selbstbewusstsein vorübergehend ins Wanken. Alle hatten es so eilig, und vor dem U-Bahn-Ausgang drängten sich, schubsend und rufend, zu viele Leute. Junge Männer in Anoraks versuchten, mir Gratiszeitungen in die Hand zu drücken. Musik dröhnte aus einer Stretchlimousine, die vor dem Gehsteig hielt. Ich war schockiert, wie wenig ich das Tempo der Innenstadt noch gewöhnt war. Belsize Park war zwar alles andere als der Arsch der Welt – immerhin war es noch Zone zwei –, aber es war eben eine Wohngegend, langsamer. Im Heath war niemand schrecklich in Eile, genauso wenig wie in meinem Café um die Ecke.

Ich fühlte mich, als sei ich erst vor Kurzem aus irgendeiner Anstalt entlassen worden und hätte Angst vor dem Alltäglichen. Früher hatte ich auf Touristen herabgeschaut, die mit offenen Mündern und Kleinstadtehrfurcht die Lichter der Großstadt bewunderten und den Gehsteig blockierten. Jetzt fühlte ich mich wie eine von ihnen, zögernd und unsicher.

Komm schon, Kate, sagte ich mir selbst, straffte die Schultern und warf mein Haar zurück. Reiß dich zusammen. Denk daran, wer du bist. Doch das half nicht gerade. Also dann, denk dran, wer du mal warst. Das half ein bisschen. Ich lief hinter der Station herum, vermied den Leicester Square und nahm eine weniger belebte Route durch die Gassen von Chinatown. Das war schon besser. Schau, wie ich mich noch an die Seitenstraßen und Abkürzungen erinnere? Schau, wie ich mich mit jedem Schritt in Richtung *Crown*, in Richtung meines alten Lebens wieder besser an alles erinnere!

Ich hatte den längeren Weg genommen, statt umzusteigen, weil ich mir noch ein paar Minuten geben wollte, um mich wieder zu akklimatisieren, anstatt direkt im Pub aufzuschlagen. Durch die Straßen zu gehen war wie eine Tour in meine Vergangenheit. Da war das winzige italienisch-amerikanische Lokal, an dem Matt und ich immer stundenlang Old Fashioned trinkend an der Bar saßen und die demonstrativen Blicke der Leute ignorierten, die hinter uns Schlange anstanden. Da war das Café, in dem ich jeden Tag mein Mittagessen geholt hatte, vier verschiedene Salate für einen Fünfer und ein gratis Pitabrot dazu, wenn man Stelios nett genug anlächelte. Ich freute mich sogar, die Sexshops wiederzusehen, vor denen noch immer dieselben stiernackigen Türsteher standen und die Passanten teilnahmslos anstarrten.

Und doch hatte sich in der kurzen Zeit, in der ich weg war, einiges verändert. Eine lange Schlange von Hipstern, alle in bunten Jeans und mit übergroßen Brillen, hatte sich vor einem Restaurant gebildet, von dem ich noch nie etwas gehört hatte. Und etwas weiter die Straße hinunter wies eine Bar bereits Gäste ab. Soho entwickelte sich weiter.

Gleich um die Ecke von Hitz erhaschte ich einen Blick auf mein Spiegelbild im Fenster von *Nan's Fish Bar*, dem schäbigen Lokal, in das Sarah und ich oft nach einer wilden Nacht auf ein Schinkensandwich und einen kräftigen schwarzen Tee gegangen waren. Ich hätte mich beinahe nicht erkannt, mal nicht in Jeans und T-Shirt wie üblich. Wann hatte ich aufgehört, mir Mühe mit meinem Aussehen zu geben? Es war fast unbemerkt passiert. Und jetzt, da ich wie früher den Bürgersteig entlangschritt mit einem Ziel und Leuten, die ich treffen würde, vermisste ich plötzlich dieses Mädchen und das Leben, das es hatte. Die Traurigkeit dieses Gedankens ließ mich kurz verharren.

Was, wenn Matt recht hatte? Was wenn ich zu weit gegangen war mit dem Versuch, eine perfekte Ehefrau zu sein, und darüber ganz einfach vergessen hatte, der Mensch zu sein, in den Matt sich einmal verliebt hatte? Der Mensch, der ich eigentlich war.

Ich starrte mein Spiegelbild an, bis es sich vor meinen Augen aufzulösen schien und ich durch das Fenster hindurch in das Lokal hineinsah.

Es war fast leer. Eine Kellnerin wischte so energisch die Tische ab, als wolle sie den Feierabend damit verkünden. Aber es gab noch zwei Gäste. An einem Resopaltisch, der an der Wand festgeschraubt war, saß meine beste Freundin mit einem Mann. Er saß mit dem Rücken zu mir, den Kopf gesenkt, aber ich musste sein Gesicht nicht sehen, um sofort zu wissen, dass es Matt war. Sarah hielt seine Hand. Die Art, wie sie dasaßen, wirkte sehr vertraut und sagte mir, dass es nicht das erste Mal war, dass sie sich so trafen.

Ich hatte das Gefühl, mein Herz würde stehen bleiben. Ich konnte nicht atmen. Und dann schoss mir Speichel in den Mund, als ob ich mich gleich übergeben müsste. Meine Beine fingen an zu zittern, bis schließlich mein ganzer Körper bebte. Mein Mann und meine beste Freundin – was für ein Scheißklischee! Sie hatten mich noch nicht gesehen. Ich sah, wie Sarah mit dem Daumen Matts Handrücken streichelte. Er hatte den Kopf zu ihr gebeugt, in dieser vertrauensvollen Art, die ich so gut kannte.

Ich machte meine Tasche auf. Da war die leere Verpackung des Schwangerschaftstests. Mit zitternden Händen holte ich sie heraus und starrte darauf. Da versuchte ich, meine absolut harmlosen Versuche, ein Kind mit meinem Mann zu bekommen, zu verstecken, indem ich die Beweise dafür in meiner Tasche verbarg – als hätte ich irgendetwas Schreckliches verbrochen. Dabei war es eigentlich er, der etwas zu verheimlichen hatte.

Die Tür von Nan's Fish Bar öffnete sich, und die Kellnerin kam mit einem schweren schwarzen Müllsack heraus, den sie am Randstein abstellte.

»Entschuldigung«, sagte ich.

Die Kellnerin drehte sich um. Ihre strähnigen blonden Haare waren zu einem fettigen Pferdeschwanz gebunden, und ihr ganzer Körper wirkte wie zusammengesackt, als sei die Erdanziehung am Ende ihres Arbeitstages einfach zu stark für sie.

»Ja?« Sie schaute mich mit zusammengekniffenen Augen argwöhnisch an. »Was ist?«

»Könnten Sie mir einen Gefallen tun?«, bat ich. »Könnten sie das«, ich hielt ihr die leere Schwangerschaftstestschachtel hin, »nehmen und es den beiden da drinnen geben?«

Sie runzelte die Stirn. »Im Ernst? Warum?«

»Der Mann ist mein Ehemann«, sagte ich.

Interesse blitzte in ihrem Gesicht auf. Dann drehte sie sich um und spähte durchs Fenster hinein.

Ich fing wieder an zu zittern. »Bitte, geben sie es ihnen einfach und sagen, es ist von Kate.«

»Ist das alles, Süße? Wollen Sie nicht lieber reingehen und es selbst mit ihnen klären? Ich würde ihm die Eier abschneiden.«

Ich gab ihr die Schachtel. »Was würde das bringen?«, fragte ich.

»Ich mach's!«, sagte die Kellnerin. »Ich mein, ich geb ihm das, ich schneid ihm nicht die Eier ab. Zumindest noch nicht. Ich mach's, schauen Sie zu.«

Aber ich schaute nicht zu. Stattdessen tat ich, was ich immer machte. Ich lief davon. So schnell mich meine Absätze tragen konnten.

41

Granny Gilberts Haus ist endlich fertig. Oder zumindest so weit renoviert wie nötig. Und ich habe der Versuchung widerstanden, meine Ersparnisse für die teuren Tapeten und Kissen zu opfern, die ich mir zu Hause in London geleistet habe. Hier ist alles neutral und einfach gehalten, gerade so weit hergerichtet, dass ein Käufer das Potenzial erkennen kann, ohne dass es von der Identität eines anderen geprägt ist. Der letzte Schliff musste dem neuen Besitzer überlassen werden.

Wie bei Ben.

Mir ist aufgefallen, dass er noch immer die Milch in den Kühlschrank zurückstellt, wenn sie leer ist. Daran wird man noch arbeiten müssen. Außerdem glaubt er nach wie vor, dass die Klobürste eine Art Deko ist, mit der er sich nicht groß abgeben muss. Und gestern hat er mir mitgeteilt, dass die Kekse aus sind, als sei es meine Aufgabe, daran etwas zu ändern. Aber das sind lediglich Kleinigkeiten. Ich kann ihn Prue ja nicht vollkommen zurechtgeschliffen übergeben. Das wäre falsch.

Doch auch wenn die Fortschritte bei meinem Pflegeehemann nicht genauso unmittelbar ersichtlich sind wie die am Bungalow, kann ich schwer sagen, worauf ich stolzer bin.

Als der Makler am Samstagvormittag die ersten Interessenten vorbeibringt – einen Mann im mittleren Alter und seine Mutter –, ist es Ben, der sie herumführt und ihnen Tee anbietet, bevor ich es überhaupt erwähnen kann. Die Mutter ist sichtlich beeindruckt und zwar so sehr, dass sie mit einem säuerlichen Blick auf ihren Sohn anmerkt, dass sie, wenn der junge Mann beim Kauf des Bungalows inklusive sei, beide nehmen würde.

Der Makler verabschiedet sich mit dem Versprechen, in ein paar Stunden mit weiteren Interessenten zur Besichtigung zu kommen. Es scheint, als gäbe es eine ganze Liste von potenziellen Käufern, die sich leicht von ein paar Schichten Farbe und einem neuen Bad überzeugen lassen. Der Makler ist kaum fort, als die Haustür aufgeht und Prue hereinspaziert.

»Seit wann hast du denn einen Schlüssel?«, frage ich sie, als sie wie selbstverständlich ins Wohnzimmer spaziert.

Sie zuckt mit den Schultern. »Seit ich mir einen habe nachmachen lassen. Ist ja auch mein Haus, schon vergessen? Ich kann herkommen, wann ich will. Ich will bloß mal nach meinem Investment sehen.«

Prue küsst Ben auf die Wange und setzt sich neben ihn aufs Sofa. Aus ihren Worten geht nicht klar hervor, ob sie mit Investment den Bungalow meint oder ihren zukünftigen Mann. So oder so, ich helfe ihr dabei, das volle Potenzial von beiden auszuschöpfen, und so oder so scheint sie mir nicht besonders dankbar dafür zu sein.

Als es an der Tür klingelt, dreht sie sich überrascht zu mir um.

»Wer ist denn das?«

»Bin ich vielleicht 'ne Hellseherin?«, antworte ich, stehe auf und versuche, dabei nicht über Minnie zu stolpern. »Vielleicht hat der Makler noch irgendwas vergessen.«

Doch als ich zur Tür komme, steht da, erwartungsvoll strahlend, Mrs. Curtis.

»Oh, meine Liebe, ich wollte nicht stören, aber es interessiert mich einfach, wer Barbaras Haus kaufen wird, schließlich werden das ja meine Nachbarn sein. Wer war denn diese sauertöpfisch dreinschauende Frau?«

Während sie redet, drängt sich Mrs. Curtis an mir vorbei ins Haus und steuert direkt ins Wohnzimmer, wo Prue und Ben gerade in eine Diskussion darüber vertieft sind, welche Schuhe er zu seinem Hochzeitsanzug tragen wird. Ben sieht nicht die Notwendigkeit, neue zu kaufen, worin Prue vollkommen anderer Meinung ist.

»Prue! Was für eine reizende Überraschung!«, ruft Mrs. Curtis, als begrüße sie Prue in ihrem eigenen Haus und hätte sich nicht einfach selbst in mein Haus eingeladen.

»Hi, Mrs. Curtis«, sagt Prue, ohne vom Sofa aufzustehen. »Sie wollen sich doch bestimmt auf eine Tasse Tee einladen, oder?«

»Was für eine nette Idee, danke. Für mich bitte stark mit zwei Stück Zucker.« Mrs. Curtis ignoriert absichtlich Prues Unterton und starrt sie stattdessen mit einem Blick an, der sagen will, sie solle doch gefälligst vom Sofa kommen und in die Küche gehen, um den Wasserkocher anzuschalten.

So leicht ist Prue allerdings nicht zu bewegen. Stattdessen steht Ben auf und sagt, dass er das gerne übernehmen würde. Er schlendert in die Küche hinüber, und wir hören, wie er gut gelaunt vor sich hin summt, während er den Wasserkocher aufsetzt. Prue scheint sich nicht über Bens häusliche Veränderung zu wundern, doch Mrs. Curtis setzt sich auf den nun freien Platz auf dem Sofa und lächelt mich anerkennend an.

»Tja, meine Liebe, du hast ihn ja schon ganz schön gut erzogen. Da kann ich dich nur bewundern.«

Ich schüttle demonstrativ den Kopf, aber sie ist gerade damit beschäftigt, Prue mit ihrem knochigen Finger am Oberschenkel anzustupsen.

»Ja, meine Gute, da hast du aber Glück, dass deine Schwester sich so viel Mühe mit deinem Zukünftigen gegeben hat, nicht?«

»Was?«, fragt Prue und zuckt von Mrs. Curtis' Berührung zusammen. Sie rubbelt am Saum ihrer weißen Jeans herum, für den Fall, dass Mrs. Curtis' rote Fingernägel einen Fleck hinterlassen haben könnten.

»Sie sind lustig, Mrs. Curtis«, sage ich hastig. »Wir haben über Minnies Erziehung gesprochen, und ich denke, Mrs. Curtis hat sich irgendwie in den Kopf gesetzt, dass es Ben ist, den ich erziehen möchte. Stell dir vor!«

»Ja! Stell dir vor!«, ruft Mrs. Curtis mit funkelnden Augen.

»Als könne Ben irgendetwas von Kate lernen«, sagt Prue. Sie sieht sich in dem frisch renovierten Raum um, und ihr forschender Blick zeigt mir, dass sie bloß irgendeinen Makel daran sucht.

»Du wärst überrascht«, erwidere ich plötzlich vom Ärger gepackt. Ich habe mir mit dem Bungalow und mit Ben so viel Mühe gegeben, und es ist für alle offensichtlich, außer für sie, die direkte Nutznießerin.

»Allerdings«, meint Prue, bevor sie sich umdreht und in die Küche ruft: »Ben, könntest du noch Kekse mitbringen?«

Sie streift sich die Schuhe ab und lässt sie mitten auf dem Boden liegen. Mit einem Seufzer hebe ich sie auf und stelle sie neben das Sofa, sodass niemand darüberfällt.

»Keine Kekse im Wohnzimmer!«, sage ich laut genug,

damit Ben in der Küche es hört. »In einer Stunde kommen noch mal Leute vorbei, da will ich keine Krümel auf dem Sofa.«

Prue streckt herausfordernd das Kinn vor. Ihr Blick bleibt auf mich geheftet, aber was sie sagt, ist an Ben gerichtet.

»Kekse!«

»Ich habe gesagt, keine Kekse im Wohnzimmer. Du kannst sie in der Küche essen, wenn du willst.«

Ben erscheint im Türrahmen und wischt sich nervös die Hände an der Hose ab. Seine Wangen sind fleckig rot, ein Zeichen seiner seltenen Gefühlsregungen. Oder ein Zeichen für Alkoholkonsum, aber ich bezweifle, dass er die Zeit gehabt hat, in den fünf Minuten, die er in der Küche war, eine Flasche Wein wegzukippen.

»Äh, Prue, im Wohnzimmer wird nicht gegessen. Das ist tatsächlich eine unserer Hausregeln.« Er blickt ängstlich von mir zu Prue.

»Wessen Regeln? Das ist auch mein Haus! Wenn ich hier Kekse essen will, dann mach ich das auch. Bring sie rüber.«

»Ben«, sage ich warnend und stütze die Hände in die Hüften.

Mit großem Interesse folgt Mrs. Curtis' Kopf jedem von uns. Ihre Füße reichen nicht bis auf den Boden, und sie lässt sie zufrieden herunterbaumeln, als wäre sie ein Kind, dem wir eine Privatvorstellung geben.

Ben tritt nervös von einem Fuß auf den anderen und gegen die Fußbodenleiste. Er murmelt etwas.

»Sprich lauter, mein Lieber!«, sagt Mrs. Curtis. »Ich habe dich nicht verstanden.«

Ben wirft uns stirnrunzelnd einen verärgerten Blick zu. Mit seinen blonden Locken und den hellen Augenbrauen sieht er noch mehr als sonst wie ein widerspenstiger Ochse aus. Ein widerspenstiger Ochse, den man ziemlich gereizt hat.

»Ich habe es satt, immer herumkommandiert zu werden! Das habe ich gesagt, Mrs. Curtis. Ich hab's satt von allen – von euch Frauen – herumkommandiert zu werden! Ständig!«

Prue schaut mich vorwurfsvoll an. »Das ist alles deine Schuld! Ben hat mir erzählt, dass du, seit er hier eingezogen ist, ständig an ihm herumnörgelst.«

»Ich? Herumnörgeln?«

»Und wie«, brummt Ben.

Das ist doch ungeheuerlich. Ich habe jede Menge Zeit und Mühe investiert, um aus Ben einen besseren Ehemann zu machen, und das ist der Dank dafür? Der Vorwurf, ich würde andere herumkommandieren, von dem Mitglied der Bailey-Familie, das berüchtigt ist fürs Herumkommandieren?

»Kein Herumnörgeln, mein Lieber. Erziehung!«, meldet sich Mrs. Curtis vom Sofa aus zu Wort.

»Mrs. Curtis«, sage ich, um sie zum Schweigen zu bringen.

Aber diesmal wird Prue hellhörig und wendet sich an ihre Sofanachbarin. »Erziehung. Das haben Sie jetzt schon zweimal gesagt. Sie sind doch gar nicht so konfus, wie Sie sich geben, oder?«

Mrs. Curtis wehrt sich entrüstet. »Konfus? Ich muss doch sehr bitten, meine Liebe. Und Ihre Schwester genauso wenig. Sie hat …«

»Ich habe gar nichts!«

Aber jetzt ist sie nicht mehr zu halten. Sie erhebt mahnend den Finger, um mich zum Schweigen zu bringen. Prue und Ben spitzen gespannt die Ohren.

»Kate, meine Liebe, es wird Zeit, dass du ein wenig Anerkennung für all deine harte Arbeit bekommst. Prue, deine Schwester war sehr umsichtig. Wirklich *sehr* umsichtig. Sie hat viel Mühe in die Erziehung deines Verlobten gesteckt, damit er ein besserer Ehemann wird. Vor allem was seine Haushaltsfähigkeiten betrifft – mach nicht so ein *Gesicht*, Liebes. Von Herumkommandieren kann also keine Rede sein – hier geht's um Erziehung.«

»Ach wirklich?«, sagt Prue und dreht sich mit gefährlich zusammengekniffenen Augen zu mir um.

»Ja, Liebes, er ist ihr *Pflege*ehemann, verstehst du?«

»Ich bin ihr was?«, japst Ben. »Meine Güte!«

Eine lange Pause entsteht, in der ich versuche, mir etwas einfallen zu lassen. Mrs. Curtis lässt ihre Beine baumeln, sichtlich zufrieden darüber, wie sie meine Methoden verteidigt hat.

»Ich wollte bloß helfen«, stammle ich schließlich. »Es gab Dinge, von denen ich mir gewünscht hätte, dass Matt sie vor unserer Ehe gelernt hätte – bloß kleine Dinge, ein bisschen Anleitung hie und da. Ich wollte nicht, dass ihr dieselben Probleme habt wie wir. Ich dachte, ich würde euch damit helfen. Ich helfe euch auch damit!«

Ben schaut mich von der Tür aus finster an, sein Gesichtsausdruck ist der Inbegriff von Enttäuschung. Es klingt falsch, wenn ich es laut ausspreche, dabei war ich so sicher, das Richtige zu tun.

Als Prue schließlich antwortet, ist ihre Stimme gefährlich leise. »Und was weißt du denn bitte darüber, was eine gute Ehe ausmacht, Kate? Wer bist du, dass du glaubst, du könntest meinem Verlobten eine Lektion darüber erteilen, wie er sich zu verhalten hat? Du hast es doch nicht mal bis zu deinem zweiten Hochzeitstag geschafft!«

»Ich kenne die Fehler, die man machen kann«, erwidere ich betroffen. »Ich wollte euch davor bewahren. Ich dachte, ich würde euch damit etwas Gutes tun.«

Prue erhebt sich vom Sofa und kommt auf mich zu. Sie baut sich auf, als wolle sie sich gleich mit mir prügeln. »Du hast dich wieder eingemischt! Hast versucht, alle dazu zu bringen, sich so zu verhalten, wie du es willst. So wie du das immer tust.«

»Ich … das hab ich nicht!«

»Und ob!«, fährt sie mich an. »So bist du immer. Du denkst immer, dass dein Weg der richtige ist, und dass alle anderen im Unrecht sind. Ein Pflegeehemann! Verdammte Scheiße! Wen wundert's, dass dein eigener Mann es satthatte und mit 'ner anderen abgezogen ist? Oder?«

Mrs. Curtis auf dem Sofa verschlägt es den Atem. Vor Schock verharren ihre Beine mitten im Baumeln.

Ich fühle mich, als wäre alle Luft aus mir gewichen, wie durch einen Schlag in die Magengrube. »So war es nicht«, sage ich.

»Tja, wer könnte es ihm verdenken?«, höhnt Prue.

Das Zittern beginnt in meiner Brust, dann breiten sich leichte Schauder nach außen hin aus, sodass meine Arme nutzlos an den Seiten herabhängen. Mir bleiben die Worte im Hals stecken.

»Du verstehst es nicht«, sage ich schließlich. »Keiner von euch versteht es. Es ist nicht so, wie ihr denkt. So war es nie.«

42

London

Ich war zu schockiert, um zu weinen, als ich durch die Straßen stolperte, ohne zu wissen wohin. Ich wollte einfach nur weg, bevor Matt und Sarah Zeit hätten zu reagieren. Statt glamourös fühlte ich mich in meinem zu kurzen Kleid und den aufreizenden Schuhen plötzlich albern. Ich zerrte am Saum, versuchte, ihn weiter über meine Oberschenkel zu ziehen und die Tatsache zu verbergen, dass ich nichts weiter als eine bescheuerte Hausfrau war, deren Ehemann lieber mit einer anderen vögelte.

Natürlich erklärte das alles. Das späte Nachhausekommen. Dass er aufgehört hatte, mit mir zu reden. Warum Sarah wusste, was Matt vorhatte, und ich nicht. Der Mistkerl hatte mich sogar Mittagessen für sie kochen lassen – für sie und ihren gehörnten Freund.

Für was hatte ich bloß alles aufgegeben? Ich hatte ziemlich schlecht investiert. Es war, als hätte ich all meine Ersparnisse einer Bank anvertraut, die soeben pleitegegangen war.

Ich merkte gar nicht, wohin ich ging, drängte mich an Leuten auf dem Gehsteig vorbei, stapfte stur geradeaus, als könnte ich so dem schlimmen Gefühl, betrogen worden zu sein, entkommen. Doch dann versperrte mir eine Menschenmenge den Weg, und zu meinem Entsetzen wurde mir klar, dass mich meine wütenden Schritte direkt zum *Crown* geführt hatten. Dort ging es wie jeden Donnerstagabend hoch her. Bevor mich noch irgendjemand von Hitz sah, trat ich auf die Straße, um auf den anderen Gehweg zu wechseln.

Ein Taxi hupte, und in meinen ungewohnt hohen Schuhen kam ich ins Stolpern, als ich zurück auf die Bürgersteigkante springen wollte. Ich ruderte mit den Armen und rechnete schon damit hinzufallen, als mich jemand am Ellenbogen packte. Ich hielt mich dankbar an dem Arm fest, um mein Gleichgewicht wiederzugewinnen.

»Danke«, murmelte ich und wollte wieder die Straße überqueren.

»Kate, warte, ich bin's«, sagte eine Stimme. Die Hand an meinem Ellenbogen ließ nicht los.

Ich blickte auf und sah in Chris' eisblaue Augen; sein Blick wirkte noch intensiver durch die Sorge, die ihm im Gesicht geschrieben stand.

»Alles okay mit dir?«, fragte er. »Was machst du denn hier?«

»Nichts«, sagte ich. »Nichts, ich war nur … ich war auf dem Nachhauseweg.« Ich rang um Fassung. Das Letzte, was ich jetzt noch brauchen konnte, war, dass meine Angelegenheiten von allen im *Crown* diskutiert wurden. Ich hatte keine Lust, allgemeines Gesprächsthema zu sein.

»Danke für deine Hilfe«, sagte ich steif und zog meinen Arm weg. »War nett, dich zu sehen.«

Chris lächelte. »Ist 'ne Weile her«, meinte er. »Du siehst toll aus.«

»Danke«, sagte ich.

»Hey, komm schon, ich lad dich auf einen Drink ein. So eilig kannst du es doch gar nicht haben. Drinnen sind ein paar Leute, die dich alle total gerne wiedersehen würden.«

Alle. Ich spürte, dass ich mich gleich würde übergeben müssen. Wie viele von ihnen wussten wohl schon über Sarah und Matt Bescheid? War es bereits allgemein bekannt? War ich die Letzte, die davon erfuhr? Ich hatte gedacht, ich würde heute einen triumphalen Auftritt hinlegen, die lang vermisste Exkollegin, die um die Häuser zieht, die allen zeigt, wie toll das Leben sein konnte, wenn man keinen Job hat.

Doch jetzt, da ich nur noch eine traurige Figur abgab, konnte ich ihnen nicht gegenübertreten.

»Äh, hör zu, mir ist gerade nicht wirklich danach, so viele Leute um mich zu haben. Tut mir leid, Chris. Aber war nett, dass du gefragt hast. Ich …«, und ich zeigte zu den Doppeldeckerbussen, die weiter die Straße runter in einer Reihe hielten, »… ich geh dann mal.«

Chris fasste mich wieder am Arm, sanft aber bestimmt, als wolle er ein scheues Tier besänftigen.

»Bist du sicher, dass mit dir alles in Ordnung ist? Wir müssen nicht da reingehen, wenn du nicht willst. Wenn du mit jemandem reden willst, dann können wir auch einfach zu zweit irgendwo anders hingehen.«

Ich dachte an mein Haus, das mich leer erwartete, daran, allein und nüchtern heimzufahren, rumzusitzen und zu warten. Wie jeden Abend. Aber worauf? Darauf, dass Matt heimkam und mir beichtete, was ich bereits wusste? Darauf, dass mein Mann heimkam, nachdem er meine beste Freundin gevögelt hatte?

»Okay«, sagte ich. »Okay, ein Drink würde mir nicht schaden. Also los.«

Chris grinste und hakte sich bei mir unter. »Halt dich fest. So ist es leichter. Oder? Für den Fall, dass du wieder ins Schwanken gerätst.«

»Danke, Chris«, sagte ich und fügte mich. Warum sollte ich die einzige Unterstützung ausschlagen, die sich mir bot?

Als wir gingen, war mir, als höre ich jemanden Chris hinterherrufen, aber Chris war ein weit verbreiteter Name. Außerdem drehte er sich nicht um, also nahm ich an, dass nicht er damit gemeint war.

Vor gefühlten Jahrzehnten war ich einige Male in der Spanish Bar an der Hanway Street gewesen. Hierhin kamen wir immer, wenn der Pub zumachte und wir noch nicht nach Hause gehen wollten – zu dem Zeitpunkt des Abends, an dem ein Krug Sangria sich wie die beste Idee der Welt anhört und alle in der Bar deine besten Freunde sind. Zu der Stunde, wenn Tanzen nicht bloß möglich ist, sondern notwendig (auf eine Art, die einem am nächsten Tag, wenn man sich daran erinnert, todpeinlich ist). Ich glaube nicht, dass ich die enge Holztreppe schon einmal nüchtern hinabgestiegen bin.

Es schien, als würde auch sonst niemand die Spanish Bar vor der Sperrstunde besuchen; sie war praktisch leer, abgesehen von Chris und mir. Ich ließ ihn an die Bar gehen und suchte mir einen Tisch aus – dass man sich überhaupt hinsetzen konnte, war absolut ungewöhnlich –, normalerweise standen wir zusammengedrängt an der Treppe. Die einzige Sitzgelegenheit an dem Tisch, den ich auswählte, bestand aus einer Holzbank, versteckt in einer Nische unter einem besonders grellen Bild einer Flamencotänzerin mit einer Turmfrisur im Sixties-Look.

Chris kam mit einer Flasche Rioja und zwei Gläsern von der Bar zurück. Ich schätze, ich muss große Augen gemacht haben beim Gedanken, nach monatelanger annähernder Abstinenz so viel zu trinken, denn er blickte fragend von mir zu der Flasche.

»Ich dachte bloß, dass wir dann nicht ständig wieder an die Bar müssen.«, meinte er unsicher.

»Alles okay«, versicherte ich ihm. »Gute Idee.«

Warum sollte ich auch nicht trinken? Schließlich würde ich jetzt sowieso kein Kind mehr mit Matt bekommen. Womöglich war ich noch einmal knapp davongekommen. Nicht auszuhalten, ich wäre schwanger gewesen, als ich von ihm und Sarah erfuhr. Matt und Sarah. Ich wünschte, ich hätte nicht wieder daran gedacht.

Chris reichte mir ein Glas Wein, und ich stürzte die Hälfte davon auf ex hinunter.

»Mensch, da hatte aber wirklich jemand einen Drink nötig«, sagte er und zog amüsiert die Augenbrauen hoch.

»Ja«, bestätigte ich.

In der längeren Pause, die nun entstand, füllten wir beide unsere Gläser nach. Ich fragte mich, ob ich mich mehr um eine Unterhaltung bemühen sollte, aber bisher hatte sich meine Freundschaft mit Chris schließlich nicht über tiefgründige Gespräche definiert. Und ich wollte auch nicht darüber sprechen, was passiert war. Ich wollte bloß nicht allein sein, und ich wollte mich betrinken. Chris war mir dabei eine Hilfe und weniger mein erwählter Vertrauter.

Er brach als Erster das Schweigen.

»Also«, begann er zögernd und vorsichtig, als würde er mich gleich etwas unglaublich Persönliches fragen. »Hast du Sarah in letzter Zeit öfter mal gesehen?«

Ich schaute ihn argwöhnisch an. »Warum fragst du?«

Chris zuckte mit den Schultern. »Ach, Jay meinte nur, dass sie im Moment ein paar Probleme hätten. Ich dachte, sie hätte es dir gegenüber vielleicht erwähnt.«

Ich ließ wieder eine längere Pause entstehen. Versuchte Chris etwa, mir zu sagen, dass er etwas über Matt und Sarah wusste? Ich hatte immer gedacht, ein Thema indirekt anzusprechen, sei eher eine weibliche Spezialität. Die meisten Männer kommen direkt auf den Punkt und stellen auch noch die unangemessensten Fragen. Vielleicht verfügte Chris über mehr emotionale Intelligenz, als ich ihm zugetraut hätte.

»Ja, sie hat so was erwähnt«, sagte ich zögernd. »Was meint er denn?«

»Nicht viel.« Chris lachte. »Der typische Jungskram … Er besäuft sich lieber, anstatt es richtig anzugehen. Ich dachte bloß, du wüsstest ein bisschen mehr. Ich sehe nicht gern zu, wenn es einem meiner Freunde schlecht geht.«

Ich lachte ebenfalls und füllte mein Glas zum dritten Mal. »Was ist denn mit dir passiert, Chris? Seit wann bist du so fürsorglich?«

Chris zuckte ein wenig zusammen. »Du hattest noch nie eine ziemlich hohe Meinung von mir«, sagte er.

»Oh Chris, doch, hatte ich schon«, entgegnete ich schuldbewusst, weil er damit vollkommen recht hatte.

Chris verzog einen Mundwinkel zu einem bitteren Lächeln. »Hattest du nicht. Aber das ist schon okay. Ich schätze, ich war nicht so gut darin, über Dinge zu sprechen. Aber ich bin seitdem ein bisschen erwachsener geworden.«

»Ich auch«, sagte ich und starrte in die leere Bar.

»Schöne Scheiße, was?«, fragte er komisch schwermütig.

Wir brachen beide in heftiges Gelächter aus, bis mir der Bauch wehtat.

»Richtig Scheiße! Aber echt. Alles 'ne Riesenscheiße«, stieß ich lachend hervor. »Los, betrinken wir uns.«

Als die Bar schließlich anfing, sich zu füllen, waren Chris und ich bereits bei unserer vierten Flasche. Ich würde gerne behaupten, dass ich mich noch genau an alles erinnere, aber die Wahrheit ist, dass es mir im Laufe der letzten Monate bloß wieder bruchstückhaft in Erinnerung gekommen ist. Auch wenn es ein paar Dinge gibt, an die ich mich zweifellos erinnere.

Wir waren sturzbetrunken. Ich war auf dem Weg zum Getränkeholen sogar hingefallen, und ein paar besorgte Studenten hatten mir aufhelfen müssen. Ihre mitleidigen Blicke ignorierte ich, zog ganz einfach meine Schuhe aus und torkelte weiter zur Bar, um noch eine Flasche Wein zu holen.

Ich erinnere mich, dass mein Telefon klingelte, laut auf dem Tisch summte. Das Display zeigte an, dass es Matt war, und Chris sah, dass ich mich entschloss, nicht ranzugehen. Zwei Minuten später klingelte mein Telefon erneut. Es war Sarah. Chris sah, dass ich auch diesen Anruf ignorierte. Er sagte nichts. Spätestens zu dem Zeitpunkt war ich mir sicher, dass er wusste, was hinter meinem Rücken vor sich ging. Als mein Handy ein drittes Mal klingelte, schaltete ich es entschlossen, wenn auch etwas ungeschickt, aus. Ich steckte es in meine Handtasche, und Chris lächelte mich anerkennend an.

Ich erinnere mich daran, wie wir auf der schmalen Bank saßen, einander zugewandt, sodass sich unsere Knie berührten. Ich erinnere mich, dass ich mich gewundert habe, warum ich ihn je langweilig gefunden hatte. Warum hatte ich bloß den Reiz der Jagd für etwas so Ödes und Zehrendes wie die Ehe aufgegeben? Ich hatte doch immer gesagt, dass Beziehungen nichts für mich waren. Dass lange Beziehungen erdrückend und einschränkend waren. Und hatte ich damit nicht recht gehabt? Entsprach das hier nicht mehr meinem wahren Ich? Man musste sich bloß anschauen, was in der Häuslichkeitsfalle aus mir geworden war. Ich hatte mich in jemanden verwandelt, den ich nicht wiedererkannte.

Doch am Konkretesten erinnere ich mich daran, dass Chris mich so ansah, wie Matt mich früher immer angesehen hatte – belustigt, bewundernd, als wolle er nirgendwo lieber sein oder mit irgendjemandem sonst seine Zeit verbringen. Als wäre ich jemand, auf dessen Gesellschaft man Wert legt.

Ich hatte mich schon so sehr an die Art und Weise gewöhnt, wie Matt und ich in letzter Zeit miteinander umgingen – wir verhielten uns gereizt, defensiv und fühlten uns sofort vom anderen angegriffen –, dass Chris' ungeteilte Aufmerksamkeit genauso berauschend auf mich wirkte wie der Rotwein, den ich mir jetzt, ups, über die Klamotten geschüttet hatte.

»O Gott, ich geh mal besser zur Toilette und wasch das raus«, sagte ich und zeigte nachlässig auf mein Kleid.

Ich stand schwankend auf. Chris schlang den Arm um meine Hüfte, um mich zu stützen – und auch, um mir an den Hintern zu grapschen. So betrunken, dass ich das nicht bemerkte, war ich auch wieder nicht. »Wow, ich fühl mich plötzlich ganz schön wackelig.«

Chris stand auf, seine Hand noch immer an meiner Taille. Er scannte die Bar. »Willst du, dass ich mitgehe?«

»Ähm«, machte ich und versuchte, sein Gesicht scharf zu

stellen. Ich hatte das vage Gefühl, dass das eine schlechte Idee war, aber andererseits war ich mir wirklich nicht sicher, ob ich es ohne peinlichen Zwischenfall zur Toilette schaffen würde.

Er schob mich sanft in den hinteren Teil der Bar.

»Verlieren wir dann nicht unseren Tisch?«, fragte ich besorgt und sah mich in der vollen Bar um.

»Mach dir darüber mal keine Gedanken«, meinte Chris und schob mich weiter, seine Hand an meinem Kreuz.

43

Als wir in die Damentoilette geplatzt kamen, überprüften drei Mädels gerade ihr Make-up vor dem Spiegel. Sie fingen an zu kichern und tauschten vielsagende Blicke aus. Ich schätze, wir waren in einem ziemlich lädierten Zustand.

Chris grinste mich nur an – in dem gleißenden Neonlicht der Toilette konnte ich sehen, dass seine Zähne vom Rotwein ganz lila waren, und ich fragte mich, ob meine genauso aussahen. Plötzlich fand ich alles nicht mehr so lustig und aufregend, sondern eher ein bisschen schäbig und traurig. Aber ich lächelte Chris trotzdem an – es war ja nicht seine Schuld.

Er zog ein großes Altmännertaschentuch aus seiner Jeanstasche und tupfte damit an dem Fleck auf meiner Brust herum. Die drei Mädels drängten sich an uns vorbei nach draußen, und wir blieben allein in dem zu hellen Toilettenraum zurück. Ich nahm Chris' Hand und hielt sie dort fest, seine Finger streiften meinen Busen. Er blickte zu mir auf, und dann küsste er mich.

Es war, als würde etwas in mir entfesselt – ich glaube nicht, dass ich ernsthaft behaupten kann, es war Lust, denn es hatte eher mit Groll und Wut zu tun und mit dem bitteren Bedürfnis nach Rache. Es ist gemein, das zu sagen, aber Chris hätte jeder sein können, ich musste bloß etwas spüren – irgendetwas –, das nicht Betrug, Traurigkeit oder Versagen war. Ich musste verbannen, was geschehen war, es durch etwas anderes ersetzen.

Ich zog ihn in eine der Kabinen, und er schlug die Tür hinter uns zu und sperrte ab. Seine Hände waren überall auf mir, schoben mein Kleid hoch, während er, heftig atmend, sein Gesicht an meinem Hals vergrub. Ich hielt die Augen geschlossen; ich weiß nicht, warum. Ich wollte es, das wusste ich. Ich hatte schließlich angefangen.

Die Tür zum Vorraum ging auf, und ein Schwall Lärm aus der Bar drang herein – Musik und Gelächter und Geschrei. Chris hakte seinen Daumen in meinen Slip und zog ihn auf meine Oberschenkel herunter. Ich erschrak darüber, Tränen auf meinen Wangen zu spüren, und wischte sie mit dem Handrücken weg, bevor er sie sehen konnte. Doch er hielt einen Augenblick inne, und als ich meine Augen einen Spaltbreit öffnete, sah ich, dass er mich besorgt anschaute.

»Mach einfach«, zischte ich.

Ich schätze, uns war gar nicht klar, wie viel Lärm wir machten. Machen wir uns nichts vor, wenn das eigene Urteilsvermögen so weit beeinträchtig ist, dass man freiwillig in einer Klokabine vögelt, dann ist man nicht wirklich in einem Zustand, in dem man sich darüber Gedanken macht, was andere Leute über einen denken könnten. Ich kann wohl mit Fug und Recht behaupten, dass ich zu diesem Zeitpunkt überhaupt nicht mehr viel gedacht habe.

Aus dem Vorraum hörte ich gedämpfte Stimmen und Gelächter. Und dann fing plötzlich jemand an, gegen die Tür zu hämmern. Chris erstarrte.

»Kate!«, rief eine Stimme von draußen. Das Hämmern an der Tür wurde heftiger. »Ich weiß, dass du da drin bist.«

Ich schaute Chris erstaunt an. Wie zum Teufel hatte Sarah mich gefunden?

Chris und ich sahen uns entsetzt an. Ich stieß ihn von mir weg, schob mein Kleid herunter und ließ meinen Slip zu Boden rutschen. Sarah hämmerte weiter gegen die Tür.

»Kate! Ich weiß, dass du da drin bist! Danny hat dich mit Chris losziehen sehen. Ich hab jede Bar in Soho nach dir abgesucht.«

Chris' Augen weiteten sich panisch. Doch über mich legte sich etwas Stahlhartes, Kaltes. Warum sollte ich mich wegen dieser Sache hier schuldig fühlen? Was konnte Sarah mir schon sagen, damit ich mich noch schlechter fühlte als sowieso schon?

Ich langte nach dem Riegel an der Klotür. Chris wollte mich zurückhalten, doch da er gleichzeitig versuchte, sich seine Hose hochzuziehen, war er nicht besonders erfolgreich. Ich machte die Tür auf.

Obwohl mir bewusst war, dass sich jede Menge anderer Leute im Vorraum drängten, um die Show zu genießen, konzentrierte ich mich allein auf Sarah. Ihr Gesicht war gerötet und glänzte, als wäre sie gerannt, und sie sah aus, als würde sie gleich in Tränen ausbrechen.

»Chris …«, fauchte sie und blickte ihn über meine Schulter hinweg an. »Das hätte ich mir denken können. Du warst schon immer ein widerlicher, kleiner Opportunist, der sich nur an Mädels ranmacht, wenn sie zu besoffen sind, um Nein zu sagen.«

Ich fühlte, wie Chris hinter mir den Kopf einzog, als würde ich ihn vor Sarahs Zorn beschützen.

»Genau genommen«, sagte ich und bemühte mich, nicht

zu lallen. Ich wollte herablassend, distanziert und überlegen klingen. »Genau genommen, *Sarah,* war das alles meine Idee.«

Sarah versuchte, mich am Arm zu nehmen, doch ich machte einen Schritt zurück und trat Chris auf den Fuß, der aufschrie und auf den Toilettensitz sank.

»Fass mich nicht an!«, fauchte ich, als ich ihr auswich. »Wag es ja nicht, mich anzufassen. Ich weiß genau, was du getan hast – glaub ja nicht, mir wäre das entgangen!«

Sarah machte noch einen Schritt auf mich zu und hob beschwichtigend die Arme. »Kate, was auch immer du denkst, was ich getan oder nicht getan habe, ich glaube einfach, ich sollte dich jetzt nach Hause bringen, okay? In deinem Zustand solltest du nicht mehr unterwegs sein.«

»Ach ja, richtig«, sagte ich höhnisch. »Ich sollte gar nicht unterwegs sein, oder? Ich bin ja bloß die langweilige kleine Hausfrau, die jeden Abend zu Hause rumsitzt und Abendessen kocht – während du mit *meinem Mann* vögelst!«

Ein Raunen ging durch die Menge hinter Sarah. Sie bekamen viel mehr geboten, als sie von einem Gang zum Klo erwartet hatten.

»Während ich… *mit deinem Mann vögle*?«, fragte sie stockend. Sie fasste sich mit der Hand an die Brust in dem Versuch, vollkommen unschuldig zu wirken – wer ich? »Geht es darum?«

»Du dachtest, ich wüsste es nicht«, sagte ich. Ich ließ meine Stimme fest klingen, doch meine Knie wurden ganz weich, und ich musste mich gegen die Kabinenwand lehnen, um Halt zu finden. »Du dachtest, du könntest einfach weiterhin so tun, als wärst du meine beste Freundin. Wann wolltest du es mir sagen? Wolltest du warten, bis ich schwanger bin, damit der Schlag richtig sitzt?«

Sarah schüttelte den Kopf. Sie versuchte nicht einmal, es abzustreiten. Sie warf einen Blick über die Schulter zu all den Leuten, die versuchten, in den Vorraum zu drängen.

»Würdet ihr euch jetzt mal alle verpissen, bitte?«, kreischte sie. Ein paar der Leute schauten schuldbewusst drein, aber keiner rührte sich vom Fleck.

»Nein, bleibt da!«, rief ich. »Mir macht es nichts aus, wenn sie es alle hören. Ich hab euch gesehen. Ich hab euch vorhin in Nan's Fish Bar gesehen. Ihr habt Händchen gehalten. Da habt ihr euch auch nicht drum geschert, es zu verheimlichen, oder? Gib's zu Sarah, gib's einfach zu!«

Plötzlich standen Sarah Tränen in den Augen. Einen entsetzlichen Augenblick lang empfand ich tatsächlich Mitgefühl für sie, bevor ich mich wieder daran erinnerte, dass sie sich schrecklich fühlen sollte.

»Dachtest du wirklich …?« Sie zeigte zur Klokabine, wo Chris noch immer schweigend hockte. »O Gott, Kate, was hast du getan?«

»Wag es … wag es nicht, über mich zu … zu urteilen«, stammelte ich vor Wut. »Wag es *ja* nicht! Wie kannst du dich hinstellen und mich verurteilen nach allem, was du getan hast?«

Sarahs Lippen zitterten. Ihre Stimme war kaum mehr als ein Flüstern. »Kate, bitte, lass uns nicht hier darüber reden. Lass uns heimfahren. Ich ruf uns ein Taxi.«

»Ich fahre nirgendwo mit dir hin«, zischte ich. »Wenn du mir was zu sagen hast, dann hier – vor allen!«

»Genau, Schwester!«, rief eine Stimme aus der Menge. Ich fühlte mich auf absurde Weise stark. Das Publikum war auf meiner Seite. Ich war moralisch überlegen, auch wenn ich gerade vögelnd in einer Klokabine erwischt worden war, hatte ich den Spieß umgedreht. Meine moralische Überlegenheit wurde lediglich von einem lauten Schluckauf beeinträchtigt.

Sarah versuchte, leise zu sprechen, doch alle waren verstummt, um ja nichts zu verpassen. Ihre Worte erklangen so klar, als würde sie in ein Mikrofon sprechen.

»Kate, zwischen Matt und mir ist nichts passiert. Gar nichts.«

»Ach echt?«, fragte ich höhnisch. »Also habt ihr bloß einfach so Händchen gehalten?«

Sarah warf erneut einen Blick über die Schulter, womöglich weil sie fürchtete, dass die Menge sie gleich lynchen würde.

»Wirklich, lass uns draußen darüber reden«, sagte sie.

»Nein.«

Sarah seufzte und hängte sich ihre Tasche quer über die Schulter, als wolle sie gleich wegrennen.

»Kate, ich habe Matts Hand gehalten, weil er geweint hat. Wegen dir.«

Ich sah sie mit zusammengekniffenen Augen an.

»Und das soll ich dir glauben?«, fragte ich.

Die Gesichter der Menge fuhren zu Sarah herum wie bei den Zuschauern eines Tennismatchs.

»Ja, ich habe mich mit ihm getroffen«, gestand Sarah. »Mehr als einmal.«

Ich wusste es.

»Aber bloß weil wir uns beide solche Sorgen um dich gemacht haben.«

»Das ist doch lächerlich«, erwiderte ich verächtlich. »Wollt ihr jetzt auch noch mir die Schuld für eure Affäre in die Schuhe schieben?«

»Es gibt keine Affäre!«, schrie Sarah. »Checkst du das

nicht? Du bist doch total durchgeknallt. Matt und ich haben versucht, Verständnis zu haben – es ist doch offensichtlich, dass du Depressionen hast…«

»Matt und ich?«, äffte ich sie höhnisch nach. »Matt und ich? Ach, wie kuschelig das klingt.«

Sarah warf die Hände hoch.

»Kate, ich weiß wirklich nicht, wie ich dir das noch klarmachen soll. Aber wenn ich es dir ins Gesicht schreien muss, vor einem Haufen neugieriger Fremder«, sie funkelte die Menge hinter sich wütend an, »dann mach ich das! Du gehst plötzlich total ab auf die banalsten Dinge – Scheißschürzen und -auflaufformen. Du bist ständig wütend, du willst überhaupt nicht mehr rausgehen, du willst dich noch nicht mal nach 'nem neuen Job umsehen, du redest nicht mehr mit mir, mit Matt oder mit sonst jemandem außer mit deinem Hund. Du bist besessen von der Idee, schwanger zu werden.«

Hinter mir sprang Chris alarmiert auf. »Du willst schwanger werden?«, krächzte er.

»Schnauze, Chris«, sagten Sarah und ich im Chor.

Er setzte sich wieder hin und vergrub den Kopf in den Händen.

»Kate«, meinte Sarah. Sie weinte wieder. »Ich schwöre, zwischen mir und Matt ist nichts gelaufen. Aber wir haben uns beide solche Sorgen um dich gemacht. Wir hatten Angst«, sie schluchzte laut auf, »dass du vielleicht etwas Dummes machst.«

Ich fühlte mich, als hätte man mir jede einzelne der Weinflaschen über den Schädel gezogen, die ich an diesem Abend getrunken hatte. Meine Beine ließen nach, und ich musste die Hände gegen meine Schläfen pressen, damit sich nicht alles um mich drehte.

»Wo ist Matt?«, flüsterte ich.

Sarah blinzelte sich die Tränen aus den Augen. »Er ist nach Hause gefahren. Er hat mich angerufen, nachdem er festgestellt hat, dass du nicht dort bist. Und dann hat Danny gesagt, er hätte dich mit Chris vorm *Crown* gesehen. Also bin ich los, um dich zu suchen. Komm Kate, es wird Zeit, dass wir heimgehen.«

»Ich kann nicht nach Hause«, sagte ich und musste ein Würgen unterdrücken. »Ich kann nicht.«

Ich konnte Chris gerade noch zur Seite stoßen und mich an der Klobrille festklammern, um mich wieder und wieder zu übergeben.

Kollektive Ekelbekundungen ertönten aus der Menge, die sich augenblicklich auflöste, als hätte mein ausgiebiges Übergeben das Ende der Vorstellung markiert.

Ich spürte, wie Sarah mir über den Rücken strich, während mein Magen sich zusammenzog und rebellierte.

»Es wird alles gut«, sagte sie immer wieder. »Es wird alles gut, Kate.«

Aber natürlich war das nicht so.

Ich übernachtete bei Sarah. Ich hörte, wie sie mit Matt telefonierte, während ich wach lag und an die Decke ihres Gästezimmers starrte. Die Bettdecke lag so schwer auf mir, als sei sie aus Stein.

Als ich am nächsten Morgen nach Hause kam, war das Haus leer. Natürlich wollte er mich nicht sehen. Ich konnte es ihm nicht verübeln.

Also schrieb ich ihm eine Nachricht:

Ich weiß, dass sie dir alles erzählt hat. Ich erwarte nicht, dass du mir verzeihst – ich bin mir nicht mal sicher, ob ich es mir selbst verzeihen kann.

Ich will das, was ich getan habe, nicht entschuldigen, aber vielleicht musste etwas passieren, damit wir endlich aufhören können, uns gegenseitig so unglücklich zu machen. Ich schätze, das war's dann wohl.
Es tut mir leid.

Dann holte ich Minnie bei den Palmers ab und machte mich auf den Weg nach Lyme Regis.

44

Ich hatte gedacht, dass mein Leben wieder beginnen würde, wenn ich endlich all meine Fehler hinter mir lassen würde, als seien sie nie passiert. Dass ich durch einen Neuanfang selbstbewusst nach vorne blicken und weitergehen könnte, entschlossen und voll Selbsterkenntnis. Ich hatte immer gedacht, dass für Fehler in meinem Leben kein Platz war, dass Fehler einen zu einem schlechten Menschen machten. Aber jetzt sehe ich das anders. Fehler machen einen erst zu dem, wer wir sind. Dass man den Leuten, die einen trotz seiner Fehler lieben können (vielleicht sogar gerade deswegen), vertrauen kann.

Was hatte ich befürchtet, wenn ich am Ende doch noch mit der Wahrheit herausrückte – dass mich meine Familie verstoßen würde? Dass mir jemand die Haare abrasierte und ich am Cobb entlanggetrieben wurde wie die französischen Frauen, die sich im Krieg in einen deutschen Soldaten verliebt hatten? Zu meiner Verteidigung kann ich sagen, dass ich nie wirklich gelogen habe. Jeder hatte seine Schlüsse gezogen, und es war mir leichter erschienen, sie einfach in ihrem Glauben zu lassen, als mein eigenes schäbiges Verhalten einzugestehen.

Natürlich war meine Schwester wütend, doch da sie schon wenig Mitgefühl gehabt hatte, als ich scheinbar das

Opfer eines fremdgehenden Ehemannes war, war es keine große Überraschung, dass sie auch keine tröstenden Worte für mich fand, als schließlich herauskam, dass in Wahrheit ich die fremdgehende Ehefrau war. Was mich jedoch überraschte, war ihr Beharren darauf, dass es noch nicht zu spät war, es wiedergutzumachen. Und Bens Zustimmung in diesem Punkt. Keiner von beiden konnte verstehen, warum ich mich in Lyme Regis verkroch und mich in ihre Beziehung einmischte, anstatt zu versuchen, meine eigene wieder in Ordnung zu bringen. Als schließlich auch meine Eltern und Mrs. Curtis in den Chor der Leute mit einstimmten, die mir sagten, es sei an der Zeit, mich meinen Fehlern zu stellen, sah ich ein, dass ich in Lyme keine Ruhe mehr hätte, bis ich es getan hätte.

Mehr noch erkannte ich, dass ihr Drängen, mich mit meiner Vergangenheit zu konfrontieren, nicht als Bestrafung zu verstehen war, sondern als Zeichen dafür, dass ich ihnen (sogar Prue) am Herzen lag. Sie wollten, dass ich mit dem, was ich getan hatte, ins Reine kam. Dass einfach weiterzugehen, ohne meine Fehler anzunehmen, nichts brachte.

Also habe ich eine Tasche gepackt, obwohl ich keine Ahnung habe, ob ich in London übernachten werde. Geschweige denn, wo. Es ist, als würde ich meine Flucht aus London von vor einem Monat umkehren, nur dass ich mir diesmal Mums Auto ausgeliehen habe, anstatt den Zug zu nehmen. Ich will sicher sein, dass ich schnell wieder wegkann, wenn alles schiefgeht.

Als ich durch den New-Forest-Nationalpark fahre, schließe ich mit mir selbst einen Deal, dass ich, wenn alles so schlecht läuft, wie ich erwarte, in das teuerste Hotel einchecke, das ich mir leisten kann. Eine letzte große Sause mit meiner Abfindung. Ich werde meine Sorgen in Minibar-Cocktails und einem luxuriösen Schaumbad mit den Gratis-Hotelhygieneartikeln ertränken. Und wenn es ganz, ganz schlecht läuft, dann kann ich mich immer noch darin ertränken.

Es ist an der Zeit, dass ich mich dem Schlamassel stelle, den ich hinterlassen habe. Dad hat recht. Die Dinge werden sich nicht einfach von selbst regeln, während ich mich in Lyme verstecke. Ich muss sie geraderücken, hier und jetzt. Einen Moment lang habe ich das Gefühl, ich müsse anhalten und mich übergeben. Ich schlingere auf die äußere Spur, sodass der Lkw hinter mir wütend hupt. Schon gut, denke ich. Dein bisschen Ärger ist nichts gegen das, was mich am Ende dieser Autofahrt erwartet. Zumindest hat der Schreck die Übelkeit vertrieben, und ich fahre weiter.

Beim Fahren konnte ich schon immer am besten nachdenken. Und am besten singen, denn man kann die hohen Töne besser herausjohlen, wenn einem niemand dabei zuhört. Aber auf dieser Fahrt singe ich nicht. Nicht nur weil Mums CD-Sammlung für meinen Geschmack ein bisschen zu viel von Michael Bublé beinhaltet. Diese Reise ist fürs Nachdenken reserviert. Ich vertraue nicht darauf, die richtigen Dinge zu sagen, wenn ich mich vorher nicht darauf vorbereitet habe. Ich gehe die Gespräche wieder und wieder laut durch, Gespräche, in denen ich mit Wut oder Traurigkeit konfrontiert werde oder mit einer Tür, die man mir vor der Nase zuschlägt. Ich überlege, was ich tue, wenn keiner zu Hause ist. Wie lange werde ich im geparkten Auto warten? Lässt mich das verzweifelt wirken? Die Wahrheit ist, ich bin verzweifelt. Vielleicht sollte ich mich deshalb nicht schämen. Vielleicht hilft es ja sogar zu zeigen, wie weit ich bereit bin zu gehen, um zu beweisen, dass es mir ehrlich leidtut.

Als ich von der Autobahn abfahre, verlässt mich meine Entschlossenheit, trotzdem trete ich aufs Gas und fahre weiter. Oder zumindest versuche ich es. Der Verkehr ist dicht, es regnet, was bedeutet, dass halb London nicht mehr weiß, wie man Auto fährt. Alle scheinen wütend und aggressiv zu sein – es wird gehupt, und Fußgänger hasten erschreckend kopflos über die Straße, sodass ich auf die Bremse treten muss. Je länger ich in einem Stau auf der Euston Road festsitze und dem Scheibenwischer vor mir zusehe, desto entmutigter fühle ich mich. Mich so bloßzustellen; das Risiko in Kauf zu nehmen, dass meine Entschuldigung ausgeschlagen wird.

Vor dem Haus finde ich sofort einen Parkplatz. Das muss ein Zeichen sein. Ich schnalle mich ab und bleibe noch einen Moment im stillen Auto sitzen, überlege, was ich als Erstes sagen werde. Ein Licht brennt, also weiß ich, dass er zu Hause ist. Mir fällt ein, dass es durchaus möglich ist, dass er Besuch hat – eine Möglichkeit, die ich in meinen imaginären Gesprächen nicht in Betracht gezogen habe.

Wenn es nicht so kalt wäre, könnte ich ewig so sitzen bleiben. Doch ob ich nun aus Reue oder aus Angst vor einer Lungenentzündung die Wagentür öffne, ist letztendlich nicht wichtig. Wichtig ist, dass ich über die Straße gehe, die Hände tief in den Taschen vergraben, bevor ich anfange, wie eine Irre zu gestikulieren. Ich habe mein Kinn unter den Schal geschoben, und der Wind weht mir das Haar aus dem Gesicht, als hätten sich auch die Elemente gegen mich verschworen, indem sie dafür sorgen, dass ich mich nicht verstecken kann.

Ich drücke die Klingel und lausche. Drinnen ist nichts zu hören. Ich warte eine volle Minute. Ich stoppe die Zeit mit meiner Uhr, doch es fühlt sich länger an. Beinahe ist es witzig, dass ich derart eilig hergefahren bin, nur um ihn nicht zu Hause anzutreffen. Ich klingle noch einmal, auf gut Glück – ich kann es gebrauchen – und drehe mich dann um, um wieder die Treppe zur Straße hinunterzugehen.

Ich bin schon fast unten angekommen, als ich höre, wie die Tür aufgeht. Ich drehe mich schnell um, bevor er die Tür wieder zumachen kann.

»Hallo Kate«, sagt er, sein Gesichtsausdruck bekundet, dass er vollkommen geschockt ist.

»Hi Chris«, sage ich, so ruhig ich kann. »Darf ich reinkommen?«

Es dauert bloß eine halbe Stunde. Nein, nicht das. Schließlich habe ich dazugelernt, während ich mich in meinem Heimatort verkrochen habe; als hätte ich die ganze Zeit, die ich aufs Meer hinausgestarrt habe, die Aussicht genossen und an meinem Auftritt als Geliebte des französischen Leutnants gearbeitet. Also bitte. Ich meine, dass es nur eine halbe Stunde dauerte, mich bei Chris zu entschuldigen.

Sarah meint zwar, dass er der Böse in diesem Stück ist, der Gelegenheitsaufreißer, der mich immer dann erwischt, wenn ich am weitesten unten bin – aber ich habe genauso viel Schuld daran. Er war es schließlich nicht, der mich mit Wein abgefüllt hat, ich habe ihn aus freien Stücken getrunken. Ich wollte ausradieren, was vermeintlich zwischen Matt und Sarah passiert war, und Chris war nur das unfreiwillige Mittel zum Zweck, damit ich all meiner Wut Luft machen konnte. An dem Abend hatte ich Sarah gesagt, sie solle es zugeben. Jetzt bin ich an der Reihe. Ich kann nicht rückgängig machen, was ich getan habe, aber ich kann mich der Sache stellen, und, obwohl ich weiß, dass das nur eine kleine Entschädigung ist, kann ich sagen, dass es mir leidtut.

Sobald Chris seinen ersten Schock überwunden hat und er merkt, dass ich nicht gekommen bin, um ihn anzuschreien oder ihn dazu zu bringen, betrunken auf dem Klo mit mir zu vögeln, reagiert er ziemlich gut. Das heißt, er sitzt auf dem Sofa und lässt mich meine vorbereitete Rede halten, ohne mich zu unterbrechen. Und als ich fertig bin, sagt er: »Okay.«

Das ist mehr, als ich verdient habe. Und mehr habe ich auch nicht erwartet. Doch als ich gehen will – ich muss heute Abend noch andere Besuche erledigen –, überrascht mich Chris, indem er meinen flüchtigen Abschiedskuss auf die Wange in eine echte, feste Umarmung umwandelt. Es ist absolut nichts Sexuelles daran. Es fühlt sich eher an wie die Geste eines einfühlsamen Freundes. Wie seltsam.

»Du hast echt Mut, Kate«, sagt er, als wir uns loslassen. »Ich finde, du hast echt Mut.«

Ich bedanke mich bei ihm und winke ihm auf dem Weg zum Auto noch einmal zu, aber es bereitet mir auch ein wenig Sorgen.

Mutig ist fast immer eine beschönigende Umschreibung für verrückt, oder nicht? Wie in, wow, du hast ja einen irren neuen Haarschnitt, wie *mutig*! Paul war echt *mutig*, nur mit einer Badehose bekleidet den Kilimandscharo zu besteigen! Hast du von dem Typen gehört, der nur mit einem Leitkegel bewaffnet zwei bewaffnete Angreifer in die Flucht geschlagen hat? *So mutig*. Also verrückt.

Ich kann nicht abstreiten, dass ich befürchte, einen Riesenfehler zu machen, indem ich unangekündigt zurückkomme. Aber ich habe schon so viele Fehler gemacht, was macht da ein weiterer schon für einen Unterschied?

Ich musste mir selbst einige unangenehme Fragen stellen, bevor ich mich dazu durchrang. Entschuldige ich mich ihnen zuliebe oder mir zuliebe? Ich würde mein Verhalten gerne als vollkommen selbstlos darstellen, behaupten, dass ich ausschließlich meine Fehler wiedergutmachen will, aber das wäre gelogen. Ich weiß, dass ich das auch für mich tue. Ich weiß nur noch nicht, ob ich es mehr für sie oder mehr für mich mache, ob ich bloß um jeden Preis Absolution will.

Ich hatte mich fast davon überzeugt, dass es besser ist, nicht herzukommen, dass Matt ohne mich besser dran ist. Doch dann musste ich wieder an seine Anrufe bei meinen Eltern denken, an seinen Brief, in dem er mich bat, mit ihm zu reden, und dann dachte ich, dass ich ihm das wenigstens schuldig bin: von Angesicht zu Angesicht mit ihm zu sprechen.

Mit Chris zu reden, war einfach gewesen, weil so wenig auf dem Spiel stand. Ich weiß nicht, ob ich ihn jemals wiedersehen werde, und, ehrlich gesagt, ist mir das auch egal. Wichtig ist, dass wir im Guten auseinandergegangen sind und dass es, falls wir uns zufällig über den Weg laufen sollten, nichts gibt, wofür wir uns schämen müssen. Ins *Crown* zieht es mich nicht unbedingt zurück, um mit ihm und seinen Freunden abzuhängen, aber wenn ich mit ihnen konfrontiert würde, wäre es okay.

Mit Sarah zu reden wäre schwieriger gewesen, aber sie war nicht da. Jay auch nicht. Ich schätze, ich hätte sie erst auf dem Handy anrufen sollen, aber ich wollte ihr nicht die Gelegenheit geben, mir zu sagen, dass sie mich nicht sehen will. Nachdem ich eine hingekritzelte Entschuldigungsnachricht in ihren Briefkasten gesteckt habe, stehe ich vor ihrem Mietshaus und schaue hinauf zu den dunklen Fenstern und muss daran denken, wie es war, als ich das letzte Mal hier war. Ich dachte daran, wie ich aus der Haustür hinaus in den unerbittlichen Morgen gestolpert bin, verkatert und voller Schuldgefühle, mein lächerliches Kleid unter einer geliehenen Strickjacke verborgen. Es war nicht das erste Mal, dass ich den Katzenjammermarsch antrat, aber nichts war mit dem von heute zu vergleichen.

Der Kummer und der Schmerz der Erinnerung hauen mich fast um, und ich muss mich auf die Stufen setzen und mein Gesicht in den Händen vergraben. Mein Atem geht zitternd, und mein Brustkorb bebt. Als bekäme ich keine Luft; der Schal um meinen Hals ist zu eng, und ich reiße ihn herunter.

Ich halte mich am Geländer der Treppe fest, die zu Sarahs und Jays Wohnung hinaufführt. Die konstante Kälte wirkt wie ein Anker. Mich an dem kalten Metall festzuklammern bringt mich zurück in die Gegenwart. Genauso wie eine wütende alte Frau, die plötzlich am Hauseingang auftaucht, nur mit einem Bademantel bekleidet und einen Besen schwingend.

»Weg da!«, schreit sie. »Verdammte Gammler. Weg da, oder ich rufe die Polizei.«

Zum ersten Mal fällt mir auf, dass der Boden vor den Stufen voller Zigarettenkippen ist, und unter einer Hortensie in der Nähe liegen plattgedrückte Ciderdosen. Na großartig, jetzt hält man mich auch noch für eine Obdachlose. Die Zeichen für meine nächste Entschuldigung sind nicht gerade ermutigend.

»Warte, wenn ich runterkommen muss!«, warnt mich die Frau mit dem Besen. Ich merke, dass sie richtig Angst vor mir hat, also entschuldige ich mich (langsam werde ich darin zur Expertin) und eile über die Straße zu meinem Wagen.

45

Matt ist zu Hause. Obwohl das Wohnzimmer dunkel zu sein scheint, sehe ich an der Wand ein bläuliches Flackern, das mir sagt, dass er entweder fernsieht oder Playstation spielt.

Der Schlüssel zu unserem Haus ist in meiner Handtasche, aber ich habe das seltsame Gefühl, als versuche ich einzubrechen, wenn ich ihn benutze. Außerdem habe ich keine Ahnung, was mich erwartet. Vielleicht ist er nicht allein. Er hätte jedes Recht dazu. Auch wenn es ziemlich armselig wäre, eine neue Frau mit Fernsehschauen zu beeindrucken, darf ich keine voreiligen Schlüsse ziehen.

Es rührt sich etwas, sobald ich an der Tür klingle. Das Licht im Flur geht an, und eine große Gestalt nähert sich, verzerrt vom Milchglas. Ich sehe, dass er auf halbem Weg stehen bleibt, und höre wie er »Scheiße« sagt und dann wieder umdreht.

Hat er mich schon erkannt? Hat Chris ihn gewarnt, dass ich auf dem Weg zu ihm bin?

Er kommt zurück, und die Tür geht auf. Matt steht in einer Pyjamahose da und dem zerknitterten grauen Pulli, an den ich mich noch so gut erinnere. Er hat seine Brille auf und seinen geöffneten Geldbeutel in der Hand. Er ist unrasiert und hat dunkle Ringe unter den Augen.

»Hi«, sage ich.

Matt klappt seinen Geldbeutel zu. Er macht keine Anstalten, mich reinzulassen. Er lächelt nicht.

»Kate? Was zur Hölle? Ich dachte, du wärst der Lieferservice«, sagt er in einem Ton, der darauf hindeutet, dass ein Garnelen-Biryani ein weitaus willkommenerer Anblick wäre.

»Tut mir leid«, antworte ich. Ich schätze, es ist nie zu früh, mit den Entschuldigungen anzufangen. »Kann ich reinkommen?«

Matt wirft einen besorgten Blick über die Schulter.

»Bist … bist du allein?«, frage ich.

Matt sieht mich über den Brillenrand hinweg an, und ich sehe einen Funken Belustigung in seinen Augen.

»In den Klamotten würde ich wohl kaum jemanden empfangen«, meint er, macht einen Schritt zurück in den Flur und hält mir die Tür auf, damit ich hereinkommen kann.

Unser Flur war noch nie besonders breit, aber jetzt fühlt es sich an, als wäre er in den Wochen, in denen ich nicht da war, geschrumpft. Neben der Tür steht ein Koffer, an dessen Griff Anhänger von Emirates Airlines hängen. Das macht den Flur nur noch enger, und plötzlich fühlt es sich an, als wäre Matt sehr nah. Ich muss gegen den Impuls ankämpfen, mich umzudrehen und ihn zu umarmen, mein Gesicht an seine Brust zu drücken und nicht mehr loszulassen. Doch dazu habe ich nicht mehr das Recht.

»Wohin soll ich …?« Plötzlich bin ich eine Fremde in meinem eigenen Haus, unsicher wohin mit mir.

»Küche«, sagt Matt. »Und Kate, hör zu, sag einfach nichts zu der Unordnung hier. Wenn ich gewusst hätte, dass du kommst, würde es hier anders aussehen.«

Ich mache mich aufs Schlimmste gefasst, als ich die Stufen hinuntersteige, aber es ist gar nicht so schlimm. Der Deckel des Mülleimers hängt gefährlich schief auf einem

Berg aus Lieferkartons, und es sieht so aus, als staple sich jede einzelne Tasse, die wir je besessen haben, in der Spüle. Immerhin hat er die Küche nicht abgefackelt. Das Chaos könnte im Nullkommanichts beseitigt werden. Es ist nicht irreparabel.

»Also, äh, soll ich uns …«, fange ich an und zeige auf den Wasserkocher.

»Nein«, sagt Matt bestimmt. »Du bleibst sitzen. Ich mach das. Ich wollte ein Bier trinken. Willst du auch eins?« Er sieht mich herausfordernd an, als sei das ein Test.

»Ja, bitte«, sage ich schnell und werde von einem überraschten Blick belohnt, der über sein Gesicht huscht.

»Okay, Bier.«

Ich kann nicht vermeiden, einen Blick in den leeren Kühlschrank zu werfen, als er ihn aufmacht – drinnen befindet sich nichts außer Alkohol. Ich schaue weg, bevor Matt es merkt, und nehme mit dem unsicheren Versuch eines Lächelns das kalte Bier aus seiner Hand entgegen.

Matt setzt sich mir gegenüber an den Küchentisch. Ich muss daran denken, wie er jeden Sonntagmorgen mit ausgestreckten Beinen dort gesessen hat und mich seine Füße berührten, während er mir Teile der Zeitung vorlas, von denen er dachte, sie könnten mich interessieren. Jetzt sitzt er steif da, die Beine unter den Stuhl gezogen, weit weg von mir. Er hat beide Hände an der Bierflasche.

»Also«, sagt er und starrt auf den Tisch zwischen uns.

»Matt«, sage ich. Er blickt zu mir auf. Meine Stimme klingt dünn und schwach. »Ich habe keine Ahnung, wie ich mich für das, was ich getan habe, entschuldigen kann.«

Matt lacht verächtlich und nimmt einen tiefen Schluck aus seiner Flasche. »Du solltest lieber mal einen Versuch starten, Kate. Aber einen besseren. Ich hab die ganze Zeit nichts von dir gehört – sicher hattest du Zeit, dir was zu überlegen.«

»Ich hab ja noch gar nicht richtig angefangen«, erwidere ich und hole tief Luft. »Ich hab dich schon vorher hängen lassen … vor der Sache mit Chris. Ich weiß, du wolltest mir bloß helfen und … und ich hab dich weggestoßen. Ich hab dich ausgeschlossen. Du hast was Besseres verdient, Matt.«

Er nickt bloß und wartet darauf, was ich ihm als Nächstes zu sagen habe.

»Ich weiß nicht, was mit mir passiert ist. Ich hab einfach den Überblick verloren, nachdem ich Hitz verlassen habe. Das ist mir jetzt klar. Ich glaube, ich hatte Angst, dass du entsetzt wärst, wenn du siehst, wie deprimiert und niedergeschlagen ich war. Ich dachte, ich würde dich vergraulen.«

»Kate«, sagt Matt. »Ich hab es trotzdem gesehen. Und dass du es einfach nicht zugeben wolltest, hat es noch viel schlimmer gemacht.«

Ich fange an zu weinen, aber ich rede trotzdem weiter, trage hicksend die Rede vor, die ich mir im Auto zurechtgelegt habe. »Ich war wie besessen von banalen Dingen. Dinge, die ich noch beeinflussen konnte, weil ich die Kontrolle über alles andere verloren hatte. Nichts klappte – nicht die Jobsuche, nicht das mit dem Baby –, also kamen mir all diese banalen Dinge plötzlich schrecklich wichtig vor. Ich war nur … es sah nicht so aus, als würdest du mich verstehen.«

»Ich?« Matt kniff wütend die Augen zusammen.

»Nein«, sage ich hastig. »Das verstehst du falsch. Ich meinte, dass ich das alles durcheinandergebracht habe. Wir wussten beide, dass es Probleme gab, wir sind sie bloß aus verschiedenen Richtungen angegangen.«

Matt runzelt die Stirn.

»Und dann«, schluchze ich, »und dann … Chris.«

»Chris«, widerholt Matt.

»Oh Matt, ich war betrunken, ich bin durchgedreht, und ich dachte, dass du und Sarah …«

»Ich weiß, was du gedacht hast«, sagt Matt wie versteinert. »Ich kann bloß nicht fassen, dass du das geglaubt hast.«

Bevor ich antworten kann, klingelt es an der Tür, und ich sehe Matt erschrocken an. Wer könnte das um diese Zeit noch sein? Sicher würde Matt es ignorieren.

Doch das tat er nicht. »Lieferservice«, sagt er schulterzuckend. Er nimmt den Geldbeutel vom Tisch und geht hinauf. Ich höre ihn sogar lachen, als er ein paar Worte mit dem Lieferfahrer wechselt. Wie kann er bloß so entspannt sein?

Ich knete meine Hände, während ich darauf warte, dass er wieder herunterkommt. Ich fühle mich wie Lady Macbeth, als sie versucht, den verdammten Fleck auszuwaschen. Er würde nie verschwinden. Keine Entschuldigung der Welt wird mich davon befreien.

Matt stellt die blau-weiße Plastiktüte auf den Küchentisch neben sein Bier und beachtet sie nicht weiter. Curryduft erfüllt die Küche. Es erinnert mich daran, dass ich seit dem Frühstück nichts mehr gegessen habe.

»Es wird kalt«, stelle ich fest. Ich frage mich, ob er anbieten wird, mit mir zu teilen. Das wäre ein gutes Zeichen, oder?

Matt verdreht die Augen. »Ich weiß, wie man die Mikrowelle bedient«, sagt er. »Red weiter.«

Ich schniefe. »Matt, mir tut das alles so leid. Alles. Ich war abscheulich und gemein und hab alles auf dich geschoben. Und dann hab ich mit Chris geschlafen. Das werde ich mir nie verzeihen.«

»Ich, ich, ich, ich«, sagt Matt mit ausdruckslosem Gesicht.

»Bitte?«, frage ich irritiert.

»Hörst du nicht, was du sagst?«, meint er. »Nur ›ich hab das gefühlt‹, ›ich hab das gedacht‹, ›ich hab das gemacht‹. Du hast mich noch kein einziges Mal gefragt, was ich über die Sache denke. Das Wort ›wir‹ ist dir nicht ein Mal über die Lippen gekommen. Hier geht es nicht um *deine* Ehe, weißt du, sondern um *unsere*. Zumindest war das mal so.«

»Ich wollte bloß … ich dachte«, stammle ich.

»Aber Kate«, seufzt Matt. »Siehst du nicht, dass du genauso weitermachst? Ich habe wochenlang versucht, mit dir zu reden – hab dir geschrieben, deine Eltern angerufen –, aber nein, es kann nur zu deinen Bedingungen laufen, nach deinem Zeitplan.«

»Das stimmt nicht«, protestiere ich. »Ich wollte es persönlich mit dir besprechen. Ich dachte, wenigstens das wäre ich dir schuldig.«

Matt schüttelt traurig den Kopf. »Es geht immer nur um dich, Kate«, sagt er. »Du hast mir noch keine einzige Frage gestellt. Nicht mal ›wie geht's dir‹. Ich glaube, es interessiert dich auch gar nicht. Du wolltest einfach nur deinen Teil loswerden und jetzt, wo du ihn gesagt hast, denke ich, solltest du gehen.«

»Doch, es interessiert mich!«, rufe ich. »Matt, wie hätte ich hier Small Talk machen können, wenn es doch erst so viele wichtige Fragen zu klären gibt? Bitte, du weißt, dass es mich interessiert!«

Matt schiebt seine Brille hoch und reibt sich mit den Handballen die Augen.

»Small Talk. Alles klar, Kate, ich bin müde. Ich bin gerade erst aus Dubai zurückgekommen, das ist einfach ein schlechter Zeitpunkt.«

Ich beiße mir auf die Unterlippe, damit sie nicht zittert wie bei einem Kleinkind. Ich muss ein paarmal schlucken, bevor ich weitersprechen kann.

»Können wir… können wir uns noch mal unterhalten? Wenn du weniger müde bist?«

Matt sieht mich durch seine Brillengläser hindurch an. Das Küchenlicht spielgelt sich darin, sodass ich seine Augen nicht richtig sehen kann.

»Ich weiß nicht«, sagt er schließlich. »Du hast immer viel über Kompromisse gesprochen, Kate. Aber damit meintest du, dass *ich* Kompromisse machen sollte. Nicht du. So kann das diesmal aber nicht laufen. Was hast du denn gedacht? Dass du dich entschuldigst, und alles ist wieder okay?«

»Das habe ich nicht gedacht…«, fange ich an, aber Matt hebt abwehrend die Hände, um mich zum Schweigen zu bringen.

»Du hast dir Zeit genommen nachzudenken. Jetzt brauche ich Zeit.«

Ich stehe rasch auf, hänge mir schwungvoll meine Tasche über die Schulter und kippe dabei meine Bierflasche um. Matt fängt sie auf, bevor sie auf der Tischplatte aufschlägt.

»Ninjareflexe«, rufen wir beide gleichzeitig.

Matt lächelt mich traurig an.

»Ich geh dann mal besser«, sage ich.

Er nickt nur. Er hält jetzt in jeder Hand eine Bierflasche, was es glücklicherweise unmöglich macht, ihn zu umarmen. Ich murmle bloß noch etwas zum Abschied, dann gehe ich.

Tja. Das lief in etwa so gut, wie ich befürchtet hatte.

46

Ich bin schon auf halbem Weg zurück nach Lyme, als mir wieder einfällt, dass ich mir eigentlich eine Hotelübernachtung gönnen wollte. Aber es fühlt sich an, als wäre diese Idee von einer vollkommen anderen Person gefasst worden. Wie konnte ich mir einbilden, dass der Schmerz über Matts Zurückweisung durch eine einsame Nacht im Hotel gelindert werden könnte? In Zukunft wird es für mich jede Menge einsame Nächte geben; daher kann ich auf eine weitere getrost verzichten.

Das letzte Mal floh ich nach Lyme, weil ich nicht wusste, wohin ich sonst sollte. Ich hielt es für einen Ort, an dem ich mich ungestört verkriechen konnte. Wenn ich an meine Familie dachte, als ich London das letzte Mal verließ, dann als verschwommene Nebenfiguren in einer Tragödie, die sich allein um mich drehte. Jetzt bin ich überrascht, dass ich meine Familie sehen will, weil ich sie vermisse und bei ihnen sein möchte. Sie haben mich an meinem Tiefpunkt aufgenommen und bewiesen, dass ihre Liebe bedingungslos ist.

Man kann erst rückhaltlos geliebt werden, wenn man sich den Menschen mit all seinen Makeln zeigt. Doch wie in Matts Fall birgt das auch das Risiko, dass ihre Liebe an Bedingungen geknüpft ist. Wie könnte ich es ihm verdenken? Während ich ständig an ihm herummeckerte, dass er mein schönes Heim verpfuschte, verpfuschte ich unsere Ehe. Und als ich es dann auf die Spitze getrieben hatte, lief ich einfach davon und weigerte mich, mit ihm zu sprechen. Das Leben geht weiter, und Matts Gefühle haben sich geändert.

Wie bin ich nur darauf gekommen, ich könne jemandem eine Lektion darin erteilen, wie man eine Ehe führt? Ich habe meine Lektionen selbst viel zu spät gelernt.

Als ich schließlich in die Sackgasse zum Bungalow einbiege, ist es weit nach zwei Uhr nachts. Eisglätte auf den steilen Hügeln Richtung Lyme hat meine Fahrt verzögert, und mein Körper ist ganz steif vom stundenlangen Sitzen in der gleichen Position.

Minnie stürzt herbei, als ich die Tür zum dunklen Bungalow aufsperre. Bevor ich sie begrüße, schalte ich das Flurlicht an. Ich höre einen unterdrückten Schrei, und die Badezimmertür schlägt zu, nur um eine Sekunde später wieder einen Spaltbreit geöffnet zu werden.

»Was zum Teufel machst du hier?«, fragt Prue und späht aus der Tür.

Im Badezimmerspiegel erkenne ich, dass sie bloß mit einem Handtuch bekleidet ist, das sie sich vom Regal hinter sich geschnappt haben muss.

»Prue Bailey«, sage ich und kann mein Lachen nicht unterdrücken. »Du kleines Biest. Was ist aus deinen Prinzipien geworden?«

Schützend macht sie die Tür noch ein Stückchen weiter zu, sodass lediglich ein schmales Stück ihres Gesichts zu sehen ist. »Du wolltest doch in London bleiben!«

Ich stelle meine Reisetasche auf dem Flurboden ab und knie mich hin, um Minnie zu umarmen. »Ja«, sage ich.

»So schlimm?«, fragt sie.

»Schlimmer.«

Prue macht die Tür ein Stück weiter auf. »In der Küche, in zwei Minuten. Mach schon mal Tee. Ich muss mir was anziehen.«

»Das würde ich auch sagen.«

Sie streckt mir die Zunge raus, während sie zurück in Bens Schlafzimmer springt.

So unglaublich es klingt, doch als meine Schwester wieder auftaucht, in einem alten Pulli von Ben, entpuppt sie sich tatsächlich als jemand, mit dem man gut reden kann. Wir sitzen da und reden und essen Ingwerwaffelkekse in der frisch gestrichenen Küche, bis die ersten blassen Strahlen Morgenlicht hereinfallen. Ich glaube, bei einem mitfühlenderen Ohr – wie dem meiner Mutter zum Beispiel – wäre ich heulend zusammengebrochen. Doch Prues stramme Befragung und ihr vollkommener Unwille, meinem Selbstmitleid nachzugeben, wirken wie ein ordentlicher Tritt in den Hintern.

»Warum bist du dir so sicher, dass es vorbei ist?«, fragt sie, als ich ihr alles erzählt habe. »Er hat dich doch ins Haus gelassen, oder? Er hat dir zugehört. Du gibst zu leicht auf.«

»Prue, er hat gesagt, er braucht Zeit. Die muss ich ihm geben. Und vielleicht ist es einfach zu spät.«

Prues verzweifelter Seufzer klingt durch die Küche. »Im Ernst? Hör zu, ich weiß ja, dass du seltsame Vorstellungen von der Ehe hast, aber wenn mich nicht alles täuscht, hast du versprochen, dass du bei Matt sein wirst in guten wie in schlechten Tagen. Schon vergessen?«

Unsere erhobenen Stimmen schrecken Minnie am Boden auf, und ich streiche ihr mit dem Fuß über den Rücken, bis sie den Kopf wieder ablegt.

»Ja, Prue, aber nicht gegen seinen Willen!« Ich kann es nicht erzwingen, wenn er nicht will.«

»Ach was! Glaubst du, du kannst aus heiterem Himmel auftauchen, sagen, dass es dir leidtut, und dann ist alles wieder Herzchen und Blümchen? Die Ehe verlangt einem mehr ab, Kate. Du musst dafür kämpfen, wenn du sie zurückhaben willst. Also streng dich an, und tu etwas dafür!«

Ich bemühe mich, sie nicht anzublaffen, dass sie, deren Hochzeit noch Wochen entfernt ist, doch keine Ahnung von der Ehe hat. Aber seltsamerweise scheint sie in solchen Dingen klüger zu sein als ich. Ich nehme mir noch einen Keks und beiße wütend hinein.

»Also?«, meint sie, als würde ich sofort wieder ins Auto steigen, bereit, dafür zu kämpfen, dass Matt mich zurücknimmt.

»Ich weiß nicht, Prue. Ich glaube einfach, es könnte für immer vorbei sein.«

»Jetzt sitz hier nicht einfach herum und akzeptier es«, sagt sie. »Wenn es für deinen Job wäre, dann würdest du auch nicht einfach sagen, ach, na gut, ich hab's verbockt, ich geb auf, oder?«

»Nein«, räume ich ein.

»Du würdest alles tun, was nötig ist, oder etwa nicht? Du würdest einen Weg finden, es umzusetzen. Also, was ist der Unterschied?«

»Mensch, Prue, das ist was total anderes. Bei der Arbeit bin ich nicht emotional involviert, das ist absolut nicht das Gleiche.«

»Nicht? Also, wenn du bereit bist, für das eine zu kämpfen, aber nicht für das andere, dann denke ich, setzt du die falschen Prioritäten.«

»Danke«, sage ich ironisch, doch irgendwie scheint es nicht anzukommen, denn sie nimmt es ernst.

»Bitte«, gibt sie zurück. »Und jetzt hör auf, dich selbst zu bemitleiden, und fang an, darüber nachzudenken, was du tun kannst, um die Lage zu retten.«

Wir sitzen einen Moment lang schweigend da und nippen an unserem Tee. Ich schiebe ihr die Kekse hin, doch sie schüttelt den Kopf. Ich lasse sie in dem Glauben, dass ich darüber nachdenke, wie ich meine Ehe retten kann. Aber in Wahrheit denke ich an etwas anderes.

»Wie wär's wenn wir mal über deine Lage reden würden?«, schlage ich vor.

»Sei bloß still«, warnt Prue und droht mir mit dem Zeigefinger. »Kein Wort mehr darüber, oder ich gehe gleich wieder ins Bett.«

»In Bens Bett.«

»Klappe.«

»Also, was ist aus deinen Prinzipien geworden?«

Prue starrt mich an, aber so schnell kneife ich nicht. Ich habe mit meinem Mann gerade über den Seitensprung gesprochen, der unsere Ehe zerstört hat. Im Vergleich ist das hier ein Kinderspiel.

Sie sitzt kerzengerade auf dem Stuhl. »Genau genommen sind wir ja fast verheiratet. Welchen Unterschied machen da schon ein paar Wochen.«

»Das sagst du mir«, meine ich. »Du bist doch diejenige, die immer Keuschheit geschworen hat. Also, wie war es?«

Eine lange Pause entsteht, in der mir Prue nicht in die Augen sehen kann.

»Wahnsinn«, sagt sie schließlich. »Totaler Wahnsinn.«

»Echt? Beim ersten Mal?«

Sie stellt ihre Tasse auf dem Küchentisch ab und blickt

zu Boden. Dann hebt sie den Blick wieder und sieht mich mit einer bei ihr seltenen Gefühlsregung an. Zweifel.

»Meine Güte, nein, Kate, es war total schrecklich. Furchtbar.« Sie schüttelt den Kopf und vergräbt das Gesicht in den Händen. Dann murmelt sie etwas Undeutliches, und ich bitte sie, es zu wiederholen.

»Ich habe gesagt«, sie hebt den Kopf, »was, wenn ich einen schrecklichen Fehler mache?«

»Prue«, sage ich, froh darüber, zur Abwechslung einmal selbst diejenige zu sein, die einen Rat geben kann, »es ist bloß Sex. Das ist nicht so wie im Film. Es ist fast immer schrecklich beim ersten Mal.«

»Das ...«, sie senkt die Stimme und sieht sich verstohlen um, als würde Minnie mitschreiben. »Das war nicht das erste Mal. Wir haben es schon mal gemacht. Letzte Woche. Und da war es auch schon schrecklich.«

»Erst zweimal? Und du glaubst schon, dass du lieber nicht heiraten solltest?«

Prue zieht die Beine an den Körper und schlingt die Arme um ihre Knie. »Ich ... ich dachte, es würde etwas echt Besonderes sein. Ich dachte, es würde sich lohnen, dass ich darauf gewartet habe.«

Ihre Unterlippe zittert, und ich sehe, dass sie den Tränen nahe ist.

»Und war es auch Bens erstes ... warst du Bens ...«

»Natürlich«, faucht sie. »Ich meine, ich weiß nicht. Aber ich denke schon.«

»Oh Prue.« Ich versuche, nicht zu lachen. Manchmal bedauere ich zwar, dass ich in meiner Jugend kein Kind von Traurigkeit war, aber zumindest habe ich nicht jahrelang davon geträumt, dass meine Jungfräulichkeit zu verlieren, eine wunderschöne und spirituelle Erfahrung sein wird.

Ein Traum, der natürlich nur enttäuscht werden kann. »Es braucht bloß Übung. Ehrlich. Je öfter du … äh … es machst, desto besser wird es.«

»Du wirst es ja wissen«, murmelt Prue. Dann grinst sie. »Schlampe.«

»Das ist hart.«

»Stimmt«, räumt Prue ein. »Tut mir leid, ich hab's nicht so gemeint. Du bist keine Schlampe.«

»Nicht immer zumindest.«

47

Da das Universum es nicht wagen würde, meiner Schwester das zu verweigern, was sie will, erwacht der Silvestertag mit einer dünnen Puderzuckerschicht aus Schnee, die die Dächer von Lyme überzieht. Bisher war der Winter ungewöhnlich warm und nass gewesen, doch an diesem einen Tag ist es frisch und klar. Die tief stehende, blasse Sonne lässt den Raureif auf den Bäumen glitzern, als ich mit Minnie spazieren gehe, und der Himmel erstrahlt in einem wolkenlosen Blau. Es ist der perfekte Tag für die perfekte Hochzeit meiner Schwester.

Und mir graut schrecklich davor.

Nicht wegen Prue. Natürlich möchte ich, dass der Tag so wird, wie sie ihn sich erträumt hat, und dank ihrer erbitterten Planung wird sie auch genau das bekommen. Das Personal vom Hotel Alexandra hat uns gesagt, sie hätten noch nie eine so organisierte Braut erlebt. Prue war hocherfreut und stolz über dieses Kompliment, während mir ein flüchtig zwischen Geschäftsführer und stellvertretendem Geschäftsführer ausgetauschter Blick verriet, dass mit »organisiert« eigentlich »fürchterlich« gemeint war. Der Nussknacker-Bailey-Kommandostab wurde weitergegeben.

Nein, mir graut aus vollkommen egoistischen Gründen vor der Hochzeit. Denn heute muss ich mich zum ersten

Mal seit der Trennung von Matt dem erweiterten Familienkreis und den Freunden der Familie stellen. Ich weiß, wie das auf Hochzeiten ist. Irgendwie sind die allgemeinen Höflichkeitsregeln außer Kraft gesetzt – vermutlich durch den Sekt –, und jeder im Alter meiner Mutter und aufwärts wird das Gefühl haben, dass es vollkommen akzeptabel ist, ausgesprochen persönliche Fragen zu stellen. Wo hast du denn deinen Mann gelassen? Werdet ihr euch scheiden lassen? Warum hat es denn nicht geklappt zwischen euch? Was hast du denn jetzt mit deinem restlichen Leben vor?

Ich bin mir nicht ganz sicher, was ich darauf antworten soll.

Ich sehe hoffnungsvoll in die Zukunft. Das muss ich. Jetzt, wo alles auseinandergefallen ist, ist es an der Zeit, mir wieder ein neues Leben zusammenzubasteln. Ein anderes Leben. Mein erstes Weihnachten als Single habe ich bereits überstanden, und es war gar nicht so schlimm. Ich war mit Eddy und seinen Töchtern bei Mrs. Curtis' Weihnachtsmorgenschwimmen. Wir drängten uns am Ufer zusammen mit einer Thermoskanne Tee und einem Flachmann Whisky, während sie und ihre abgehärteten Freunde aus den Wellen auftauchten. Wir wünschten uns alle fröhliche Weihnachten, tauschten klamme Umarmungen aus und stießen mit unseren Plastikbechern auf die Feiertage an. Grace und Charlotte schenkten Minnie einen Quietschdinosaurier, und Minnie überreichte jeder von ihnen, mit etwas Hilfe von mir, eine Packung Prinzessinnenaufkleber. Mum, Dad, Prue und ich verbrachten das wahrscheinlich letzte Familienweihnachtsfest zu viert, und es fühlte sich weder erdrückend noch seltsam, sondern sehr behaglich an.

Es war nicht so, wie ich es gewohnt war, aber es war okay. Ich kann meine Vergangenheit nicht ausradieren.

Was geschehen ist, ist geschehen. Aber ich kann mir darauf etwas ganz Neues aufbauen, wie das Undercliff, das sich nach einem Erdrutsch wieder erneuert. Es wird alles anders sein, nicht besser und nicht schlechter.

Und ich habe Frieden mit meinem Heimatort geschlossen. Ich kann mir zwar noch immer nicht vorstellen, für immer hier zu leben, aber es ist mehr als bloß ein Ort, an den man fliehen kann. Ich habe Freunde hier, Familie, Leute, auf die ich zählen kann. Und vielleicht wichtiger noch, Leute, die wissen, dass sie auch auf mich zählen können.

So oder so kann ich nicht hierbleiben, weil der Bungalow verkauft ist. Der Makler rief uns an, um uns mitzuteilen, dass die sauertöpfische Frau ihn kaufen wird, obwohl Ben nicht im Angebot inbegriffen ist. Doch sein Anruf wäre gar nicht nötig gewesen, denn Mrs. Curtis war schon im Morgengrauen mit einem feuchten Handtuch unterm Arm herübergeeilt gekommen und hatte den Klatsch weitergegeben, den sie am Strand aufgeschnappt hatte. Der Sohn der Frau ist offenbar gar nicht ihr Sohn, sondern in Wahrheit ihr deutlich jüngerer Ehemann. Ben, den Mrs. Curtis extra dafür aus dem Bett geklingelt hatte, interessierte das offensichtlich nicht, aber die ganze Straße war in heller Aufregung.

Zwar war die Renovierung des Hauses von Anfang an meine Idee gewesen, doch der schnelle Verkauf lässt mich bald obdachlos werden, weshalb ich wieder die Fühler nach einem neuen Job in London ausstrecke. Es wird Zeit, dass ich zurückkehre. Aber zuerst ist Prues Hochzeit an der Reihe.

Im Haus meiner Eltern herrscht totales Chaos. Kisten verstopfen die Küche, und über jedem Heizkörper hängt feuchte Kleidung, sodass es überall nach nasser Wolle riecht.

Auf dem Küchentisch stapeln sich Sonnencremetuben und Reiseführer. Mum wuselt herum und räumt im Bademantel Kleiderhaufen von Zimmer zu Zimmer.

»Kann ich was helfen?«, frage ich. In einer Stunde müssen wir im Hotel sein, und Mums Haare sind noch nass vom Duschen.

»Nein, Liebes. Es sieht zwar wie ein ziemliches Chaos aus, aber ich weiß genau, wo alles ist, und das würde nur alles durcheinanderbringen. Du kannst ja raufgehen und dich mit deiner Schwester unterhalten, während sie sich die Haare machen lässt. Es ist wahrscheinlich am besten, wenn du aus dem Weg bist, während ich packe.«

»Wo ist Dad?«

Mum verdreht die Augen. »Prue hat seine Brautvaterrede ein bisschen gekürzt. Na ja, ziemlich. Mindestens um die Hälfte. Ich schätze, er schmollt gerade irgendwo. Und überlässt alles mir! Wirklich …«

Trotz ihres Ärgers strahlt meine Mutter kaum unterdrückte Begeisterung aus – das liegt nicht nur daran, dass sie ihre Tochter heute als Braut sehen wird, sondern es ist auch deswegen, weil meine Eltern direkt nach der Hochzeit für sechs Monate oder länger durch Südamerika reisen. Da Dad noch in diesem Jahr in Rente gehen wird, haben sie sich darauf geeinigt, dass Prue und Ben sie mit ihrem Anteil am Erlös aus dem Verkauf des Bungalows bei Baileys' auszahlen. Nun können die Frischvermählten schalten und walten, wie sie wollen, um die Wachstumschancen im Südwesten zu maximieren, ohne ihren Eltern damit auf die Zehen zu treten. Als positiver Nebeneffekt können sie mietfrei in Prues Elternhaus wohnen.

Und ich dachte, in Lyme würde sich nie etwas ändern. Doch es ist ein Neubeginn für uns alle.

Als ich die Stufen zu Prues Zimmer erklimme, höre ich bereits, wie Prue der Friseurin haarklein erklärt, wie sie die Blumen im Haar arrangiert haben möchte. Ich mache die Tür auf und erblicke meine Schwester, die unglaublich schön aussieht. Eine dünne Bahn aus filigraner Spitze umhüllt ein einfaches weißes Unterkleid, das bis auf den Boden reicht. Die Spitze erstreckt sich bis zum Hals und zu den Fingern. Ihr feines blondes Haar wurde geflochten und zu einem Knoten eingedreht, in den die eingeschüchterte Friseurin sternartige weiße Blüten und Efeublätter steckt. Prue wirkt zart und jungfräulich und ähnelt mehr einer Prinzessin als all die Aufkleber, die ich Eddys Töchtern geschenkt hatte.

»So«, sage ich im Türrahmen lehnend, »du hast also beschlossen, doch Weiß zu tragen?«

Prue blickt auf. »*Wehe* du sagst was!«

»Prue, war bloß ein Witz. Du siehst wunderschön aus. Echt.«

Ich gehe zu ihr, um sie auf die Wange zu küssen, doch sie schiebt mich weg und beschwert sich, ich würde nur ihr Make-up ruinieren. Als ich auf dem Bett sitze und zusehe, wie ihre Frisur den letzten Schliff bekommt, summt in meiner Handtasche das Handy.

Prue wirft den Kopf herum. »Ist das Matt?«

Ich seufze. »Prue. Vergiss es. Das ist sicher nicht Matt.«

»Aber du hast ihm doch deine neue Nummer gegeben, oder?« Sie betrachtet sich selbst im Spiegel und wendet den Kopf hin und her. Die Friseurin umschwirrt sie ängstlich in Erwartung weiterer Anweisungen.

Das habe ich. Schon vor Wochen. Und ich bekam ein knappes »Danke« zurück. Und seither nichts. Auf Prues andauerndes Drängen hin schickte ich ihm seitdem öfter

SMS. Und schon drei E-Mails. Plus einen handgeschriebenen Brief. Als Nächstes wird sie mich dazu animieren, eine Brieftaube loszuschicken, bloß um sicherzustellen, dass ich jede mögliche Methode, meinen Nochehemann zu erreichen, genutzt habe. Aber bisher gab es von seiner Seite keine Reaktion. Ich kann es ihm nicht verdenken. Zumindest weiß er jetzt, wie er mich erreichen kann, wenn er so weit ist. Falls.

»Es ist bloß der Caterer«, sage ich mit Blick auf das leuchtende Display. »Sie wollen wissen, ob sie den Champagner so lange ausschenken sollen, bis alle zum Essen Platz genommen haben, oder ob du ein Limit vorgeben willst?«

»Das hab ich ihnen doch schon gesagt!«, ruft Prue gereizt. »Zweimal. Gib mir das Handy. Sie streckt den Arm nach dem Telefon aus.

Ich halte es von ihr weg. »Es ist verboten, dass du dich an deiner Hochzeit aufregst, Prue, so lautet das Gesetz – deshalb haben sie auch meine Nummer und nicht deine. Ich kümmere mich darum. Sag mir einfach, was du willst. Schließlich hab ich mit so was mal meinen Lebensunterhalt verdient, schon vergessen?«

Sie schaut finster drein, unsicher, ob sie mir zutrauen kann, ihre hohen Erwartungen zu erfüllen. Schließlich entspannen sich ihre Gesichtszüge ein wenig. »Ich schätze, du kannst ein bisschen Übung gebrauchen, wenn du bald wieder arbeiten willst. Wenn ich sage unbegrenzt Champagner, dann meine ich auch unbegrenzt Champagner!«

Ich übermittle den Caterern diese Botschaft so höflich wie möglich und schaffe es auch noch, ein Kanapee-Missverständnis zu klären, ohne dass meine Schwester es mitbekommt. Als ich auflege, ist Prues Frisur fertig, und die

Friseurin ist nach unten gegangen, um Mums Haare zu machen. Prue hat verfügt, dass meine Frisur keine professionelle Hilfe benötigt, da ich keine Brautjungfer, sondern lediglich die Schwester der Braut bin und mir deshalb offenbar niemand Beachtung schenken wird.

»Prue«, sage ich, während sie noch an einem Strang Efeu herumzupft, der sich aus ihrem Knoten zu lösen droht. Sie blickt auf.

»Was?«

»Prue, es tut mir wirklich alles sehr leid. Du weißt schon, die Sache mit Ben. Er ist ein guter Mann. Ich weiß, dass ihr beide zusammen sehr glücklich sein werdet.«

»Natürlich werden wir das«, sagt Prue energisch und fixiert den Efeu mit einem letzten Schwall Haarspray. »Und jetzt reden wir nicht mehr über diese blöde Pflegeehemann-Sache.«

Sie dreht sich zu mir, die Hände auf die Knie gestützt, und sieht mich mit unerschütterlicher Geduld und Mitleid an.

»Kate, du warst übergeschnappt, du hast nicht mehr klar gedacht, und du hast jede Menge schlechter Entscheidungen getroffen. Schon kapiert. Alle verstehen das, also sei dir verziehen. Aber wenn du *jemals* wieder versuchen solltest, deine Nase in meine Angelegenheiten zu stecken, dann sollst du wissen, dass ich dich verdammt noch mal umbringen werde. Okay?«

»Okay«, stimme ich zu. Schließlich ist es ihr Hochzeitstag.

Prue steht auf und streicht die zarte Spitze an ihrer Hüfte glatt. »Und du wirst auch noch dein Glück finden, Kate«, sagt sie mit etwas weicherem Gesichtsausdruck. »Ich weiß, dass du das im Moment noch anders siehst, aber ich bin mir sicher. Das ist ein neues Jahr *und* ein Neustart für uns alle. Du wirst schon sehen.«

Mit ihrem weißen Kleid und den blonden Haaren sieht Prue aus wie ein Bilderbuchengel, der von hoch oben herabgestiegen ist, um mich zu segnen. Ich beschließe, ihr zu glauben.

48

Wer jetzt glaubt, diese Geschichte würde damit enden, dass ich die Hochzeit meiner Schwester kapere, um eine hübsche, zusammenfassende Rede darüber zu schwingen, was ich über meine eigene Ehe gelernt habe, liegt vollkommen daneben. Erstens, weil ich das in Hollywoodfilmen schon immer total unangebracht hielt – bei einer fremden Hochzeit geht es schließlich nicht um einen selbst – und zweitens, weil Prue mich an ihrem großen Tag nicht mal in die Nähe eines Mikrofons lassen würde. Dad eröffnete seine im Vorfeld abgesegnete Rede noch leicht verstimmt, was man jedoch nur als Familienmitglied bemerkte, doch als er am Ende ankam, wischte er sich die Tränen über sein kleines Mädchen aus den Augen genauso wie wir anderen.

Das Hotelpersonal übertraf sich unter Prues wachsamem Auge selbst und jetzt, da das Essen vorbei ist, schieben sie die Tische zur Seite, um eine Tanzfläche zu schaffen. Es gibt ein kleines Büfett für die Leute, die zur Abendparty dazustoßen werden, und obwohl es erst seit ein paar Minuten aufgebaut ist, hat sich Mrs. Curtis bereits daneben positioniert und lässt verstohlen Pastetchen in ihrer Handtasche verschwinden.

Der DJ klopft auf sein Mikro, um uns mitzuteilen, dass es bald so weit ist für den ersten Brauttanz, und ich schnappe mir meine Handtasche, bereit, mich an die Spitze der Menge zu setzen. Ich habe meine Pflichten als Schwester getan, indem ich alternde Tanten unterhalten, mir rassistisch angehauchte Witze von Onkeln angehört habe, die es eigentlich besser wissen müssten, und so höflich wie möglich alle Fragen über meinen Beziehungsstatus beantwortet habe. Und noch dazu ist mir das alles gelungen, ohne dass ich mich irrsinnig betrunken habe. Dafür hatte ich nämlich keine Zeit, da es so viel zu tun gab wie bei einer Arbeitsveranstaltung statt bei einer Feier.

Als die Musik beginnt – »It Had to Be You« – betreten Prue und Ben die Tanzfläche, dicht gefolgt von Dad, der seine neu erworbene Videokamera mit der Hand umklammert hält. Ich wünschte, Jay oder Danny wären hier und könnten sehen, wie ernsthaft Dad jede Einstellung wählt und wann immer möglich auf avantgardistische Blickwinkel setzt. Mum taucht neben mir auf und stupst mich an.

»Francis Ford Coppola, was?«

»Oh, er liebt es«, sage ich.

»Ich kann von Glück reden, wenn ich die Kamera in Südamerika überhaupt mal in die Hände bekomme«, meint Mum.

Ich schmiege mich an sie, und sie legt mir den Arm um die Taille. »Du wirst mir fehlen«, sage ich.

Mum küsst mich auf die Stirn, während wir zusehen, wie meine Schwester und ihr Mann über die Tanzfläche schweben, begleitet von dem Paparazzi-Blitzlichtgewitter Hunderter Fotohandys.

»Du wirst mir auch fehlen, Liebes«, sagt sie. »Aber du wirst wieder nach London gehen. Dein Leben leben. Es ist ja nicht so, als würdest du für immer hierbleiben.«

»Ich weiß«, räume ich ein. Ich komme mir vor wie ein

Babyvogel, der kurz davor ist, aus dem Nest geschubst zu werden.

Plötzlich taucht Dad vor uns auf und hält uns die Kamera vors Gesicht, bis Mum ihn davon überzeugen kann, sie wegzulegen und stattdessen mit ihr zu tanzen. Langsam füllt sich die Tanzfläche mit Pärchen, darunter auch Mrs. Curtis, die sich fest an den erschrocken wirkenden Trauzeugen von Ben klammert.

Keiner bemerkt, wie ich mich davonschleiche.

Ich dränge mich an der Gruppe von Rauchern vorbei, die sich hinterm Hotel versammelt haben, und entschuldige mich damit, noch etwas wegen des Feuerwerks klären zu müssen. Beinahe vermisse ich das Rauchen, denn es gibt einem immer ein bisschen Zeit für sich selbst, ohne dass die anderen denken, man wäre seltsam oder ungesellig.

Ich gehe zu einer Bank auf dem Rasen. Bei Tag bietet sich einem von dort aus ein beeindruckender Blick über die Lymer Bucht, doch auch an diesem sternenklaren Winterabend kann man den Bogen der Hafenmauer erkennen, die dem Meer den Rücken zukehrt, als wolle sie die Stadt abschirmen. Die Bank, auf der ich sitze, ist vom Hotel aus betrachtet, hinter den dicken, wachsigen Blättern eines Rhododendronbusches verborgen, und ich weiß, dass mich niemand sieht. Also kann ich mir Zeit nehmen und eine Weile alleine sein, fernab der endlosen Fragen. Was hast du jetzt vor, Kate? Was willst du denn jetzt mit deinem Leben anfangen? Und schlimmer noch, vor den mitleidigen Blicken derjenigen, die nicht den Mut haben, mich zu fragen.

Ich höre etwas im Gebüsch hinter mir rascheln und verharre ganz still. Ich nehme an, es ist bloß ein betrunkener Hochzeitsgast – bestimmt ein Typ, der beschlossen hat, dass es einfacher ist, sich im Freien zu erleichtern, als durch die mit Teppich ausgelegten Hotelflure zu irren auf der Suche nach der Herrentoilette. Ich höre einen unterdrückten Ausruf, als jemand auf einen Ast tritt, und plötzlich schwanke ich nach vorne, als eine Gestalt aus dem Dickicht auftaucht und gegen die Bank läuft.

»Verdammte Scheiße«, sagt Matt.

Matt?

Ich fahre ungläubig auf der Bank herum.

»Ich meine, Kate, ich hab dich schon gesucht«, sagt Matt und zupft sich Blätter aus den Haaren. »Oh Mann, das läuft jetzt schon komplett schief. Soll ich noch mal neu anfangen?«

»W…was machst du denn hier?«, frage ich.

»Deine Schwester hat mich gebeten zu kommen«, meint Matt, streicht sich das Jackett glatt und setzt sich zu mir auf die Bank. Ich starre ihn an, als sei er ein Außerirdischer, der soeben aus einem Raumschiff gestiegen ist.

»Prue?«

Sein Mund verzieht sich zu einem komischen Grinsen. »Ja, Prue, außer du hast noch eine andere Schwester, die dieses Wochenende heiratet.«

»Aber sie hat gar nichts gesagt. Ich hab nicht damit gerechnet…«

Matt nimmt meine kalte Hand in seine. Ich habe das Gefühl, als halte er mein Herz in seinen Händen, das zwischen seinen warmen Handflächen klopft. So als könnte er es zärtlich drücken oder zerquetschen, ganz wie er will.

»Warum sitzt du gleich noch mal in der kältesten Nacht des Jahres hier draußen?«, fragt er.

»Ich… ich wollte bloß einen Moment allein sein«, antworte ich.

Er hebt eine Augenbraue und zieht einen Mundwinkel hoch. »Soll ich dann besser wieder gehen?«

»Nein!« Ich lege meine freie Hand auf seine. »Matt, geh nicht. Bitte geh nicht.«

»Schon gut«, sagt er lachend. »Glaubst du, ich bin den weiten Weg hergekommen, um mich so leicht abschrecken zu lassen?«

Ich schüttle den Kopf, weil ich mir nicht sicher bin, auch nur einen vollständigen Satz herauszubringen. Es ist an der Zeit, Matt seinen Teil sagen zu lassen. Ich habe meinen bereits vor Wochen vorgetragen.

Doch Matt sagt nichts. Er schaut mich bloß an, als lese er in meinem Gesicht oder als hätte er es vergessen und müsse sich daran erinnern, wer ich überhaupt bin. Sein Gesicht liegt halb im Schatten, das Mondlicht streift sein Kinn und das Haar, das ihm über die Stirn ins Gesicht fällt. Ich muss mich selbst davon abhalten, es wie früher zurückzustreichen.

»Also«, sagt er. Das ist nicht unbedingt der Beginn der Liebeserklärung, die ich mir erhofft habe, aber immerhin ein Anfang.

Ich spüre ein nervöses Flattern in meiner Brust und muss durch die Nase atmen, weil ich befürchte, sonst peinlich zu keuchen und Matt anzuflehen, einfach zu sagen, was er mir zu sagen hat. Er ist den weiten Weg doch nicht hergekommen, nur um mich um die Scheidung zu bitten, oder? Nicht auf der Hochzeit meiner Schwester.

»Warum … warum bist du hier, Matt? «, frage ich schließlich, weil ich mich nicht mehr zurückhalten kann.

Er senkt den Blick auf die Bank, wo unsere Hände noch immer verbunden sind.

»Ich weiß es eigentlich gar nicht, Kate«, sagt er und ringt

sich ein wenig überzeugendes Lachen ab. Er zieht seine Hände weg und streicht sich das Haar aus dem Gesicht. »Ich wollte eigentlich gar nicht kommen. Ich dachte, ich wollte dich nicht wiedersehen.«

Ich nickte mit fest zusammengepressten Lippen.

Matt seufzt tief. »Irgendwie schien es, als wolltest du immer etwas anderes – etwas anderes als das, was du hattest. Du konntest nicht dankbar sein für das, was wir hatten. Mir kam es vor, als würde ich dich ständig enttäuschen«, erklärt er. »Als wäre dir das, was wir hatten, nicht genug.«

Ich wollte schon sagen »nein, du hast mich nicht enttäuscht, ich war bloß enttäuscht von mir selbst«, doch er hebt den Kopf und bringt mich mit seinem Blick zum Schweigen.

»Ich musste die ganze Zeit daran denken, wie wütend du immer auf mich warst. Darüber, dass ich dich nicht glücklich machen konnte. Und, Mann, ich weiß nicht mal, ob du dich selbst glücklich machen kannst, Kate.«

Ich sage nichts dazu, ich bin nicht an der Reihe. Und ich weiß auch nicht, was ich darauf antworten soll.

Matt nimmt wieder meine Hand. »Und dann dachte ich mir, warum muss ich die ganze Zeit an Kate denken, wenn es vorbei ist?«

»Also glaubst du …« Er legt den Finger an meine Lippen und lässt ihn dort verharren. Komischerweise fühlt sich das vertraulicher an, als wenn er mich geküsst hätte.

»Ich weiß nicht, was ich glaube. Echt, ich weiß es nicht. Ich bin einfach ins Auto gestiegen und hergefahren und hab die ganze Zeit darüber nachgedacht, was ich sagen werde, und jetzt bin ich hier und noch genauso planlos wie am Anfang. Ich wollte dich einfach sehen. Du fehlst mir.«

Meine Kehle ist wie zugeschnürt, und meine Augen brennen.

»Du fehlst mir auch«, flüstere ich.

Matt rückt auf der Bank näher. Ich kann seine Wärme neben mir spüren. Wir sind uns jetzt so nah, dass es komisch wäre, wenn wir uns ansehen würden. Stattdessen schauen wir beide aufs Meer hinaus, als hofften wir, dass jemand aus den Wellen steigen und uns sagen würde, was wir tun sollen.

»Hab ich es für immer versaut?«, frage ich. Meine Schultern sind angespannt und hochgezogen, bereit, die falsche Antwort zu hören.

»Ich weiß es nicht«, sagt Matt. Er legt den Arm um mich, und ich lehne mich an ihn. So nah waren wir uns schon seit Monaten nicht mehr. Ich schließe die Augen und spüre das Glück, ihn bei mir zu haben, auch wenn es nur für einen Moment ist.

Matt schmiegt seine Wange an meinen Kopf. Ich spüre seinen Atem an meinem Haar, oder ist es der Wind?

»Kate.« Er seufzt. »Ich kann das alles hinter mir lassen, aber kannst du es auch?«

Ich denke einen Moment nach, den Blick über die Hafenmauer hinaus auf den Horizont gerichtet.

»Nein«, sage ich ehrlich. »Nein, das kann ich nicht.«

Matt rückt von mir ab und sieht mich an. Er runzelt die Stirn, und seine Augen funkeln finster im Mondlicht.

»Warum hast du mir dann ständig gemailt, verdammt? Und mich gebeten, dir noch eine Chance zu geben?«

Er wendet den Kopf ab, zieht seinen Mantel enger um sich und verschränkt die Arme vor der Brust.

»Matt«, sage ich flehend und strecke die Hand nach ihm aus. »Nein, du verstehst nicht. Ich meine, ich will es noch mal versuchen, aber ich kann nicht einfach so tun, als sei nichts passiert. Oder es wird wieder passieren. Nicht … nicht Chris, aber etwas … die Distanz. Dass wir nicht mehr miteinander reden.«

Er schaut mich über die Schulter hinweg an mit abweisendem Gesicht, aber er hört zu.

»Ich habe etwas Dummes, Schreckliches gemacht«, fahre ich fort. »Und dann habe ich versucht, davor wegzulaufen. Matt, das Schlimmste daran war das Weglaufen. Ich will mich dem stellen, was ich getan habe. Wir können nicht einfach wieder da anknüpfen, wo wir waren. Es kann nur funktionieren, wenn wir dort anfangen, wo wir jetzt stehen. Mit allen Fehlern.«

Matt dreht sich zu mir um.

»Meinen Fehlern«, sage ich mit Tränen in den Augen.

Er stößt eine Art verärgertes Lachen aus. »Du kannst nicht die ganze Schuld auf dich nehmen. Ich gebe zu, eine Weile habe ich so gedacht. Es ging mir besser, wenn ich mir einredete, es sei alles bloß deine Schuld.«

»Es war ja auch meine Schuld«, werfe ich ein.

»Schon«, gibt Matt zu. »Aber ich trage auch Schuld. Ich habe mich von dir abgewendet. Ich kam nicht mehr zu dir durch und habe aufgehört, es zu versuchen.«

»Matt«, sage ich. »Ich habe mit einem anderen geschlafen. Es *war* meine Schuld.«

Matt schüttelt den Kopf.

»Wenn du dich dem stellst, was du verbockt hast, kann ich das auch«, meint er. »Ich hätte dir helfen, dich zum Reden bringen müssen, und nicht einfach sagen dürfen, du seist verrückt, weil du traurig warst, nicht schwanger zu werden. Ich hab das einfach alles ausgeblendet und dich allein damit klarkommen lassen.«